Das Buch

Blue McCarron hat einen gutbezahlten neuen Job als Wahlkampfhelferin angenommen. Für Kate Van Der Elst, die für den Stadtrat von San Diego kandidiert, organisiert sie eine Spendenparty. Das Fest hat kaum begonnen, da bricht die Nachricht vom plötzlichen Tod des wichtigsten Gastes herein: Die Abgeordnete Dixie Ross ist innerhalb kurzer Zeit bereits die zweite Politikerin des Landes, die an einem Schlaganfall stirbt. Von der Polizei, die Blue und ihre Partnerin Roxanne um Hilfe bittet, erfahren die Ermittlerinnen, dass beide Opfer zuvor Drohbriefe erhielten – unterzeichnet mit den Worten »Schwert des Himmels«. Steckt etwa ein von Hass gegen starke Frauen getriebener Serientäter hinter den Anschlägen?

Die Autorin

Abigail Padgett hat mit der Ermittlerin Blue McCarron eine eigenwillige Frauenfigur geschaffen. Die Autorin, die früher als Court Investigator in San Diego arbeitete, engagiert sich neben dem Schreiben für Umweltschutz und soziale Minderheiten. Mit *Kalt ist der Tod* schaffte sie auch in Deutschland den Durchbruch.

Von Abigail Padgett ist in unserem Hause bereits erschienen:

Kalt ist der Tod

Abigail Padgett

Ein heißer Fall

Roman

Aus dem Englischen
von Jutta Lützeler

Ullstein

Besuchen Sie uns im Internet:
www.ullstein-taschenbuch.de

Umwelthinweis:
Dieses Buch wurde auf chlor- und säurefreiem Papier gedruckt.

Ungekürzte Ausgabe im Ullstein Taschenbuch
1. Auflage Oktober 2005

Titel der amerikanischen Originalausgabe: *The Last Blue Plate Special*
(Mysterious Press TM, Warner Books, Inc., New York)
Translation Rights arranged by Sandra Dijkstra Literary Agency

Umschlaggestaltung: Büro Hamburg
Titelabbildung: © Silvia Otte/photonica
Gesetzt aus der Sabon
Satz: hanseatenSatz-bremen, Bremen
Druck und Bindearbeiten: Ebner & Spiegel, Ulm
Printed in Germany
ISBN-13: 978-3-548-26250-5
ISBN-10: 3-548-26250-3

1

»Greave«

AM FREITAG, DEN 22. OKTOBER, gegen 19:05 fuhr die kalifornische Unterhausabgeordnete, Dixie Ross, in San Diegos Uptown-Bezirk an der Ecke Tenth Street und University Avenue über eine rote Ampel. Das Büro des Leichenbeschauers würde später in seinem Bericht verlauten lassen, dass Dixie Ross bereits tot war, als sie über die rote Ampel fuhr.

Ross hatte eine halbe Stunde zuvor ein offizielles Dinner verlassen und befand sich fünf Blocks von ihrem Ziel, einer politischen Spendenparty in einer Kunstgalerie namens Aphid, entfernt. Die *San Diego Union-Tribune* würde sie in ihrer Sonntagsausgabe als »Pionierin für Frauen in der Politik und scharfsichtige Liberale, die keine Angst vor den Jungs im Hinterzimmer hat« bezeichnen – was immer das auch heißen mochte. Die politische Szene, so die Zeitung weiter, sei bereits in Trauer und Aufruhr, da zwei Wochen zuvor die Staatssenatorin Mary Harriet Grossinger im Alter von dreiundsechzig Jahren an einem Schlaganfall verstorben war.

Die Zeitung ging nicht darauf ein, wie minimal die statistische Wahrscheinlichkeit ist, dass zwei Politiker aus dem gleichen Wahlbezirk innerhalb von zwei Wochen an einer natürlichen Ursache sterben. Eigentlich ist diese Wahrscheinlichkeit nicht existent. Aber die wenigsten Leute denken so wie ich ständig über Statistiken nach – nicht einmal Journalisten.

Als um 19:05 die Leiche über die rote Ampel fuhr, schlenderte ich in einem schicken, schwarzbraunen Kostüm mit einem Namensschild mit der Aufschrift BLUE MCCARRON in der Aphid Galerie den Tisch mit den Appetithäppchen entlang. Ich hasse diese Namensschilder, auf denen HALLO, MEIN NAME IST ... steht. Im wirklichen Leben will jeder, der einen mit dieser Phrase anspricht, etwas verkaufen. Für gewöhnlich ein Diätprogramm mit natürlichen Vitaminen zu horrendem Preis.

Außerdem hasse ich dieses schicke, kleine Kostüm. Der Rock ist zu kurz und verpasst mir O-Beine, die ich mit meinen schlaksigen ein Meter siebzig und meinen sechzig Kilo überhaupt nicht habe. Die Jacke mit den schwarzbraunen Dreiecken, die jeweils an den goldenen Knöpfen enden, erinnert mich immer an einen Hofnarren. Wenn ich sie trage, verspüre ich ständig das Bedürfnis, mit Orangen zu jonglieren, während ich dem König Rätsel aufgebe. Aber ich hatte in letzter Zeit versucht, das Image einer Wüstenratte abzustreifen, und für diese Spendenparty musste ich wie eine Wahlkampfanalystin aussehen. Daher das Narrenkostüm. Dazu gehörten hässliche, große Ohrringe und ein Paar bizarre Schuhe. Die ich später in der Wüste, in der ich lebe, vergraben würde.

Unbequeme Kleidung in der Wüste zu vergraben, ist ein Hobby von mir, doch vor einiger Zeit ist das Aufklären von Mordfällen dazugekommen. Als ich den Auftrag annahm, für Kate Van Der Elst, eine Kandidatin für den Stadtrat von San Diego, Wahlkampfstrategien zu erarbeiten, hatte das Sheriffbüro von San Diego County gerade offiziell den Muffin-Crandall-Fall abgeschlossen, bei dem ich beinah getötet worden war. Der Job hatte ungefährlich geklungen, aber in meiner jüngeren Vergangenheit habe ich keine besonders gute Hand beim Aussuchen meiner Aufträge bewiesen.

Ich bin mir ziemlich sicher, dass ich gerade mit einem winzigen Löffel amerikanischen Kaviar auf eine hauchdünne Scheibe Brot strich, als die Leiche von Dixie Ross die Ampel überquerte. Später erfuhr ich, dass ihr dunkelgrünes Auto an der Kreuzung Ecke Tenth und University auf die linke hintere Stoßstange eines Trinkwasserlieferanten prallte. Nachdem es das Seitenfenster eines weißen Honda Accord zerstört hatte, der am Rinnstein parkte, drehte es sich noch einmal um die eigene Achse und kam schließlich zum Stillstand. Dixie war dreiundfünfzig, bei guter Gesundheit und hatte während der Zusammenstöße, bei denen sich die Airbags ihres Wagens aufbliesen, einen Sicherheitsgurt getragen. Sie zog sich keinerlei Verletzungen zu, und doch wusste ein Skateboarder, der durch die Scheibe griff, um ihren Puls zu messen, sofort, dass Dixie Ross tot war.

In der Aphid Galerie wusste man nur, dass Dixie aus einem unerklärlichen Grund zu spät kam. Auf den Einladungen zu der Cocktail-Spendenparty, die auf handgemachten, mit Pflanzenblättern versetzten Karten gedruckt waren, stand 18:00 bis 20:00. Kate Van Der Elst wusste, dass sie nicht länger warten konnte. Man erwartete eine Ansprache. Man würde Schecks ausstellen. Und dann konnte man gehen und noch rechtzeitig die Acht-Uhr-Reservierung für das Abendessen einhalten.

»Blue«, flüsterte Kate, während ich den Bürgermeister einer wohlhabenden Vorstadtgemeinde dabei beobachtete, wie er mit seinem kleinen Finger das letzte Störei von einem Teller mit Blue-Willow-Dekor nahm. »Ich kann ohne Dixie nicht anfangen. Sie ist der Lockvogel!«

Dies war einer der Momente, die nur eine Sozialpsychologin wirklich zu schätzen weiß. Da ich eine Sozialpsychologin bin, wusste ich es ungeheuer zu schätzen. Vor ihrer Heirat mit dem holländischen Pharma-Baron Pieter Van Der Elst vor vierzehn Jahren war Kate eine erfolgreiche Immobilienmaklerin gewesen. Und davor war eine blonde, clevere und jüngere Kate aufs Sarah Lawrence College gegangen und hatte dann in ganz Europa mit altem Geld Tennis gespielt. Kate bewegt sich nicht in Kreisen, in denen die Menschen »Lockvogel« sagen, auch wenn sie genau das meinen. In Kates Welt benutzt man die allgemeine Bezeichnung »Consultant«, begleitet von einer unmerklich nach oben gezogenen Augenbraue, die andeutet, dass ein Hauch von völlig legalem Verbrechen mit im Spiel ist.

Bei politischen Spendenpartys wie diesen unterschreibt der Lockvogel mit einer theatralischen Geste den ersten Scheck, während er neben dem reichsten Kerl im Raum steht, der es ihm dann natürlich gleichtut und somit den Stein ins Rollen bringt. Ich fand diesen verbalen kulturellen Ausrutscher amüsant. Kate Van Der Elst, die sich mit beiden Händen ihr perfekt frisiertes Haar aus dem Gesicht strich, war ganz und gar nicht meiner Meinung.

»Hören Sie auf, so zu lächeln«, sagte sie. »Die Sache ist ernst. Wo ist Dixie?«

»Tief im Süden, wo die Baumwolle wächst?«, sagte eine tiefe Stimme, und Kate und ich stöhnten entsetzt auf.

Es war Bernard Berryman, besser bekannt als BB, ein schwuler Exknacki, den ich angeheuert hatte, diese Party zu gestalten. BB hatte die Einladungskarten entworfen und grüne Tischdecken aus alten Markisen genäht, die er für ein Butterbrot bei der Zwangsversteigerung bei einem Leichenbestatter erstanden hatte. Von BB wusste Kate Van Der Elst auch alles über Lockvögel. Alle anderen im Raum benötigten keinen Nachhilfeunterricht.

»Ich weiß nicht, wer die Platte mit der Leberpastete und den Fischeiern gespendet hat, aber die Sachen sind schon alle«, sagte BB und rückte die Manschetten seines weißblauen Nadelstreifenhemdes aus ägyptischer Baumwolle zurecht. »Es war keine Karte dabei, als sie geliefert wurde. Es lagen noch ein paar Dosenfeigen drauf, aber die hab ich weggeworfen. Die sahen aus wie feuchte, blinde Mumienaugen auf Salat und das will bestimmt keiner essen.«

Jedes Mal, wenn er unter den hundertfünfzehn starken Halogenstrahlern der Galerie entlangging, blitzte das Hemd unter seinen gelben Hosenträgern auf. Seine dunklen Dreadlocks wurden ganz konservativ von einem antiken Serviettenring aus Bronze im Nacken zusammengehalten und in dem ungleichmäßigen Licht glänzte seine braune Haut wie eine Werbung für Hershey-Produkte. An der Bar auf der anderen Seite des Hauptraums der Galerie entdeckte ich einen prominenten, radikalen Geistlichen mit einer Pilotensonnenbrille und einem klerikalen, grauen Batikhemd, der uns während unserer Unterhaltung beobachtete. BB schob daraufhin die Hände in die Taschen seiner braunen, mit messerscharfen Bügelfalten versehenen Gabardinehose und schlenderte à la F. Scott Fitzgerald auf den Geistlichen zu, der daraufhin hastig einen neuen Drink bestellte.

»Ich warte noch drei Minuten und dann fange ich an«, sagte Kate. »Glauben Sie, jemand anders könnte den ersten Scheck schreiben, falls Dixie nicht auftaucht?«

Kate hatte einen leichten Akzent, da sie fünfzehn Jahre in den Niederlanden gelebt hatte. Ich notierte mir im Geiste, einen Sprachtrainer für sie zu suchen. Die Wähler in Südkalifornien bevorzugen den gedehnten, schleppenden Tonfall John Waynes und wollen nichts hören, was auch nur annähernd an den europäischen Kontinent erinnert. Viele Wähler aus Südkalifornien glauben insgeheim, dass es nur einen Kontinent gibt, und der heißt Nordamerika und endet an der mexikanischen Grenze. Das hatte ich bereits gewusst, bevor ich anfing, Kate Van Der Elst bei ihrem Wahlkampf zu beraten.

»Sicher«, erwiderte ich. »Das kann jede andere prominente und wohlhabende Person übernehmen.«

»Aber ich kenne niemanden von diesen Leuten«, sagte

Kate und das Entsetzen trieb ihr die Farbe eines Pfirsich-Daiquiries in die Alabasterwangen.

Somit standen wir uns in nichts nach. Ich kannte nämlich auch niemanden unter den Anwesenden.

»Fangen Sie einfach mit Ihrer Rede an«, sagte ich mit gespielter Munterkeit. »BB und ich werden etwas arrangieren, falls Dixie in den nächsten zehn Minuten nicht auftaucht. Sie ist wahrscheinlich im Stau stecken geblieben.«

Also begann Kate ihre Rede, in der sie ihre Pläne ankündigte, San Diego vor einer unkontrollierten Ausdehnung zu retten und gleichzeitig gefährdete Lebewesen wie den wild wachsenden Knopfsellerie und die westliche Schaufelfußkröte vor der drohenden Ausrottung zu bewahren. Jemand machte Fotos von ihr und immer wieder erstarrte der Raum im Blitzlicht. Ich stolperte in meinen fürchterlichen Schuhen in einen der angrenzenden Ausstellungsräume, die von der Hauptgalerie abgingen, um dort darüber nachzudenken, was ich als Nächstes tun sollte.

Natürlich gelang mir das nicht. Der Raum war klein, und mehrere Strahler beleuchteten eine seltsame Ansammlung von körnigen, überbelichteten Schwarzweißfotos, die auch ein Kind mit einer simplen Boxkamera hätte aufnehmen können. Auf manchen waren Berghütten abgebildet, auf manchen heruntergekommene Häuser auf Betonblöcken. Andere zeigten verlassene Autos und LKWs, die unter Steppenhexen begraben waren oder sich in Wasserläufen auflösten. Auf anderen Bildern waren aus einem seltsamen Winkel nicht genau zu bezeichnende Gebäude abgelichtet worden wie Spielzeug auf einem Teppich und aus der Perspektive eines vorbeifliegenden Insekts. Irgendetwas an den Fotos ließ mich Kate Van Der Elst und den westlichen Schaufelfuß vergessen, obwohl ich immer noch ihre Stimme im Raum hinter mir hören konnte. Das galt vor allem für ein Foto.

Es zeigte eine zerfallene Hütte aus luftgetrockneten Lehmziegeln, die an einer Straße stand und deren eine Hälfte von einem riesigen Schatten verdeckt wurde. Das Gelände sah aus wie die kalifornische Hochwüste, mit kümmerlicher Vegetation und einer Menge Felsen. Die Umgebung besaß diese ganz besondere Atmosphäre der Wüste, die alles weiß, jedoch nichts preisgibt. Vermutlich stammte der Schatten von einem Hügel oder einem Berg, der sich direkt westlich hinter dem Fotografen befand. In dem überschatteten Teil des Gebäudes waren zwei Fenster und verschwommene Figuren zu erkennen. Die andere, von der untergehenden Sonne beleuchtete Seite schien vom Licht überflutet, regelrecht attackiert. Als hätte der Fotograf genau den Moment einer tödlichen Explosion erwischt. In der unteren rechten Ecke des Bildes stand mit schwarzer, zittriger Tinte: »Greave«.

Der Name sagte mir nichts, aber meine Reaktion auf das Foto kam mir bekannt vor. Meine Reaktion kam aus den Tiefen meiner Eingeweide und ließ mich erzittern. Es war Faszination. Und Angst. Die Szene hatte etwas Beängstigendes, Schreckliches und Erdrückendes. Sie ergab keinen Sinn, aber das taten diese heimtückischen, hinterhältigen Momente des Wiedererkennens nie. Daher rede ich auch nie darüber. Diese Momente sind irrational und ängstigen die Menschen. Warum sollte ich also darüber reden? Entweder versteht man diese Dinge oder nicht.

Was willst du?, sagte ich stumm zur Decke hinauf, über der sich mein Verständnis des Universums befand. Meiner Meinung nach ist das Universum ein gebogenes Gitter, ein Raster, auf dem sich alles mit immenser Geschwindigkeit bewegt. Die Vergangenheit, die Zukunft, alles, was dazwischen liegt, und noch viel mehr. Manchmal überquert es die Grenze zur Realität, in der wir leben, und es entsteht ein summendes Geräusch, der Geruch nach Ozon, und plötzlich ist ein völlig unwichtiges Ding mit Bedeutung behaftet. Gewöhnlich sind diese Dinge für uns bedeutungslos. Ich war mir sicher, dass dieses Foto in dieser Kategorie einen neuen Rekord aufstellte. Es ergab keinen Sinn, aber ich konnte nicht aufhören, auf das Bild zu starren, bis das Handy in meiner Tasche zu klingeln begann.

Ich sollte vielleicht erklären, dass ich nicht zu den Menschen gehöre, die im Supermarkt an der Kasse mit dem Handy telefonieren, um Fremde mit ihrer Wichtigkeit zu beeindrucken. Zu diesem Zeitpunkt besaß ich nicht einmal ein eigenes Handy. Das Gerät in meiner Tasche gehörte Kate Van Der Elst, die es mir gegeben hatte, falls jemand während ihrer Rede anrief. Ich trug außerdem einen Ziploc-Beutel mit Kates Snack bei mir – einen halben Apfel, eine kleine Stange Halbfettkäse und zwei Makadamianüsse. Sie machte gerade eine dieser Modediäten, die regelmäßig das Land überschwemmen. Und so musste ich das Handy unter einem Beutel mit Essen hervorkramen, der meine Tasche nach Äpfeln riechen ließ. Die Stimme, die auf mein geflüstertes »Hier spricht Blue McCarron« antwortete, gehörte Pieter Van Der Elst, Kates Ehemann. Er rief von ihrem Wahlkampfbüro an, das sich ein paar Blocks entfernt in einem Ladenlokal befand.

»Es ist etwas Schreckliches passiert«, sagte er, wobei sein holländischer Akzent das Wort »Schreckliches« viel weicher klingen ließ. »Dixie Ross ist tot.«

»*Was?*«, erwiderte ich zu laut. »Was ist passiert?«

»Ich weiß es nicht. Wir haben gerade einen Anruf erhalten. Es gab einen Autounfall, aber sie sagen, dass sie bereits ... tot war ..., als der Unfall passierte. Sie war bei einem Essen, genauer gesagt dem Picknick einer Bohnenzüchterkooperative im Norden des Verwaltungsbezirks und ist hinter dem Steuer gestorben. Sie war auf dem Weg zu Kates Galerie. Ihr Tod kam ganz plötzlich. Ich weiß nicht. Sagen Sie Kate, dass ich auf dem Weg bin.«

Einige der gut gekleideten Anwesenden in der Hauptgalerie beobachteten mich und waren neugierig auf den Anruf und die politische Intrige, die möglicherweise dahinter steckte. Es gibt nichts Langweiligeres als eine politische Spendenparty zur Cocktailstunde, und ich machte ihnen keinen Vorwurf, dass sie hofften, die Kuh im Designerkostüm möge ihnen eine Ablenkung bescheren. Unglücklicherweise würde ich genau dies tun.

Nachdem ich die Neuigkeit von Dixies Tod auf eine Serviette aus hundert Prozent recyceltem Papier geschrieben hatte, wartete ich circa fünf Minuten auf eine Pause in Kates Ansprache und polterte dann in meinen Höllenschuhen auf sie zu. BB bemerkte den Blick auf meinem Gesicht und stellte sich genau an die Stelle, an der ich landen würde, nachdem ich Kate die Nachricht übergeben hatte.

Was ist los?, fragten seine Augen, und ich erkannte zum hundertsten Mal das soziale Gespür, das man in Gefängnissen lernt. Nachdem er drei Jahre wegen eines jugendlichen Drogenvergehens hinter Gittern verbracht hat, entgeht BB nichts.

»Oh mein Gott!«, hauchte Kate in das Mikrofon, nachdem ich ihr die Serviette gegeben hatte. Sofort hatte sie die ungeteilte Aufmerksamkeit der fünfundsiebzig Anwesenden. »Dixie Ross ist ... gestorben.«

In den darauf folgenden Sekunden ertönten ein allgemeiner Ausruf der Bestürzung, ein paar erstickte Schluchzer und schließlich die Stimme des radikalen Geistlichen. »Kate, was ist passiert?«, rief er.

»Ich bin mir nicht ganz sicher«, setzte Kate an, als Pieter Van Der Elst durch die Tür platzte und an die Seite seiner Frau eilte. »Dixie hatte auf dem Weg hierher einen Unfall, doch sie wurde dabei nicht verletzt. Offensichtlich ...«

»Der Anruf kam gerade in unserem Wahlkampfbüro an«, fuhr Pieter atemlos fort. Seine Augen unter dem vorzeitig ergrauten Bürstenhaarschnitt, der ihn wie ein Mönch aus der Renaissance aussehen ließ, blickten ernst in die Runde. »Es sind noch keine Einzelheiten bekannt, aber man nimmt an, dass Dixie Ross gestorben ist, bevor sie die Kontrolle über ihren Wagen verlor. Es wird natürlich eine Autopsie durchgeführt werden. Was soll man dazu sagen? Wir haben erst vor zwei Wochen Mary Harriet Grossinger verloren. Und nun Dixie. Ich fürchte, ich weiß wirklich nicht, was ich sagen soll.«

BB war während dieser Worte neben den Geistlichen getreten und der Mann steckte schnell einen Plastikkragen in den Ausschnitt seines Hemdes. Dann trat er mit eleganten Bewegungen vor Kates Mikrofon. Zwei Minuten zuvor hatte er ein wenig angetrunken gewirkt, aber jetzt nicht mehr.

»Oh, Herr«, begann er mit weicher Stimme, während sich sämtliche Köpfe im Raum senkten und der Fotograf durch die Vordertür verschwand, »du hast uns eine unserer Freundinnen genommen und wir sind betrübt ...«

Am Ende des Gebets rief er die Anwesenden auf, weiterhin all das zu unterstützen, wofür Dixie sich eingesetzt hatte. Ethnische Gerechtigkeit. Geld für Schulen. Den Schutz unserer wertvollen Natur.

Ich fand es schade, dass er den westlichen Schaufelfuß ausgelassen hatte.

Kate Van Der Elst schluchzte in das karierte Madrashemd ihres Mannes, als der erste Scheck ausgestellt wurde. Viele weitere folgten.

»Scheiße, wer ist dieser Kerl?«, fragte BB leise, den Mund dicht an meinen grotesken Ohrring gelegt. »Der Scheißkerl bearbeitet die Menge ja wie Knetgummi!«

Ich hatte noch nie zuvor einen Ausdruck von unverhohlenem Respekt auf BBs Gesicht gesehen, und ich brauchte einige Sekunden, ihn als solches zu erkennen.

»Er ist ein Prediger, BB«, sagte ich. »Von ihnen wird erwartet, dass sie die Massen bearbeiten.«

»Die Welt ist voll von Predigern, Blue«, antwortete er.

»Die Hälfte von ihnen sitzt im Gefängnis. Ich hab schon mal einen Prediger gesehen, der einem Typen ausgeredet hat, sich aufzuhängen. Und ich hab Prediger gesehen, die konnten eine Oma belabern, ihre Gehhilfe loszulassen und ihnen einen zu blasen. Aber dieser Typ hier ist Gold wert!«

»Die Anwesenden stehen unter Schock, BB. Du verstehst wahrscheinlich nicht, was passiert ist. Innerhalb von zwei Wochen sind zwei hoch gestellte politische Persönlichkeiten gestorben. Das ist sehr beunruhigend.«

»Und es waren beides Frauen«, sagte er und begann aufzuräumen.

Daran hatte ich noch gar nicht gedacht. Dies war eine weitere Variable in einem statistischen Szenario, das mir keine Ruhe ließ. In der politischen Szene in Südkalifornien sind liberale Politiker eine Minderheit. Und liberale, *weibliche* Politiker sind eine Minderheit in der Minderheit. Ich fragte mich, *wie* unwahrscheinlich der Zufall war, dass zwei von ihnen innerhalb von zwei Wochen starben. Und es musste ja wohl ein Zufall sein, nicht wahr?

Nachdem die Gäste mit ernsten Mienen gegangen waren, half ich BB beim Aufräumen. Dann schlossen wir ab, warfen die Schlüssel der Galerie in den Briefkasten, holten meinen Dobermann Brontë aus meinem Wagen und machten mit ihr einen Spaziergang durch die Wohngegend hinter der University Avenue. Nachdem Brontë genug Auslauf bekommen hatte, fuhren wir zu *Auntie Buck's Country and Western Bistro*, wo wir Roxie, meine bessere Hälfte, trafen, die sich nicht für Politik interessiert. Ich eigentlich auch nicht. Ich bin daran interessiert, Geld zu machen, und Kate Van Der Elst bezahlte mich gut dafür, dass ich sie in ihrem Wahlkampf beriet. In der Zwischenzeit hatte Dr. Roxie Bouchie, forensische Psychiaterin und Trainerin des Linedancing-Teams bei *Auntie's*, ihren vorgeschlagenen Plan durchgesetzt, dass wir zusammenarbeiten sollten.

»McCarron und Bouchie« stand auf unseren Visitenkarten. »Consulting«. Ich hatte zuvor bereits die Planer von Einkaufszentren beraten und Rox eröffnete mir einen neuen Bereich. Das Auswählen von Jurymitgliedern. Seit Eröffnung unserer Agentur hatten wir bereits drei Mal für Privatanwälte die Jury in Kriminalprozessen ausgesucht. Es brachte gutes Geld und die Arbeit war interessant. Dann benötigte Kate Van Der Elst jemanden, der für sie Wahlkampfanalysen erstellte, und ich nahm den Auftrag an. Nach der Wahl wollte ich wieder Einkaufszentren beraten und Jurys auswählen. Nach der Wahl würden Roxie und ich vielleicht einen Weg finden, mehr Zeit miteinander zu verbringen. Ich fand, dass mein Leben langsam perfekt wurde. Eigentlich ist dieses Wort eine Warnung, aber ich bemerkte sie nicht.

»Wer ist gestorben?«, fragte Roxie, als BB und ich uns zu ihr an den Tisch setzten. »Ihr zwei seht aus wie aus *Geschichten aus der Gruft.*«

»Zwei Frauen«, erwiderte BB lakonisch, bevor er auf die Tanzfläche ging und sich zum Takt einer herzzerreißenden Ballade über Züge bewegte.

»Dixie Ross ist heute Abend gestorben, und zwar in ihrem Wagen auf dem Weg zu Kates Spendenparty«, erzählte ich der wunderschönen schwarzen Frau, deren Berührungen mein Herz jedes Mal zum Rasen bringen. Roxie hat große Ohren und Sommersprossen in ihrem Gesicht und trägt ihr Haar in geflochtenen, mit Perlen verzierten Zöpfen. Das Geräusch dieser Perlen, wenn sie zusammenklacken, ist für mich wie Musik. Meine eigene kleine Symphonie. Manchmal hege ich die Befürchtung, dass Roxie fluchtartig die Stadt verlassen würde, wenn sie wüsste, wie sehr ich sie liebe. Ich werde es ihr nie sagen, denn wir sind nicht nur unterschiedlicher ethnischer Herkunft, sondern sehen uns zudem als reife, äußerst moderne und kultivierte, intellektuelle Lesben, die genau wissen, dass ihr Lebensstil unzählige Rückschläge mit sich bringt, die wir auf jeden Fall vermeiden wollen.

Als Psychiaterin beziehungsweise Sozialpsychologin wissen wir natürlich, dass Frauen dazu tendieren, sofort Bindungen einzugehen, dem Nestbautrieb zu verfallen und den Wunsch zu hegen, völlig ineinander aufzugehen. Wie niedlich. Wir versuchen natürlich, dieses sentimentale, klebrig süße Verhalten zu vermeiden, indem wir unser eigenes Leben fortführen, nicht zusammenziehen und unsere Grenzen aufrechterhalten. Was in astronomisch hohen Telefonrechnungen und unzähligen Fahrten zwischen meiner Behausung draußen in der Wüste, die bei einem halsbrecherischen Fahrstil anderthalb Stunden von San Diego entfernt liegt, und Roxies Eigentumswohnung in einem Vorort der Stadt resultiert. Trotzdem sind wir überzeugt, dass wir das peinlich Typische umgangen haben. In der Zwischenzeit verberge ich tief in meinem Herzen, dass die Vorstellung des völligen Ineinanderaufgehens in meinen Ohren gar nicht so schlecht klingt. Ich habe Roxie noch nie gestanden, dass ich mir teure Wohnungseinrichtungsgegenstände in Warenhäusern ansehe, aber Brontë weiß Bescheid. Hey, wir haben alle unsere Geheimnisse.

»Girl?«, fragte Rox, um zu erfahren, wer Dixie Ross war und was ihr Tod zu bedeuten hatte.

»Abgeordnete des Unterhauses, Demokratin, ganz groß in Umweltdingen, Erziehung, in all den guten Sachen«, begann ich. »Sie war noch nicht sehr alt, dreiundfünfzig, glaube ich. Die Leute meinten, sie hätte Chancen auf das Bürgermeisteramt. Vielleicht sogar das des Gouverneurs. Sie hat Kate Van Der Elst dazu überredet, für den Stadtrat zu kandidieren, nachdem Kate und ihr Mann nach seiner Pensionierung aus den Niederlanden hergezogen waren. Dixie war vorher bei einer anderen politischen Veranstaltung, ich glaube, bei dem Picknick der Bohnenzüchter oder so was Ähnlichem, und gerade unterwegs zu Kates Spendenparty, als es passierte. Sie ist einfach gestorben. Aber was mich stört ...«

»Warte mal«, sagte Roxie, die Ärztin. »Leute sterben nicht ›einfach so‹. Dazu bedarf es einer Krankheit, eines Organversagens oder einer Verletzung.«

»Sie werden eine Autopsie vornehmen, Rox. Dann werden wir mehr wissen. Bis dahin ist sie die zweite Politikerin aus San Diego, die in den vergangenen zwei Wochen gestorben ist. Das ist wirklich seltsam.«

Roxie drehte den Kopf, streckte den Nacken, und dabei klapperten ihre Perlen leise. Ich musste mich vorbeugen und sie auf die Wange küssen, was sie zu einem Lächeln veranlasste.

»Warum seltsam?«, fragte sie und warf mir einen Blick zu, der mir deutlich zu verstehen gab, dass sämtliche Politiker zwischen San Diego und Cleveland ruhig an Gicht sterben konnten, ohne dass es ihre Aufmerksamkeit erregen würde. Denn die war ganz woanders.

»Aus statistischer Sicht gesehen«, antwortete ich. »Willst du tanzen?«

»Nicht hier«, sagte sie leise, so als würde ich nicht das Gleiche empfinden.

Ja, sicher.

Wir schafften es bis zu ihrer Wohnung, bevor wir mit dem verstörenden Hunger übereinander herfielen, für den das Wort »Liebe« nicht auszureichen scheint. Später würde ich noch einmal den Tod von Dixie Ross und Mary Harriet Grossinger ansprechen.

»Grossinger ist an einem Schlaganfall gestorben«, sagte ich in Roxies Ohr.

»Und?«

»Was, wenn Ross auch einen Schlaganfall hatte?«

»Was dann?«

»Nun, sie ist tot«, bemerkte ich. »Beide sind sie tot. Das ist alles, was wir wissen. Es ist erst halb zehn, Rox. Ich werde Kate anrufen. Vielleicht haben sie und Pieter etwas Neues gehört.«

Roxie seufzte nur und zog sich ihre Sachen an.

»Warum ziehst du dich an?«, fragte ich.

»Weil wir natürlich zu dir fahren. Blue, ich kenne dich und weiß, was die Vorzeichen zu bedeuten haben. Du wirst dich in einen Kürbis verwandeln, wenn du nicht noch heute Abend an deinen Computer kommst und dreitausend Diagramme ausdrucken kannst, die zeigen, warum diese beiden Frauen nicht tot sein sollten.«

Sie hatte Recht.

»Ich bringe dir morgen das Frühstück ans Bett«, bot ich ihr an. »Waffeln, Spiegeleier. Ich mache dir sogar frischen Erdbeersirup.«

»Abgemacht«, antwortete sie grinsend, obwohl sie nicht gerade verrückt nach der Wüste ist. »Ich bin sowieso an der Reihe, bei dir zu schlafen. Wo habe ich nur den *Leitfaden für Giftschlangen der westlichen Hemisphäre* hingelegt?«

»Unter dein Skorpion-Malbuch«, antwortete ich, während ich Kates Nummer wählte.

»Ich glaube nicht, dass die Autopsie vor Montag durchgeführt wird«, teilte Pieter mir mit, »aber die Voruntersuchung lässt vermuten, dass Dixie an einem Schlaganfall gestorben ist. Wir sind völlig fertig, Blue. Sie und Kate kannten sich ihr ganzes Leben lang.«

»Ähm, hat Kate erwähnt, dass Dixie gesundheitliche Probleme hatte?«, fragte ich. »Etwas, das auf das hier hingewiesen hätte?«

»Das ist ja das Merkwürdige.« Er seufzte. »Kate und Dixie haben beinah täglich miteinander Tennis gespielt und sich alles erzählt. Dixie war sehr vorsichtig, was ihre Gesundheit anging, und ließ sich vor jedem Wahlkampf gründlich untersuchen. Ihre letzte Untersuchung war vor sechs Monaten. Sie hat Kate erzählt, der Arzt habe gemeint, sie besäße das Herz einer Dreißigjährigen. Kate wollte, dass sie die gleiche Diät macht wie sie, doch Dixie meinte, die Untersuchung habe bewiesen, dass sie das nicht braucht. Das Ganze ergibt einfach keinen Sinn.«

»Nein«, stimmte ich Pieter Van Der Elst zu, »das tut es nicht.«

Ungefähr neunzig Minuten später öffnete ich das Schloss meines in der Wüste gelegenen Shangri-la, ein verlassenes Motel, das ich für ein Butterbrot bekommen habe, weil es nicht über fließendes Wasser verfügt. Roxie saß gähnend auf dem Beifahrersitz und summte die letzten Töne von Mary Chapin Carpenter, die im Kassettenrekorder lief.

»Ich bin tot«, sagte sie und steuerte direkt auf das Doppelbett zu, das in einem der beiden einzigen möblierten Räume steht. Die anderen Zimmer sind noch nicht fertig und stehen leer. Es ist für eine Person nicht einfach, zwölf Motelzimmer zu füllen. Das Schlafzimmer liegt hinter der ehemaligen Rezeption, in der sich mein Büro befindet. Ich schaltete den Rechner an, noch bevor ich Roxie eine Gute Nacht wünschte. Dann lief ich mit Brontë einige Minuten durch das Mondlicht und vergrub die scheußlichen Schuhe in einem flachen Grab zwischen zwei Feigenkakteen, bevor ich wieder hineinging und Internetseiten über Schlaganfälle durchsah. Das Letzte, woran ich dachte, bevor ich die sternklare Stille unter freiem Himmel verließ, war das grobkörnige Schwarzweißfoto eines Gebäudes aus luftgetrockneten Lehmziegeln, das zugleich von Licht und Schatten getroffen wurde. Das Bild hinterließ einen Ozongeschmack auf meiner Zunge.

2

Zu viele tote Frauen

NACHDEM ICH MEIN NARRENKOSTÜM auf einen gepolsterten Bügel gehängt hatte, warf ich die scheußlichen Ohrringe in die Müllpresse in meiner Küche. Ich würde sie später, zusammen mit einigen Suppendosen, Plastikflaschen und alten Zeitungen, zu einem ordentlichen Rechteck pressen, das ich irgendwann nach Borrego Springs fahren und in einen Müllcontainer hinter dem Supermarkt werfen würde. Da ich drei Kilometer von der Straße entfernt wohne, die mitten im Nirgendwo an einem unbenutzten Unterstand für Pferde endet, gibt es bei mir keine Müllabfuhr. Es gibt eigentlich gar nichts und deshalb gefällt es mir auch so gut. Es gibt nur die Wüste. Ocotillo-Sträucher und Perückenbäume. Hitze, Stille und Felsen.

In der Wüste dehnt sich die Zeit aus, streckt sich und trägt einen fort. Nichts spielt wirklich eine Rolle, und deshalb kann man leichter erkennen, wenn tatsächlich einmal etwas wichtig ist. Was mir in dieser Situation bedeutsam erschien, war ein mathematisches Problem. Es gab zwei tote Politikerinnen. Nicht eine, was man dem Zufall hätte zuschreiben können, sondern zwei. Die Chancen hatten sich mehr als verdoppelt. Es war nicht länger Zufall, sondern etwas anderes.

Ich zog ein Buch aus meinem Regal, das bei seinen Lesern fast immer Migräneanfälle auslöst. Blalocks *Social Statistics* ist mittlerweile in der zigsten Ausgabe erschienen und so unverständlich wie eh und je. Ich habe Blalock nach dem Grundstudium durchgenommen und später selber unterrichtet. Trotzdem muss ich beim bloßen Anblick des Buches immer noch die Zähne zusammenbeißen.

Die Zähne zusammenbeißend schlug ich das Kapitel mit der Überschrift »Wahrscheinlichkeit« auf und zwang mein Gehirn, auf richtige Art und Weise die richtigen Fragen zu stellen. Die Frage lautete also nicht: »Wie hoch ist die Wahrscheinlichkeit, dass zwei weibliche Politiker innerhalb weniger Wochen in der gleichen Stadt sterben?«, sondern: »In einer endlosen Reihe von verstorbenen, weiblichen Politikern, welcher Prozentsatz könnte innerhalb von zwei Wochen in der gleichen Stadt auftreten?« Der Unterschied zwischen diesen beiden Fragen bildet die Grundlage für erfolgreiche Marketingstrategien, Wahlkampfprognosen, die Auswahl von Jurymitgliedern, Strategien zur Krankheitsbekämpfung, Stadtplanung, egal was. Dennoch ist der Unterschied nicht leicht zu begreifen. Besonders von Amerikanern, die Verallgemeinerungen schon aus Tradition verabscheuen und deshalb nie richtig verstehen, was es mit der Wahrscheinlichkeit auf sich hat.

Amerikaner glauben an das Konzept des Individualismus und sind daher leichtes Spiel für Vorhaben, die auf statistischen Schätzungen beruhen. Fragen Sie sich doch selber, warum in unzähligen Familien, die sich absolut falsch ernähren, in denen kein einziges Buch zu finden ist und in denen die Kinder von Parasiten befallen sind, die Schränke voll mit chemisch aufbereiteten Nebenprodukten der Petroleumindustrie sind, neunzig Kabelkanäle zur Verfügung stehen und eine nutzlose und obendrein kaputte Plastikvorrichtung herumliegt, die Gewichtsverlust herbeiführen soll. Genau das meine ich. Jeden Tag scheffeln Menschen ein Vermögen, die wissen, wie man die *Proportion* einer unendlichen Reihe von, sagen wir, achtzehnjährigen männlichen Weißen errechnet, die

Sportschuhe mit lilafarbenen Sohlen für zweihundertfünfzig Dollar das Paar kaufen werden. Der Schlüssel hierzu ist die Sache mit der unendlichen Reihe.

Für meine Zwecke stellte dieser Schlüssel an diesem Abend ein Problem dar. Es gibt keine unendliche Reihe von toten Politikerinnen, keine zugrunde liegenden Daten. Die Existenz von weiblichen Politikern ist in unserer Gesellschaft erst seit kurzem zu beobachten, und selbst wenn es hierzu eine Art Datenbank gäbe, wäre sie zu klein. Ich musste also mein Netz weiter auswerfen. Nach toten Frauen. Genauer gesagt nach toten, weißen Frauen in den USA, die zwischen fünfundvierzig und fünfundsechzig waren. Kein Problem.

Ich rief im Internet den monatlich erscheinenden Bericht zur Bevölkerungsstatistik ab und erfuhr, dass von hunderttausend Frauen dieser Altersgruppe jedes Jahr rund fünfhundert sterben. Bei ungefähr der Hälfte ist die Todesursache Krebs. Bei den restlichen Todesfällen ist die Ursache bei circa zweiundzwanzig von hunderttausend Frauen eine zerebrovaskuläre Symptomatik. Hierbei ist der Schlaganfall nur eine von vielen. Wie ich erwartet hatte, war die Wahrscheinlichkeit, dass Dixie Ross und Mary Harriet Grossinger beide an einem Schlaganfall gestorben waren, drastisch gesunken.

Dann wählte ich mich in das Archiv der *San Diego Union-Tribune* ein und las etliche Artikel über die beiden Frauen. Beide hatten nicht geraucht, wobei Grossinger erst 1987 damit aufgehört hatte. Grossinger war Mutter von drei Kindern, Ross kinderlos. Beide hatten Fitness getrieben, was in Südkalifornien ein Muss ist; Grossinger hatte gejoggt und Ross Tennis gespielt. Grossinger hatte einmal zugegeben, Vegetarierin zu sein, war jedoch später dabei fotografiert worden, wie sie nach einer Protestaktion der Kalifornischen Vereinigung der Hühnerzüchter frittiertes Huhn aß. Vermutlich war das Bild aus Publicity-Gründen gestellt worden und so schrieb ich »Vegetarierin« in Grossingers Spalte der Gesundheitsvariablen. Ross hatte, soweit es den Medien bekannt war, keine Präferenzen beim Essen gehabt. Grossingers achtundsechzigjähriger Bruder lebte noch und war Dekan der juristischen Fakultät einer kleinen Privatuniversität. Ross' Geschwister, von denen zwei älter waren als sie und einer jünger, lebten ebenfalls noch und hatten offensichtlich keine gesundheitlichen Probleme. Grossingers offizieller Nachruf nannte »Hirnblutung« als Todesursache und berief sich dabei auf die Sterbeurkunde.

Die Internetseite der American Heart Association erklärte, dass von den vier Arten des Schlaganfalls die mit Hirnblutungen zehn Prozent ausmacht. Wieder wurde die Wahrscheinlichkeit reduziert. Um meine Recherche weiterführen zu können, nahm ich einfach an, dass Dixie Ross ebenfalls einer Hirnblutung zum Opfer gefallen war, obwohl die Todesursache erst nach der Autopsie feststehen würde.

Brontë, die schlafend auf dem robusten Berberteppich zu meinen Füßen lag, knurrte freundlich ein Phantom aus ihrem Hundetraum an. Ihre Pfoten paddelten über dem Teppich und unter ihren Barthaaren konnte ich ein Hundegrinsen sehen. Wahrscheinlich war sie auf der Jagd. Sie jagte in Gedanken etwas hinterher. Genau wie ich.

»Diese Hypothese nennt man eine einzelne zweifelhafte Annahme«, flüsterte ich meinem Hund zu. »Sie besagt, dass an diesen beiden Todesfällen etwas nicht stimmt.«

Stunden später hatte ich alles in das Programm eingetippt, das ich dazu benutze, Faktoren zu analysieren, die angeblich statistisch unabhängig voneinander sind. Wie diese zwei toten Frauen. Entweder hatten die Todesfälle nichts miteinander zu tun und es gab keine kausale Verbindung oder gemeinsame Variable, oder eben doch. Nach wenigen Minuten hatte ich das Resultat. Die Wahrscheinlichkeit, dass eine gesunde dreiundsechzigjährige weiße Frau und eine gesunde weiße dreiundfünfzigjährige Frau, die beide

Amerikanerinnen mit guter medizinischer Versorgung waren und in der Vergangenheit keine kardiovaskulären Erkrankungen hatten, in einem Zeitraum von zwei Wochen in einer Stadt an einer Hirnblutung verstarben, lag bei 0,001 und war daher statistisch nicht signifikant. Ein Zehntel von einem Prozent, das bedeutete eine Chance von zehntausend zu eins. Dieses Signifikanzniveau ist so niedrig, dass es nur in lebensbedrohlichen Situationen beachtet wird, wie zum Beispiel von der amerikanischen Gesundheitsbehörde bei der Zulassung von neuen Medikamenten. Mit anderen Worten, bei diesem Signifikanzniveau kann man getrost behaupten, dass die Sache sehr, sehr unwahrscheinlich ist und eigentlich gar nicht passiert sein kann.

»Aber es ist passiert«, sagte ich zu den Zahlen auf meinem Bildschirm. »Was bedeutet, dass es eine gemeinsame Variable gibt, die wir nicht kennen. Etwas, das Dixie Ross und Mary Harriet Grossinger gemein hatten. Etwas, das sie praktisch getötet hatte.«

Es war nach zwei, als ich zu Roxie ins Bett kletterte.

»Sag's mir nicht«, murmelte sie im Halbschlaf.

»Es kann nicht passiert sein«, antwortete ich. »Das ist alles.«

Sie seufzte. »Ich habe dir doch gesagt, du sollst es mir nicht sagen.«

Am nächsten Morgen schwammen wir im Pool des Motels, ich machte Waffeln und anschließend schwammen wir noch eine Runde. Da Rox in Gary, Indiana, aufgewachsen war, hatte sie nie Schwimmen gelernt, obwohl die Stadt in der Nähe des Lake Michigan liegt.

»Blue«, hatte sie mir zwei Monate zuvor erklärt. »Es gibt gewisse kulturelle Unterschiede zwischen uns beiden. Ich bin schwarz und du bist weiß.«

»Was hat das mit dem Schwimmen zu tun?«, hatte ich begriffsstutzig gefragt.

»Ich habe noch nie darüber nachgedacht, aber es hat wohl etwas mit Autos zu tun.«

»Mit Autos?«

»Ja, Autos, ein Transportmittel unseres Jahrhunderts. Nicht viele von den Leuten in meiner Nachbarschaft hatten ein Auto und man musste zum See fahren. An wirklich heißen Tagen schickte die Feuerwehr manchmal einen Typen vorbei, der einen Hydranten aufdrehte, damit wir farblich benachteiligten Kinder uns im Wasser abkühlen konnten. Da hatte man wenig Gelegenheit, das Rückenschwimmen zu lernen.«

Roxie war jedoch nicht der Meinung, dass ihr Leben vergeudet war, weil sie nicht schwimmen konnte. Sie machte mich darauf aufmerksam, dass sie auch ohne diese Fähigkeit das College, ein Medizinstudium, ihre Assistenzarztzeit in der Psychiatrie und in zwei Staaten die Zulassung geschafft hatte. Sie hatte einen sicheren Job im Donovan-State-Gefängnis, eine lukrative Privatpraxis und nun unsere kleine Consulting-Agentur, die beeindruckende Honorare einstrich. Von Zeit zu Zeit bekam sie Jobangebote von Krankenhäusern und Universitäten aus dem ganzen Land, aber bisher hatte ihr noch nichts zugesagt.

Mich quälte jedoch mein Mangel an sozialem Bewusstsein, so dass ich mich bemüßigt fühlte, das Unrecht wieder gutzumachen. Ich würde Roxie das Schwimmen beibringen, und wenn es mich umbrachte. Nach den ersten Stunden befürchtete ich tatsächlich, bei dem Versuch umzukommen, bis ich mir ein Buch über Schwimmunterricht kaufte. Ich schlug ihr vor, mit einem Schwimmbrett anzufangen, und das brachte die glückliche Wendung. Ohne Aufsicht würde Roxie wahrscheinlich immer noch in einem knietiefen Becken ertrinken, aber sie liebt dieses Schwimmbrett. Das Gleiche gilt für Brontë. Die zwei plantschten also im Pool auf und ab – Brontë in ihrer krickentenblauen Schwimmweste auf dem

Brett und Roxie mit den Füßen paddelnd im Schlepptau –, als ich das erste Mal vorbrachte, was meiner Meinung nach nun zu tun war.

»Ich sollte wohl das FBI anrufen, was denkst du?«, fragte ich beiläufig.

»Warum das FBI?«, antwortete Rox, ohne mich aus dem schäumenden, blauen Wasser anzusehen.

»Nun, es sind zwei gewählte Volksvertreter unter statistisch unmöglichen Umständen gestorben. Das FBI sollte doch darüber informiert werden, oder?«

»Warum?«

»Untersucht das FBI nicht die verdächtigen Todesumstände bei gewählten Volksvertretern?«

»Nein«, antwortete Rox und hoffte offensichtlich, dass ihr fester, nüchterner Tonfall die Diskussion beenden würde.

Ich saß am Rand des Beckens und erinnerte mich an meine Mutter, die das Gleiche versucht hatte. Doch was damals nicht funktioniert hatte, funktionierte auch diesmal nicht. Mit fünfunddreißig habe ich mir immer noch einige Eigenschaften einer Zweitklässlerin bewahrt.

»Was meinst du mit nein?«, fragte ich.

»Welchen Teil meiner Antwort hast du nicht verstanden?«, fragte sie, gab auf und paddelte mitsamt Brett und Hund zu mir herüber.

Brontë kletterte aus dem Pool, und ich zog ihr die Schwimmweste aus, damit sie sich das Wasser aus dem Fell schütteln konnte. Rox blieb im Wasser und jeder einzelne ihrer geflochtenen Zöpfe glitzerte im Sonnenlicht. Ich wollte mich nicht daran festhalten, aber ich musste es wissen.

»Den Teil, indem das FBI *nicht* die verdächtigen Todesumstände von gewählten Volksvertretern untersucht«, sagte ich.

»Wofür steht das ›F‹ in FBI, Blue?«, fragte Rox, die Professorin.

»Federal.«

»Und das heißt?«

»Das heißt, dass es auf nationaler Ebene aufgehängt ist. Was willst du damit sagen?«

Roxie legte das Kinn auf den Rand des Beckens und sprach in den Wasserfilter. »Das FBI würde nur die verdächtigen Todesumstände eines nationalen Volksvertreters untersuchen, Blue«, erklärte sie. »Dazu kommen Spionage, Terrorismus, Banküberfälle, Entführung, Korruption, Verbrechen, die in mehreren Staaten begangen wurden, und die, bei denen es durch das Gesetz so vorgeschrieben ist. Zum Beispiel Polizeibrutalität, doch das ist relativ neu. Das FBI ermittelt jedoch nicht beim Tod eines bundesstaatlich oder kommunal gewählten Politikers, es sei denn die Gesetzeshüter vor Ort fordern die Hilfe des FBI an.«

»Oh«, dachte ich laut, während ich ein weites T-Shirt und Shorts anzog, die ich auf einen Liegestuhl geworfen hatte. »Dann sollte ich wohl das San Diego Police Department anrufen, richtig?«

»Falsch. Du solltest niemanden anrufen, denn im Grunde weißt du gar nichts. Deine Zahlen basieren auf Vermutungen. An Dixie Ross wurde noch nicht einmal die Autopsie durchgeführt. Warte bis Montag, und wenn dann bei der Autopsie eine Hirnblutung festgestellt wird, kannst du deine statistischen Analysen der Polizei aus reiner Gefälligkeit anbieten. Sie werden es sowieso nicht lesen.«

Roxie paddelte zu den Stufen am flachen Ende des Pools hinüber und kletterte hinaus, um sich in den Schatten zu setzen und zu lesen. Ich ging in mein Büro-Wohnzimmer, um mir ebenfalls ein Buch zu holen, und starrte auf das Telefon. Es war eine Schande, das Ergebnis meiner Recherche auf die lange Bank zu schieben.

»San Diego Police Department, Sergeant John Garcia«, antwortete eine junge, männliche Stimme Sekunden später.

»Ähm, ich würde gerne eine statistische Analyse melden«,

begann ich. Dumm wie Brot, wie man in meiner Heimatstadt Waterloo, Illinois, so schön sagt.

»Eine was?«

»Es geht um den Tod von Mary Harriet Grossinger und Dixie Ross. Ich bin Sozialpsychologin«, sagte ich und nannte ihm meinen Namen, meine Adresse, Telefonnummer und meine Sozialversicherungsnummer. »Diese Tode sind eine statistische Anomalie. Falls Dixie Ross ebenfalls an einer Hirnblutung gestorben ist, dann sollte die Polizei wissen, dass die Wahrscheinlichkeit dieser zwei Todesfälle bei null liegt.«

»Sie wissen ja, dass dieser Anruf aufgezeichnet wird«, fragte Garcia über das Piepen des legalen Aufzeichnungsgeräts hinweg, das alle zehn Sekunden ertönte.

»Ja.«

»Ich werde dafür sorgen, dass die Information in die richtige Abteilung gelangt, Dr. McCarron. Danke für Ihren Anruf.«

Diese Antwort zollte zwar meinem Talent, ungewöhnliche Daten zu verarbeiten, nicht den nötigen Respekt, aber ich spürte jenen Anflug von Selbstgerechtigkeit, der einen überkommt, wenn man das Richtige getan hat. Es ist ein Konzept aus dem Herzstück Amerikas, das dubiose Geburtsrecht der Menschen, die in einer der tausend kleinen Städte aufgewachsen sind, in denen an dem einen Ende der Hauptstraße die Kirche und am anderen Ende das Getreidedepot steht. Unglücklicherweise ist das Richtige meist eine grobe Vereinfachung dessen, was sich später als das Falsche herausstellt. Aber dieses augenblicklich eintretende, klebrige Glühen ist manchmal unwiderstehlich. Ich nahm den Roman, den ich gerade las und in dem es um Inzest innerhalb eines religiösen Kults in Nova Scotia ging, und gesellte mich zu Rox.

»Warst du ein Opfer von Inzest?«, fragte ich die Frau, mit

der ich zwar seit zwei Monaten eine Beziehung führte, über die ich jedoch bei weitem nicht genug wusste.

»Nein, meine Großmutter hatte es nicht mit diesem perversen Zeug«, antwortete sie unter ihrem knallblauen Sonnenschirm hervor. »Du hast die Polizei angerufen, nicht wahr?«

»Ja. Warum, glaubst du, schenken sie in der Gegenwartsliteratur dem Inzest so viel Beachtung?«

»Es geht doch immer nur um wirtschaftliche Rentabilität, Blue. Inzest ist möglicherweise eine Metapher für die Angst, nicht am globalen Markt teilzunehmen, für die Missstände, die entstehen, weil man das Geld zu Hause lässt. Außerdem kannst du damit den schwachen Versuch unternehmen, meiner Frage über die Polizei auszuweichen. Ich fass es nicht, dass du das getan hast. Was haben sie gesagt?«

»Dass sie die Information der zuständigen Abteilung zukommen lassen werden.«

»Ich nehme an, sie waren tief beeindruckt?«

»Rox, es war nur ein Dienst habender Sergeant. Willst du heute Nachmittag nach Julian fahren?«

Mit einem guten Dessert kann man Roxie leicht ablenken und die kleine Bergbaustadt auf dem Berg in der Nähe von Borrego Springs ist zu einem Apfelmekka geworden. In Julian bekommt man den besten Apfelkuchen in Kalifornien. Außerdem ist es dort oben immer einige Grad kühler als bei mir.

Also luden wir Brontë in den Wagen und verbrachten den Nachmittag damit, Apfelkuchen mit Eiscreme zu verschlingen und durch die Läden von Julian zu schlendern. Ich kaufte ein Quilt-Halstuch für Brontë und Rox erstand ein hübsches, in Einlegearbeit gefertigtes Holzkaleidoskop für ihr Büro im Gefängnis. Sie sagte, es würde ihren Patienten begreiflich machen, dass man Dinge aus verschiedenen Blickwinkeln betrachten kann. Wir amüsierten uns so gut, dass ich sie nicht darauf hinwies, dass ihre Patienten es eher stehlen als darüber nachdenken würden.

Auf dem Rückweg hielten wir an einem Supermarkt und kauften Truthahngehacktes und Gemüse, das wir draußen am Pool grillen wollten. Wir beschlossen, uns Rossini und Garth Brooks über meine Außenlautsprecher anzuhören, und zwar auf voller Lautstärke. Und im Anschluss Märsche von Sousa und Walzer von Strauß und nach dem Sonnenuntergang alte französische Chansons von Charles Aznavour. Es kam weder ihr noch mir in den Sinn, dass selbst die besten Pläne von Mäusen und Frauen an der Realität scheitern können. Und am Gesetz.

Als wir nach Hause kamen, parkte ein Zivilfahrzeug neben dem verschlossenen Tor zu meinem Grundstück, das dennoch sehr auffällige Merkmale eines Polizeiwagens aufwies. Warum begreifen sie einfach nicht, dass Funkgeräte, Mikrofone, Gewehrständer an den Türen und perforierte Metallplatten zwischen den Vorder- und Rücksitzen ziemlich verräterische Zeichen sind? Ein circa vierzigjähriger Typ mit sandfarbenem, angegrautem Kurzhaarschnitt, Sonnenbrille und einer blauen Nylonwindjacke, die auf der Brust mit den Buchstaben »SDPD« bestickt war, entfaltete seine magere, ein Meter achtzig große Gestalt aus dem Auto, blickte mit gerunzelter Stirn in den Sonnenuntergang und dann auf uns.

Brontë, die auf Roxies Schoß lag, knurrte und wünschte sich wahrscheinlich, nicht so sehr wie ein Schoßhund auszusehen.

»Ich suche Dr. Emily McCarron in einer Polizeiangelegenheit. Sind Sie das?«

»Sie«, entgegnete ich. »Das ist ein Anredenominativ und es muss heißen: ›Sind Sie sie?‹ Und ja, ich bin sie.«

»Emily« ist mein richtiger Name, aber ich benutze ihn nur auf Steuerformularen und anderen offiziellen Papieren. Es klang wie ein Alias.

»Ich hasse es, wenn so etwas passiert«, brummelte Roxie. »Gleich zeigt er uns seine Marke und dann können wir unser Abendessen vergessen.«

»Wir haben ein Paket mit gehacktem Truthahn im Wagen«, wandte sie sich an den Cop, der sich ganz bestimmt als Detective entpuppen würde. »Eine übermäßige Verspätung zwischen hier und dem Kühlschrank könnte lebensbedrohliche Auswirkungen haben. Salmonellen, E. coli, Botulismus, Anthrax. Ich muss sicherlich nicht weiter ausholen.«

»Detective Rathbone.« Er sagte das, als hätte ihn sein Nachname bereits sein ganzes Leben lang belastet. Dann hielt er eine Marke in einem Lederetui in die Höhe und zündete sich eine Zigarette an. Ohne Filter. »Dr. McCarron, haben Sie heute Morgen das Polizeipräsidium mit Informationen über den Tod von Senatorin Mary Harriet Grossinger und der Unterhausabgeordneten Dixie Ross angerufen?«

»Ja. Ich gab an, dass diese Todesfälle kein Zufall gewesen sein können. Sind Sie den ganzen Weg hier herausgefahren, um sich meine auf Band aufgezeichnete Aussage bestätigen zu lassen? Außerdem basieren meine Berechnungen, wie ich dem Dienst habenden Sergeant bereits sagte, auf der Annahme, dass Ross ebenfalls an einer Hirnblutung gestorben ist. Und das werden wir erst am Montag nach der Autopsie wissen.«

»Oh, wir wissen bereits, dass es stimmt. Die Autopsie wurde heute Morgen durchgeführt.« Er schob seine Ray Ban hoch in sein kurz geschorenes Haar und zog sie dann wieder auf seine Nase hinunter. Wahrscheinlich wollte er mit dieser Geste wie ein harter Cop, womöglich sogar ein wenig bedrohlich wirken. Ich war mir dessen jedoch nicht ganz sicher und daher deutete ich sie nur als Ausdruck von Unentschlossenheit.

»Wir wüssten jedoch gerne«, fuhr er fort und versuchte sich an einem wissenden, spöttischen Grinsen, »woher Sie vor allen anderen wussten, dass es stimmt.« Er runzelte seine gebräunte Stirn und starrte auf die Zigarette zwischen seinen Fingern. »Ich fürchte, ich muss Sie bitten, mich nach San Diego ins Präsidium zu begleiten und einige Fragen zu beantworten. Wir haben bereits Ihren Freund, diesen Exknacki Berryman. Er sagt, er wüsste von nichts, aber das sagen sie alle.«

»Sie haben BB?«, fragten Rox und ich gleichzeitig.

»Ja.« Als John Wayne taugte er wirklich nicht viel. »Er war bei der Spendenparty, auf der Ross gestern Abend erwartet wurde. Leider starb sie, bevor sie dort ankam. Offensichtlich hatte er eine Art Job bei dieser Party. Den hat ihm ein Typ vermittelt, der angeblich Psychiater ist. Sein Name ist Bushy und Berryman hat ihn im Gefängnis kennen gelernt. Sie waren auch bei der Spendenparty, McCarron. Und da Sie offensichtlich mehr über diese ganze Sache wissen als alle anderen, würden wir uns gerne mit Ihnen unterhalten. Ein anderer Detective sucht gerade nach diesem Dr. Bushy. Wir müssen der Sache auf den Grund gehen, und zwar schnell. Warum machen Sie also nicht kehrt und fahren nach San Diego. Ich treffe Sie ...«

»Moment mal, Rathbone«, setzte ich an. »Da steckt doch mehr dahinter als das Ergebnis einer Autopsie. Ihr Typen würdet doch nicht an einem Samstag herumfahren und unschuldige Mitbürger belästigen, wenn ...«

»Und ich bin Dr. Roxanne Bouchie«, knurrte Rox. Brontë knurrte ebenfalls und bleckte die Zähne. »Man spricht es ›Boo-she‹ aus, nicht ›Bushy‹. Mir scheint, Sie halten Mr Berryman ohne juristische Handhabe fest, und Sie haben auch kein Recht, Dr. McCarron oder mich festzuhalten. Sie sind außerhalb Ihres Zuständigkeitsbereiches und das wissen Sie auch, also hören Sie auf, sich aufzuspielen. Das hier ist der Zuständigkeitsbereich des Sheriffs von San Diego County und nicht das der Polizei von San Diego. Also, was ist los?«

»*Sie* sind dieser falsche Irrenarzt, den Berryman im Gefängnis kennen gelernt hat?«, fragte Rathbone. Er nickte und bemühte sich um ein spöttisches Grinsen. »Ja, klar. Leider hat Berryman in Donovan gesessen, und soviel ich weiß, gibt es da gar keine weiblichen Gefangenen.«

Rox biss die Zähne zusammen, und ich konnte sehen, wie in ihrer linken Gesichtshälfte die Muskeln arbeiteten.

»Ich bin Psychiaterin im Donovan-Gefängnis«, sagte sie in einem Tonfall, den ich niemals gegen mich gerichtet hören möchte. Ein Tonfall, der gewöhnlichen Hüttenkäse in einen Becher voller Schlacke verwandeln kann. »Was genau wollen Sie von Dr. McCarron und mir?«

Zu seiner Verteidigung muss man sagen, dass der Detective mit seinem schwarzen Lederschuh über die ausgebleichte Erde scharrte, bevor er antwortete. Ich hatte das Gefühl, dass er die Maske des harten Bullen vor langer Zeit abgestreift hatte und sich nun kaum noch an sie erinnern konnte.

»Es tut mir Leid«, sagte er schließlich, nahm seine Brille ab und blickte Roxie direkt ins Gesicht. »Können Sie sich ausweisen und sich für Berryman und McCarron verbürgen?«

Rox stieß einen langen Seufzer aus, der eine lange Geschichte erzählte. Dann holte sie ihr Portemonnaie aus der Handtasche und zeigte Rathbone zahlreiche Ausweise, die ihm unter anderem bewiesen, dass sie rangmäßig höher stand als er und außerdem viel mehr verdiente.

»Mr Berryman wurde beauftragt, die Spendenparty für Kate Van Der Elst, eine Freundin der verstorbenen Dixie Ross, zu organisieren«, sagte sie mit ihrer versteinerten Hüttenkäsestimme. »Er ist ein ehemaliger Knastbruder und obendrein Afroamerikaner, aber das bedeutet nicht, dass er etwas mit der Angelegenheit zu tun hatte, die Sie untersuchen. Ich verbürge mich für ihn. Dr. McCarron benötigt wohl kaum meine Fürsprache. Sie haben es vielleicht noch nicht bemerkt, aber sie ist weiß.«

Der Detective schien eine schwierige Entscheidung zu treffen, während er auf einen vertrockneten Klumpen Locoweed starrte, der neben der Straße wuchs. Ein Tee aus den Blättern und Stängeln dieser Pflanze, ganz zu schweigen von den tückischen Blüten, greift das zentrale Nervensystem und das Gehirn an. Locoweed kann bei großen Säugertieren wie Schafen und Pferden Irrsinn, sogar Tod hervorrufen. Das gilt auch für Detectives vom San Diego Police Department.

»Iss diese Pflanze!«, flüsterte ich und starrte Rathbone wütend an, der mich jedoch nicht hörte.

»Schauen Sie«, sagte er und griff in seinen Wagen, um einen großen, braunen Hefter herauszuholen. »Ich zeige Ihnen, was los ist. Und dann wäre ich sehr froh, wenn Sie beide mir sagen würden, was Sie davon halten. Das hier haben wir vor drei Wochen per Post bekommen. Damals hat es niemand ernst genommen. Heute sieht die Sache ganz anders aus. Ich fürchte, wir haben jetzt ein Problem.«

Rox nahm den Hefter, legte ihn auf Brontës Rücken und schlug ihn auf. Sie fand darin die Fotokopie eines getippten Briefes. Der Verfasser hatte um zwei Sätze herum ungefähr fünfzig Zeitungsartikel geklebt, die alle von Dixie Ross und Mary Harriet Grossinger handelten.

»Ross gegen Müllkippe« oder »Grossinger verlangt weitere Diskussion über Begrenzung von Amtsperioden«. Es waren ganz typische politische Schlagzeilen.

Die Nachricht war einfach. »Dies Frauen wolen wie Menner sein und müssen stärben. Sie sind nicht die eintzigen.«

Unterschrieben war sie mit »Das Schwert des Himmels«.

»Ach du Schande«, sagte Roxie leise. »Das war's dann wohl mit unserem Abendessen.«

Als Rathbone uns in seinem Wagen zu meinem Motel folgte, drängte sich mir die Frage auf, welcher Zusammenhang zwischen Frauen in untraditionellen Berufssparten und Dieselkraftstoff bestand. Mir war jedoch nur eines klar, und zwar, dass der Verfasser des Briefes nicht gerade eine Leuchte in Orthographie war.

3

Eine Drachenbehausung

»DER BEGRIFF ›SCHWERT DES HIMMELS‹ stammt wahrscheinlich aus der Bibel«, erklärte Roxie, während Rathbone auf meiner ungeteerten Auffahrt herumstand und überlegte, ob er beim Hineintragen der Lebensmittel helfen oder weiterhin den harten Cop spielen sollte. Roxie drückte ihm die zwei schwersten Taschen in die Arme. »Aber zu diesem Schluss kann jeder kommen«, fuhr sie fort. »Was sollen wir für Sie mit dem Brief machen? Ihn analysieren? Habe ich schon erwähnt, dass wir ein Honorar berechnen?«

»Honorar?«

»Ja, ein Beratungshonorar. Sie möchten doch etwas über den Verfasser des Briefes erfahren, oder?«

Rathbone nickte, und seine sauber rasierten Wangen verschwanden hinter dem Rand der braunen Papiertüten, die in der grellen Nachmittagssonne ganz gelb aussahen.

»Nun, wir könnten Ihnen natürlich ein paar Dinge sagen, aber wir würden das lieber auf professioneller Ebene tun.«

»Das Department benutzt ständig Consultants«, sagte er und trat zur Seite, damit Roxie und ich zuerst hineingehen konnten. Herrlich. Da er beide Arme voller Lebensmittel hatte, konnte er nicht die neue Fliegengittertür aufhalten, die ich eingebaut hatte, nachdem ich vor ein paar Monaten mit meinem Wagen durch die alte Bürotür des Motels gefahren war. Und so musste Roxie noch einmal nach draußen gehen und ihm die Tür aufhalten. Anschließend gingen sie in die Küche, und ich schloss die untere Hälfte meiner speziell angefertigten stahlverstärkten Eingangstür, während ich den oberen Teil an der Innenwand gelehnt ließ. Ich liebe diese zweigeteilten Türen. Außerdem hält meine Tür, wenn beide Hälften geschlossen sind, beinah alles auf, was von einer konventionellen Waffe abgefeuert wird. Man kann nicht vorsichtig genug sein.

»Kann uns das San Diego Police Department denn auch bezahlen?«, fragte Rox, nachdem sie einen Stundensatz genannt hatte, der beinah doppelt so hoch war wie das, was wir für Wahlanalysen, die Auswahl von Jurymitgliedern und das Auswerten von Verhörprotokollen verlangten.

»Ich denke schon«, sagte Rathbone und sah sich um. »Sie beide leben in einem Motel? Ich kann mir nicht vorstellen, dass Sie hier draußen viele Gäste haben. An einer unbefestigten Straße mitten im Nirgendwo. Wahrscheinlich kriegen Sie viele Tagungen für Einsiedler, was? Phah.«

Sein Lachen erinnerte mich an das dumpfe Geräusch von Kartoffeln, wenn man sie in die Mikrowelle steckt und vergisst, die Pelle mit einer Gabel zu durchlöchern und dann die Haut unter dem Dampf zerplatzt. Ich hatte keine Lust, dem Detective meine ungewöhnlichen Lebensumstände zu erklären. Doch die Tatsache, dass er angesichts von Roxies Honorarforderungen keinen Schock erlitten hatte, war verlockend. Wir würden einen schönen Batzen verdienen, wenn Rathbone uns dem SDPD als externe Berater empfahl. Außerdem war ich neugierig, was es mit dem Tod zweier Frauen auf sich hatte, die, wie ich bereits bewiesen hatte, unter den vorgegebenen Umständen nicht eines natürlichen Todes gestorben sein konnten.

»Ich wohne hier alleine mit meinem Hund«, erklärte ich. »Dr. Bouchie lebt in San Diego.«

»Sie leben hier draußen ganz alleine? Eine Art Einsiedlerin, was?« Dann wies er nachdenklich mit dem Kinn auf meinen Küchenboden. »Ist das Pergo?«

Er sprach von meinem Fußbodenbelag, einem in Schweden hergestellten Laminat. Nun hatte er meine ungeteilte Aufmerksamkeit.

»Ja. Und zwar Travertinstein. Ich fand, es passt ganz gut zu der Atmosphäre, da es die cremefarbenen, gelben Streifen in den Findlingen vor dem Küchenfenster aufgreift.«

Rathbone blickte nach draußen und dann wieder auf den Boden. Seine Hände, die an seinen Seiten herunterhingen, waren mit Sommersprossen übersät und mit angeschwollenen, verästelten Venen überzogen.

»Meine Frau, Annie, will unbedingt den gleichen Belag für unsere Küche und den Flur und zeigt mir andauernd die Musterbücher. Mir gefällt Eiche Rustikal. Haben Sie das auch gesehen?«

»Ich fand es für hier drinnen zu dunkel«, erwiderte ich. »Aber es hat mir gut gefallen.«

»Annie möchte auch etwas Helleres. Kieferplanken Natur.«

»*Den* hätte ich auch beinah genommen, aber dann dachte ich, der Stein-Look wäre ...«

»Das glaube ich einfach nicht«, murmelte Roxie an die Kirschtomaten gerichtet, die sie in der Spüle abwusch. »Das kann doch nicht wahr sein. Zwei völlig Fremde stehen gerade in der Wüste und knüpfen eine Bindung angesichts eines Bodenbelags aus Vinyl.«

»Das ist kein Vinyl«, sagten Rathbone und ich gleichzeitig und knüpften eine Bindung angesichts eines Laminatbodens. Es war offensichtlich, dass wir uns wahrscheinlich gut verstehen würden. So etwas kann passieren, wenn man sich für Fußböden interessiert.

»Sie können genauso gut zum Essen bleiben«, sagte Roxie zu dem Detective und schüttelte lächelnd den Kopf. Rox hatte ihre Zöpfe in dieser Woche mit türkisfarbenen Perlen verziert, und Rathbone legte den Kopf schief, als er das wohltönende Klacken hörte.

»Meine Schwägerin, Annies jüngere Schwester, überlegt die ganze Zeit, ob sie das Haar so tragen soll«, sagte Rathbone interessiert, »aber ich glaube, es wirkt nicht, wenn man nicht schwarz ist. Sie ist Anwältin oben in der Bay Area, und zwar für Internationales Recht. Sie reist sehr viel. Und ja, ich würde gerne bleiben. Aber ich muss Annie anrufen und ihr sagen, dass ich nicht nach Hause komme. Kann ich Ihr Telefon benutzen?«

»Nur, wenn Sie dafür sorgen, dass unser Freund BB freigelassen wird«, sagte ich. »Könnten Sie das zuerst erledigen?«

»Sie meinen Berryman? Klar.«

Ich zeigte Rathbone das Telefon in meinem Büro-Wohnzimmer und schaltete den Fernseher an, um seine Unterhaltung zu übertönen. Uns Menschen aus dem Mittleren Westen liegt es sehr am Herzen, die Privatsphäre anderer Menschen zu respektieren.

Ich kehrte in die Küche zurück, fütterte Brontë und steckte Klöße aus Truthahnhackfleisch mit Kirschtomaten, Pilzen, Ananasstücken und Zwiebelscheiben auf Spieße. Plötzlich rief Rathbone: »Berrymann ist frei, aber schauen Sie sich das mal an.«

Rox und ich gingen um die Wand herum, die meine winzige Küche vom Wohnzimmer trennt, und folgten seinem faszinierten Blick auf den Fernseher. Eine Sprecherin in einem roten Seidenjäckchen beendete gerade einen Bericht über eine abgesagte religiöse Erweckung, die offensichtlich für den nächsten Tag, den Sonntag, geplant gewesen war. Auf der rechten Seite des unterteilten Bildschirms war das Foto eines Weihnachtsbaumengels mit zu viel Make-up zu sehen. Bei näherer Betrachtung entpuppte sich der Engel als Frau mit schimmernden blonden Locken in einem blassgrünen Chorgewand. Das

Foto war durch einen durchsichtigen Baumwollstoff geschossen worden und wirkte sehr verschwommen.

»Ein Sprecher von Reverend Ruby Emerald bittet ihre Anhänger, Gebetsversammlungen für die charismatische Erweckungspredigerin zu organisieren. Karteninhaber für die morgige ausverkaufte Veranstaltung können sicher sein, dass ihnen morgen im Verlauf des Tages das Geld an der Kasse und an allen Vorverkaufsstellen erstattet wird, falls die Erweckung ausfällt. Und nun zu Martin McGuire mit einem Blick auf das Wetter ...«

»Was?«, fragte Roxie. »Was sollen wir uns ansehen?«

Rathbone runzelte die Stirn und zeigte mit einem sommersprossigen Finger auf den Fernsehbildschirm.

»Ich hab da so ein Gefühl«, murmelte er. »Diese Erweckungspredigerin hat eine ausgebuchte Show mit fünfzehntausend Besuchern, bei der jede Karte vierzig Mücken kostet, und sie landet am Abend vorher im Krankenhaus? Wir reden hier von einer Menge Geld, das den Bach runtergeht. Ich habe da so ein komisches Gefühl. Kann ich noch mal Ihr Telefon benutzen? Ich will etwas nachprüfen.«

Rox und ich hörten zu, während er mit einem weiteren Detective im Polizeipräsidium in San Diego sprach.

»Sie ist in einem Krankenwagen von ihrem Haus zum Krankenhaus gefahren worden? Gut. Versuch mit den Sanitätern zu reden und herauszufinden, was mit ihr los war. Ich glaube, da ist was faul. Ruf mich zurück.«

Wir saßen am Pool, und Rathbone erzählte uns, dass er mit Vornamen Wesley heiße, ihm aber Wes lieber sei. Wir sahen ihm gerade dabei zu, wie er seinen fünften Truthahn-Kebab verdrückte, als das Telefon klingelte. Ohne uns auch nur den Anschein von Höflichkeit zu geben, sprangen wir auf und rasten gemeinsam nach drinnen. Dort fiel es Rathbone erst in letzter Sekunde ein, mir das Recht einzuräumen, an mein eigenes Telefon zu gehen.

»Einen Moment, er steht neben mir«, sagte ich und reichte ihm den schnurlosen Hörer.

»Die Sanitäter sagen, sie hatte Kopfschmerzen«, wiederholte er. »Sie hatte unerträgliche Kopfschmerzen, schwitzte wie ein Schwein und zitterte am ganzen Körper.«

»Was war mit dem Blutdruck?«, fragte Roxie und ihre braunen Augen funkelten vor beruflicher Neugier. Mir wurde bewusst, dass ich einem Cop und einer Ärztin in meinem Wohnzimmer bei der Arbeit zusah, obwohl es weder ein Verbrechen noch einen Patienten gab. Ich fand es seltsam, so als wären wir Figuren in einem Theaterstück, das keinen Sinn ergab und dem sowieso niemand zusah.

»Hm, hoch, ja?«, wiederholte Rathbone, nachdem er seinen Gesprächspartner danach gefragt hatte. »Hundertneunzig und noch was zu einhundertzwanzig und noch was. Hat das was zu bedeuten?«

»Das könnte bedeuten, dass sie zwanzig Minuten lang einen steilen Hügel hinaufgelaufen ist und dabei geraucht und starken Kaffee getrunken hat«, erwiderte Rox. »Oder tausend andere Dinge. Drogen, eine allergische Reaktion, alles Mögliche. Dieser Blutdruck ist jedenfalls gefährlich. Sehr gefährlich.«

»Dachten die Sanis, dass sie auf Drogen war?«, fragte Rathbone in den Hörer, während der Schein der Bodenlampen eine Seite seines Gesichts in blassgelbes Licht tauchte und die andere Seite im Schatten beließ. Ich musste an das Foto denken, das ich am Abend zuvor in der Aphid Galerie gesehen hatte, auf dem die eine Seite eines einfachen, rechteckigen Gebäudes von Licht überflutet wurde, während die andere im Dunkeln begraben lag.

»Sie bestreitet jeglichen Drogenkonsum«, sagte er einen Augenblick später. »Die Sanitäter vermuten, dass es stressbedingte Kopfschmerzen waren. Sie haben so etwas wohl schon früher bei Rockstars und Künstlern gesehen, die vor einer großen Show nervös wurden und dann diese Kopfschmerzen bekamen. Im Krankenhaus werden sie ihr wahrscheinlich nur ein paar Beruhigungstabletten geben und sie ruhig stellen. Die Sanitäter sagen, dass sie morgen bestimmt wieder in Ordnung sein wird.«

»Hmmm«, murmelte Roxie, als er den Hörer auflegte.

Nachdem Rathbone die eine Hälfte des Biskuitkuchens mit einer Glasur aus Schokoladensorbet verdrückt hatte, den ich zum Nachtisch gemacht hatte, fuhr er und versprach, am Montag Roxies Auftragsdienst zu kontaktieren und uns eine beinah-offizielle Bestätigung für unsere Dienste als externe Consultants des San Diego Police Department durchzugeben. Als er weg war, blickten Rox und ich uns im Mondlicht an, das durch meine offene, zweigeteilte Haustür hereinströmte.

»Also, was denkst du?«, fragte ich.

»Weiß nicht. So wie es aussieht, hat jemand, der sich ›Schwert des Himmels‹ nennt, vor drei Wochen die Polizei informiert, dass Mary Harriet Grossinger und Dixie Ross sterben werden. Und nun sind sie tot.«

»Das ist einigen Leuten auch schon aufgefallen, Rox«, sagte ich, doch die Worte waren eher an den Himmel vor dem Haus als an sie gerichtet. »Und die Zahlen lügen nicht. Es muss ein fehlendes Puzzleteil geben, eine gemeinsame Variable, die diese beiden Todesfälle verbindet. Ich sage nicht, dass Schwert das fehlende Teil sein muss; der Brief könnte ein seltsamer Zufall und die fehlende Verbindung etwas ganz anderes sein. Aber was, wenn Schwert das fehlende Stück ist? Was, wenn jemand eine Methode gefunden hat, eine Staatssenatorin und eine Unterhausabgeordnete zu ermorden?«

Roxie schürzte die Lippen und wanderte nachdenklich durch mein Büro-Wohnzimmer.

»Nun, wir haben nicht viel«, sagte sie achselzuckend. »Wenn es das ist, wonach es aussieht, dann haben wir einen

Serienmörder, der durch Hirnblutung tötet.« Sie blickte grinsend auf meinen Monitor und fuhr dann fort. »Es ist unmöglich, Blue. Es ist lächerlich. Es ist unmöglich ... nun, sagen wir, es ist nicht einfach, den Blutdruck so zu manipulieren, dass er in die Höhe schießt, bis ein Blutgefäß im Gehirn platzt. Es ist natürlich machbar, aber nur von jemandem mit medizinischer Ausbildung. Wahrscheinlich durch eine Injektion. Man spritzt das falsche Zeug und der Tod tritt nach wenigen Sekunden ein. Aber Dixie war alleine im Wagen, oder?«

»Ja.«

»Du willst also behaupten, dass jemand bei ihr im Wagen saß, sie dieser Person gestattet hat, ihr während der Fahrt eine Injektion zu verabreichen, sie dann besagte Person höflich an der Ecke abgesetzt hat, bevor ihr Sekunden später das Gehirn explodiert ist?«

»Was ist mit einer Tablette?« Inzwischen hielt ich mich dicht hinter Rox und wanderte wie sie im Zimmer auf und ab. »Was, wenn etwas in ihrem Essen war? Etwas, das ihren Blutdruck nach oben getrieben hat, jedoch erst, nachdem es verdaut und in ihren Blutkreislauf gelangt ist? Ist das möglich?«

»Es ist möglich, aber nicht sehr wahrscheinlich, Blue. Und es wäre bei der Autopsie aufgefallen. Sie überprüfen immer den Mageninhalt. Rathbone hat nichts von einer tödlichen Chemikalie in ihrem Magen gesagt.«

»Aber nehmen wir mal an, jemand hätte Dixie Ross tatsächlich etwas ins Essen gemischt?« Ich wollte nicht lockerlassen. »Womit hätten wir es dann zu tun?«

»Das ist unmöglich, Blue, denn dann wäre die Substanz entdeckt worden. Und dann hätten wir es mit einem Giftmörder zu tun.«

»Und wer tötet mit Gift?«, schloss ich.

»Fast ausschließlich Frauen«, räumte Roxie ein, ging in

die Küche und zeigte auf die Reste des Essens, das wir vorbereitet und mit einem Fremden geteilt hatten. Der Raum roch nach Hühnchengewürz und tropischen Früchten. Richtig heimelig.

»Die Identifizierung mit der eigenen Brust«, setzte ich seufzend hinzu. »Frauen ernähren und füttern immer wieder die Menschen um sich herum und erhalten so die Welt am Leben. Aber wenn sich dieser Instinkt ins Gegenteil verkehrt, wenn es ins Böse umschlägt, benutzen Frauen die gleiche Methode zum Töten. Warum muss diese verdammte hormonelle Chemie gleichzeitig eine Falle sein?«

»Das ist eben so«, murmelte sie. »Deshalb spricht auch nie jemand darüber. Es ist nicht politisch korrekt, zuzugeben, wie viel von unserer Persönlichkeit von den Nervenbahnen und der Chemie abhängt, deren Existenz wir nicht einmal erahnen.«

In diesem Moment, in dem die Schatten der Nacht sich schwer über den Raum legten, geschah etwas. Wir überschritten eine Grenze. Es war ein Moment der Wahrheit, des völligen Verstehens. Ich denke, die engsten Bindungen werden nicht durch Leidenschaft, sondern durch solche Momente geschlossen. Rox und ich verstanden einander, waren in diesem Moment gleich, und es fühlte sich an, als würden sich plötzlich alle Türen und Fenster öffnen. Ich spürte einen Lufthauch und hatte das Gefühl, hingezogen zu werden. Wir waren nur zwei Frauen in einer Küche, die etwas aussprachen, was niemand zugeben wollte. Zum Beispiel, dass das Mädchen von nebenan töten kann, wenn es zu weit getrieben wird.

Nach einer Weile blickte Roxie mir in die Augen. »Sollen wir also diesen Fall annehmen und den Täter finden, der sich möglicherweise als Frau entpuppen kann?«

»Dixie Ross und Mary Harriet Grossinger waren ebenfalls Frauen«, sagte ich und erwiderte ihren Blick. »Was wir herausfinden, wird vielleicht nicht leicht zu ertragen sein, doch es kann nicht so schlimm sein wie das, was bereits geschehen ist, oder?«

Roxie nickte nur, drehte sich um und stützte die Hände auf den Rand meiner rostfreien Spüle. Ihr Blick glitt über die Wüstenlandschaft vor meinem Fenster, so als suchte sie nach einem verlorenen Gegenstand. Ich konnte sehen, wie sich ihre braunen Knöchel beige verfärbten, weil sie den Rand der Spüle fest umklammerte. Zu fest.

»Oh, Rox!«, flüsterte ich, als mir etwas einfiel, das sie mir erzählt hatte. »Deine Mutter. Du hast Angst, wir könnten jemanden verfolgen, der ... der so ist wie sie, nicht wahr? Wir müssen das nicht machen. Vergessen wir's. Die Cops werden ... Wir müssen uns nicht einmischen, Roxie. Ich will nicht ...«

Sie hatte mir von ihrer Mutter erzählt, als ich sie auf meine typisch undiplomatische Art gefragt hatte, warum sie Psychiaterin geworden war. Das Medizinstudium, dann die Facharztprüfung, die Diplome und Zertifikate. Diese Dinge waren nicht einfach und ziemlich teuer für eine junge Frau, die in Armut von einer Großmutter aufgezogen wurde, deren einziges Einkommen aus dem Scheck vom Sozialamt und dem Verdienst durchs Kochen und Putzen bestand. Aber Rox und ihre Oma hatte nichts von ihrem Traum abhalten können, dass Roxie eines Tages Menschen helfen würde, die so waren wie die eine Person, der sie *nicht* hatten helfen können. Roxies Mutter. Diese war als junge Frau an Schizophrenie erkrankt und hatte ihre kleine Tochter in Angst und Schrecken versetzt, die sich daraufhin immer in einem Schrank versteckte, wenn die Mutter zerlumpt und geistig verwirrt von der Straße zurückkehrte und sie um Essen anbettelte. Sie war vor fünfzehn Jahren in einem psychiatrischen Krankenhaus gestorben, als Roxie zwanzig war.

»Nein, Blue«, sagte Rox sanft. »Wenn jemand hinter diesen Todesfällen steckt, dann kann ich garantieren, dass es bestimmt niemand mit Schizophrenie ist. Das ist nur ein dummer Hollywood-Mythos und das weißt du genau. Jemand mit einer unbehandelten paranoiden Schizophrenie kann vielleicht jemandem schaden, wenn er sich in einer Krisensituation befindet. Aber das kommt selten vor und der Täter wird schnell gefasst. Die Verbrechen, mit denen wir es hier zu tun haben, sind nicht das Resultat eines durch Wahn hervorgerufenen Impulses, sondern wurden sorgfältig geplant und ausgeführt. Niemand mit akuter Schizophrenie könnte auch nur im Ansatz ein Verbrechen dieser Komplexität planen, bei dem offensichtlich ein geheimnisvolles Medikament und Prominente eine Rolle spielen und es keinerlei Verdächtige oder Motive gibt. Das ist nicht ...«

»Was ist dann mit dir los? Du stehst kurz davor, aus meiner Spüle eine moderne Skulptur zu machen.«

Sie wies mit dem Kopf auf die Stelle, an der wir ein paar Sekunden zuvor in der Küche gestanden hatten. Mit dieser Geste erweckte sie uns wieder zum Leben, so wie wir in jenem Moment gewesen waren, und unsere Gestalten aus der Vergangenheit schwebten wie beinah sichtbare Geister im Raum.

»Das«, antwortete sie.

»Das?«

»Blue, zwischen uns geschieht immer wieder so etwas wie vorhin.«

»Ich weiß«, sagte ich. »Es ist, als würden Mauern verschwinden. Wir sagen etwas, und es bringt uns näher zusammen, weil wir es beide genau verstehen. Ich glaube nicht, dass so etwas sehr oft zwischen zwei Menschen geschieht, oder?«

Die türkisfarbenen Perlen in ihren Haaren waren gespenstisch stumm, als sie sich wieder umdrehte und aus dem Küchenfenster sah. »Nein, das stimmt. Aber wir dürfen uns nicht so nah kommen, Blue.«

»Was meinst du?«

Sie betrachtete den Ärmelaufschlag des türkisfarbenen Cargohemds aus Baumwolle, das ich ihr aus einem der zwanzig bis dreißig Kataloge bestellt hatte, die ich wöchentlich bekomme. Das Hemd besitzt viele Taschen und Reißverschlüsse und sie liebt es heiß und innig.

»Es macht mir Angst.«

»Es macht dir Angst, dich mir zu nah zu fühlen?«

»Wenn es so ist wie eben«, sagte sie und wies erneut mit ihrem Kopf auf unsere Geister, »wenn wir uns so blind verstehen wie eben, dann fühle ich mich so wohl, dass ich am liebsten dort bleiben möchte; ich vergesse, was ich mit meinem Leben tun muss. Es ist so verführerisch, dass ich meine Arbeit vergesse. Und das darf ich nicht, Blue. Dazu darf es niemals kommen.«

Ihre Stimme klang ernst.

»Und das wird es auch nicht«, versicherte ich ihr fröhlich und steckte die Hände in die Taschen meiner Shorts, um unbekümmert zu wirken. »Wir halten nichts von krankhafter Übereinstimmung und absoluter Verschmelzung. Wir sind zwar Frauen, aber dieses Bedürfnis geht uns völlig ab. Es kann nicht passieren.«

»Wirklich nicht?«, fragte sie ernst.

»Nein, wir werden es nicht zulassen.«

»Na gut, Blue«, sagte sie grinsend. »Dann gehen wir also auf Mörderjagd.«

4

Die Behausung der Schakale

IN DER BIBEL HERRSCHT kein Mangel an Anspielungen auf Schwerter. Rox, die als Baptistin aufgewachsen ist, war davon überzeugt, dass die Unterschrift »Das Schwert des Himmels« aus der Bibel stammte, aber ich wollte es nachprüfen, bevor ich meinen Vater, Father Jake, anrief und Informationen eines Insiders über den Ausdruck einholte. Als episkopaler Pfarrer würde sich mein Vater eher die Zunge an die Unterlippe nähen, als jemandem Bibelzitate aufzudrängen. Episkopale vermeiden es schon aus Tradition, jemandem Bibelzitate aufzudrängen. Aber wenn er nicht gerade mit seinen Kumpels und seiner Gewehrsammlung Skeetschießen geht, dann betreibt mein Vater ganz gerne ein bisschen Bibelrecherche. Ich hatte bereits fünf von den fünfunddreißig Verweisen auf Schwerter in meiner Konkordanz der alten King-James-Bibel nachgesehen, als ich aufgab und ihn in St. Louis anrief, wo er eigentlich seinen Ruhestand genießen sollte. In Wirklichkeit arbeitet er härter denn je.

»Betsy Blue!«, rief er erfreut meinen Namen aus Kinderzeiten. »Ich bin ja so froh, dass du anrufst. Die Anhörung deines Bruders ist für Anfang Dezember anberaumt, und ich weiß, dass du dabei sein möchtest. Am 10. Dezember. Reservier dir am besten jetzt schon einen Flug. Wie geht es Roxie? Ist alles in Ordnung? Ich will alles hören.«

Ich hatte erst drei Tage zuvor mit meinem Vater gesprochen und er schickt täglich E-Mails, aber er gehört zu der Sorte Mensch, die regelmäßig ein Update haben möchte. Und wenn man den Hang meiner Familie betrachtet, ungewöhnliche Desaster anzuziehen, so ist seine Besorgnis nicht unbegründet. Meine Mutter wurde zum Beispiel von einem betrunkenen Autofahrer getötet, als sie vom Sierra Club nach Hause fuhr. Mein Zwillingsbruder David und ich waren gerade erst dreizehn. Fünf oder sechs Jahre später begann David, sich auf das Verhaltensniveau eines Affen hinunterzubegeben, das ihm schließlich wegen versuchten bewaffneten Raubüberfalls einen Aufenthalt im Missouri-State-Gefängnis einbringen sollte. David macht sich unter dem Einfluss seiner Frau Lonni so langsam, aber ich kann es Dad nicht verübeln, dass seine Wachsamkeit niemals nachlässt. Wenn man nicht aufpasst, kann sich alles ändern, und das weiß mein Vater sehr genau. Ich weiß nur, dass dieses Bedürfnis nach Kontakt der Versuch ist, keine Sekunde die Augen zu schließen.

»Es ist alles in Ordnung, Dad«, sagte ich. »Ich rufe wegen Schwertern an. In der Bibel. Rox und ich werden wohl vom San Diego Police Department beauftragt werden, das Profil eines Menschen zu erstellen, der vor drei Wochen zwei Politikerinnen bedroht hat. Seitdem sind beide unter merkwürdigen Umständen gestorben. Der Verfasser des Drohbriefes hat mit ›Das Schwert des Himmels‹ unterzeichnet. Ich kann es aber in der Konkordanz nicht finden. Weißt du, wo es steht?«

»Jesaja!«, antwortete mein Vater mit der gleichen Begeisterung, die ein Hund für einen auf einen Baum geflüchteten Waschbären aufbringt. »Der Autor dieses Briefes wird sich als jemand entpuppen, der weiße Socken und am Revers ein im Dunkeln leuchtendes Ansteckkreuz trägt.«

»Wie kommst du darauf?«, fragte ich und machte Rox ein Zeichen, den Hörer im Schlafzimmer zu nehmen und mitzuhören. »Rox wird mithören, ja?«

»Hallo, Roxie«, sagte mein Vater höflich und wandte sich

dann wieder dem Thema zu. »Du wirst es bei Jesaja 34 finden, und zwar in den Anfangsversen. Aber ich denke, es handelt sich in den meisten Übersetzungen um ein Schwert *im* Himmel, nicht um ein Schwert *des* Himmels. Viel wichtiger für deine Frage ist jedoch wahrscheinlich die Beschaffenheit dieses Textes. Du wirst ihn sicherlich sehr interessant finden, Blue.«

»Ich höre«, sagte ich meinem Vater, der gerne dramatische Pausen einlegt, wie es in Predigten so üblich ist.

»Es ist eine dieser blutrünstigen apokalyptischen Geschichten, in denen Gott einen Wutanfall bekommt und eine kleine Nation auslöscht. In diesem Fall heißt sie Edom. Der Autor des Textes war ein Poet und die Bilder des Ruins sind beeindruckend. Der Gestank der toten Armeen, Berge, die unter Blutströmen zergehen, Flüsse, die zu Teer werden, und dazu noch ein erstickender, schwarzer Qualm, der alles einhüllt. Nachdem es vorbei war, konnten in den Dornen Edoms nur noch Raben und Rohrdommeln, Drachen und Eulen leben. Der Poet nannte Edom nach der Zerstörung eine ›Behausung der Schakale‹. Oh, und es lebte noch jemand anderes dort, Blue. Ein anderes Wesen.«

»Was für ein Wesen, Dad?«, fragte ich, damit er fortfahren konnte.

Ich spürte, wie sehr er diesen Moment genoss. »Lilit!«, sagte er mit tiefer Bassstimme.

»Du machst Witze!«, rief ich begeistert. »Der Text geht so weit zurück? Wow! Nein, sag's nicht, lass mich raten. Edom stand auf der Abschussliste von unserem Großen, denn die Leute hatten sich noch nicht den neuen Zeiten angepasst und verehrten immer noch die Göttin, stimmt's?«

»Stimmt. An der Ausgrabungsstätte sind ein paar Figuren von schwangeren Frauen gefunden worden. Edom lag im Gebiet südlich des Toten Meeres entlang des Wadi al Araba, der zum Golf von Akaba führt. Heute würde es sowohl in Israel als auch in Jordanien liegen. Ausgrabungen in beiden Ländern haben diese weiblichen Figuren zu Tage gefördert, die aus Ton und Stein bestehen, was sicherlich darauf hindeutet ...«

»Interessant«, stoppte ich die drohende Flut von archäologischen Informationen. »Der Ort musste also in die Luft gesprengt und in einen Alptraum verwandelt werden, und anschließend hat der Autor Lilit dort angesiedelt?«

»Er musste doch irgendetwas mit ihr machen, Blue«, sagte er mit einem Kichern. »Du weißt doch, wie schwierig sie war.«

»Moment mal«, unterbrach uns Roxie aus dem Schlafzimmer. »Wer ist diese ›Lilit‹ und was wird uns das alles über den Verfasser des Briefes verraten?«

»Meine Tochter kann dir alles über die Bedeutung von Lilit erzählen«, sagte mein Vater stolz. »Und auf den ersten Blick haben wir über den Briefeschreiber gelernt, dass er oder sie einigen verdrehten, religiösen Ideen ausgesetzt war – im Schulunterricht, in Predigten oder anderswo. Diese Passage wird in den traditionellen Lektionaren nicht verwendet – das sind die vorgegebenen Bibelabschnitte, auf denen in jeder Glaubensgemeinschaft die wöchentlichen Predigten basieren. Ich will damit sagen, dass Jesaja 34 meines Wissens in keinem protestantischen oder katholischen Lektionar vorkommt. Und es ist auch nicht in den jüdischen Haftaroth enthalten. Es ist einfach zu abstoßend. Aber es wird regelmäßig von Durchgeknallten benutzt, die eine biblische Grundlage für ihren Frauenhass brauchen.«

»Willst du damit sagen, dass du den Autor dieses Briefes für eine Frau hältst? Ich meine, wir haben doch nichts weiter als diese kleine Phrase, diese Unterschrift – ›Das Schwert des Himmels‹.«

»Ich habe keine Ahnung, welches Geschlecht der Verfasser hat«, fuhr Dad fort. »Ich kann nur vermuten, dass er oder sie einer Art religiöser Erziehung ausgesetzt war, in der ein äußerst gewaltsamer biblischer Text benutzt wurde, der eine schreckliche Strafe für die Anhänger eines Göttinnenkults ausmalt. Ich sage nur, dass eine ganz normale Glaubensgemeinde niemals diesen Text benutzen würde. Ein lutheranischer Automechaniker oder ein methodistischer Zahnarzt hat ihn bestimmt noch nie von der Kanzel gehört. Euer Briefeschreiber war oder ist Angehöriger einer Sekte oder eines religiösen Kults.«

»Wir sind hier in Kalifornien, Dad«, sagte ich. »Hier gibt es an jeder Straßenecke eine Sekte oder einen religiösen Kult.«

»Unsere Gruppe nennt sich wahrscheinlich ›christlich‹ oder ›biblisch‹. Sie wird Weiße aus den unteren Schichten ansprechen, die über ein wenig Bildung verfügen. Wahrscheinlich ausschließlich Weiße, vielleicht sogar Anhänger der weißen Vorherrschaft. Dazu gehört manchmal auch das Verprügeln von Frauen.«

Ich konnte hören, wie Rox verächtlich schnaubte. »Reden wir hier von spitzen Hüten und Bettlaken? Wenn ja, dann erinnert sich die alte Roxie gerade an eine andere ziemlich dringende Verabredung, wenn ihr versteht, was ich meine.«

In den zwei Monaten unserer Beziehung hatte ich noch nie gehört, dass Rox den Sprachmodus der Schwarzen benutzte. Mein Vater nahm es ernst.

»Ich denke, die Bettlaken sind heutzutage überholt, Roxie. Aber wenn sich jemand diesen Schlägern nähern muss, dann lass Blue gehen.«

»Oh, danke, Dad«, erwiderte ich. »Werft mich nur den Löwen zum Fraß vor.«

»Ich helfe, wo ich kann.« Er kicherte, als wir uns eine gute Nacht wünschten.

Nachdem ich mir meine Hüfttasche umgeschnallt hatte, in

der sich unter anderem die Smith & Wesson befand, die ich gekauft hatte, nachdem meine Glock Neunmillimeter im Muffin-Crandall-Fall den Weg alles Irdischen gegangen war, lud ich Rox ein, mit mir auf Brontës nächtlichen Spaziergang zu gehen. Dieser Spaziergang gehört nicht zu Roxies Lieblingsbeschäftigungen, aber ich wusste, dass sie mitkommen würde, weil sie über den Fall sprechen wollte.

»Wer oder was ist nun diese Lilit?«, fragte sie, während wir zwischen den Felsen entlangwanderten, die zu meinem Grundstück und letztlich zum Anza-Borrego Desert State Park gehören. Die dürren Zweige eines Ocotillo-Strauchs zuckten in der sanften Brise, die über den Wüstenboden fegte und schlangenförmige Schatten auf unsere Füße warf. Brontë rannte voraus und das Mondlicht spiegelte sich in ihrem schwarzen Fell wider. Das Setting hätte, wie ich fand, nicht angemessener sein können.

»Der Name ist ein altes sumerisches Wort und bedeutet ›Windgeist‹«, begann ich und lächelte auf meine Füße hinunter, damit Rox nicht sehen konnte, wie sehr ich diese Situation genoss. Es gibt nichts Besseres als eine gute Geistergeschichte. Ich senkte die Stimme und fuhr fort.

»Die mythologische Lilit war Adams erste Frau, aber sie blieb nicht lange bei ihm, weil sie auf absoluter Gleichberechtigung mit ihm bestand und zum Beispiel das Recht forderte, beim Sex oben zu liegen. Als Adam ausflippte, floh Lilit und weigerte sich, zu ihm zurückzukehren. Stattdessen zog sie die erotische Gesellschaft von Dämonen vor, denen sie hundert Kinder am Tag gebar, die wiederum jeden Tag von einer Gottheit getötet wurden, die wütend darüber war, dass sie Adam nun eine neue, unterwürfigere Frau basteln musste.

»Das Wort ›Lilit‹ bezeichnete bereits einen schrecklichen Geist, der wilde Orte heimsucht. Nach der Schöpfungsgeschichte wurde das Wort zum Namen, zur Verkörperung der Wildnis, die sich jenseits der Kontrolle durch die Zivilisation befindet. Lilit wurde das Nachtgespenst, eine Frau, deren Schönheit ihrer Macht gleichkam. Sie lebte stets an wilden Orten und man sagt, dass sie die Männer mit ihrer ungezügelten Sexualität in den Wahnsinn trieb. Sie wurde von den Männern, die das alte Testament verfassten, als dämonisch bezeichnet, aber in Wirklichkeit ist sie die Schutzheilige jeder Frau, die sich von niemandem besitzen lässt. Ihr Geist ist dort draußen, Rox, im Wind und in den Steinen und den Klapperschlangen. Sie ist die heulende Wildnis.«

Wie auf Kommando seufzte der Wind, als er durch die Schatten eines nahe gelegenen schmalen Canyons strich. Ich liebe die Wüste. Manchmal denke ich, dass sie diese Liebe erwidert. Wie in diesem Moment.

»Wie kriegst du nur immer diese Geräuscheffekte hin?«, fragte Rox und starrte wütend in den Canyon, als könnte blanke Arroganz den Wind einschüchtern. »Und was hat Lilit mit dem Schwert des Himmels zu tun?«

»Wer weiß? Das Schwert ist die Zerstörung, die Edom auslöschte, und im Anschluss verbannte der Poet Lilit zusammen mit den Schakalen, den Drachen und Eulen dorthin, nur um zu zeigen, dass unbezähmbare Frauen an so einen Ort gehören. In eine Einöde, in die Hölle.«

»Eulen?«, fragte Rox, als etwas über unsere Köpfe strich.

»Eulen waren in den alten Religionen heilig, also mussten die Verfasser der Bibel sie böse erscheinen lassen«, sagte ich. »Aber das, was gerade über uns hinweggeflogen ist, war keine Eule, Rox. Das war eine Fledermaus.«

Ihr Schweigen sagte alles.

»Anhand der Größe würde ich vermuten, dass es eine Mastiff-Fledermaus war. Das ist die größte Fledermaus in den USA.«

»Du weißt ja gar nicht, wie viel mir das bedeutet«, sagte sie in einem Ton, der mich an den Ton erinnerte, mit dem sie

Rathbone in die Schranken verwiesen hatte. Der Hüttenkäse in Schlacke verwandeln kann. Ich weiß, wann ich aufhören muss.

»Sie fressen Motten und saugen den Nektar aus den Wüstenpflanzen«, erklärte ich hastig. »Betrachte sie als fliegende Mäuse mit geschmackvollen Nahrungsvorlieben.«

»Ich betrachte sie als winzige Vampire, die Tollwut übertragen«, erwiderte Rox gepresst.

»Das ist nichts weiter als ein Mythos«, sagte ich bestimmt und legte ihr in einer tröstlichen Geste den Arm um die Schultern. »Es gibt in den USA jährlich an die fünf Fälle von Tollwut und die werden meist durch Bisse von Stinktieren verursacht, nicht von Fledermäusen. Ich habe bei den Rangern Unterricht genommen, bevor ich von San Diego hergezogen bin, und da habe ich gelernt, sie zu lieben.«

»Die Fledermäuse oder die Ranger?«

»Die Fledermäuse.«

Rox richtete theatralisch den Blick zum Himmel und klapperte mit den Perlen in ihren Haaren. »Was will ich eigentlich mit einer Frau, die Fledermäuse liebt?«, flüsterte sie.

Ich lächelte, um meine Toleranz gegenüber Menschen zu demonstrieren, die keine Fledermäuse lieben, und rannte dann ein paar Hundert Meter den Seitenrand eines ausgetrockneten Flussbettes hinauf, wo Brontë aufgeregt an etwas herumschnüffelte, das in einer Spalte zwischen zwei Felsen steckte. Im Strahl meiner Taschenlampe, die ich aus meiner Hüfttasche holte, sah ich ein kleines dunkles Auge unter einer geschuppten Braue. Eine ebenfalls geschuppte fünfgliedrige Hand stemmte sich gegen den Boden, während die Kreatur versuchte, eine Seite ihres Körpers aufzublasen, um die andere Seite weiter in die Spalte zu schieben.

»Es ist nur ein Chuckwalla, Brontë«, erklärte ich meinem Dobermann. Die aufgeblähte Echse sah aus wie eine kleine Wärmflasche mit Schuppen, die versucht, sich in eine kleine

Schachtel zu quetschen. »Komm, wir gehen. Lass ihn in Ruhe.«

Als ich Brontë ablenkte, indem ich einen Palo-Verde-Zweig für sie warf, fiel mir etwas ein.

»Rox«, setzte ich an, während ich den Rand des Flussbettes hinunterkletterte, »was ist, wenn Rathbones Verdacht zutrifft und tatsächlich eine Verbindung zwischen dieser Evangelistin Ruby Emerald, die heute Abend im Krankenhaus gelandet ist, und dem Tod von Grossinger und Ross besteht? Was, wenn das Schwert des Himmels auch Emerald etwas angetan hat?«

»Rathbone sucht nach einem Muster, Blue«, erwiderte sie. »Das machen Cops nun mal, und wir anderen im gewissen Sinne auch. Er sucht nach dem Modus Operandi, wie ich nach diagnostischen Kriterien oder du nach statistischen Ähnlichkeiten. Drei prominente Frauen werden innerhalb weniger Wochen in seinem Revier mit den gleichen Symptomen ins Krankenhaus eingeliefert oder sterben, und das, nachdem zwei von ihnen bedroht wurden. Natürlich erscheint ihm das bedeutsam. Das heißt aber nicht, dass es auch tatsächlich bedeutsam ist. Wahrscheinlich hatte die Emerald einfach nur Lampenfieber, wie die Sanitäter gesagt haben. Das kommt ziemlich häufig vor. Angstzustände bei Künstlern sind ziemlich weit verbreitet. Manche sagen, dass ihnen diese Angst den nötigen Kick gibt, damit sie sich vor einer Zuschauermenge präsentieren können. Aber was denkst du?«

»Nur, dass Dad gesagt hat, Schwert hätte wahrscheinlich Kontakt zu einer religiösen Randgruppe gehabt. Vielleicht kann man Rubys Erweckungsveranstaltungen dazuzählen.«

»Die Emerald predigt also diese Geschichte aus Jesaja über das Schwert des Himmels, das ein kleines Land auslöscht, weil in diesem kleinen Land Statuen von schwangeren Frauen angefertigt wurden«, begann Rox. »Jemand hört diese Geschichte und beschließt, Frauen auf beinah unmögliche Weise zu töten, wobei er diesen Entschluss auch noch der Polizei mitteilt. Die gleiche Person beschließt dann, die Predigerin zu töten, die ihn überhaupt erst auf seine ursprüngliche Idee gebracht hat. Blue, das ergibt keinen Sinn.«

Das tat es wirklich nicht. Dennoch war ich davon überzeugt, dass das Ganze doch noch einen Sinn ergeben würde.

Als wir zurückkamen, war eine Nachricht von BB auf dem Anrufbeantworter, in der er plastischer als nötig das Schicksal beschrieb, das die Polizei im Allgemeinen und Detective Sergeant Wes Rathbone im Besonderen ereilen sollte. Explosionsgeschosse und Körperöffnungen spielten in der Beschreibung eine tragende Rolle. Offensichtlich hatte er vorgehabt, sich mit dem radikalen Prediger von Kates Spendenparty auf einen Kaffee zu treffen, doch Rathbone hatte ihn drei Stunden in einer Zelle festgehalten. Im Anschluss war er von zwei anderen Detectives eine weitere Stunde verhört worden, bevor er schließlich gehen durfte. Er hatte die Verabredung mit dem Prediger verpasst, und es war ihm peinlich, ihn anzurufen und ihm zu erklären, warum die Polizei ihn festhalten konnte, wann immer sie wollte.

»Was wird der Typ jetzt von mir denken?«, knurrte seine Stimme auf meinem Anrufbeantworter. »Ganz genau. Kaffee mit einem schwarzen Exknacki, der nicht auftaucht, weil er mit drei Weinbrüdern und einem Crack-Zuhälter in einem nach Pisse stinkenden Loch sitzt und nichts dagegen tun kann. Scheiße!«

Roxie hatte BB kennen gelernt, als er wegen eines Drogendelikts in Donovan einsaß. Sie hatte ein psychologisches Gutachten über ihn erstellen müssen, aber die beiden knüpften bei dieser Routineuntersuchung eine Bindung, die ich nie ganz verstanden habe. Sie freundeten sich an, dennoch übertrat Rox bei ihm niemals die angemessenen beruflichen Grenzen. Als er aus dem Gefängnis entlassen wurde, half sie ihm, einen Job zu finden, und da war ich ins Spiel gekommen. Ich beriet gerade jemanden bei der Umgestaltung einer kleinen Ladenpassage in einer miesen Gegend, in der die Kriminalitätsrate sehr hoch war, und ich brauchte einen neuen Manager. Rox antwortete auf meine Annonce und schlug mir BB vor, der eine Seconhandboutique mit dem Namen *Death Row* eröffnete und mit der Erfahrung eines Exknackis die Gegend patrouillierte. Es war ein Experiment gewesen, aber es hatte funktioniert. Zumindest bis zu diesem Abend.

»Oh, oh«, sagte sie, nachdem sie die Wut in seiner Stimme gehört hatte. »Das bedeutet Ärger.«

»Du rufst ihn besser an«, dachte ich laut. »BB ist erst siebenundzwanzig. Sein Testosteronspiegel ist immer noch zu hoch, als dass er in solch einer demütigenden, wutgeladenen Situation vernünftig handeln könnte. Vor allem nach seiner Vorgeschichte. Er tut womöglich etwas Dummes und landet wieder im Gefängnis.«

Roxie warf mir einen Blick zu, der mir eindeutig zu verstehen gab, dass ich die Klappe halten sollte.

»Girl«, sagte sie mit boshaft zuckersüßer Stimme. »Was hast du gedacht, was ich mit Ärger meinte? Dass er beim Tee mit dem Vikar etwas Ungehöriges sagt?«

»Hör zu, ich mache mir auch Sorgen um BB«, fuhr ich sie an. »Meinst du, ich finde es nicht furchtbar, was die Polizei mit ihm gemacht hat? Das tue ich. Aber es ist nicht meine Schuld, Rox. Und ich kann die Dinge nicht immer so ausdrücken, wie du es gerne hättest. Ich bin nicht schwarz, aber ich bin auch nicht blind. Ich kann sehen, was passiert ist und wie er sich fühlen muss, und ich finde es furchtbar. Ich habe nur gesagt, du sollst ihn anrufen. Das ist alles.«

Und mit diesen Worten stürmte ich in das winzige Bad hinter meinem Schlafzimmer und ließ acht Zentimeter lauwarmes Wasser aus dem Tank hinter meinem Motel in die Wanne laufen. Es ist schwer, in einer Zweizimmerwohnung eine theatralische Geste zu vollführen, ohne etwas zu zerbrechen. Ich versuchte daher, dies in der Wanne nachzuholen, indem ich wild herumplanschte. Dieses Unterfangen wurde jedoch durch den Wunsch, Wasser zu sparen, unmöglich gemacht.

Ich lebe in einem halb fertigen Motel, weil es nicht über fließendes Wasser verfügt und ich es daher für eine minimale Summe kaufen konnte. Aber das per LKW angelieferte Wasser ist teuer, daher das Zehn-Zentimeter-Limit beim Baden. Ich kam mir vor wie eine Giraffe in einem Kinderbecken, während ich angestrengt lauschte, ob Rox nun mit BB sprach oder nicht. Wie eine ziemlich unglückliche Giraffe. Dies war unser erster richtiger Streit und ich wusste nicht einmal genau worüber.

Als ich mich abtrocknete, klopfte Roxie an die Badezimmertür.

»Alles in Ordnung. Ich habe mit ihm gesprochen«, sagte sie. »Er wird keine Cops in die Luft jagen, aber das hatte er schon vor meinem Anruf entschieden. Reverend Pilotenbrille hat sich vor mir gemeldet. Willst du wissen, worum es ging?«

»Ich will lieber wissen, warum wir uns gestritten haben«, sagte ich, nachdem ich die Badezimmertür so vorsichtig geöffnet hatte, als bestünde sie aus Nitroglycerin. »Dann will ich alles über BB hören.«

Roxie wirkte ebenfalls sehr unglücklich, als sie auf das Fenster und die mondbeschienene Felsenlandschaft davor zeigte. Außerdem wirkte sie verloren.

»Wir sind verschieden, Blue«, sagte sie. »Weißt du eigentlich, wie seltsam ich mich hier fühle und welche Angst ich manchmal vor dir habe? Du bist wie Quecksilber, wie Elektrizität. Du denkst intuitiv, nicht rational, und obwohl du gewöhnlich damit richtig liegst, klingt die Art, wie du Dinge ausdrückst, arrogant. Du redest und bewegst dich durch das Leben, wie es dir gerade passt, und es funktioniert bei dir, weil du sowieso nach deiner eigenen Trommel marschierst. Aber bei mir ist das anders und das lässt sich auch nicht ändern. Bevor ich dich getroffen habe, dachte ich, meine Welt und meine Denkweise wären das einzig Richtige. Ich hatte Unrecht, aber es ist immer noch meine Welt und manchmal platzt du einfach hinein. Wie zum Beispiel heute Abend mit deiner halb garen Analyse von BB. Du hattest nicht Unrecht, aber du bist es falsch angegangen. Hochnäsig. Weißt du eigentlich, wie viele schwarze junge Männer in diesem Land in diesem Moment entweder im Gefängnis sitzen oder auf Bewährung sind? Wie viele Leben verschwendet werden?«

Sie stand in der Dunkelheit vor mir und öffnete immer wieder eine Tasche an ihrem blauen Cargohemd, das im Mondlicht grau wirkte. Eine große, dunkle Frau mit großen Ohren und Perlen in ihrem geflochtenen Haar. Einen Moment lang wirkte sie distanziert und zweidimensional wie ein Foto in einem Zeitungsartikel über Schwarze, die sich politisch engagieren. *Führende schwarze Geschäftsmänner rufen Stipendium ins Leben* – die Sorte Artikel, die man nie richtig liest.

»Über vierzig Prozent der jungen schwarzen Männer in den USA sitzen im Gefängnis oder sind auf Bewährung«, beantwortete ich ihre Frage. »Aber mein Bruder sitzt auch im Gefängnis und er ist nicht schwarz. Ich bin nicht verantwortlich für all das, aber ich gebe mir alle Mühe mit ihm und BB. Und ich weiß nicht, ob ich in Zukunft weniger arrogant klingen kann, aber ich werde es versuchen, Rox. Ich lasse mir von dir Dinge beibringen, ohne die ich auch sehr gut leben könnte. Wirst du mir das Gleiche erlauben?«

»Ich lasse zu, dass du mir Sachen beibringst. Und das schon lange«, antwortete sie und plötzlich passierte es wieder. Mauern verschwanden und ich wurde langsam magnetisch von etwas Unbekanntem angezogen. Wir standen uns eine Weile in der Dunkelheit gegenüber und blickten einander nur an, ohne dagegen anzukämpfen. Die rasante Reise, die nur in unseren Köpfen stattfand, ließ uns ein wenig taumeln.

»Scheiße«, sagten wir gleichzeitig, als das Telefon klingelte.

Es war Wes Rathbone.

»Tut mir Leid, dass ich so spät anrufe, aber Sie stehen nun auf der Gehaltsliste, also sollten Sie sich langsam daran gewöhnen«, sagte er auf mein gemurmeltes Hallo. »Sie sind jetzt Consultants. Ab heute Abend ist es offiziell. Die Sache gerät außer Kontrolle, Blue. Sagen Sie Dr. Bouchie bitte, sie soll an den anderen Apparat gehen.«

»Es ist Rathbone«, sagte ich und machte ihr ein Zeichen, den Hörer im Wohnzimmer zu nehmen.

»Was ist passiert?«, hörte ich sie Sekunden später fragen.

»Hören Sie sich das an«, sagte er nur. Dann ertönte ein Klicken und das Surren eines Tonbandes. Und eine Stimme, die ich sofort erkannte. Eine Stimme, die alle Amerikaner mit der Frage »Was liegt an?« assoziieren. Die Stimme von Bugs Bunny. Doch es war nicht Bugs Bunny.

»Ich habe Ruby Emerald zerstört, denn sie war ein Frevel«, sagte die Stimme. »Ich bin das Schwert des Himmels und sie war ein Frevel gegen das Gesetz. Das Schwert des Himmels hat sie niedergestreckt und sie getötet, und es wird wieder töten.«

Dann ertönte ein weiteres Klicken, als das Band angehalten wurde.

»Das hier ging bei der lokalen CBS-Station ein, kurz nachdem der Beitrag über Emeralds Erkrankung in den Sechs-Uhr-Nachrichten gesendet worden war«, erklärte Rathbone. »Es ist illegal, Anrufe aufzuzeichnen, ohne die Beteiligten darüber in Kenntnis zu setzen. Doch die Frau, die diesen hier entgegennahm, hat eine Hörschwäche und darf daher die

Anrufe aufzeichnen, für den Fall, dass sie einen Namen oder eine Nummer nicht mitbekommt. Bei diesem hier hatten wir Glück. Nicht, dass es uns viel verraten würde.«

»Was ist mit Emerald?«, fragte Rox.

»Nichts«, antwortete Rathbone. »Das ist ja das Merkwürdige. Nachdem uns die Fernsehstation wegen dieser Aufzeichnung angerufen hatte, riefen wir unsererseits im Krankenhaus an. Es geht ihr gut, alles scheint normal. Ihr Arzt sagt, es spräche nichts dagegen, dass sie morgen bei dieser Erweckung predigt. Ihre PR-Leute behaupten, es wäre eine leichte Lebensmittelvergiftung gewesen. Ihr Arzt bestreitet das, weigert sich aber zu sagen, was es tatsächlich war. Offensichtlich dachte unser Schwert des Himmels, sie wäre tot, als die Geschichte um sechs in den Nachrichten kam, und rief den Sender an, um sich zu bekennen.«

»Bugs Bunny hat beim Sender angerufen«, erinnerte ich ihn.

»Das war ein Stimmenverzerrer, den man überall kaufen kann, per Katalog. Es gibt auch noch Darth Vader, Homer Simpson und den Präsidenten. Man spricht mit normaler Stimme in ein Mikrofon, das die Töne durch einen Verzerrer schickt. Und so kommt alles, was man sagt, mit der Stimme der Person heraus, die man sich ausgesucht hat. Und in diesem Fall war es Bugs.«

Wes Rathbone wirkte nicht sehr belustigt.

»Wir haben wirklich ein ernstes Problem«, fuhr er fort. »CBS hat den Vorfall nicht für sich behalten. Die Geschichte erscheint morgen in den Fernsehnachrichten und am Montag in der Zeitung. Wir werden eine Menge Druck bekommen. Wie schnell können Sie uns dieses Profil erstellen?«

»Bis morgen Nachmittag«, sagte Rox. »Und wir brauchen sofort per Fax eine Abschrift der aufgezeichneten Nachricht. Schicken Sie es hierher.«

»In Ordnung«, sagte Rathbone und legte auf.

Rox und ich standen wortlos da und beobachteten gedankenverloren das ankommende Fax.

»Ich muss mir noch einmal das Protokoll des FBI durchlesen, wie man das Profil eines Serienmörders erstellt. Und anschließend die Daten durchgehen, die belegen, dass das Protokoll des FBI nur ein Haufen Scheiße ist«, murmelte sie. »Ich muss spätestens um sieben im Büro sein. Das wird eine Weile dauern.«

»Ich will das Vokabular des Briefes und des Anrufs analysieren, vor allem jedoch die Wortwahl des Briefes«, erwiderte ich. »Vielleicht enthalten die aufgeklebten Artikelüberschriften ein paar Hinweise.«

Wir waren bereits bei der Arbeit und sprachen mit uns selber, nicht mit der anderen.

»Wir sollten besser schlafen gehen«, sagte Roxie.

»Du hast mir immer noch nicht von BB und dem Prediger erzählt«, erinnerte ich sie.

»Oh, der Typ scheint in Ordnung zu sein. Er rief BB an, nachdem der sich hier gemeldet hatte, und erzählte ihm, er habe fünf Jahre lang als Kaplan in Sing-Sing gearbeitet und wisse, dass jemand, der einen Fehler macht, nicht gleich ein hoffnungsloser Fall ist. Dann haben die beiden einen Zwölf-Kilometer-Lauf durch Mission Bay gemacht und sind anschließend einen *latte* trinken gegangen. Morgen wollen sie zusammen ein Gospelkonzert besuchen. Das Joggen hat unseren Jungen abgekühlt. Jetzt leidet er Qualen, weil er nicht weiß, was man bei einem Gospelkonzert anzieht. Als wir auflegten, tendierte er zum Stokely-Carmichael-Look. Du weißt schon, schwarzer Anzug, schmale Krawatte.«

Es geht uns gut, dachte ich, als ich spürte, wie sich Rox neben mir entspannte und langsam einschlief. In meiner kleinen Welt ging es allen gut. Aber auf jemanden da draußen traf das nicht zu. Jemand da draußen brachte Menschen um oder wollte als Mörder dastehen. Jemand da draußen wollte ein

Schwert sein. Der Gedanke an diese verdrehte Persönlichkeit verursachte mir einen bitteren Geschmack im Mund. Bei dem bloßen Gedanken an die Existenz dieser Person war ich froh, die Smith & Wesson in meiner Tasche zu haben. Man weiß ja nie. Man kann wirklich nie wissen.

5

Tödliche Profile

ROXIE STAND UM FÜNF Uhr auf, eine Tageszeit, deren Existenz ich nur selten zugebe, geschweige denn miterlebe. Nur fürs Protokoll: Im Spätoktober riecht es in der Anza-Borrego-Wüste um fünf Uhr morgens nach Aluminium, und alles scheint in ein Spiel vertieft zu sein, dass sich als Schach entpuppen würde, wenn man es sehen könnte. Ich setzte mich im Bett auf und spürte die saubere, kalte Wüstenluft. Dann rief ich mir in Erinnerung, dass erneut ein Killer zuschlagen könnte, wenn ich nicht aufstand. Dann kuschelte ich mich wieder unter meine Decke und glitt langsam in einen köstlichen Schlaf zurück. Brontë, die ausgestreckt quer auf dem Fußende des Bettes lag, schnarchte leise.

»Du und dieser Hund, ihr seid nicht auf einer Farm groß geworden«, sagte Rox, die in meinem Bad Make-up auflegte.

»Du auch nicht«, gähnte ich unter meiner Decke.

»Du und dieser Hund, ihr habt keine Ahnung von Arbeitsmoral.«

»Hunde haben keine Arbeitsmoral«, murmelte ich, obwohl ich wusste, dass einige Hunde sehr wohl so etwas besitzen. Zum Beispiel Border Collies.

»Ich brauche bis halb elf deine Analyse der Artikel auf dem Drohbrief, Blue. Damit mir noch ein paar Stunden bleiben, deine Ergebnisse mit meinen abzustimmen und Rathbone die Sachen bis um eins zuzuschicken. Wir haben nicht viel Zeit.«

»Was wirst du ihnen schicken?«, fragte ich und öffnete die Augen. Diesmal hatte ich fest vor, aufzustehen. »Das FBI-Zeug über Serienmörder?«

Rox bewegte sich energisch durch mein Schlafzimmer und die aufgewirbelte Luft verursachte mir Schuldgefühle.

»Einen Teil davon«, sagte sie kurz angebunden. »Wahrscheinlich etwas von der Holmes-Typologie für Serienmörder. Jedoch mehr aus medizinischer Sicht. Falls jemand den Blutdruck manipuliert, um Menschen zu ermorden, muss er eine medizinische Ausbildung haben. Als Arzt, Krankenschwester oder vielleicht als Apotheker. Oder es ist jemand, der als MTA oder so was arbeitet und sich mit den chemischen Eigenschaften und der Systematik von Blut auskennt. Wir suchen keine Ernährungsberater oder Röntgenassistenten. Wir suchen nach einem medizinisch geschulten Menschen, der sich mit dem Blutkreislauf auskennt und der langsam aus der Spur läuft. Er hat wahrscheinlich keine echte soziale Persönlichkeitsstörung, denn dieses abweichende Verhalten wäre bereits während der medizinischen Ausbildung aufgefallen. Unser Täter unterdrückt schon seit Jahren einen ungeheuren Zorn, der nun durch etwas freigesetzt wurde.«

»Vielleicht ist es jemand, der sich mit dem Blutdruck auskennt, weil er selber einen hat?«, schlug ich vor.

Roxie lachte, während sie unter meinem Bett nach einem Schuh suchte.

»Blue, wer keinen Blutdruck hat, ist tot.«

»Ich meinte einen erhöhten Blutdruck«, erwiderte ich. Ich habe noch nie verstanden, wie Leute vor der ersten Tasse Kaffee immer die richtigen Worte finden können.

»Nein«, antwortete sie. »Wir sprechen von jemandem, der gelernt hat, wie man bei völlig gesunden Menschen den Blutdruck gefährlich, wenn nicht sogar in tödlichem Ausmaß in die Höhe treibt. Das lernt man nicht aus einer Broschüre, die einem die Ärztin zusammen mit dem Ratschlag, mehr Sport zu treiben und weniger Fett zu essen, mit nach Hause gibt.«

Es war mir gelungen aufzustehen und eine Jogginghose und ein Sweatshirt überzuziehen. Meine Füße verlangten nach komplizierteren Aktionen. Socken finden, Schuhe zubinden. Um fünf Uhr morgens komme ich mit Füßen noch nicht so gut zurecht. Also ignorierte ich sie und ging in die Küche, um Kaffee zu kochen. Brontë folgte mir und fragte sich offensichtlich, wie man Wachsamkeit simuliert. Sie trank aus ihrer roten Keramikschüssel und setzte sich neben den Kühlschrank. Sie wirkte wie ein Hund mit einem Auftrag.

»Das ist gut«, lobte ich sie. »Pass gut auf den Kühlschrank auf.«

Ich bemerkte, dass ihr immer wieder die Augen zufielen, doch sie kehrte nicht ins Bett zurück.

»Ich mach mich auf den Weg«, sagte Rox und nahm sich einen Kaffeebecher mit Deckel für die Fahrt. »Und du schickst mir bis halb elf deine Sachen, ja?«

»Kein Problem.«

Sobald Roxie ihr Auto angelassen hatte, trottete Brontë sofort zum Bett zurück. Ich wünschte, ich könnte das Gleiche tun.

Drei Stunden später hegte ich immer noch den gleichen Wunsch. Nachdem ich die Überschriften von dreiundfünfzig Zeitungsartikeln in meinen Computer eingegeben hatte, hatte ich Kopfschmerzen. Aber ich musste es per Hand machen, da die kleinen Ausschnitte kreuz und quer auf das Papier aufgeklebt worden waren und der Computer nicht in der Lage sein würde, die Worte per Scanner zu lesen.

Doch ich fand absolut nichts heraus.

Das Schwert des Himmels zeigte in den aufgeklebten Artikeln keine Vorlieben für ein bestimmtes Wort oder eine bestimmte Phrase. Gewisse Verben tauchten achtundvierzig Prozent häufiger auf als in der gebräuchlichen Sprache eines amerikanischen Muttersprachlers mit einem Highschool-Abschluss. Aber das waren die typischen Verben, mit denen die Journalisten die Reden von Politikern beschreiben. In Zeitungen »sagen« Personen des öffentlichen Dienstes nie etwas, nein, sie »drängen, benennen, erlassen, verlangen und wägen ab«. In kniffligen Situationen können sie auch »antworten, umgehen, ausweichen oder leugnen«. Ich hatte gerade Stunden damit zugebracht, die Existenz eines linguistischen Gebrauchsmusters zu beweisen, das jeder kennt und akzeptiert, ohne darüber nachzudenken. Erst seine Abwesenheit würde Aufmerksamkeit erregen. Etwa in Sätzen wie »Republikanischer Anführer schnappt Gelegenheit zu Finanzierungsmaßnahmen«. Jeder weiß, dass das richtige Wort »ergreifen« lautet.

Schwert hatte, wie es schien, die Artikel wahllos ausgeschnitten und sie auf ein Blatt Papier geklebt. Aber wie jeder Sozialpsychologe Ihnen verraten kann, ist das Verhalten eines Individuums nie wahllos. Niemals. Wahllosigkeit ist ein mathematisches, kein menschliches Konzept. Menschen sind durch die Entwicklung ihrer Spezies und durch die eigenen Erfahrungen darauf programmiert worden, jede Handlung als Resultat von vorausgegangenen Taten zu vollführen. Einfach ausgedrückt: Wenn es für eine Handlung keine kausale Vorgeschichte gibt, wenn wir sie nicht geerbt oder erlernt haben, dann können wir ein Verhalten nicht ausüben, da wir es nicht gedanklich vollziehen können. Wenn wir ein Verhalten vollziehen, hat es einen evolutionären oder erlernten Ursprung. Es ist das Resultat von etwas und daher nicht wahllos.

Nachdem ich Brontë gefüttert hatte, absolvierte ich erfolgreich die Socken-Schuh-Sequenz und machte mit ihr einen

Spaziergang. Die Wüste befand sich in ihrer neutralen Morgenphase und es passierte dort nicht viel. Statt in Richtung des Coyote Creek zu wandern, ging ich nach Süden durch den Henderson Canyon in Richtung des Reservats mit dem Namen Los Coyotes Indian. Das Gelände dort ist monoton, eine karge Fläche voller Schlangenknöterich und Kreosotebüsche. Ich wollte nicht abgelenkt werden.

»Die Auswahl der Artikel kann vom Briefeschreiber nicht wahllos getroffen worden sein«, dozierte ich vor Brontë, die eine Wachtel beobachtete, die blitzschnell zwischen zwei Felsen verschwand. »Sie scheinen wahllos ausgesucht, aber das sind sie nicht. Was habe ich bloß übersehen?«

Die Wachtel tauchte über dem zweiten Felsen auf und rief »Chicago«, denn das ist das Einzige, was kalifornische Schopfwachteln rufen können. Es gibt eine andere Spezies, und zwar die Schuppenwachtel. Sie leben in den östlichen Bundesstaaten und rufen »Pecos«. Ich fragte mich, warum der Ruf beider Wachteln wie ein amerikanischer Städtename klang. Ich glaube nicht an Zufälle. Ich halte jedoch auch nichts davon, solchen Umständen zu viel Bedeutung beizumessen.

»Chicago!«, rief die Wachtel erneut und ihr schwarzer Federpuschel wirkte vor dem blassblauen Himmel wie ein Maya-Schmuck.

Ich fragte mich, welche evolutionäre Rolle der Puschel von Wachteln besaß. Er wirkte rein dekorativ, wie Federn auf den Hüten, die Dorothy Parker 1926 zum Lunch ins *Alonquin* getragen haben mochte. Da fiel es mir ein.

»Mary Harriet Grossinger und Dixie Ross waren Frauen!«, schrie ich Brontë entgegen. »Komm, wir kehren um!«

Auslöser waren der Puschel der Wachtel und der Gedanke an Hüte und Mode. Weibliche Politiker werden von den Medien auf eine Art und Weise beobachtet, die bei den männlichen Kollegen lächerlich wäre. Stellen Sie sich vor, es würde ein Artikel mit der Überschrift »Port Commissioner Brad Thompson entscheidet sich bei Gala für schwarzen Kummerbund aus Samt« erscheinen.

Ich setzte mich an meinen Computer und loggte mich in die Archive der *San Diego Union-Tribune* ein, die für das vergangene Jahr komplett sind. Ich musste Rox in zwei Stunden meine Analyse per Mail schicken. Ich hatte keine Zeit, alle einhundertdreiundsiebzig Artikelüberschriften zu lesen, in denen Mary Harriet Grossinger oder Dixie Ross erwähnt wurden. Und genau in so einem Moment erweist sich das statistische Modell der Wahllosigkeit als sehr nützlich. Eine wahllose Auswahl aus einer bestimmten Datenmenge ermöglicht es, anhand dieser Auswahl Schlüsse über die gesamten Daten zu ziehen. Ich wollte etwas über die Überschriften wissen, die Schwert *nicht* aufgeklebt hatte, und die Wahrscheinlichkeit überprüfen, dass die ausgewählten Artikel zufällig und ohne eine bestimmte Absicht ausgesucht worden waren.

Am Ende von Blalocks Buch *Social Statistics* sind Tabellen mit wahllosen Zahlen aufgeführt. Ich entschied mich für einen Satz mit fünfundzwanzig Zahlen und übertrug sie auf die hundertdreiundsiebzig Artikel. Daraufhin erhielt ich fünfundzwanzig wahllos ausgesuchte Artikelüberschriften und fütterte den Wortlaut in das gleiche Programm zur Ermittlung von Worthäufigkeiten, das ich zuvor benutzt hatte. Minuten später wusste ich, dass sich ungefähr vierzehn Prozent der im vergangenen Jahr über die beiden Politikerinnen erschienenen Artikel auf Kleidung, Frisuren und persönliche häusliche Routinen bezog. Meine Lieblingsüberschrift lautete »Senator Grossinger wechselt unterwegs Windeln«. In dem Artikel erfuhr die Leserschaft, dass Grossinger eines ihrer Enkelkinder mit zur Besichtigung von Bewässerungsgräben genommen hatte.

Hätte Schwert die Überschriften wahllos aus allen zur

Verfügung stehenden Artikeln ausgesucht, hätten sich vierzehn Prozent mit traditionellen weiblichen Themen befassen müssen, da dies bei vierzehn Prozent aller Artikel der Fall war. Mode, Kochen, Putzen, Babys. Eine weitere Analyse des Briefs zeigte keine Anspielung auf diese Themen. Keine einzige. Da ich den Zufall ausschloss, kam ich zu dem Ergebnis, dass die traditionellen weiblichen Themen absichtlich ausgeklammert worden waren. Schwert hatte uns zu verstehen gegeben, dass diese Frauen sterben mussten, weil sie versuchten, wie Männer zu sein. Anschließend hatte er Beispiele ihrer autoritären Haltung aufgeklebt, damit niemand seine Botschaft übersah. Windeln wechseln war akzeptabel, denn es gehörte zu den Aufgaben einer Frau. Die Leitung eines Komitees zum Thema Landnutzung war jedoch nicht akzeptabel. Und Frauen, die so etwas taten, mussten sterben.

Mir lief die Zeit davon und ich hatte immer noch die ganz große Frage zu beantworten. War Schwert ein Mann oder eine Frau? Ich tendierte zur ersten Möglichkeit, aber wenn ich an diesem Punkt einen Fehler machte, würde die ganze Ermittlung in die falsche Richtung gehen. Schwert mochte schlecht in Orthografie sein, aber er oder sie war nicht dumm. Wenn die Dinge tatsächlich so schlimm standen, wie es schien, war es Schwert bereits gelungen, zwei Menschen zu töten und einen dritten in Gefahr zu bringen, ohne eine Spur zu hinterlassen. Wenn die Mordserie nun abbrach, waren die Chancen sehr gering, dass jemand gefasst würde. Doch Schwert würde nicht aufhören. Um zu dieser Einsicht zu gelangen, brauchte ich kein Computerprogramm.

»Frauen töten häufiger mit Gift als Männer«, teilte ich Brontë mit. »Aber Männer haben häufiger das Bedürfnis als Frauen, ihre Taten anzukündigen. Und das gilt auch für Mord.«

Mein Hund stupste mit seiner Nase einen gelben Gummiball gegen meinen Fuß und lächelte. Ich kickte ihn über den Teppich und sah Brontë zu, wie sie dem Ball nachjagte und gegen eine Wand lief. Sie hat noch nie begriffen, dass es gewisse Beschränkungen gibt, wenn man im Haus einem Ball nachjagt. Also nahm ich den Ball mit nach draußen und warf ihn fünfzehn Mal so weit ich konnte, was meinen Dobermann überglücklich machte. Während ich den Ball warf, dachte ich über das Problem des Geschlechts nach.

Sozialpsychologen sollten eigentlich in der Lage sein, anhand weniger Daten das Geschlecht einer Person zu bestimmen, aber mir war nicht wohl dabei, Schwert einem Geschlecht zuzuordnen. Noch nicht. Jeder, der intelligent genug war, die in dem Brief an die Polizei und durch die Bugs-Bunny-Stimme thematisierten Verbrechen zu begehen, konnte sein/ihr Geschlecht verbergen. Es gab bereits einige widersprüchliche Faktoren. Die »innerliche« Mordmethode wies auf einen weiblichen Mörder hin, der Wunsch nach Aufmerksamkeit auf einen männlichen.

Ich ging wieder hinein und sah mir das Fax von Rathbone an, das die Niederschrift von Bugs Bunnys Anruf enthielt. Die Nachricht enthielt ebenfalls biblisch klingende Sprachelemente. »Frevel.« »Niederstrecken und töten.« Es blieb mir nicht genügend Zeit, weitere linguistische Analysen durchzuführen, außerdem hätten sie mir nicht mehr verraten, als Dad es schon getan hatte. Schwert war mit gewalttätigen und urteilenden Passagen aus der Bibel vertraut und identifizierte sich mit ihnen. Außerdem hatte er oder sie Probleme mit Frauen in Machtpositionen, aber nicht mit Frauen in traditionellen Rollen.

Schwerts Wahl seines Pseudonyms war offensichtlich phallisch, konnte jedoch auch irreführend sein. Die Erforschung von Alias-Namen und Pseudonymen hat ergeben, dass Menschen häufig einen Namen wählen, der Qualitäten widerspiegelt, die ihnen fehlen oder von denen sie glauben, dass andere sie an ihnen nicht wahrnehmen. Es ist bezeichnend, dass der von Englisch sprechenden Prostituierten am häufigsten benutzte Alias-Nachname »White«, also »Weiß« lautet. Schwert war womöglich ein Mann, der mit der angeblichen Rolle eines Mannes nicht zurechtkam, oder aber eine Frau, die sich eher für einen Mann hielt.

Ich schrieb meine Schlussfolgerungen nieder und argumentierte, dass Schwerts Geschlecht offen bleiben müsse, bis mehr Informationen zur Verfügung stünden. »Der Täter ist wahrscheinlich ein männlicher Weißer zwischen fünfundzwanzig und vierzig«, schrieb ich. »Dies basiert auf dem Tötungsmuster bzw. auf dem Bekenntnis zu Morden an weißen, kaukasischen Frauen, die nicht zum Opferprofil von weiblichen Mördern passen. Das heißt, die Opfer zählen weder zu der Gruppe der Kinder, der Alten oder der Behinderten. Der Täter ist jedoch intelligent und erfinderisch, möglicherweise im ausreichenden Maße, um sein Geschlecht zu verschleiern. Die Tatsache, dass die Person die Aufmerksamkeit durch die Polizei und die Medien anstrebt, wie es durch den Brief und den Anruf zum Ausdruck kommt, deutet weiterhin darauf hin, dass es sich um einen Mann handelt. Andererseits ist die mögliche Tötungsmethode (Einbringung einer Substanz in den Körper des Opfers) typisch weiblich.

Meiner vorläufigen Einschätzung nach täuscht der Täter entweder absichtlich gewisse psychologische Merkmale zur Festlegung des Geschlechts vor oder er/sie durchlebt in Fragen des Geschlechts einen tief greifenden Konflikt. In beiden Fällen sollte nach einem überkompensierenden Verhaltensmuster Ausschau gehalten werden. Weiterhin nach extremen und rigiden religiösen Ansichten. Die betreffende Person ist oder wurde mit religiösen Strukturen konfrontiert, die rigide

Geschlechterrollen und gewalttätige Bestrafungen beinhalten.«

Ich tippte weitere drei Seiten voller Ratschläge für die Polizei, einschließlich der Warnung, dass die Opfer aus einer Gruppe von Frauen stammten, die Autorität besitzen. Ich erwähnte weiterhin, dass die Berichterstattung über solche Personen des öffentlichen Lebens in den Zeitungen weitere Anschläge auslösen könnten. Dann schickte ich Roxie meinen Bericht per E-Mail ins Büro und rief sie an. Es war genau zehn Uhr dreißig.

»Ich habe es gerade losgeschickt«, sagte ich ihr. »Was hast du bis jetzt herausgefunden?«

»Ach, das Offensichtliche. Hoher IQ, unzureichende frühe Schulbildung oder eine Lernschwäche. Schwert drückt sich gut aus, kann jedoch nicht korrekt buchstabieren. Hat vielleicht als Kind negative Erfahrungen gemacht, weil er Probleme mit dem Lesen und Schreiben hatte. Ich bezweifle, dass er oder sie je an einer echten psychiatrischen Erkrankung gelitten hat. Das hier ist ein psychologischer, kein psychiatrischer Fall. Es geht um eine äußerst beherrschte Persönlichkeit, die nun die Kontrolle verloren hat. Gott weiß, wodurch dies ausgelöst wurde, aber die Morde waren äußert sorgfältig geplant. Falls es sich hier tatsächlich um Mord handelt. Das wissen wir nämlich immer noch nicht, Blue, auch wenn es wahrscheinlich ist. Es gibt zu viele Faktoren, die kein Zufall sein können.«

»Was hast du zum Geschlecht?« Ich musste einfach fragen.

»Wahrscheinlich ein Mann, aber man sollte weibliche Verdächtige nicht ausklammern. Es handelt sich um eine ordentliche, geradlinige Person, die wahrscheinlich verheiratet ist oder mit einem Partner zusammenlebt. Sie ist finanziell abgesichert, besitzt einen recht neuen Wagen, wird von den Nachbarn und Freunden als ruhig und sympathisch beschrieben. Sie hat womöglich ein gewalttätiges Hobby.«

»Ja, das habe ich auch herausgefunden«, sagte ich. »Aber wie bist du auf den Wagen gekommen?«

»Das steht in der Typologie von Holmes über organisierte Serienmörder. Das habe ich einfach dazugeschrieben.«

»Was hast du aus der biblischen Sprache herausgeholt?«

»Ich komme zu dem gleichen Ergebnis wie dein Vater, nur in psychiatrischen Ausdrücken.«

Ich seufzte. »Wir haben wirklich nicht viel, was?«

»Mehr als du glaubst«, erwiderte Roxie. »Wir haben nur nicht genug Zeit, es zu benutzen.«

»Was meinst du damit?«

Ich konnte hören, wie sie tief Luft holte und dann einen leisen Pfiff zwischen den Zähnen hervorstieß.

»Schwert wird nun schnell aus dem Gleichgewicht kommen und schließlich völlig die Kontrolle verlieren. Diese Person hat lange ihre verwirrten und gewalttätigen Gefühle unter Verschluss gehalten, doch dann hat etwas Unerträgliches diese Gefühle freigesetzt. Schwert musste handeln und gleichzeitig den Grund für sein Handeln bekannt geben. Doch unser Täter kennt den Unterschied zwischen Richtig und Falsch, und der Konflikt zwischen diesem Wissen und dem Bedürfnis, einen persönlichen Aufruhr durch einen Mord zu rechtfertigen, wird ihn unter enormen Druck setzen. Es kann durchaus zu weiteren Morden kommen, weil er oder sie versucht, diesen Druck zu mindern. Doch das alles wird nur noch mehr Stress erzeugen. Möglich, dass die Person schließlich Selbstmord begeht, weil es der einzige Weg ist, dem Druck ein Ende zu bereiten. Dies könnte jederzeit geschehen, und wenn keine Beweise zurückbleiben, wird niemand erfahren, wer der Täter war. Ich habe kein gutes Gefühl bei dieser Sache, Blue. Es ist seltsam.«

Wir redeten eine Weile und verabredeten uns für später in

der Stadt zum Abendessen. Anschließend würde ich Rox zusehen, wie sie ihr Tanzteam trainierte. Brontë und ich würden bei ihr schlafen. Das war der Preis für unseren tiefen Wunsch nach Nicht-Verschmelzung.

Als ich auflegte, klingelte gleich darauf das Telefon. Es war Rathbone.

»Wir brauchen heute Nachmittag jemanden bei Emeralds Wiedererweckung«, sagte er. »Könnten Sie hingehen?«

»Sicher, aber was soll ich da?«, fragte ich.

»Ein Gefühl für die Sache bekommen. Überprüfen, ob unser Kerl dort seine Idee für die Sache mit dem Schwert des Himmels bekommen hat.«

»Woher wissen Sie, dass es ein Kerl ist?«, fragte ich. »Weder Rox noch ich sind uns anhand der vorliegenden Daten sicher.«

»Es ist immer ein Kerl«, erwiderte Rathbone tonlos. »Frauen begehen solche Verbrechen einfach nicht.«

Dann rief ich bei BB an, um zu hören, wie es ihm ging. Der radikale Prediger war an ein Sterbebett gerufen worden und sie hatten ihre Pläne für das Gospelkonzert ändern müssen. Er erklärte sich bereit, mit mir zu Ruby Emeralds Wiedererweckung zu gehen. Er war, wie er mir verriet, nicht mehr bei einer Erweckung gewesen, seit er als Jugendlicher in den Sommerferien seine Verwandten in Mississippi besucht hatte. Wir machten aus, uns auf dem Parkplatz des College-Stadions zu treffen, das Ruby Emerald für diese Veranstaltung gemietet hatte.

Ich ging in mein Schlafzimmer, um nach einem passenden Outfit für eine Erweckung zu suchen. Mit meinen kurzen Haaren, den Sandalen, meinem schwarzen Strickkleid und der beigefarbenen Leinenjacke sah ich zu liberal aus. Müsste ich eine Jury für einen Fall zusammenstellen, bei dem es um die Todesstrafe ging, würde ich mich sofort auswählen. Ich setzte einen Strohbowler auf und band einen geblümten

Schal um die Krempe und sah gleich viel besser aus. Nun sah ich aus wie eine Liberale, die Schals um Hüte bindet. Es musste reichen.

6

Ein grünes Blatt Papier

MIR BLIEBEN NOCH EIN paar Stunden bis zu meinem Treffen mit BB und so fuhr ich über die Berge nach San Diego und schaute als Erstes im Wahlkampfbüro von Kate Van Der Elst vorbei. Pieter Van Der Elst beaufsichtigte vier Freiwillige bei der Vorbereitung einer Postwurfsendung, während Kate am hinteren Ende des Raums telefonierte. Ich bemerkte, dass Pieter einen Tisch mit einer Formica-Oberfläche in die Nähe der Tür des Ladenlokals gerückt hatte, so dass man von dort aus jeden, der hereinkam, sehen konnte. In diesem Augenblick saß er an diesem Posten. Und er wirkte nervös.

»Nur eine kleine Sicherheitsmaßnahme«, sagte er und zeigte mit beiden Händen auf den Tisch. »Ich habe mit Detective Rathbone gesprochen und ich weiß von den Drohbriefen gegen Grossinger und Ross. Er hat mir gesagt, dass Sie und Dr. Bouchie für die Polizei an einer Art Täterprofil arbeiten.« Er senkte die Stimme. »Blue, glauben Sie, dass Kate auch in Gefahr ist?«, fragte er. »Wenn ja, dann möchte ich, dass sie sofort ihre Wahlkampagne aufgibt. Ich bitte Sie um Ihre professionelle Meinung. Existiert tatsächlich ein Mörder, der es auf diese Frauen abgesehen hat, oder haben wir es nur mit einem gestörten Menschen zu tun, der alle in dem Glauben lässt, es gäbe einen Mörder?«

Ich hatte sowohl Kate als auch Pieter bei der Wahlkampagne für den Stadtrat recht gut kennen gelernt und mochte sie beide. Abgesehen von seinen europäischen Manieren hört Pieter sehr gut zu. Er nimmt die Menschen ernst und schenkt ihnen Aufmerksamkeit. Ich wollte so höflich sein, das Gleiche bei ihm zu tun.

»Ich weiß es ehrlich nicht«, sagte ich. »Es gibt zurzeit genügend Anhaltspunkte, um diese Annahme zu stützen.«

»Erzählen Sie mir mehr darüber, Blue. Was ist los? Wir haben gehört, dass Dixie Ross an einer Gehirnblutung gestorben ist, wie auch Senatorin Grossinger, und dass der Brief, in dem der Tod der beiden angekündigt wurde, vor Wochen bei der Polizei einging. Wie konnte jemand einen Mord begehen, ohne anwesend zu sein? Gibt es solch ein Gift? Und was ist der Grund für die Tat?«

Pieter trug ein blaues Hemd mit aufgerollten Ärmeln und eine Seidenkrawatte, die bestimmt mehr gekostet hatte als die vier neuen Gürtelreifen an meinem Truck. Dennoch besaß er eine heilige Aura, die mich immer an einen Mönch erinnerte. Es lag nicht nur an dem Tonsur-Schnitt seines frühzeitig ergrauten Haares oder an den graublauen Augen. Man hatte bei Pieter Van Der Elst das Gefühl, dass es ihm niemals einfallen würde, jemanden zu verletzen, dass er dazu gar nicht in der Lage war. Er hätte den heiligen Franz von Assisi spielen können, ohne sich ein Kostüm anzuziehen, und dabei völlig glaubwürdig gewirkt. Ich dachte über die Unterschiede zwischen Pieter und der Person nach, die sich Schwert des Himmels nannte.

»Bis jetzt sind die Opfer Frauen in Machtpositionen, und zwar in Positionen, die früher Männern vorbehalten waren«, erklärte ich ihm. »Möglicherweise wählt der Täter sie aus den Zeitungen aus, in denen über sie berichtet wird.«

»Kate ist dauernd in der Zeitung«, sagte Pieter und seine Augen suchten die Straße hinter der Schaufensterscheibe ab. »Die Wahl findet bereits in ein paar Wochen statt. Natürlich berichten die Zeitungen über sämtliche Kandidaten. Und mehr als ein Viertel von ihnen sind Frauen!«

»Man kann unmöglich mit Bestimmtheit sagen, ob der Mörder den Stadtrat als männliche Machtbastion ansieht, die von Frauen erobert wird«, sagte ich ihm. »Es lässt sich kaum etwas vorhersagen, Pieter, aber ...« Ich machte eine Faust und starrte auf meine Knöchel, bevor ich den Satz zu Ende brachte.

»Ja?«

»Es ist noch nicht vorbei. Es wird sehr wahrscheinlich einen weiteren ... Vorfall geben.«

Seine blassen Wangen färbten sich.

»Meinen Sie einen weiteren Mord? Blue, wie kann so etwas passieren? Ich werde Kate bitten, sich aus dem Wahlkampf zurückzuziehen. Ross starb auf dem Weg zu Kates Spendenparty und beide kannten Mary Harriet Grossinger. Es gibt zu viele Verbindungen. Es ist das Risiko nicht wert.«

Kate hatte ihren Anruf beendet und stand nun hinter ihrem Mann.

»Hallo, Blue«, sagte sie und ein nachdenkliches Lächeln hob die attraktiven Konturen ihres Gesichts noch stärker hervor. »Vermutlich hat Pieter Ihnen gerade gesagt, dass er möchte, dass ich mich zwei Wochen vor der Wahl aus dem Rennen zurückziehe?«

Ich weiß nie, was ich auf Aussagesätze erwidern soll, die als Frage formuliert werden, und so lächelte ich einen Punkt direkt neben ihrem Kopf an. Kate beantwortete die nächste Frage, die niemand gestellt hatte.

»Das kommt natürlich nicht in Frage«, sagte sie. »Mir gefällt Ihr Outfit, Blue. Wo haben Sie diesen Hut her?«

Dies war eine echte Frage.

»Aus einem Secondhandladen in Palm Springs. Ich gehe zu einer Erweckung. Sozusagen undercover.«

Es war offensichtlich, dass weder Kate noch Pieter jemals einem Menschen begegnet waren, der zu einer Erweckung ging. Oder sie waren noch nie jemandem begegnet, der in

Secondhandläden Hüte kauft. Beide Gesichter wurden eine Sekunde lang völlig ausdruckslos und dann sagten sie gleichzeitig: »Ach, wirklich?!« Ich nahm an, dass ihre Verwunderung der Sache mit der Erweckung galt, und erklärte ihnen, was Rathbone ihnen offensichtlich vorenthalten hatte.

»Eine Erweckungspredigerin namens Ruby Emerald wurde gestern Abend mit Symptomen ins Krankenhaus eingeliefert, die das Ergebnis von einem zu hohen Blutdruck gewesen sein könnten«, begann ich. »Kurz nachdem die Nachricht von ihrer Erkrankung in den Nachrichten gebracht wurde, ging bei der örtlichen CBS-Station ein Anruf ein. Dabei behauptete eine mechanisch veränderte Stimme, das Schwert des Himmels zu sein und Ruby Emerald umgebracht zu haben, weil sie ein Frevel sei. Doch sie ist nicht gestorben. Ich gehe heute Nachmittag zu ihrer Veranstaltung, um herauszufinden, ob möglicherweise eine Verbindung zwischen ihr und Schwert existiert.«

»Aber der Anrufer hat behauptet, Emerald getötet zu haben«, sagte Pieter mit dünner Stimme.

»Ja. Offensichtlich dachte Schwert, Emerald wäre gestorben, doch dem war nicht so. Ihr Arzt will der Polizei nicht sagen, welche Diagnose er gestellt hat, und das muss er auch nicht. Wir wissen nur, dass Emerald eine Art kardiovaskuläre Symptomatik aufwies, die womöglich nur durch ihr Lampenfieber ausgelöst wurde. Möglicherweise hatte Schwert gar nichts mit Emeralds Erkrankung zu tun, sondern macht sich nur die Publicity zu Nutze. Bei Dixie und Mary Harriet wurden die Drohbriefe jedoch eine Woche vor Mary Harriets und zwei Wochen vor Dixies Tod an die Polizei geschickt, und das kann man nicht dem Zufall zuschreiben. Zurzeit ist das alles, was wir mit Bestimmtheit wissen.«

»Mir reicht es«, sagte Pieter und nahm Kates Hand, die sie ihm auf die Schulter gelegt hatte. »Bitte, Kate, du kannst dich nächstes Jahr für ein anderes Amt aufstellen lassen, wenn dieses Monster gefasst wurde.«

Ich beobachtete Kate Van Der Elst, wie sie ihren Nacken streckte und über die Haut hinter beiden Ohren rieb, so als hätte sich eine Klammer um ihren Kopf gelegt. Während sie antwortete, fuhr sie mit diesen Bewegungen fort.

»Ich habe fünfzehn Jahre damit verbracht, überall für uns ein Zuhause zu schaffen, Partys zu geben und geschäftliche Anlässe zu organisieren«, sagte sie ruhig. »Es hat mir Spaß gemacht, Pieter. Wir hatten ein wunderbares Leben. Aber ich hatte nie etwas für mich alleine. Ich hatte nie das Gefühl, persönlich wichtig zu sein, nur als deine Frau. Bitte mich nicht noch einmal, das hier aufzugeben. Das kann ich nicht.«

»Aber Kate, es ist doch nur ein Sitz im Stadtrat«, fuhr er fort und steuerte damit eindeutig in die falsche Richtung.

Es überraschte mich nicht, als sie mit verhaltener Wut das Wort »nur« wiederholte und davonging.

»Sie haben es vermasselt«, sagte ich zu Pieter, der wieder aus dem Fenster starrte.

»Blue«, sagte er, ohne mich anzusehen, »besitzen Sie eine Waffe?«

»Wie bitte?«

»Eine Waffe. Besitzen Sie so etwas?«

»Ja«, antwortete ich. »Ich lebe alleine in der Wüste.«

»Haben Sie eine Genehmigung, sie auch in der Stadt mitzuführen?«

»Nein, Pieter.«

Mir gefiel die Verzweiflung in seiner Stimme nicht, und mir gefiel nicht, in welche Richtung diese Unterhaltung steuerte.

»Es lässt sich doch sicherlich eine Genehmigung arrangieren«, fuhr er fort. »Ich möchte Sie als Leibwächter für Kate engagieren.«

Vorher hatte er wie ein Mönch ausgesehen, aber nun erinnerte mich Pieter Van Der Elst an Christus in einer Pietà. An den toten Körper und die schlaffe Haltung der Verzweiflung. In den Wochen, in denen ich für Kate Wahlanalysen erstellt hatte, hatte ich viel Zeit mit dem Paar verbracht, aber nie das tiefe Ausmaß von Pieters Liebe zu seiner Frau bemerkt. Das wäre auch unmöglich gewesen, denn was ich in diesem Augenblick vor mir sah, war so intim, dass es nur für Kates Augen und sonst niemanden bestimmt war. Aber nun stand es ganz deutlich vor mir. Er konnte den Gedanken nicht ertragen, dass ihr etwas zustoßen und er sie verlieren könnte. Die Liebe besitzt diese dunkle Seite, diese unerträgliche Angst vor dem Verlust des anderen. Ich blickte nach unten und tat so, als würde ich etwas in meiner Handtasche suchen.

»Pieter, ich habe keine Ausbildung als Leibwächter und könnte die Verantwortung niemals auf mich nehmen«, sagte ich. »Ich empfehle Ihnen gerne eine gute Agentur. Aber warum warten Sie nicht noch ein paar Tage ab? Vielleicht ist Kate gar nicht in Gefahr. Wir wissen zurzeit wirklich nicht viel.«

Er beugte sich vor und zog etwas aus der Gesäßtasche seiner Hose. Es war ein fluoreszierendes, limonengrünes Blatt Papier, das zu einem schmalen Rechteck gefaltet war. Er ließ seinen Daumen an der gefalteten Ecke entlanggleiten und blickte mich dann an.

»Ich war heute Morgen als Erstes hier und habe aufgeschlossen«, sagte er. »Kate war mit Dixies Schwester in die Kirche gegangen und dann zu ihnen nach Hause gefahren, um vor der Beerdigung am Mittwoch etwas Zeit mit Dixies Familie zu verbringen. Jemand hatte das hier unter der Tür durchgeschoben.«

Er reichte mir das scheußlich grüne Rechteck und ich faltete es auseinander. In der Mitte des Blattes befanden sich aus Zeitungen ausgeschnittene Worte.

»Kate Van Der Elst wird sterben«, stand darauf.

»Warum haben Sie nicht die Polizei angerufen?«, fragte ich. »Warum haben Sie das hier nicht Rathbone gegeben? Wie lange haben Sie das schon, Pieter? Und weiß Kate davon?«

»Ich bin vor einer Stunde hier angekommen, und nein, ich habe es ihr nicht gezeigt. Ich war mir nicht sicher ... Es gab da noch ein paar andere Vorfälle, Blue. Mehrere telefonische Drohungen, ein paar gemeine Briefe, die mit Namen wie ›Nietzsche‹ unterzeichnet waren. Einmal hat jemand ›Stirb Jude Nigger Schwuler‹ auf die Fensterscheibe gesprüht. Menschen, die in der Öffentlichkeit stehen, ziehen solche Dinge an.

Als es das erste Mal passierte, habe ich mich bei einigen Wahlkampfmanagern der anderen Kandidaten erkundigt. Sie meinten alle, das sei typisch und Teil der politischen Szene und ich solle mir keine Sorgen machen, es sei denn, eine Drohung wird wiederholt. In dem Fall soll ich die Polizei informieren. Möglicherweise stammt die Nachricht, die unter der Tür durchgeschoben wurde, nur von einem weiteren unzufriedenen Spinner in der Nachbarschaft, dessen Vater im Zweiten Weltkrieg getötet wurde und der glaubt, Van Der Elst wäre ein deutscher Name. Vor ein paar Wochen hat mich ein Mann bei einer Cocktailparty gefragt, ob mein Vater in der SS gewesen ist. Er hielt meinen Akzent für deutsch. Ich wusste nicht, was ich darauf erwidern sollte.«

Das wusste ich auch nicht. Der Mann, der vor mir stand, war ein gebildeter Europäer, der die ganze Welt bereist hatte. Womit er sich jedoch nicht auskannte, waren die tödlichen Strömungen, die unter der Oberfläche der amerikanischen Gesellschaft brodeln.

Man muss hier aufgewachsen sein, um zu verstehen, warum ein Jäger aus Maine, der eine Hausfrau beim Wäscheaufhängen in ihrem eigenen Garten erschossen hat, von allen

Anklagepunkten freigesprochen wurde. Es geht nicht nur einfach darum, dass der Idiot sie mit einem Reh verwechselt hatte. Nein, sie und ihr Mann waren kürzlich in die Gegend gezogen. Sie waren Fremde, ja Außenseiter. Wären sie Insider gewesen, hätten sie gewusst, dass man während der Rotwildzeit keine Wäsche im Garten aufhängt. Die Hausfrau verdiente es nach Meinung der Gemeinschaft zu sterben, weil sie viele der unausgesprochenen Regeln nicht kannte, die nur der Gemeinschaft bekannt waren. Wäre sie ein Teil der Gemeinschaft gewesen, würde sie noch leben. Kurz gesagt hatte sie ihren Tod selbst verschuldet, weil sie nicht dort geboren worden war.

Ich war mir sicher, dass dies zu den Dingen gehörte, die Pieter Van Der Elst nie richtig begreifen würde. Und in einer riesigen Stadt wie San Diego gibt es Tausende von diesen konzeptuellen »Gemeinschaften«, die für andere unsichtbar sind, jedoch ebenso tödliche Folgen haben können wie in dieser kleinen Stadt in Maine. Unzählige Regeln und streng befolgte Überzeugungen, die im normalen alltäglichen sozialen Austausch nicht in Erscheinung treten, jedoch für gewöhnlich nachts hervorbrechen, wenn niemand zusieht.

»Ich werde Detective Rathbone anrufen«, sagte ich und nahm den Hörer von einem der Telefone auf den Tischen. »Und Sie werden Kate dieses grüne Ding zeigen müssen. Wahrscheinlich haben Sie Recht. Wahrscheinlich hat es nichts mit Schwert zu tun, aber dies hier ist Kates Realität, und sie hat das Recht, das Risiko zu kennen. Hören Sie auf, sie zu beschützen, Pieter. Ihre Frau ist erwachsen.«

Nachdem ich Rathbone eine Nachricht über die neusten Entwicklungen hinterlassen hatte, ging ich zu Kate Van Der Elst hinüber, die sich im hinteren Teil des kleinen Ladenlokals befand. Rote, weiße und blaue Papierfähnchen waren an die Wand getackert und schufen eine festliche Atmosphäre, die sich jedoch nicht auf Kates Gesicht widerspiegelte.

»Pieter sagt, Sie und Dixie Ross kannten Mary Harriet Grossinger«, begann ich, während sie sich auf einen Klappstuhl sinken ließ und mich stirnrunzelnd betrachtete. »Ich möchte, dass Sie darüber nachdenken. Was könnten Sie drei miteinander gemein gehabt haben? Welche Übereinstimmungen gab es? Und ich spreche nicht von Ihren politischen Überzeugungen. Haben Sie drei im gleichen Supermarkt eingekauft, sind Sie in die gleiche Kirche gegangen, hatten Sie den gleichen Zahnarzt? So etwas in der Art.«

Bei dem Wort »Zahnarzt« bewegte sie nervös die Schultern unter ihrer waschbaren Seidenbluse, deren cremefarbener Stoff genau zu den hellblonden Strähnchen in ihrem Haar passte. Dann schenkte sie mir ein aufrichtiges Politikerlächeln und sagte: »Lassen Sie mich darüber nachdenken, Blue. Ich bin sicher, es gibt Orte – Restaurants, Theater und dergleichen –, wo Mary Harriet und Dixie und ich waren, wenn auch nicht unbedingt zur gleichen Zeit. Das meinen Sie doch, oder?«

»Ja«, erwiderte ich. »Aber vor allem Restaurants oder andere Orte, an denen man etwas essen kann. Außerdem Ärzte, Zahnärzte, Friseure, Maniküre, Fitnessstudios. Orte, an denen es nicht auffällt, wenn einen jemand berührt. Sind Sie und die anderen beiden zum Beispiel in das gleiche Fitnessstudio gegangen?«

»Dixie und ich haben in einem Klub Tennis gespielt und dort auch trainiert«, sagte sie nachdenklich. »Mary Harriet spielte soweit ich weiß kein Tennis. Und falls Dixie sie jemals in den Klub mitgenommen hat, dann habe ich sie dort nicht gesehen. Sie trafen sich eher auf professioneller Ebene, bei Mittagessen mit Geschäftsleuten oder bei Reden und Vorträgen. Das einzige Mal, dass wir drei miteinander gegessen haben, war vor beinah einem Jahr, und zwar in Dixies Haus. Sie hatte vegetarisches Chili gekocht und wir haben eine Menge Margaritas getrunken. In jener Nacht haben sie mich dazu überredet, für den Stadtrat zu kandidieren. Ich kann nicht glauben, dass sie beide ... fort sind.«

»Es tut mir Leid, Kate«, sagte ich. »Sie kannten Dixie Ross beinah Ihr ganzes Leben und Grossinger muss für Sie eine Art Mentorin gewesen sein. Ich weiß, Sie fühlen sich sicherlich sehr allein, weil Sie ohne sie Ihre Kampagne durchstehen müssen.«

»Oh, Blue«, sagte sie und in ihren haselnussbraunen Augen stand ein entschlossener Ausdruck, »deshalb kann ich auch nicht aufgeben. So sehr Pieter das auch möchte! Er versteht es nicht. Er will mich nur in Sicherheit wissen, doch selbst wenn ich mich drücken wollte – und das will ich nicht –, dann schulde ich Dixie und Mary Harriet einfach etwas. Ich bin in ihre Fußstapfen getreten. Nun *bin* ich diese Fußstapfen.«

Ich sah, wie Pieter mit dem grellgrünen Blatt Papier in den Händen näher kam, auf das jemand die Worte »Kate Van Der Elst wird sterben« geklebt hatte.

»Denken Sie weiterhin über die Orte nach, die Sie, Grossinger und Ross aufgesucht haben«, erinnerte ich sie. »Wir reden später darüber.«

Auf der Straße holte ich Brontë aus meinem Wagen und befestigte eine Leine an ihrem Halsband. Dann drehten wir eine große Runde durch das Wohnviertel hinter der University Avenue und kamen an der Ecke bei der Aphid Galerie raus. Ich hatte das nicht geplant, aber da ich schon einmal da war, ging ich hinein. Ein junger Mann hinter dem Ladentisch im vorderen Teil der Galerie, der von Kopf bis Fuß in modisches Schwarz gekleidet war, musterte Brontë anerkennend. Sein Kopf war kahl geschoren und offensichtlich hielt er das Fell meines Hundes für ein Fashion Statement.

»Interessieren Sie sich für etwas Bestimmtes?«, fragte er.

»Ja, für die Schwarzweißaufnahmen hinten in der kleinen Galerie. Haben Sie Informationen über den Fotografen?«

Er öffnete eine Schublade und holte einen Ordner mit der Aufschrift »Aktuelle Ausstellung« heraus.

»Der Name des Fotografen lautet Greave«, sagte er.

»Ja.«

»Schwarzweißfotos. Der Kunstkritiker einer der Lokalzeitungen schrieb den Bildern eine ›schaurige Wirksamkeit‹ zu, die an Edward Hopper erinnere.«

»Ist das alles, was Sie haben?«, fragte ich. »Was ist mit dem Fotografen? Wer ist dieser Greave? Ich habe die Bilder bei einer politischen Spendenparty gesehen, die Freitagabend hier stattfand, und ich wüsste gerne, wie alt sie sind, wo sie aufgenommen wurden, das Übliche eben.«

»Ähm, wir haben nicht viel. Die Sammlung ist Teil einer größeren Fotoausstellung, die vor über einem Jahr von einer Firma in Los Angeles organisiert wurde. Offensichtlich haben sie die Bilder für die Ausstellung gekauft, doch dann ist die Firma Pleite gegangen. Nach der Ausstellung hat die Bank, die den Kredit gewährt hatte, die Ausstellungsstücke aufgeteilt und an verschiedene Galerien vermietet, um so den Verlust so gering wie möglich zu halten. Einige sind hier, der Großteil in Laguna und den Küstenorten zwischen hier und L. A. Die Bilder von Greave gehen von hier aus direkt nach Laguna. Ich vermute, die Bank schleust die Ausstellung durch eine Reihe von kalifornischen Galerien. Es besteht wirklich keine Möglichkeit, Informationen über den Künstler zu bekommen, weil der Originalkäufer nicht mehr existiert. Tut mir Leid.«

Brontës Krallen verursachten ein Klicken auf dem Holzboden, als wir in den kleinen Raum gingen, wo ich Freitagabend das Foto einer baufälligen, von Licht überfluteten Hütte aus getrockneten Lehmziegeln gesehen hatte. Das Foto hing noch da und wirkte genauso bezwingend wie zuvor. Auf einem Schild in der unteren rechten Ecke stand »250,00«. Der junge Mann in Schwarz war uns in einem höflichen Abstand gefolgt und rückte ostentativ einen der Strahler zurecht.

»Ich bin sicher, Aphid gewährt Sammlern einen Preisnachlass«, sagte ich, ohne das gerahmte Foto aus den Augen zu lassen.

»Wir geben einen Nachlass auf Rahmen«, antwortete er. »Die Leute wollen für gewöhnlich den Originalrahmen nicht.«

Der Originalrahmen bestand aus schwarzem, mattiertem Metall. Mir gefiel er.

»Wie wäre es mit einem Rabatt, weil ich den Originalrahmen nehme? Das erspart uns ein langes Feilschen.«

»Zweihundertfünfundzwanzig Dollar«, sagte er.

»Zweihundert.«

»Zweihundertzehn, wenn Sie nicht auf einer Verpackung bestehen und das Bild einfach so mitnehmen.«

»Abgemacht.«

Ich stand in der grellen Mittagssonne auf der University Avenue und betrachtete meinen Erwerb. Eine Hütte am Straßenrand irgendwo in einer Hochwüste. Der Winkel der Ausleuchtung, die Lichtflut, die einen Teil des Gebäudes regelrecht auslöschte, während der andere im Schatten lag. Und die Signatur in zittriger, schwarzer Tinte. »Greave«. Etwas an dem Bild jagte mir immer noch Angst ein. Und etwas daran trug die Unterschrift meiner eigenen verqueren Philosophie. Schicksal, Gott, Glück, Unglück – für mich ist das alles nur das kurze Aufblitzen eines riesigen Gittermusters, auf dem sich alles mit Lichtgeschwindigkeit bewegt. Ich bin der Meinung, dass dieses Gitter über eine Art Bewusstsein verfügt, das sich vollständig von unserem unterscheidet. Ich bin der Meinung, das sein Hauptwesenszug die Ironie ist. Und ich war mir sicher, dass dieses seltsame Foto in meinen Händen für mein Leben eine Bedeutung besaß, die ich möglicherweise nie erkennen würde.

Oder vielleicht doch.

»Komm, Brontë«, sagte ich, »wir gehen zu einer Wiedererweckung.«

7

Das zauberhafte Land

DAS POLICE DEPARTMENT VON San Diego hatte mir zwei Pressekarten zurücklegen lassen, die ich am Ticketschalter abholen musste. Nachdem ich Brontë in einem Canyon in der Nähe des Community College hatte laufen lassen, in dessen Stadion Ruby Emerald Tausende Zuschauer erwecken würde, holte ich die Tickets ab, die den roten Aufdruck SDPD trugen. Ich steckte eine Karte verwegen in den Schal an meiner Hutkrempe und sah mich dann nach BB um.

Er wartete neben einem Schild mit der Aufschrift PARKEN NUR FÜR FAKULTÄTSANGEHÖRIGE. Seine Dreadlocks hingen ihm wild um die Schultern, und hätte er nicht einen cremefarbenen V-Ausschnitt-Pullover, ein rotes Polohemd und sandfarbene Kordhosen getragen, wäre er sicherlich längst verhaftet worden. Aus welchem Grund auch immer. Vielleicht lag es aber auch an den zweifarbigen Oxford-Schuhen.

»Sag nichts, lass mich raten«, sagte ich, nachdem ich ihn umarmt hatte. »Du hast dir dieses Outfit aus dem Fundus von ›Bye, bye, Birdie‹ ausgeliehen.«

»Blue, du bist ja so was von Retro«, erwiderte er und schenkte mir ein breites Grinsen. »Versuch es doch mal mit der Rocky Horror Picture Show. Das ist Brads Kostüm. Du weißt schon, der einfältige Naivling, der ...«

»BB, man sagt mindestens seit zwanzig Jahren nicht mehr einfältig.«

Er riss seine braunen, von gebogenen Wimpern umrahmten Augen auf und gab eine Mr-Bones-Imitation. Die Hände neben dem Gesicht, die Finger gespreizt – ich konnte die weißen Handschuhe regelrecht vor mir sehen.

»Genau das ist es ja«, sagte er. »Wir sind hier an einem College, richtig? Bei einer Erweckung für Weiße. Und da dachte ich mir, dass ich da nur im schwarzen Cheerleader-Look hingehen kann.«

»Aber zweifarbige Oxfords? Ich wette, du hast gar nicht die passenden Argyles dazu.«

»Falsch«, sagte er, zog ein Bein seiner Kordhosen nach oben und entblößte rot-blau-cremefarbene Socken mit dem traditionellen Diamantmuster.

Ich hätte es wissen müssen.

»BB, erzähl mir etwas über Erweckungen«, sagte ich, während wir uns mit der Menge ins Stadion begaben.

»Da geht es nur um Sex«, antwortete er.

»Was?«

»Klar. Das hab ich unten in Mississippi rausgefunden. Ich bin ein paar Mal mit meiner Oma und meiner Tante hingegangen.«

Wie viele Schwarze, die ihre Wurzeln im Süden haben, sprach er die Worte ein wenig gedehnt aus. Aus dem Mund eines Bob-Marley-Doppelgängers in einer Cheerleader-Verkleidung klang es seltsam förmlich und viktorianisch.

»Das ist bei vielen Dingen so«, fuhr er fort. »Steck ein paar Leute zusammen, fang langsam an und heiz sie auf, mach sie aufgekratzt und nervös, und dann brauchen sie was, dann brauchen sie 'ne echte Erlösung, verstehst du? Dann schreien und stöhnen und berühren sie sich. Die Leute heulen und kippen um. Und dann ist Zeit fürs große Halleluja.«

»Du meinst, es ist wie ein Orgasmus?«, fragte ich, als wir

an unseren Gangplätzen in der sechsten Reihe ankamen. Wo ich herkomme, wird das Wort »Orgasmus« weder in einer normalen noch in irgendeiner anderen Art von Unterhaltung benutzt. Ich fragte mich, ob mein lässiger Gebrauch des Begriffs bedeutete, dass ich unglaublich weltgewandt oder unglaublich taktlos war.

»Ja, das große ›O‹ im Kopf«, stimmte BB mir zu. »Die Leute wissen einfach nicht, dass Sex nicht nur im Schwanz abgeht. Sex passiert im Kopf. Du solltest mal die Erweckungsprediger sehen, die sie in den Knast lassen! Das ist genau das Gleiche. Wenn die loslegen, verdrehen bald die härtesten Killer die Augen und zucken überall, weil sie scharf auf den Heiligen Geist sind. Hey. Sex ist Sex, aber der muss nicht immer von da unten kommen, wenn du verstehst, was ich meine?«

»Hm«, erwiderte ich, als wir uns setzten und das Orchester etwas zu spielen begann, das sich wie »Danny Boy« anhörte. BB hatte natürlich Recht. Auch damit, dass die wenigsten Menschen mit dieser Tatsache umgehen können.

»BB, du bist ganz schön klug«, sagte ich ihm.

»Hey«, erwiderte er grinsend und streckte seine langen Arme vor seinem Körper aus. »Das weiß ich schon lange!«

Das Orchester ging zu einer beschwingten Version von »Come, Thou Almighty King« über, während ein singender Chor in bunten Roben die erhöhte Tribüne im hinteren Teil der Bühne füllte. Als die Mitglieder alle an ihrem Platz standen, bildeten ihre Roben einen Regenbogen. Dann lief ein Mann mit dichtem, grauem Haar und engem, schwarzem Anzug auf die Bühne. Ich konnte das Mikrofon an seinem Revers sehen und wusste, dass es mit einem kleinen Verstärker verbunden war, das unter seiner Jacke an der Rückseite seiner Hosen steckte. Es gab keine Kabel. Ruby Emerald hatte bei der Ausstattung ihrer Show keine Kosten gescheut.

»Dies ist der Tag des Herrn und er ist WUNNN-DER-

SCHÖÖÖN!«, schrie er und zeigte mit dem Arm in Richtung Himmel. Die optimistische Message wurde ein wenig dadurch geschmälert, dass der Mann weinte. Ich wies seine Tränen in jenem Moment einfach seinem religiösen Eifer zu, eine Annahme, die sich schnell als falsch herausstellen sollte.

An seinen Handgelenken entdeckte ich weiße, altmodische Manschetten und diese klobigen goldenen Manschettenknöpfe, die die Juweliere durch das Zusammenschmelzen von Goldresten herstellen. Die Menge antwortete mit einem lauten »Ja!«. Na schön, wir hatten also einen älteren, weinenden Mann in einem Blues-Brothers-Anzug mit scheußlichen Manschettenknöpfen, der im Prinzip nichts anderes behauptete, als dass der Tag wunderschön sei. Bis dahin war das Ganze weder interessant noch besonders bedrohlich.

»Mein Name ist J. R. Jones, und ich bin hier, um euch die Welt vorzustellen, die Gott für euch vorgesehen hat!«

»Ja!«

»Um gemeinsam mit euch sein Loblied anzustimmen!«

»Ja!«

Er krümmte sich beinah vor Kummer, seine Augen tränten und seine Nase lief.

»Um euch keine Geringere als SEINE Botin hier auf diese Bühne zu bringen, die alles weiß, was ihr über Gottes Plan bezüglich EURES Wohlstands wissen müsst: Reverend ... Ruby ... Emerald!«

Der Mann lief von der Bühne. Seine Schultern zuckten und er wurde offensichtlich von überwältigenden Emotionen übermannt, während die Menge fröhlich applaudierte. Dann stimmten das Orchester und der Chor »Oh, Happy Day« an, während eine Frau in einer blassgrünen Robe auf die Bühne fegte. Mehrfarbige, auf ihre blond gelockte Mähne gerichtete Strahler erneuerten meinen ursprünglichen Eindruck von einem Weihnachtsbaumengel.

»Gott liebt euch«, sagte sie und lächelte wie Glenda, die

gute Hexe aus dem Norden. Dabei entblößte sie Zähne, die einige Tausend Dollar wert waren. »Und Gott will, dass ihr WOHLHABEND werdet!«

Ich schätzte sie auf vierzig bis fünfundvierzig. Sie stammte wahrscheinlich von irgendwoher, nur nicht aus dem tiefsten Süden, und sie machte diese Arbeit, weil es viel besser war, als in einer großen Kanzlei als Empfangsdame zu arbeiten.

Als der Chor »Amazing Grace« summte, hob sie die Arme und setzte zu einem Gebet an, das die Sorgen der Menge ansprach.

»... führ uns in Dein Königreich ...«

»Amen.«

»... wo wir Reichtümer genießen, die Du für uns erschaffen hast ...«

»Ja!«

»... denn Gottes Anhänger sind Seine Gesandten der reinen Freude und des großen Wohlstands ...«

»Amen, jawohl!«

Langsam begriff ich, worum es ging, und damit hatte ich nicht gerechnet.

»BB«, flüsterte ich, »ist das die übliche Botschaft bei einer Erweckung? Die Sache mit dem Wohlstand?«

»Nein, aber das ist auch egal«, antwortete er. »Der Plan ist, die Menschen aufzuwühlen. Die Leute hier lassen sich vom zukünftigen Reichtum aufwühlen, nicht von der versprochenen Erlösung. Ist trotzdem das Gleiche. Guck sie dir an.«

Die Menge war vorwiegend weiß, obwohl es eine beträchtliche Anzahl von Latinos und Asiaten gab. Alle trugen sie bequeme Shorts oder kurze Jeanskleider, Sandalen oder Turnschuhe. Attraktive, lässige Menschen aus Kalifornien, die an Fastfood und das Leben auf der Überholspur gewöhnt waren. Ich entdeckte niemanden, der auf Jesajas Geschichte von heroischer Zerstörung hören würde. Sie wollten nichts von toten Armeen erfahren, die zu Haufen verrotteten, während sich Flüsse in Pech verwandelten. Sie wollten hören, was Gott für sie geplant hatte, und dazu gehörten ein Wohnwagen, ein neuer Computer mitsamt Fotosoftware und Digitalkamera, und vielleicht eine Kreuzfahrt nach Guam. Sie wollten hören, dass ihre Art zu sein in Ordnung war. Sie wollten es so sehr hören, dass ihre Augen ganz glasig wurden.

Nach einer Predigt darüber, dass man geschenkte Gnaden ruhig annehmen solle, wurde die Botschaft vermittelt, dass Gott mit seinen weltlichen Schätzen besonders großzügig zu denjenigen sein würde, die Ruby Emerald Geld schenkten. Während die Sänger und Musiker ein Potpourri aus religiösen und weltlichen Liedern gaben, die vor allem aus Filmen bekannt waren, sammelten gut gelaunte Teenager Schecks ein. Offensichtlich nahmen die Spender an einer Art Tombola teil, denn gelegentlich sprang jemand auf und schrie: »Eine Mikrowelle! Ich habe eine Mikrowelle gewonnen!« Oder: »Hey, ich habe eine Videokamera gewonnen!«

»Jetzt kommt's«, sagte BB nach der Kollekte. »Jetzt wird es richtig schmutzig.«

Trotz der hellen Nachmittagssonne wurde es dunkler auf der Bühne. So wie im Theater, wenn die Lichter heruntergedreht werden und man weiß, dass eine Veränderung, etwas Besseres, Interessanteres als das eigene Leben geschehen wird. Etwas Extremeres. Ruby Emerald hatte den Kopf gesenkt und ein einzelner intensiver Strahler beleuchtete ihr Haar. Der Chor summte Akkorde in c-Moll.

»Der Herr weiß, dass ihr Bedürfnisse habt«, flüsterte sie, nachdem sie den Kopf gehoben und ihr Haar nach hinten geworfen hatte. »Der Herr hat euch diese Bedürfnisse gegeben.«

»Ja.«

»Warum solltet ihr diese Bedürfnisse nicht erfüllt bekommen und zu Wohlstand gelangen?«

Sie sagte im Grunde rein gar nichts, aber die Inszenierung und die Musik waren beschwörend. Ich konnte spüren, wie sich die Haare auf meinen Armen aufrichteten, während das Summen des Chors lauter wurde. Ein älterer Mann im Publikum stand auf und sagte etwas, das niemand verstehen konnte, bis aus dem Nichts einer der Teenager mit einem tragbaren Mikro und einem kleinen Verstärker auftauchte. Nachdem er dem Mann das Mikro angesteckt hatte, ließ er sich im Gang lächelnd auf die Knie sinken und lauschte mit verzückter Aufmerksamkeit, während der ältere Mann mit Shakespeare-Stimme seine Geschichte erzählte. Er hatte Gott akzeptiert und bei einem Immobiliengeschäft sehr gut abgeschnitten. Dank des Erlöses, den er klug anlegte, konnte er sich zur Ruhe setzen und sich um seine kränkliche Frau kümmern. Die sich schon immer gewünscht hatte, auf einer eigenen Jacht nach Mexiko zu segeln ... was sie dann auch taten ... bevor seine Frau an ihrer Krankheit verstarb. Preiset den Herrn.

Emerald forderte die Menschen auf, ebenfalls ihre Erlebnisse vorzubringen, und das taten sie auch. Mindestens die Hälfte der Geschichten waren frei erfunden und wurden von professionellen Schauspielern vorgetragen. Die Texte stammten alle von dem gleichen Verfasser. Einer Person, die besonders gerne das Wort »Beistand« benutzte, was normalerweise selten vorkommt. Die restlichen Geschichten wirkten echt und die Berichte von Erfolg und finanzieller Belohnung klangen nicht ganz so dramatisch. In keiner der echten Geschichten kam das Wort »Beistand« vor.

Jedes Mal, wenn sich in der Nähe der Bühne jemand erhob, um von seinen Erlebnissen zu erzählen, traten die gleichen drei Männer und zwei Frauen auf die Vorbühne, gingen in die Hocke und sahen zu.

»Bullen«, sagte BB gelangweilt.

»Die Kinder Gottes haben ein Anrecht auf Glück«, beharrte Emerald, die nun auf und ab schritt. »Die Rechtschaffenen erhalten ihre Belohnung.«

»Ja.«

Der Chor wurde nun lauter und das Orchester stimmte nach und nach mit ein. Zuerst die Streicher, dann die Holz- und Blechbläser und schließlich die Schlaginstrumente. Die Leute standen auf und streckten die Arme in die Höhe, als würden sie darauf warten, dass etwas vom Himmel fiel. Emerald schritt weiterhin auf und ab und rief etwas, aber ich konnte es über die Musik und die Menge hinweg nicht verstehen, die immer wieder »Manna« zu rufen schien.

Ich hörte den Schuss nicht.

Doch BB hörte ihn. Mit einer schnellen Bewegung zog er mich auf den Boden und steckte meinen Kopf unter den Sitz des Klappstuhls, der vor mir stand. Ich konnte den Aufschrei der Menge hören, als ich mir bei dem Versuch, aufzustehen, den Kopf am Sitz des Stuhls stieß.

»BB, verdammt noch mal!«, schrie ich. »Wir sind hier, um zu sehen, was passiert. Lass mich los!«

»Roxie wird meine Austern in heißem Schweineschmalz frittieren, wenn ihrer Liebsten bei so einer dämlichen Erweckung für Weiße was passiert«, erwiderte er. »Sieht so aus, als hätte jemand auf die Predigerin geschossen.«

»O Gott, es ist Schwert. Und außerdem sagt seit fünfzehn Jahren niemand mehr ›Liebste‹.«

»Gehört alles zu meiner Rolle«, sagte er und suchte mit den Blicken die Menge ab. »Sieht so aus, als hätten sie den Typen schon.«

Ich wedelte mit meinem von der Polizei abgestempelten Presseticket über meinem Kopf herum und bahnte mir einen Weg zur Vorbühne. Ruby Emerald lag auf den Brettern am Rand der tragbaren Bühne und wurde von Menschen umringt. Links daneben legte eine Polizistin einem Mann in einem schwarzen, engen Anzug Handschellen um. Ich erinnerte mich an seinen Namen. J. R. Jones. Der emotionale Conférencier. Er hatte Ruby Emerald unter Tränen vorgestellt. Neben ihm hielt einer der Cops eine Kleinkaliber-Waffe mit einem Hemdzipfel fest und ließ sie in eine Plastiktüte fallen. Der Geruch nach Kordit hing wie eine Wolke über dem Geschehen.

Es kümmerte sich bereits ein Arzt um Ruby Emerald, oder zumindest jemand mit medizinischen Kenntnissen, denn ich sah, wie er Mitgliedern des Chors Anweisung gab, zu beiden Seiten Druck auf Emeralds Hals auszuüben, während er ihre Handgelenke umfasste und nickte.

»Gut, sehr gut«, sagte er mit heiserer Stimme. »Die Sanitäter dürften jede Minute hier sein. Fünf Minuten von hier ist ein Krankenhaus. Ich glaube nicht, dass es tödlich ausgehen wird, solange wir Druck auf die Arterie ausüben.«

Seine Haltung und seine ruhige Art wirkten militärisch, doch dann strich er ihr mit seiner freien Hand das Haar aus dem Gesicht und klemmte es ihr hinters Ohr. Die Geste war liebevoll, mütterlich. Und sehr aufschlussreich.

Hinter Ruby Emeralds Ohr verlief an der Haarlinie entlang eine blasse lilafarbene Narbe. Ich konnte die Stiche sehen, mit denen der lange Schnitt zusammengenäht worden war. Am Ohr verschwand die Narbe nach innen und wurde von den Falten des Knorpels regelrecht verschluckt. Der medizinisch ausgebildete Mann schien es ebenfalls zu bemerken und strich mit dem Finger über die verheilende Wunde.

»BB, jemand hat schon einmal versucht, diese Frau umzubringen«, sagte ich. »Er hat wahrscheinlich versucht, ihr den Kopf abzuschneiden. Hast du die Narbe gesehen?«

»Blue, du bist wirklich dümmer, als die Polizei erlaubt. Es wird nie einer versuchen, dich umzubringen, indem er dir hinten in den Nacken schneidet. Da landet das Messer nur im Knochen. Um das zu schaffen, muss man schon ziemlich stark sein und ein Hackebeil nehmen. Die Narbe hat sie nicht, weil ihr einer was wollte. Dafür ist sie zu gerade und sauber.«

Es näherten sich Sirenen. Der Mann, der sich um Emerald gekümmert hatte, stand abrupt auf und verschwand in der Menge. Ich hatte nicht sonderlich auf ihn geachtet und nur bemerkt, dass er für einen Mann recht klein war. Ich erinnerte mich an eine dunkle Brille und eine Baseballkappe. Ich fand es seltsam, dass er ging, kurz bevor die Sanitäter eintrafen.

Eine der Polizistinnen stellte ihre praktischen Schuhe direkt vor meine Nase und fragte barsch: »Wer sind Sie?«

»Dr. McCarron«, antwortete ich im gleichen Tonfall. Normalerweise ist mein akademischer Titel nur dazu nütze, einen anständigen Tisch in einem Restaurant zu bekommen. »Ich bin die Psychologin, die mit Wes Rathbone an dem Schwert-Fall arbeitet.«

Nur wenige Leute kennen den Unterschied zwischen Psychologie und Sozialpsychologie, und ich sah in diesem Moment keinen Sinn darin, sie unnötig zu verwirren.

»Das ist Bernard Berryman, mein Mitarbeiter«, fuhr ich fort. »Was ist passiert?«

»Welcher Schwert-Fall und warum trägt Berryman eine Cheerleader-Verkleidung?«, fragte sie, während BB seine Dreadlocks schüttelte und sie grimmig ansah.

»Meine Partnerin, Dr. Bouchie, ist forensische Psychiaterin und wir werden gemeinsam von der Polizei als externe Berater bezahlt«, erklärte ich. »Jemand schickt Morddrohungen und Ruby Emerald steht ebenfalls auf der Liste. Aber so wie es aussieht, haben Sie den Täter schon. Wer ist er?«

Sie wandte den Kopf und musterte den Mann namens J. R. Jones, der wieder weinte. Einer der männlichen Polizisten versuchte, ihm eine Aussage zu entlocken, kam dabei jedoch keinen Schritt weiter.

»Er sagt, er liebt sie. Er sagt, sie wollte ihn verlassen«, erklärte die Polizistin.

»Immer die gleiche alte Geschichte«, sagte BB kopfschüttelnd. »Hartherzige Frau zerstört weichherzigen Mann.«

»BB, es ist nicht der Mann, auf den hier gerade geschossen wurde«, wies ich ihn zurecht.

Dann sagte ich zu der Polizistin: »Würden Sie Detective Rathbone per Funk Bescheid geben, dass ich ihn auf dem Revier treffen werde? Ich bin sicher, dass er Dr. Bouchie und mich bei dem Verhör dabeihaben möchte.«

Ich war mir dessen gar nicht so sicher, aber ich war neugierig.

Nachdem ich von einem Münzfernsprecher Roxie bei *Auntie's* angerufen hatte, setzte ich BB an seinem Laden ab und fuhr zum Polizeipräsidium. BB meinte, er hätte genug von Polizeirevieren. Roxie hatte mir am Telefon meine Vermutung bestätigt, was die übliche Ursache für eine Narbe am seitlichen Haaransatz war. Rathbone war bereits da, als ich im Präsidium ankam.

»Das ist nicht unser Mann«, sagte er und brachte mich in den Verhörraum, wo Jones im Beisein von drei Detectives Kaffee aus einem Styroporbecher trank.

»Ich sag ihnen doch, ich weiß nichts von einem Schwert des Himmels«, sagte er. »Ich weiß nicht, wovon Sie reden.«

Es hing ein leicht metallischer und zugleich muffiger Geruch im Raum. Ich war ihm früher schon gelegentlich begegnet. In Gefängnissen und in Gassen, in denen Obdachlose in Pappkartons schlafen. Und in Altersheimen, in denen nie jemand zu Besuch kommt. Es war der Geruch nach Verzweiflung und er ging von J. R. Jones aus.

»Das ist Dr. Blue McCarron«, stellte mich Rathbone vor. »Sie arbeitet für uns an dem Schwert-des-Himmels-Fall.«

»Davon weiß ich nichts«, sagte er noch einmal. »Lassen Sie mich in Ruhe. Es ist mir egal, was Sie mit mir machen.

Mein Leben ist vorbei. Lassen Sie mich einfach nur in Ruhe.«

Aus der Nähe betrachtet, konnte ich sehen, dass sein graues Haar mit viel Gel frisiert war und Kontaktlinsen der Grund für seine erstaunlich blauen Augen waren. Die Kieferpartie über dem gestärkten weißen Kragen wies keinerlei Doppelkinn oder schlaffe Hautfalten auf und dennoch war seine Hand, die den Kaffeebecher hielt, von Leberflecken übersät. J. R. Jones war bedeutend älter, als er aussah.

»Sie müssen sich gestern Abend große Sorgen gemacht haben, als Ruby ins Krankenhaus gekommen ist«, sagte ich. »Wenn Sie nicht das Schwert des Himmels sind, dann konnten Sie nicht gewusst haben, was mit ihr los war.«

»Ich wusste es nicht«, sagte er leise. »Sie war so krank und ihr Herz pochte wie das eines kleinen Tieres. Wie ein Vogel. Ich würde jeden töten, der ihr etwas antut.«

Jones war kein großer Mann, aber er nahm eine Menge Raum ein. Manche Menschen sind so; als würde das, was sich in ihrem Innern befindet, ständig über die Grenzen ihres Körpers schwappen. Häufig sind es Leute, die zu viel wissen. Und Menschen, die zu stark empfinden. Ich stufte Jones in die zweite Kategorie ein.

»Sie ist eine schöne Frau«, fuhr ich fort. »Und eine charismatische Botschafterin.«

Rathbone beobachtete mich und machte den anderen mit einer unauffälligen Kopfbewegung ein Zeichen, sich rauszuhalten und mir die Sache zu überlassen.

»Sie ist ein Engel, und jeder, der ihr wehtun will, sollte getötet werden«, sagte Jones voller Gefühl. Er schien vergessen zu haben, dass er gerade mit einer .22er Handfeuerwaffe auf besagten Engel geschossen hatte.

»Waren Sie schon einmal verheiratet?«, fragte ich sanft, so als würde ich gerade von einem Toten sprechen.

»Fünfunddreißig Jahre lang. Meine Frau, Crystal ... die

Jungen ... nun, die Jungs waren erwachsen, als ich fortging, als ich Ruby begegnete und erkannte, dass ich sie liebe. Sie ist nach Indianapolis gekommen – Indianapolis in Indiana – und hat eine Erweckungspredigt gehalten. Dort lebten wir ... lebte ich. Ich habe mich in sie verliebt. Sie ist so schön. Ich bin jetzt seit sechs Jahren mit ihr zusammen. Ich wollte sie heiraten, sobald Crystal in eine Scheidung einwilligt. Aber Ruby wollte nicht und dann kam ein anderer... ich bin sicher, es gibt einen anderen. Sie wollte mir den Laufpass geben. Heute sollte ich sie das letzte Mal ankündigen, und ich dachte, ich könnte vielleicht, Sie wissen schon, da oben auf der Bühne sterben. Ich hatte diese Waffe und wollte es tun, mich umbringen, aber dann verspürte ich den Wunsch, dass sie mit mir kommt. Ich konnte nicht ohne sie gehen.«

BB hatte Recht. Bei Erweckungen geht es tatsächlich immer um Sex. Die übertrieben blauen Augen füllten sich wieder mit Tränen und ich kam mir vor wie eine Schlange. Er verschränkte die Arme auf dem Tisch, legte seinen Kopf darauf und begann zu schluchzen. Er war völlig verzweifelt. Ich hasste diesen Anblick, denn ich weiß, wie sich das anfühlt. Die meisten Leute wissen das.

»Es tut mir Leid«, sagte ich, ging um den Tisch herum und legte eine Hand auf seine Schulter. Und da sah ich es. Eine blasse, dünne Narbe, die an seinem Haaransatz entlanglief und hinter seinen Ohren verschwand. Sie erklärte das straffe Gesicht und das Fehlen eines Doppelkinns.

»Sie haben ihr wahrscheinlich sogar dabei geholfen, den Schönheitschirurgen auszusuchen, nicht wahr?«, fragte ich. »Alle machen es, aber es ist so schwierig, einen erstklassigen Arzt zu finden.«

Ich glaube, ich hatte in meinem Leben noch nie zuvor den Begriff »erstklassig« benutzt, aber ich war überzeugt, dass Jones ihn passend finden würde.

»Oh ja, sie ging zu meinem Chirurgen«, sagte er und lächelte ein wenig, als er den Kopf hob. »Ihr Hauptquartier ist hier in San Diego und der Chirurg ebenfalls. Ihr gefiel mein Aussehen und sie wäre niemals zu einem anderen gegangen. Sie hat es erst vor drei Wochen machen lassen. Ein komplettes Lifting. Gerade rechtzeitig für die Tour.«

Gerade rechtzeitig für die ... Tour, Kampagne, Wahl.

Ich erinnerte mich, wie Kate Van Der Elst sich bei unserem Gespräch die Kopfhaut gerieben hatte. Und an ihr leises Zusammenzucken, als ich sie fragte, ob sie und Dixie Ross und Mary Harriet Grossinger zum gleichen Zahnarzt gegangen waren. Ich hätte schwören können, dass es nicht der gleiche Zahnarzt war.

»Ich spiele mit dem Gedanken, mir einen Leberfleck am Hals entfernen zu lassen«, sagte ich zu J. R. Jones. »Würden Sie mir vielleicht den Namen Ihres Chirurgen verraten?«

»Rainer«, antwortete er. »Dr. Jennings Rainer in der Rainer-Klinik. Eine erstklassige Klinik. Jeder bei Rainer arbeitet einfach erstklassig.«

»Wes«, sagte ich auf dem Gang zu Rathbone. »Ich bin mir nicht sicher, aber ich glaube, ich weiß, wo wir das Schwert des Himmels finden können.«

8

Der Faltenhals-Blues

RATHBONE UND ICH VERABREDETEN ein Treffen bei *Auntie's*, wo Roxies Linedancing-Team das Training beendet haben würde, wenn wir eintrafen. Laut Rathbone war an diesem Punkt die Meinung einer forensischen Psychiaterin unumgänglich. Nicht, dass meine Einschätzungen, die uns an diesen Punkt geführt hatten, nicht brillant seien, wie er hastig hinzufügte. Aber sollte ich Recht haben, würde die Polizei spezielle Anleitung für das Fortführen der Ermittlungen brauchen. Denn dieser Serientäter ließ sich, laut Wes, mit keinem anderen vergleichen, mit dem die Polizei es je zuvor zu tun gehabt hatte. Nicht nur das, diese ganze Ermittlung unterschied sich von allem anderen, was die Polizei in der Vergangenheit gesehen hatte. Er wollte Roxies Meinung hören, bevor er den nächsten Schritt unternahm.

Als Brontë und ich bei *Auntie's* ankamen, war er bereits da, und falls er auch nur das leiseste Unbehagen verspürte, sich in einer Schwulenbar aufzuhalten, ließ er es sich nicht anmerken.

»Hey«, begrüßte er mich, während er sich entspannt auf das Geländer stützte, das die Tanzfläche bei *Auntie's* umgab, »die sind ja richtig gut!«

Rox und das Team beendeten gerade eine komplizierte Schrittfolge, die sowohl Tangoelemente als auch Elemente des traditionellen Squaredancing beinhaltete. Die Choreographie war Roxies Werk, und ich wusste, dass sie mit dem ersten Preis bei einem Linedancing-Wettbewerb liebäugelte, der nach Weihnachten bei einem Rodeo in New Mexico stattfinden würde. Ihre fransige Satinbluse war nass geschwitzt, und sämtliche zweihundert mit Perlen verzierten Zöpfe flogen ihr um den Kopf, während sie die Stampfer und Drehungen des Tanzes vollführte.

Ich fand, dass sie unter dem aufblitzenden, goldenen Licht einfach fantastisch aussah. Wie der Inbegriff von allem Hellen und Lebendigen und Warmen. Ihre Cowboystiefel kamen nicht einmal aus dem Tritt, als sie mich sah und lächelte. Mir jedoch gelang es, im Stehen zu stolpern und auf einem Hocker zu landen, auf dem ich gar nicht hatte sitzen wollen. Manchmal genügt ein einfacher Blick auf Roxie und ich verliere die Kontrolle über die einfachsten Dinge. Wie zum Beispiel die Fähigkeit, genügend Muskelspannung in den Beinen aufrechtzuerhalten, um nicht umzufallen.

Rathbone grinste.

»Das passiert mir in Annies Nähe auch manchmal«, sagte er. »Es ist albern, aber es verhindert, dass ich mich zu sehr von der Scheiße vereinnahmen lasse, die ich jeden Tag mit ansehen muss. Ich habe großes Glück.«

»Uhm«, erwiderte ich verlegen. »Wie lange sind Sie und Annie schon verheiratet?«

»Beinah ein Jahr. Da sind Sie wohl überrascht? Sie dachten wahrscheinlich, ich wäre seit der Highschool mit ihr zusammen, was?«

Er schien sehr zufrieden mit sich. Ich ahnte, dass mir sehr bald unzählige Einsichten in sein Leben um die Ohren fliegen würden.

»Ähm, ja.«

»Wissen Sie, Annie hat mich völlig verändert. Früher dachte ich, es gibt immer nur eine Lösung. So sind Cops eben. Aber Annie, nun, sie hat mich einfach aufgetaut.«

»Das ist toll«, erwiderte ich und hoffte, nicht noch mehr offenbart zu bekommen. »Sieht so aus, als wären die Proben vorbei. Rox kommt zu uns, sobald sie ihre Bluse gewechselt hat. Können Sie den Twostepp?«

Ich hätte normalerweise nicht gefragt, aber es hatte gerade jemand Mary Chapin Carpenters »Down at the twist and shout« aufgelegt. Da konnte ich unmöglich still sitzen. Es war Sonntag und Essenszeit, daher waren nicht viele Leute da, aber die wenigen Gäste befanden sich alle auf der Tanzfläche.

»Nein, aber ich lerne gerne.«

Während Roxie also ihre verschwitzte Bluse wechselte, führte ich Wes Rathbone auf die Tanzfläche und zeigte ihm die einfachen Schritte, während wir beide nebeneinander in die gleiche Richtung schauten. Er begriff es sofort und konnte mich ab der zweiten Strophe in der normalen Aufstellung führen. Als der Song zu Ende ging, versuchte er sich bereits an Drehungen. Rox hatte ein kürbisfarbenes Sweatshirt übergezogen und sah uns vom Tisch aus zu, wo sie uns allen Eistee bestellt hatte.

»Sie sind ein Naturtalent«, sagte sie zu Rathbone, als wir uns zu ihr gesellten. »Sie würden sich gut in unserem Linedancing-Team machen.«

Ich hatte schon Angst, er würde so etwas sagen wie »Ach, Quatsch, Ma'am«, doch stattdessen fragte er Rox, ob diese Einladung seine Frau mit einschloss.

»Klar, wenn sie sich halb so gut bewegen kann wie Sie«, erwiderte Roxie.

»Besser«, sagte er. »Annie war vor ihrer ersten Ehe professionelle Tänzerin. Ballett. Das hier wird ihr gefallen! Ich ruf sie an, damit sie gleich herkommt.«

Während er zum Münzfernsprecher ging, blickte Rox mich über ihren Eistee hinweg an und ließ ihre Perlen klappern. Es klang wie eine Frage.

»Was ist heute passiert?«, fragte sie.

»Du zerstörst mein inneres Gleichgewicht«, erwiderte ich ruhig. »Und jetzt willst du hier sitzen und mit einem Cop über Serienmörder reden. Liegt es an mir oder ist an dieser Vorstellung etwas schräg?«

»An dieser Vorstellung ist eine Menge schräg und deshalb ist es auch so interessant. Was ist passiert?«

»Der Freund der Predigerin hat auf sie geschossen, weil er sie liebt«, erklärte ich.

»Auch eine Art, damit umzugehen«, sagte Rox nachdenklich, als Rathbone zurückkam und sich rittlings auf einen Stuhl setzte.

»Annie ist auf dem Weg und kann es gar nicht erwarten, sich das hier anzusehen«, sagte er glücklich. Dann fügte er an mich gewandt hinzu: »Das genau habe ich gemeint, Blue. Annie und ich. Sie hat mir beigebracht, niemals eine Chance zu verpassen. Vor allem die Chance, sich zu amüsieren. Sie sagt, die Welt sei voll von schlechten Menschen, die den Spaß hinten anstellen. Und Sie wissen, dass das stimmt.«

Langsam sah ich Wes Rathbone als Newage-Guru mit einer Polizeimarke. Es war verwirrend.

»Sie wollten über den Fall sprechen?«, erinnerte Roxie ihn und warf ihm einen sachlichen Blick zu.

»Sowohl Jerry Russell Jones, der Schütze bei der heutigen Erweckung, als auch das Opfer, Ruby Emerald, waren Patienten in der Rainer-Klinik, die sich auf kosmetische Chirurgie spezialisiert hat«, erwiderte Rathbone fröhlich, so als würden wir immer noch über Spaß reden. »Emerald war Thema einer Botschaft von Schwert, und zwar in Form eines Anrufs, bei dem sich Schwert als Emeralds Mörder bekannt hat, obwohl sie gar nicht tot war. Sie ist auch jetzt nicht tot. Jones hat ihr in die linke Schulter geschossen und einen Knochen zerschmettert, aber sie wird wieder gesund werden. Und Jones behauptet, nichts von Schwerts Botschaften zu wissen.«

»Moment mal«, sagte Roxie. »Dieser Jones hat gerade vor mehr als zehntausend Menschen versucht, jemanden umzubringen, richtig? Das klingt in meinen Ohren nicht gerade nach einem ›glaubwürdigen Zeugen‹. Das klingt viel mehr nach emotionaler Labilität, überhöhter Selbsteinschätzung, dem irrationalen Bedürfnis nach Aufmerksamkeit und einem mehr oder weniger ausgeprägten Bruch mit der Realität. Wir alle hier am Tisch wissen doch ganz genau, dass man ganz schön fertig sein muss, um in Anwesenheit von Zeugen auf einen unbewaffneten Menschen zu schießen. Also werden Sie wach, Wes! Nur weil Jones leugnet, Schwert zu sein, bedeutet das noch lange nicht, dass er es tatsächlich nicht ist.«

Rathbones unbeschwertes Lächeln blieb unverändert. »Gehen wir erst einmal davon aus, dass Jones nur auf Emerald geschossen hat, weil sie ihn abservieren wollte, und es so abgelaufen ist, wie er behauptet. Nehmen wir mal an, dass er nicht gerade der Cleverste ist, sondern nur ein alter Typ, der sich Hals über Kopf in eine jüngere Frau verliebt, seine Frau verlässt, mit der er fünfunddreißig Jahre verheiratet war, und der Neuen quer durchs ganze Land folgt. Und dann sagt sie ihm, dass es aus ist.«

Ich war neugierig. »Wie alt ist Jones eigentlich?«, fragte ich.

»Vierundsiebzig.«

»Sie machen Witze! Ich hätte ihn höchstens auf Anfang sechzig geschätzt.«

»Hey, er wollte für seine Freundin gut aussehen. Hat regelmäßig Sport gemacht, darauf geachtet, was er isst, und sich sogar das Gesicht operieren lassen. Vielleicht mache ich auch irgendwann mal was. Warum nicht?«

»Nur Vampire altern nicht«, lautete Roxies kryptische Antwort. »Und wohin führt das Ganze jetzt?«

Rathbone lehnte sich mit den Ellbogen auf die Tischplatte

und blickte mich an. »Blue hat den Verdacht, dass Kate Van Der Elst sich möglicherweise auch hat operieren lassen«, sagte er. »Wir wissen es noch nicht mit Sicherheit, aber gehen wir mal davon aus. Wir wissen, dass gestern in ihrem Wahlkampfbüro ein Drohbrief eingegangen ist. Mal angenommen, Van Der Elst hat sich in dieser Rainer-Klinik liften lassen. In der gleichen Klinik, in der auch Jones und Emerald waren. Was haben wir dann?«

»Drei Menschen mit einem Dauerlächeln«, schlug Roxie vor.

»Wir haben die erste Verbindung zwischen zwei Drohbriefen«, sagte ich ihr. »Einen gemeinsamen Nenner.«

»Und was soll ich für Sie tun?«, fragte Roxie Rathbone. »Ein psychiatrisches Profil für Schönheitschirurgen erstellen, die sich nebenbei als Serienmörder betätigen? Ich bitte Sie!«

Es gibt Momente, in denen die exakten Wissenschaften und die Sozialwissenschaften aneinander rasseln. Dies war einer davon.

»Ich bin gleich zurück«, sagte ich. Dann ging ich in Richtung Damenklo und bog zum Münzfernsprecher ab, sobald ich außer Sichtweite war. Nachdem ich fünfunddreißig Cent hervorgekramt hatte, wählte ich die Privatnummer der Van Der Elsts. Pieter meldete sich. Ich hatte also richtig angenommen, dass sie an einem Sonntagabend zu Hause sein würden. Ich kam gleich zur Sache.

»Hier spricht Blue McCarron«, begann ich. »Ich muss wissen, ob Kate Kontakt zu einem Chirurgen namens Rainer hatte.«

Sein erschrockenes Luftholen verriet mir, dass ich richtig vermutet hatte. »Warum?«, fragte er.

»Pieter, spielen Sie keine Spielchen mit mir. Heute Morgen wollten Sie aus lauter Angst um Kate, dass sie sich aus dem Wahlkampf zurückzieht. Sie wollten einen Leibwächter anheuern. Jemand hat einen Drohbrief unter der Tür ihres Wahlkampfhauptquartiers durchgeschoben. Und nun zieren Sie sich wegen eines Liftings? Was ist nur los mit Ihnen?«

»Ich hole besser Kate«, erwiderte er nur.

»Seien Sie ehrlich zu mir«, sagte ich, sobald sie an den Apparat kam. »Ruby Emerald wurde von der gleichen Person ins Visier genommen, die Dixie und Mary Harriet vor deren Tod bedroht hat. Emerald hat sich vor drei Wochen in der Rainer-Klinik operieren lassen. Sie auch?«

»Ja«, sagte Kate Van Der Elst mit zittriger Stimme. »Und das Gleiche gilt für Dixie und Mary Harriet. Mary Harriet war vor Jahren als Erste von uns dort. Als sie sich vor kurzem dort die Augen liften lassen wollte, hat sie Dixie davon erzählt. Dixie und ich sprachen lange darüber und beschlossen, zusammen hinzugehen und uns vor dem Wahlkampf-Stress dieser ... Prozedur zu unterziehen. Das war vor einigen Wochen.«

Mir war ein wenig schwindelig und ich lehnte mich neben dem Münzfernsprecher gegen die Wand. Mir war auch ein wenig schlecht. Eine medizinische Umgebung – Krankenhäuser, Krankenwagen, Zahnarztpraxen, sogar Tierkliniken – muss Vertrauen wecken. An diesen Orten gestatten wir Fremden Dinge wie nirgends sonst in unserem Leben. Medizinische Fachkräfte machen Fehler, aber nur selten fügen diese Leute ihren Patienten absichtlich Schaden zu. So etwas kommt einfach nicht vor. Und wenn doch, dann entblößt der Täter unweigerlich eine dunkle Seite der menschlichen Seele, die besser verborgen bleiben sollte.

»Oh, Kate, warum haben Sie mir das nicht schon heute Morgen gesagt, als ich Sie nach Orten fragte, die Sie drei aufgesucht haben?«

»Über so etwas redet man nicht, Blue. Es ist peinlich, und manche finden es sogar schändlich, wenn man jemandem allein wegen seines Äußeren erlaubt, das Gesicht vom Schädel abzulösen und wieder anzunähen. Aber ich hätte es Ihnen gesagt, wenn die Polizei diesen ... diese Bestie nicht gefasst hätte, die die Drohungen verschickt. Pieter und ich haben darüber gesprochen. Ich wollte Sie Montag, also morgen, anrufen. Blue ...?«

»Ja, Kate?«

»Diese Ruby Emerald, geht es ihr gut?«

Ich wollte die Sache nicht noch komplizierter machen, indem ich ihr von Emeralds Drama mit dem alternden Liebhaber und der Waffe erzählte.

»Sie kommt wieder auf die Beine«, wich ich aus. »Ich würde morgen gerne mit Ihnen reden und das Gleiche gilt sicherlich auch für die Polizei. Wir wissen immer noch sehr wenig, aber Sie waren eine große Hilfe. Danke.«

Roxie und Rathbone tanzten, als ich zum Tisch zurückkam, wo Brontë schwanzwedelnd die Leute anlächelte, die mit einer Schüssel Popcorn von der Bar zurückkehrten. Mein Hund hat ganz klare Prioritäten.

Das Gleiche galt für Kate Van Der Elst. Südkalifornien ist nicht mit der Hollywood-Traumfabrik gleichzusetzen, wie jeder glaubt. Aber seine kulturellen Neigungen zeichnen sich auch nicht gerade durch stoische Akzeptanz aus. Das gilt für alle Bereiche. Wenn es in dieser Gegend ein kulturelles Mantra gibt, dann lautet es: »Warum wurde das nicht in Ordnung gebracht?«

Überschwemmungen, Erdbeben, Feuer und Erdrutsche zerstören regelmäßig die Landschaft, die anschließend innerhalb eines Jahres wieder aufgebaut, bepflanzt und neu gestaltet wird. Der Südkalifornier akzeptiert unvermeidbare Desaster und Todesfälle mit einer Gelassenheit, die in ihrer Art beinahe dem Zen gleichzusetzen ist. Diese Akzeptanz geht jedoch mit dem Wunsch einher, Schönheit zu genießen, solange es möglich ist. Daher werden die Mittelstreifen auf den Autobahnen mit rosafarbenem und weißem Oleander bepflanzt, die Straßen gekehrt, die Häuser gestrichen und Kunst erworben. Ein unattraktiver Behälter, der für die Müllabfuhr an den Bordstein gerollt wird, ist ein Zeichen der Verwahrlosung und muss beseitigt werden. Das Gleiche gilt für unattraktive Säcke unter den Augen und hängende Hautfalten am Hals. Warum soll man da nicht etwas unternehmen? Und wer würde jemanden wählen, der das nicht tut?

»Kate Van Der Elst, Dixie Ross und Mary Harriet Grossinger haben sich alle in der Rainer-Klinik operieren lassen«, sagte ich, als Roxie und Wes Rathbone von der Tanzfläche zurückkehrten. »Ich habe gerade mit Kate gesprochen.«

»Hm«, sagte er. »Nach dem, was Sie mir heute auf dem Revier gesagt haben, habe ich mir die Website der Rainer-Klinik im Internet angesehen. Es gibt dort zwei Chirurgen – Jennings Rainer und Megan Rainer. Angesichts der Fotos auf der Website vermute ich, dass es Vater und Tochter sind. Es ist erstaunlich, was die alles machen können.«

Bei der letzten Bemerkung war ihm eine leichte Röte bis in die Wurzeln seiner sandfarbenen Haare gestiegen. Roxie grinste auf eine Art, die ich nur als diabolisch beschreiben kann, und sagte: »Ja, Laser-Phalloplastik ist der letzte Schrei. Gab es auf der Website auch ein paar gute Fotos?«

Wes Rathbones zerfurchte Wangen hatten sich inzwischen tiefrot verfärbt. Er sah aus wie ein ältlicher, englischer Schuljunge.

»Phalloplastik?«, fragte ich. »Bedeutet es das, wonach es sich anhört?«

Irgendwann in meinem Leben hatte ich gelernt, dass der korrekte Ausdruck für eine Nasenoperation »Rhinoplastik« ist, da »rhino« das griechische Präfix für »Nase« ist. Das Wort »Phallos« stammt ebenfalls aus dem Griechischen, wurde später mit der lateinischen Endung »us« versehen und bezeichnet den symbolischen erigierten Penis, der im Altertum bei den Festen der Griechen zu Ehren von Dionysos herumgetragen wurde. »Phalloplastik« war demnach der Fachausdruck für eine Penisoperation.

»Peniskorrektur«, sagte Rox. »Länger, dicker, gerader. Es ist eine Goldmine, ein absoluter Goldesel. Die Hälfte der Dermatologen aus meinem Bekanntenkreis nimmt ein Darlehen auf und geht zurück zur Uni, um den Abschluss in kosmetischer Chirurgie zu machen und Schwanzkorrekturen durchzuführen. Ich habe schon selber mit dem Gedanken gespielt. Damit verdient man so viel Geld, dass ich mich nach zwei Jahren zur Ruhe setzen könnte.«

»Ich konnte es nicht glauben«, sagte Rathbone. »Ich habe ein paar Jungs die Website gezeigt und sie konnten es auch nicht fassen.«

»Hey, damit ist auf dem Fleischmarkt immer noch am meisten Geld zu scheffeln«, sagte Roxie fröhlich. »Was haben Sie sonst noch über die Klinik herausgefunden?«

»Sie befindet sich in La Jolla«, antwortete Rathbone nach mehrmaligem Schlucken. »Morgen haben wir alles zusammen – eine Liste der Angestellten, einen Lebenslauf von jedem Einzelnen, der dort arbeitet. Wir haben nicht genug, um Jennings zu verhören, sonst hätte ich es schon längst getan. Das einzig Konkrete sind die Drohungen.«

»Und zwei tote Frauen«, sagte Roxie. »Außerdem eine dritte Frau, die mit Symptomen ins Krankenhaus eingeliefert wurde, die die beiden Ermordeten möglicherweise auch gezeigt haben. Und da gäbe es noch eine vierte Frau, der es körperlich offensichtlich sehr gut geht und die eine Morddrohung erhalten hat. Das wären dann zwei Tote und zwei Lebende, die alle Drohungen erhalten haben und Patientinnen in der Rainer-Klinik waren. Ich finde, das reicht für ein paar Fragen.«

»Noch nicht«, beharrte Rathbone. »Erst, wenn wir Richtlinien für die Ermittlung in den Händen halten. Und da kommen Sie ins Spiel, Dr. Bouchie. Womit haben wir es hier zu tun?«

»Es könnte Zufall sein, aber das ist es wahrscheinlich nicht. Es könnte jemand sein, der mit der Klinik in Verbindung steht, der Zugang zu den medizinischen Unterlagen dieser Frauen hat. Jemand, der von einer existierenden, möglicherweise lebensbedrohlichen Erkrankung der vier Frauen wusste, obwohl das ziemlich weit hergeholt ist. In diesem Fall möchte dieser Jemand seine fünfzehn Minuten Ruhm und verfolgt dieses Ziel, indem er öffentlich spektakuläre Drohungen gegen Frauen verschickt, die sehr wahrscheinlich aus einem unbekannten Grund sowieso an einer natürlichen Ursache sterben werden. Das ist seltsam, aber wohl kaum ein Mord.«

Rathbone streckte seine Beine aus. »Glauben Sie tatsächlich, dass wir es damit zu tun haben?«, fragte er.

Rox setzte sich auf und blickte ihn ernst an. »Nein, das glaube ich nicht, und deshalb werde ich Ihnen jetzt sagen, wonach Sie suchen müssen. *Falls* es einen Serienmörder gibt, der von der Rainer-Klinik aus arbeitet, ist es sicherlich ein ganz neuer Typus, ein neuer Fall fürs Lehrbuch. Die Typologie von Holmes unterteilt Serienmörder in ›organisierte‹ und ›unorganisierte‹ Täter. Das ist eigentlich ziemlich offensichtlich, bietet aber dennoch einen nützlichen Ausgangspunkt. Unser Gesuchter fällt in die Kategorie ›organisiert‹, hat einen regelmäßigen Job, ist intelligent, gebildet, liest Zeitung und verfügt über ein hinreichendes Privatleben. Mit anderen Worten, Sie werden kein aufblinkendes Neonschild mit der Aufschrift ›Täter‹ finden.

Ihre Leute werden vom Ambiente der Klinik, von der Atmosphäre des Wohlstands, die dort sicherlich vorherrscht, eingeschüchtert sein. Möglicherweise lassen sie sich auch von den Angestellten der Klinik einschüchtern, die die gleiche Aura umgeben wird. Die Armen können sich keine Schönheitsoperationen leisten, und die Reichen bevorzugen eine Umgebung, die erkennen lässt, dass ihre Ärzte ebenfalls reich sind. Sollte bei einem der Angestellten eine krankhafte Störung vorliegen, wird sie vermutlich von den oberflächlichen Verhaltensmustern in der Klinik überdeckt. Lassen Sie Ihre Detectives die Leute an einem anderen Ort befragen, am besten dort, wo sie sich fehl am Platz und unwohl fühlen.

Und es hat keinen Zweck, so zu tun, als ginge es bei den Ermittlungen um etwas anderes. Unsere Zielperson sehnt sich geradezu nach Aufmerksamkeit und wird durch sie erregt. Um eine aufschlussreiche Antwort zu erhalten, ist es taktisch gesehen das Beste, sehr ausführlich über eine Einzelheit zu reden und diese falsch darzustellen. Nur der Täter wird wissen, dass es nicht stimmt. Sagen Sie zum Beispiel immer wieder ›Himmelsschwert‹ statt ›Schwert des Himmels‹. Möglicherweise verrät sich der Täter und korrigiert Ihre Leute und schon haben Sie einen Verdächtigen.

Ich vermute, der Täter hat enorme Kontrolle über sich selbst und das schon seit geraumer Zeit. Er ist wahrscheinlich sehr stolz auf diesen Umstand. Er oder sie denkt: ›Ihr Idioten habt keine Ahnung von den schrecklichen Dingen, die ich getan hätte, wenn ich nicht so große Selbstbeherrschung besäße.‹ Man muss ihn oder sie angreifen, indem man ständig auf Schwäche, Impulsivität und kindisches Verhalten anspielt. Ihre Detectives sollen Dinge sagen wie: ›Wer immer das getan hat, ist erbärmlich. Wer immer es getan hat, ist wie ein kleines Kind. Ein außer Kontrolle geratenes, verzogenes Balg.‹ Und sie sollten überzogenes Mitleid zeigen, denn das wird der Täter hassen. Verstehen Sie, was ich meine?«

»Der Täter ist ein Kontrollfreak und wir sollen ihn beleidigen, stimmt's?«

»Vergessen Sie nicht, ›er‹ könnte auch eine ›sie‹ sein«, warnte Roxie.

»Nee«, widersprach Rathbone, als eine kräftige Frau in

Jeans und einem bestickten, pinkfarbenen Jeanshemd auf uns zukam. Ihr blondes Haar war kurz, lockig und mit grauen Strähnen durchzogen. Außerdem hatte sie die schönste Haut, die ich je gesehen hatte. Und auch das schönste Lächeln.

»Da bin ich!«, sagte sie zu uns allen, und ich begriff, dass es Annie war. Wes Rathbones Annie, die ihm das Licht gezeigt hatte. Ich konnte es ebenfalls sehen. Sie glühte förmlich.

Es wurde noch ein großartiger Abend. Bevor es zu voll wurde, brachte Rox Wes und Annie einige Variationen des Twostepp und einen Tanz mit dem Namen »Whiskey River« bei. Dann tauchten BB und der radikale Prediger namens Matt auf und wir gingen alle zusammen in das griechische Restaurant auf der anderen Straßenseite. Wir ließen Brontë auf der Terrasse, wo sie uns sehen und ich ihr ein paar Bissen Moussaka durch die Schiebetür geben konnte.

Aber eine Stimme in meinem Unterbewusstsein ließ mir keine Ruhe. Sie störte sich daran, dass wir tanzten und aßen, als wäre alles in bester Ordnung. Denn das war es ganz und gar nicht. Etwas versteckte sich in einem Winkel unserer Realität, in unserer Stadt. Etwas Verborgenes, das sich nur durch seinen in Briefen manifestierten Zorn zu erkennen gab, die sich nicht zurückverfolgen ließen. Ich stieß mit meiner Gabel in das letzte Stück abgekühlter *Saganaki* und fragte mich, wo Schwert in diesem Moment war. Er oder sie saß bestimmt nicht entspannt beim Abendessen und trieb Konversation. Wahrscheinlich saß er heimlich auf einem Speicher, wo er Zeitungsartikel mit einer OP-Schere ausschnitt, in der das Licht einer nackten Glühbirne aufblitzte. Es war eine Szene aus einem Film und gleichzeitig der erste falsche Schritt in einem Katz-und-Maus-Spiel, von dessen Ablauf ich noch gar nichts wusste. Doch ich würde noch davon erfahren. Bald. Ich würde in weniger als zwölf Stunden wissen, dass ich die Maus war.

9

Blaue Teller

AM MONTAGMORGEN WACHTE ICH auf, als das morgendliche, graugelbe Licht der Stadt nach und nach durch Roxies Jalousien drang. Ich bin an den dramatischen Sonnenaufgang in der Wüste gewöhnt, an seine krassen Schatten und abrupten Illuminationen. Im Vergleich dazu wirkt das Licht in der Stadt beinah fad. Doch eben dieses Licht hatte meine Aufmerksamkeit erregt und mich geweckt. Das galt jedoch ausschließlich für mich.

Ich kuschelte mich an Roxie, liebkoste ihr Ohr und ließ meine Finger zaghaft an ihrem Arm hinuntergleiten.

»Hmmm«, murmelte sie genießerisch.

Der Rhythmus ihres Atems veränderte sich jedoch nicht und sie zeigte auch sonst keinerlei Reaktion. Sie schlief tief und fest und schien nicht die Absicht zu hegen, diesen Zustand zu ändern. Brontë lag auf der zerknüllten seidenen Patchwork-Tagesdecke am Fußende des Bettes. Sie bildete ein Bild im chinesischen Stil, das in der Süd-Sung-Dynastie »Schwarzer Hund« genannt worden wäre. Ich vertrieb mir die Zeit, indem ich im Geiste hochtrabende Texte für eine Museumsbroschüre über die taoistische Darstellung des Dobermanns als Allegorie der inneren Harmonie schrieb. Es machte Spaß, obwohl Dobermänner erst im neunzehnten Jahrhundert in Deutschland gezüchtet wurden, ein Umstand, der diese Hunderasse im China des zehnten Jahrhunderts tatsächlich zu einer echten Rarität gemacht hätte. Dann stand ich auf.

Ich tapste in Roxies Arbeitszimmer und schaltete ihren Computer ein. Alles andere würde die beiden wecken, daher musste der Kaffee warten. Ich ging ins Internet und tippte das Passwort ein (»dober1«, was sonst), mit dem ich überall meine Mails abrufen kann. Ich hatte nur mit einer Mail meines Vaters gerechnet, der mir täglich schreibt, aber neben seiner befand sich noch etwas anderes in der Eingangsbox. Eine fremde Adresse, die durch die fette Markierung als neue ungelesene Mail gekennzeichnet war. Sie trug das Datum vom Montag und war weniger als eine Stunde, bevor ich Roxies Rechner eingeschaltet hatte, losgeschickt worden. Sie lautete »Godsword@bluebay.com«. Gotteswort? Oder Gottschwert? Bluebay war ein lokaler Server, der von fast allen Internetcafés und öffentlichen Computern in der ganzen Stadt benutzt wurde. »Godsword« konnte die Nachricht von überall losgeschickt haben, und es würde unmöglich sein, sie zurückzuverfolgen. Meine Hand war eiskalt, als ich die Adresse anklickte und wartete. Auf dem Bildschirm tauchten zwei Textzeilen und eine Signatur auf.

Die Nachricht lautete: »Blue ist kein Frauenname, und es wird dir noch leit tun, dass du dass getan hast, wenn van der else balt stierbt.« Unterzeichnet war sie mit »Das Schwert des Himmels«.

»Roxie!«, schrie ich und vergaß sämtliches Mitgefühl für die Schlafenden. »Sieh dir das an!«

Bevor ich in Roxies Arbeitszimmer die Anwesenheit eines anderen Menschen und eines Hundes spürte, ertappte ich mich dabei, dass ich den Bildschirm mit der Faust bedrohte.

»Du weißt nicht, mit wem du dich hier anlegst, du ignorantes Schwein«, flüsterte ich, während jede Synapse meines Körpers in einem Adrenalinbad pulsierte. Ich reagiere nicht sehr gut auf Drohungen, und obwohl ich es immer leugnen würde, bin ich doch sehr territorial veranlagt. Das trifft auf die meisten Frauen zu. Wie die meisten von ihnen verhalte ich mich territorial, wenn es um Dinge geht, die mir etwas bedeuten. Jemand hatte gerade eine Grenze verletzt, und zwar die Grenzen zu Roxie Bouchies Lebensraum. Etwas war in ihre Wohnung eingedrungen, auch wenn es für mein Zuhause bestimmt gewesen war. Etwas Mörderisches und Böses. Ich gelangte zu der verstörenden Erkenntnis, dass ich womöglich den Wunsch verspüren würde, es zu töten, wenn es Roxie oder auch Brontë zu nahe käme.

»Blue, du hyperventilierst ja«, sagte Rox, als sie in der Tür zu ihrem Arbeitszimmer auftauchte. »Was ist los?«

»Sieh dir das an.«

Rox hatte sich die seidene Patchwork-Tagesdecke um die Schultern gelegt und sah aus wie ein Gemälde von Gustav Klimt. Sie zog eine Grimasse.

»Oje, das war's dann wohl mit dem Frühstück. Blue, das kann doch gar nicht sein. Wie konnte Schwert wissen, dass du an diesem Fall arbeitest? Und woher hat er deine E-Mail-Adresse?«

»Ich weiß es nicht.«

Etwas anderes an der Nachricht hatte meine Aufmerksamkeit erregt. Buttons. Kleine Kreise, die beim Entwerfen von Webseiten verwendet werden und die man sich umsonst von unzähligen Sites herunterladen kann, die Buttons, Leisten und Hintergrundmuster, ein so genanntes Wallpaper, anbieten. Leisten und Buttons sind nur Zugänge, über die man durch das Anklicken mit der Maus auf andere Stellen der Website oder auf ganz andere Sites gelangt. Es gibt tausend verschiedene in jeder Farbe und Form, und manche von ihnen sehen tatsächlich aus wie echte Buttons, also Knöpfe. Die Nachricht vor mir enthielt zwei Buttons, und zwar einen vor jeder Zeile. Ich klickte sie an, aber nichts passierte. Sie führten nirgends hin, sondern waren reine Dekoration. Sie waren außerdem sehr ungewöhnlich.

Roxie hat einen richtigen Job und arbeitet von neun bis fünf als Psychiaterin in einem Staatsgefängnis. Anschließend unterhält sie eine Privatpraxis in einem Büro, das sie sich mit einem anderen Psychiater teilt, der nur tagsüber da ist. Daher hat sie noch nicht, so wie ich, ohne einen speziellen Grund unzählige Stunden im Internet verbracht. Ich war mir sicher, dass sie die Bedeutung der Buttons nicht erkennen würde.

»Hast du so was schon einmal gesehen?«, fragte ich.

»Was meinst du mit ›so was‹?«

»Diese Buttons.«

»Ich habe sie noch nie in einer E-Mail gesehen«, sagte sie. Ihr war etwas aufgefallen, das mir entgangen war.

Es gibt keine Buttons in E-Mail-Programmen. Es kostete viel Mühe, sie einzubauen. Schwert war also kein Neuling in Sachen Computer.

»Stimmt«, sagte ich, »aber sieh sie dir genauer an. Siehst du das?«

»Es sind Teller. Kleine, blauweiße Teller.«

Tatsächlich. Um genau zu sein, waren es Fotos von ganz gewöhnlichen Tellern im so genannten Blue-Willow-Dekor. Um ein Foto einzuscannen, es farblich zu bearbeiten und dann in einem E-Mail-Programm als Button abzuspeichern, benötigte man einiges an Geschick. Doch warum diese Mühe? Um einen Drohbrief mit unzähligen Rechtschreibfehlern zu verschönern? Ich fand das Ganze etwas seltsam. Und bedrohlich.

Ich machte Farbausdrucke des Briefes und leitete die Nachricht dann an Wes Rathbone im Präsidium weiter, zusammen mit einer kurzen Erklärung, wann und auf welchem Weg ich die Mail erhalten hatte. Dann ging ich mit Brontë kurz raus, während Rox Kaffee kochte. Als ich zurück war, sahen wir uns den Brief genauer an.

»Nun, es geht immer noch um Geschlechterrollen«, setzte Rox an. »Es kann sogar sein, dass es bald eskaliert. Dein Name hat ihn oder sie offensichtlich verwirrt. Der Name ›Blue‹ ist nicht geschlechtsspezifisch. Es könnte ein Mann oder eine Frau dahinter stecken. Diese Ungewissheit scheint bei dem Täter einige Unruhe ausgelöst zu haben. Ich tendiere zu einem Mann, Blue. Ich glaube, Schwert ist ein Mann.«

Ich atmete den Dampf aus meiner Kaffeetasse ein, während Brontë geräuschvoll das Trockenfutter zerkaute, das in einer Schüssel auf Roxies Küchenfußboden stand. Ich dachte über die Verwendung von Blue-Willow-Tellern als Button nach. Buttons, die nirgends hinführten, sondern einfach nur da waren.

»Weil Frauen normalerweise keine Probleme mit ihrem Geschlecht haben, stimmt's?«, fragte ich.

»Bei Frauen sieht man diesbezüglich nur ganz selten krankhafte Ausprägungen«, erwiderte Roxie gähnend. »Es gibt natürlich ein paar Transsexuelle, die sich von einer Frau zu einem Mann umoperieren lassen, und auch Frauen, die sich aus den verschiedensten Gründen wie ein Mann kleiden oder als Mann leben. Diese Frauen machen möglicherweise einen Konflikt hinsichtlich ihres Geschlechts durch, aber nicht in krankhafter Ausprägung. Sie wissen, wer sie sind, denn die Menstruation erinnert sie unausweichlich daran.

Doch das hier ist etwas anderes«, fuhr sie fort. »Schwert wird durch geschlechtliche Ambiguität so verunsichert, dass er sich und sein Leben bedroht sieht. Wenn das Gleichgewicht nicht wiederhergestellt wird und sich bezüglich der Geschlechterrollen nicht alles wieder in feste Kategorien einordnen lässt, wird es zu einem völligen Zusammenbruch, zu einer regelrechten Kernschmelze kommen. Ja, so fühlt es sich wahrscheinlich an. Seine Angst lässt Schwert beinah die Kontrolle verlieren, und er versucht, sein inneres Gleichgewicht zurückzuerlangen, indem er im Alleingang die starren Geschlechterrollen wiederherstellt. Dazu muss er offensichtlich die Frauen, die diese Grenzen überschritten haben, bedrohen oder gar töten. Ich verstehe nur nicht, woher Schwert weiß, dass du an diesem Fall arbeitest.«

Ich hörte, wie Roxies Zeitung mit einem Plumps gegen die Tür ihrer Eigentumswohnung fiel. Dann wiederholte sich dieses Geräusch, immer leiser werdend, an den Türen der Nachbarn.

»Du arbeitest ebenfalls an dem Fall«, sagte ich. »Vielleicht hast du die gleiche Nachricht bekommen.«

Ich holte die Zeitung, während Rox ihre Mails abrief.

»Nichts«, sagte sie, als ich mit der in einer Plastiktüte eingewickelten Zeitung zurückkehrte. »Das verstehe ich nicht. Warum bist du das Ziel? Und woher hat Schwert deine E-Mail-Adresse?«

»Das ist nicht schwierig. Alle Server haben Verzeichnisse, in denen die Teilnehmer unter ihrem richtigen Namen aufgeführt sind. Man kann natürlich seine Identität schützen, indem man einen der unzähligen Dienstleister benutzt, bei denen man anonym Mails verschicken oder sogar eine Webseite einrichten kann, ohne seine wahre Identität preiszugeben. Ich habe das nicht gemacht, aber wenn ich mir Schwerts E-Mail-Adresse ansehe, dann vermute ich, er schon.

Jeder könnte in fünf Minuten meine E-Mail-Adresse ausfindig machen«, fuhr ich fort. »Ich verstehe nur nicht, woher Schwert weiß, dass ich an dem Fall arbeite.«

»Vielleicht arbeitet er für die Zeitung. Sieh dir das an.« Sie faltete die Zeitung auseinander und zeigte mir die Titelseite.

»Polizei untersucht Drohung gegen Erweckungspredigerin«, lautete eine Schlagzeile. CBS hatte keine Zeit verschwendet und die Neuigkeit des Bugs-Bunny-Anrufs verbreitet. Die Drohbriefe gegen Grossinger und Ross und das grüne Blatt Papier, das jemand unter der Tür von Kates Wahlkampfbüro hindurchgeschoben hatte, wurden jedoch nicht erwähnt. Offensichtlich war die Polizei, nachdem sie in einem Interview erwähnt hatten, dass »die forensischen Consultants Dr. Roxanne Bouchie und Dr. Emily ›Blue‹ McCarron ein Profil des Täters erstellen würden«, weise genug, Schwert keine weitere Publicity zu verschaffen.

»Er hat deinen Namen aus der Zeitung«, sagte Roxie. »Meinen auch, obwohl der ihn nicht zu stören scheint.«

»Roxanne ist ein Frauenname«, sagte ich. »Er birgt somit keine Geschlechtsambiguität, die ihn aufbringen könnte.«

»Oder er ist weiß.«

»Weiß?«

Roxie schüttelte den Kopf. »Na, weiß wie ein Kaukasier, Süße. Du weißt schon, Menschen, die einen Sonnenbrand bekommen, als Hobby eine Plantage besitzen und ihre Kinder nach Pflanzen benennen, die im schottischen Hochland wachsen. Unser Typ interessiert sich nicht für mich, weil ich schwarz bin. Ich könnte in einem Frack auf ihn zutreten und mich ihm als Steven Spielberg vorstellen, er würde es nicht bemerken. Ihn interessiert nur das Verhalten seiner eigenen Leute, mit denen er sich identifiziert.«

»Drei Dinge«, sagte ich. »Erstens konnte er nicht wissen, dass du schwarz bist. Zweitens wurde die Mail vor anderthalb Stunden losgeschickt und da war die Zeitung noch nicht erhältlich.«

»Und drittens?«

»Ich habe die Plantage schon vor Wochen bei einer Auktion abgestoßen, direkt nachdem ich meinem Namen von *Calluna vulgaris*, allgemein als Heather oder Heidekraut bekannt, in Blue habe ändern lassen. Rox, manchmal machen mich deine ethnischen Witze ... ich weiß nicht, es ist, als würdest du tatsächlich glauben, dass ich jederzeit losziehen und mir einen Sklaven kaufen würde, wenn es einen im Sonderangebot gäbe.«

»Girl«, sagte sie in einer Art und Weise, die stets meine

volle Aufmerksamkeit weckt. »Er hätte die Zeitung online lesen können, bevor sie erscheint. Und er hätte mich im Mitgliederverzeichnis der American Psychiatrist Association von San Diego nachschlagen und herausfinden können, dass ich in einem Staatsgefängnis arbeite. Somit hätte er Zugang zu allen möglichen Infos bekommen. Vergiss nicht, ich bin eine Staatsangestellte. Und Regierungsbehörden müssen nachweisen, dass sie niemanden wegen seiner ethnischen Zugehörigkeit diskriminieren. Daher wird diese Information in die Personalinfo aufgenommen, die im Internet zugänglich ist. Und mit der Plantage habe ich nur Spaß gemacht. Manchmal vergesse ich, dass du nicht schwarz bist.«

Es war nicht leicht, durch den Perlenvorhang zu antworten, der mir bei ihrer Umarmung ins Gesicht fiel, aber ich fühlte mich verpflichtet, etwas zu erwidern.

»Es wird nie erwähnt, dass schwarze Plantagenbesitzer im Süden auch Sklaven gekauft und verkauft haben«, dozierte ich an die Perlen gewandt. »Jedermann kann gierig und grausam sein.«

»Ein gutes Argument«, sagte sie und warf einen Blick auf die Küchenuhr. »Ich muss heute Morgen eine ethnische Krise bewältigen«, schrie sie, als sie unter die Dusche raste. »Ich muss früh da sein. Die Latino-Gefangenen wollen einen Gedenkgottesdienst für einen Stierkämpfer, der es letzte Woche schließlich doch noch geschafft hat, sich in Tijuana aufspießen zu lassen. Der Typ war für sie eine Art kulturelle Ikone. Du weißt schon, *muy macho*. Und noch dazu ein Künstler. Er hat in das Blut der Bullen, die er gequält und getötet hat, Bilder gemalt. Blue ...?«

Ich spürte eine Warnung in dem fragenden Unterton des letzten Wortes.

»Werde ich nicht«, versprach ich.

»Geh heute nicht in die Nähe der Rainer-Klinik«, sagte sie trotzdem. »Überlass das der Polizei. Sie werden schon die Informationen zusammensuchen, die wir für unsere Analysen brauchen. *Das* ist nämlich unser Job. Hörst du mich?«

»Was?«, schrie ich zurück.

Nachdem Roxie weg war, ging ich mit Brontë direkt zu meinem Truck und fuhr zur Küstengemeinde La Jolla, die »La Hoya« ausgesprochen wird und im Spanischen »Das Juwel« bedeutet. Einst ein idyllischer Ort, in dem Ostküsten-Stars wie Ulysses S. Grant oder die Autorin Helen Hunt Jackson die Wintermonate verbrachten, wurde La Jolla später ein Magnet für Filmstars, die sich an einem ruhigen Ort ein Wochenendhaus kaufen wollten. Inzwischen bildet La Jolla die dicht besiedelte Spitze des so genannten Goldenen Dreiecks. Diese Bezeichnung ist nicht unbegründet, denn die verwinkelten alten Gassen des Dorfes sind inzwischen voller teurer Geschäfte, und in östlicher Richtung erstreckt sich ein Dreieck aus zahlreichen neuen Bürogebäuden, Hotels und Einkaufszentren, das bis zum Fuß der Ansiedlung reicht, einer Inlandsschnellstraße. Zwischen diesen Bürogebäuden haben sich etliche Kliniken angesiedelt, von denen einige Schönheitsoperationen anbieten.

Ich hatte nicht die Absicht, *in* die Rainer-Klinik zu gehen. Ich hatte eigentlich nur vorgehabt, mit Brontë über La Jollas berühmten Coast Walk zu spazieren, einen Pfad, der zwischen windgebeugten Wacholderbüschen und Meeresgischt entlang des spektakulären Kontinentrands verläuft. Und das tat ich auch. Dann suchte ich aus einem Telefonbuch in einem Muschelladen die Adresse der Klinik heraus und fuhr daran vorbei. Es war ein neuer Monolith aus schwarzem Glas und Stahl, in dem unzählige Firmen so diskret untergebracht waren, dass man von außen nichts über sie in Erfahrung bringen konnte. Ich fand das Gebäude furchtbar. Außerdem war ich überzeugt, dass mein langes schwarzes Kleid und meine Sandalen genau das Richtige waren, um dem Gebäude eine Stippvisite abzustatten, in dem Kate Van Der Elst sich nach ihren eigenen Worten das Gesicht vom Schädel hatte ablösen lassen.

Die Rainer-Klinik befand sich im Erdgeschoss des Gebäudes. Der Grund für diese Anordnung wurde deutlich, als ich auf dem Parkplatz stand. Aus den Schwingtüren an der Seite des Gebäudes trat ein junger Mann mit einem dicken Nasenverband, der von um den Kopf gewickelte Gazestreifen gehalten wurde. Der Mann befand sich in Begleitung einer älteren Frau, die ihn auf einen sandfarbenen Mercedes zuführte. Der junge Mann, im Grunde ein Teenager, wirkte ein wenig wackelig auf den Beinen. Dann krümmte er sich und erbrach sich neben dem Wagen.

»Ist schon gut, Ian«, sagte die ältere Frau. »Das kommt von der Narkose. Ich fahre dich jetzt nach Hause, und dann kannst du eines der Zäpfchen nehmen, die Dr. Rainer dir gegen die Übelkeit mitgegeben hat. Es ist alles in Ordnung, Liebling.«

»Mo-om!«, kam die benommene Antwort. »Sprich bitte nicht von Zäpfchen!«

Ich schlussfolgerte, dass es sich um Mutter und Sohn handelte und dass bei ihm eine Rhinoplastik durchgeführt worden war. Sie hatten den jungen Mann für das College und den Heiratsmarkt hergerichtet. Eine römische Nase ist wirklich viel vorteilhafter.

Ich ging an den Schwingtüren vorbei und betrat die Lobby des Gebäudes durch den Vordereingang. Dann sah ich mich um. Es war eine typische Eingangshalle. Schwarzer Marmorboden, Strukturtapeten, in der Mitte ein riesiges Blumenarrangement auf einem runden weißen Marmortisch. Die linke hintere Tür der vier vorhandenen trug eine aufgeraute Messingtafel mit der Aufschrift RAINER-KLINIK. Ich stieß die Tür auf und betrat etwas, das wie ein kleines Kunstmuseum aussah.

Für moderne Kunst. Im Empfangsbereich war sie sehr minimalistisch, aber in den zwei Wartezimmern zu beiden Seiten des schwarzen Marmortresens fiel sie etwas mutiger aus. Der Teppich war metallgrau und so dick, dass man das Gefühl hatte, über das Fell einer Katze zu laufen. Ein Aquarium unter einer Zeichnung mit schwarzen Stöcken vor einem weißen Hintergrund enthielt keine Fische, sondern einen Schwarm flacher Metallobjekte, die sich in Formationen durch das Wasser bewegten, die von einem beinah unsichtbaren, an einem Plastikdraht befestigten Magneten bestimmt wurden. Die Sitzmöbel bestanden aus schwarzem Leder, dessen strenge Wirkung durch sehr flache Kissen aus rotem Chenille aufgelockert wurde.

»Kann ich Ihnen helfen?«, fragte eine attraktive Frau hinter dem Empfang.

Sie schien Ende zwanzig und makellos zu sein. Porzellanhaut, glänzendes, modisch geschnittenes, schwarzes Haar, üppige Lippen, die das Wort »Kollagen« zu flüstern schienen. Ihr Kostüm ähnelte dem, das ich für Kates Spendenparty gekauft hatte, doch ihres war komplett schwarz und betonte umso besser die tiefroten Lippen.

»Ähm, mein Mann hat einen Termin bei einem Anwalt im siebten Stock. Ich fürchte, das wird noch Stunden dauern, und der andere Wagen ist in der Werkstatt, also habe ich ihn hergebracht. Ich wollte einkaufen gehen, aber ...«, sagte ich und wühlte in meiner Handtasche nach meinem Parkschein. »Ich habe vergessen, mir den Parkschein abstempeln zu lassen, und hatte gehofft, Sie könnten ...«

»Kein Problem«, sagte sie und verzog ihre roten Lippen zu einem Lächeln, als sie nach dem Parkscheinentwerter unter dem Tresen griff.

Hinter ihr befanden sich mehrere Glaskabinen, in denen mit weißem Naugahyde bezogene Stühle standen, die mich an eine Zahnarztpraxis erinnerten. Weiterhin entdeckte ich Waschbecken und Mülleimer aus rostfreiem Stahl, Tabletts mit chirurgischem Besteck und Sauerstoffflaschen an den Wänden.

Eine Frau in einer grünen OP-Kluft trat aus einer der Glaskabinen und zog sich eine sterile Maske vom Gesicht. Sie war ungefähr ein Meter sechzig groß und der gesunde, natürliche Typ. Der Typ Frau, der immer die Betreuung im Zeltlager der Jungpfadfinder übernimmt. Einige Strähnen ihres glatten, staubfarbenen Haars hatten sich aus dem sterilen grünen Kopftuch gelöst. Auf der Vorderseite ihres Oberteils befand sich Blut. Megan Rainer. Die Tochter.

»Ich treffe Chris heute auf einen frühen Lunch bei *Samson's*«, sagte sie der Empfangsdame. »Können Sie für eine Stunde die Stellung halten?«

»Nur, wenn Mrs Austin nicht auftaucht«, erwiderte die Empfangsdame, was der Frau in OP-Kluft ein Lachen entlockte. »Dr. Rainer, ich weiß nicht, warum Sie die Frau nicht schon längst umgebracht haben. Sie ist so eine Nerven ...«

In diesem Moment erinnerte sie sich an meine Gegenwart und entwertete geschäftig meinen Parkschein. Ihr Blick gab mir zu verstehen, dass ich nichts weiter bei ihnen zu suchen hatte. Ich tat jedoch so, als würde ich nach meinen Autoschlüsseln suchen. In diesem Moment öffneten zwei Männer in der gleichen OP-Kluft wie Megan Rainer eine Kabinentür. Auf dem nach hinten gekippten Stuhl sah ich eine Frau in weißen Stoffhosen und Bluse. Sie bewegte sich nicht und ihr gesamter Kopf war, abgesehen von Öffnungen an Mund und Nase, mit dicken Gazebandagen umwickelt. Sogar ihre Augen waren verdeckt.

»Bettina wird in zwanzig Minuten fertig sein, Mr Ashe«, hörte ich Megan Rainer in einem anderen Warteraum hinter dem Empfang sagen. Die Tür zu diesem Bereich zu meiner Rechten stand ein Stück offen.

»Ihr wird ein wenig schwindelig sein, und sie möchte bestimmt schlafen, sobald sie zu Hause ist. Wenn die Übelkeit erst einmal nachgelassen hat, wird sie vermutlich bis morgen durchschlafen. Wir geben ihr ein paar Zäpfchen mit und außerdem ein Antibiotikum. Führen Sie sie einfach durch diese Doppeltüren auf den Parkplatz. Dieser Seiteneingang ist von der Straße aus nicht zu sehen. Niemand wird sie beobachten.«

Der Name Bettina Ashe kam mir bekannt vor, aber ich konnte ihn nicht zuordnen.

»Ich gehe einfach dort hinaus«, sagte ich der Empfangsdame, die geistesabwesend nickte. In ihren Gedanken hatte ich aufgehört zu existieren, was mir sehr gelegen kam. Der separate Warteraum für diejenigen, die die Patienten nach dem Eingriff nach Hause brachten, war ebenfalls kunstvoll dekoriert und ganz in Blau gehalten.

An einer Wand hing ein luxuriöser Quilt aus blauem Samt, kastanienbraunem Satin und Goldlamé, der von Strahlern ausgeleuchtet wurde. Die gegenüberliegende Wand zierte eine ungewöhnliche Sammlung aus verschiedenen Tellern. Ein antiker Teller im Blue-Willow-Dekor und ein Terrakotta-Teller mit einer wunderbaren mitternachtsblauen Glasur. Daneben ein weiterer Teller mit krickentengrünen und saphirblauen Glasstücken, die in Mosaiktechnik zu einem griechischen Schlüsseldesign zusammengefügt waren. Und schließlich ein Teller mit Holzeinlegearbeiten im Stil eines chinesischen Puzzles.

Ich trat durch die Schwingtüren auf den Parkplatz hinaus, ohne weitere Aufmerksamkeit auf mich zu ziehen. Vor meinem inneren geistigen Auge tanzten blaue Kreise.

10

Die Käse-Pfannkuchen-Connection

Ich hatte das unbändige Bedürfnis, das schwarze Kleid auszuziehen, aber ich wusste, wenn ich erst einmal zu Hause wäre, würde ich nicht wieder über die Berge nach San Diego zurückfahren. Und es gab noch sehr viel zu tun, bevor ich mir den Luxus gönnen konnte, eine Runde in meinem Pool zu schwimmen. Nachdem ich angehalten hatte, um Wes Rathbone von einem Münzfernsprecher aus anzurufen, erkannte ich langsam den Vorteil und Nutzen eines Handys.

»Haben Sie die Liste der Angestellten in der Rainer-Klinik und deren Lebensläufe?«, fragte ich.

»Liegen auf meinem Tisch«, sagte Rathbone. »Ich hatte noch keine Gelegenheit, sie mir anzusehen. Wo sind Sie? Ich kann sie Ihnen gleich durchfaxen.«

»Ich bin auf einem 7-Eleven-Parkplatz in La Jolla. Hier sitzen drei Arbeiter von Pacific Bell in ihrem Truck und haben so laut das Radio aufgedreht, dass ich Sie kaum verstehen kann. Es läuft ›Ruby‹ von Kenny Rogers. Ich werde mir ein Handy kaufen, obwohl ich diese Dinger großspurig finde.«

»Annie hat eines und liebt es heiß und innig«, erwiderte er. »Wohin soll ich also die Info faxen?«

»Ich komme vorbei und hole sie mir ab, Wes. Gab es noch weitere Drohungen?«

»Nicht, dass wir wüssten. Ich bin auf dem Weg in die Rainer-Klinik. Der Fall hat hier nicht mehr die gleiche Priorität wie gestern Abend, Blue. Nach heute Morgen kann ich nicht mehr so viel Zeit darauf verwenden. Es gibt immer Morddrohungen gegen jemanden, aber nach den heutigen Zeitungsberichten über den Emerald-Bekenneranruf stehen wir mit unseren Ermittlungen etwas unter Druck. Um ehrlich zu sein, kommt unser Täter in die Rubrik der Spinner, bis wir Beweise haben, dass er tatsächlich Leute umbringt. Ich weiß, Sie sind überzeugt, dass Grossinger und Ross nicht an einer natürlichen Ursache gestorben sind, aber es gibt keinerlei medizinische Hinweise, die das unterstützen. Alles, was wir haben, ist ein Brief und der Bugs-Bunny-Anruf. Ich kann nicht rechtfertigen, dass wir ...«

»Was meinen Sie mit *einem* Brief?«, unterbrach ich ihn. »Was ist mit der Nachricht auf dem grünen Blatt Papier, das in Kate Van Der Elsts Büro unter der Tür durchgeschoben wurde? Zählen Sie den nicht mit?«

»Das ist ein anderer Fall«, erklärte er. »Untersuchungen im Labor haben ergeben, dass in dieser Nachricht ein anderer Kleber benutzt wurde als in Schwerts erstem Brief. Er hat *Super Glue* benutzt und auf dem grünen Blatt befand sich *Elmers.*«

»Und?«

»Und deshalb stammen die beiden Drohbriefe nicht von ein und derselben Person. Van Der Elsts Brief wurde wahrscheinlich von einem unzufriedenen Wähler geschickt, wie der Ehemann gesagt hat.«

»Und das haben Sie aus dem *Kleber* geschlossen?«, fragte ich. Ich fand diese Begründung albern. Die meisten Leute besitzen mehr als einen Kleber.

»Blue, es gab heute früh in Tijuana auf unserer Seite der Grenze eine Schießerei und dabei wurde ein Grenzbeamter schwer verletzt. Es sieht so aus, als würde er es schaffen, aber vielleicht wird er nie wieder laufen können. Der Täter ist nach San Diego geflohen. Wir haben all unsere Männer auf diesen Fall angesetzt. Die Drohbriefe sind nur ein unbedeutendes Vergehen – laut Abschnitt 422 des kalifornischen Gesetzbuches heißt das ›Androhung eines Vergehens, das zum Tod oder einer Körperverletzung führt‹. Ein Ersttäter würde mit ein paar Wochen Sozialdienst davonkommen. Wir haben einfach nicht genug Leute für eine gründliche Untersuchung. Aber Sie und Roxie stehen immer noch auf der Gehaltsliste. Ich stimme Ihnen zu, dass hinter der ganzen Sache mehr steckt, als man auf den ersten Blick vermuten wird. Tun Sie, was Sie können.«

»Wes, in welchem Krankenhaus liegt Ruby Emerald?«

»Im *Mercy.*«

Nachdem ich aufgelegt hatte, fuhr ich zu dem Einkaufszentrum, in dem sich *Samson's* befindet; das Restaurant, in dem Dr. Megan Rainer jemanden namens Chris zum Mittagessen treffen wollte.

Als ich dort ankam, füllten sich die Tische bereits, und bei regem Betrieb stehen Einzelpersonen auf der Beliebtheitsliste von Kellnern nicht sehr weit oben. Man führte mich in eine kleine Nische für zwei im Hauptraum des Restaurants und reichte mir die Speisekarte mit der unausgesprochenen Aufforderung, etwas Einfaches zu bestellen und dann wieder zu verschwinden. Von meinem Platz konnte ich den Eingang sehen, und es dauerte nicht lange, bis Megan Rainer in Begleitung eines korpulenten Mannes hereinkam. Er trug Jeans, ein blaues Hemd und eine Brille mit kleinen, runden Gläsern. Sein krauses, braunes Haar hing ihm in einem dicken Zopf bis auf den Rücken hinunter. Megan sprach mit großer Begeisterung über etwas, aber seine Augen wanderten immer wieder zu der Karte, die er sich aus einem Halter genommen hatte.

»Ich nehme einen *cheese blintz* und einen Kaffee«, sagte ich dem Kellner, als Megan und ihr Begleiter, offensichtlich ihr Mann, in einer Nische schräg gegenüber auf der anderen

Seite des Gangs Platz nahmen. Er saß mit dem Gesicht zu mir, und ich konnte einen Großteil ihrer Unterhaltung mit anhören. Dinge wie: »Das Corned Beef sieht gut aus« oder »Ich liebe ihre *matzo-ball*-Suppe, aber ich nehme wahrscheinlich das Reuben-Sandwich«. Ich fragte mich, warum die Schnüffler im Fernsehen immer Menschen beschatteten, die beim Essen ganz offen über ihre Verbrechen redeten. »Hast du schon den Caesar-Cocktail probiert? Ach, übrigens, den *echten* Smaragdanhänger habe ich neben der falschen Geburtsurkunde im Futter der Schatulle versteckt. Vielleicht können wir uns ein Dessert teilen?«

Ich hielt mich jedoch lange genug an meinem Käse-Pfannkuchen auf, um ein paar Dinge in Erfahrung zu bringen. Ihr Sohn Josh würde zum Beispiel bald einen Ausflug zum Scripps-Aquarium machen. Er wollte unbedingt seinen Fotoapparat mitnehmen, doch die Schule war ausdrücklich dagegen, dass die Kinder Dinge mit auf Ausflüge nahmen, die leicht verloren oder gestohlen werden konnten. In meinen Ohren klang das sehr vernünftig.

Ich erfuhr außerdem, dass sie ein Problem mit ihrer Spülmaschine hatten und dass sie Narzissen gepflanzt hatten, jedoch nicht damit rechneten, dass sie auch blühen würden. Megan Rainer und ihr Mann lachten sehr oft. Mehr als ein Mal sah ich, dass sie seine Hand auf dem Tisch berührte. Die einzigen Differenzen bezogen sich auf ein Thema, das er mit Äußerungen wie: »Es sind nur noch zwei Jahre, Liebling. Wir haben es doch so geplant« oder »Komm schon, du kannst das!« kommentierte. Nach diesen Bemerkungen konnte ich beobachten, wie Megan Rainer mit der rechten Hand ihre Gabel fester umklammerte und damit herumwedelte, während sie Dinge sagte, die ich nicht verstand. Aber ich hatte dennoch einiges herausgefunden. Zum Beispiel, dass sich Megan Rainer und ihr Mann gut verstanden. Sie machten sich Gedanken über die Aktivitäten ihrer Kinder. Und sie hatten eine Art Übereinkunft getroffen, dass Megan noch zwei Jahre etwas tun sollte, weil sie es so geplant hatten.

Ich tröstete mich damit, dass ich sowieso etwas zu Mittag gegessen hätte. Somit hatte ich meine Zeit nicht vollkommen verschwendet.

Nachdem ich Brontë ein Stück Pfannkuchen gegeben hatte, das ich extra für sie aufbewahrt hatte, fuhr ich über die I-5 in südliche Richtung nach Hillcrest. Zwei weitläufige medizinische Gebäudekomplexe, die University of Southern California und das Mercy Hospital, tragen das ihre zu dem bunt zusammengewürfelten Ambiente von Hillcrest bei. In einem einzigen Block gibt es sogar zwei Sushi-Restaurants, ein Piercing-Studio, drei kleine Buchläden, die sich jeweils auf Kochbücher, gebrauchte Medizinbücher und russische erotische Kunst spezialisiert haben, einen berühmten Delikatessenladen und ein ehemaliges Kino, unter dessen Markise die Obdachlosen auf ihren zusammengefalteten Schlafsäcken sitzen.

Einige Ladenbesitzer bewahren unter ihren Ladentheken Futter für die Hunde der Obdachlosen auf. Spenden für dieses Hundefutter stammen von den Menschen, die in Hillcrest einkaufen. Dazu gehören zum Teil die hoch bezahlten Angestellten der beiden Krankenhäuser. In Hillcrest gibt es keinen Mangel an Hundefutter, was eine Menge über komplexe menschliche Gemeinschaften aussagt, obwohl ich nicht genau weiß, was. Ich fand einen Parkplatz vor dem Kino und versprach Brontë, innerhalb einer halben Stunde zurück zu sein. Dann ging ich zum Mercy Hospital und fragte an der Information nach der Zimmernummer von Ruby Emerald.

Das Mercy ist ein katholisches Krankenhaus, und obwohl Krankenschwestern mit Nonnenhauben und gestärkten Kutten der Vergangenheit angehören, hat es diesen Verlust durch ein Übermaß an Kreuzen wettgemacht. Sie sind überall. Ein Kreuz aus Messing und Eichenholz über einem Wasserspender. Ein abstraktes Kreuz aus Stein und aufgerautem Stahl zwischen gerahmten Bildern der Krankenhauswohltäter, die alle aussehen wie Unternehmensleiter, was sie im Grunde auch sind. Das Kreuz über Ruby Emeralds Bett war ein modernes Exemplar aus den Sechzigern und bestand aus Aluminium und schwarzem Holz. Als ich das Zimmer betrat, las Ruby das *Wall Street Journal* und summte »Don't fall in love with a dreamer« mit, das im Radio gespielt wurde. Schon wieder Kenny Rogers. Ich kämpfte gegen den Drang an, mitzusingen.

»Mein Name ist Dr. Blue McCarron«, sagte ich und fügte schnell hinzu: »Ich bin Sozialpsychologin.«

Ruby Emerald lächelte mir nur strahlend aus ihrem Krankenhausbett entgegen und sagte: »Sie sind wahrscheinlich im falschen Zimmer.«

»Nein, ich arbeite nicht hier«, erklärte ich, während sie die unbequeme Position ihres geschienten linken Arms änderte. Er war in einem so merkwürdigen Winkel fixiert, dass sie aussah, als würde sie ein Taxi herbeiwinken. »Ich arbeite mit der Polizei zusammen.«

»Und?«

»Sie wissen doch von der eingegangenen Drohung gegen Sie. Ich bin an den Ermittlungen in diesem Fall beteiligt.«

»Ich habe nur in der Zeitung darüber gelesen«, sagte sie. »Sie nannten es den Bugs-Bunny-Coup! Ich glaube nicht, dass es viel zu bedeuten hat. Als Psychologin sollten Sie wissen, dass es da draußen unglaublich viele eifersüchtige, schlechte Menschen gibt. Ich habe schon früher Drohungen erhalten.« Ein Lächeln zog an ihren Mundwinkeln. »Aber seien wir doch ehrlich. Die Gefährlichsten sind die, die man in sein Bett lässt.«

»J. R. Jones. Ich war dort, als es passiert ist, Reverend Emerald. Es war schrecklich, und ich bin so froh, dass Ihre Verletzungen nicht schlimmer ausgefallen sind. Und ich bin keine klinische Psychologin, sondern Sozialpsych...«

»Sie waren dort?«, unterbrach sie mich. »Was für ein Desaster! Und bitte nennen Sie mich doch Ruby. Ich hätte mich nie mit Jerry einlassen dürfen, aber Sie wissen ja, wie das ist. Sie denken doch nicht, dass er so dumm war und bei dem Sender angerufen hat, oder? Ich kann mir nicht vorstellen, dass Jerry so etwas tut. Er ist eigentlich ein lieber Kerl, aber Sie wissen ja, wie Männer sind. Reden immer von Heirat und solchen Sachen. Er wollte ein Schild an meinem Kopf anbringen, auf dem steht: ›Besitz von ...‹.«

In dem grellen kalifornischen Sonnenlicht, das durch das Fenster hereinströmte, erkannte ich, dass Ruby Emerald nicht mehr jung war. Wahrscheinlich hatte sie die mittleren Jahre bereits hinter sich. Trotz der teuren Kräuterkörpercreme auf ihrem Nachttisch war die Haut auf ihren Armen von einem Mosaik aus trockenen Linien durchzogen. An den Schläfen färbten sich ihre blonden Locken bereits grau. Ich schätzte sie auf Anfang sechzig. Ihre funkelnden, braunen Augen verrieten jedoch eine unbändige, zeitlose Lebensfreude, die wahrscheinlich der Grund für J. R. Jones' tödliche Ergebenheit war.

»Nein, ich glaube, dass jemand anders dort angerufen hat«, sagte ich. »Jemand, der mit der Rainer-Klinik in Verbindung steht.«

Die braunen Augen weiteten sich. »Nein, das kann ich nicht glauben! Sie haben ja keine Ahnung, wie nett dort alle waren. Ich meine, sie sind wirklich erstklassig, einfach die Besten. Und glauben Sie mir, bei dem, was sie für ein einfaches, altmodisches Facelifting verlangen, hat dort niemand einen Grund, eifersüchtig auf meine Einnahmen zu sein!«

»Vielleicht steckt ja gar keine Eifersucht dahinter«, sagte ich nach einem kurzen Zögern. Es bestand kein Grund, ihr mit meiner bizarren Theorie über einen geschlechtsverirrten Serienmörder Angst einzujagen. »Könnten Sie mir ein wenig darüber erzählen, was am Abend vor der Erweckung passiert ist? Ich weiß, Sie wurden ins Krankenhaus eingeliefert.«

»Also, das war wirklich seltsam«, sagte sie und runzelte wie ein verwirrtes Kind die Stirn. »Der Abend verlief wirklich merkwürdig. Jerry war bei mir und wurde sehr wütend. Ich hatte schon seit Monaten versucht, mich von ihm zu trennen, und sagte ihm an diesem Abend einfach, dass es aus sei. Ich ließ ihn in dem Glauben, ich hätte jemand Neues kennen gelernt, obwohl das gar nicht stimmt. Ich wollte einfach nur, dass er mich in Ruhe lässt. Und mitten in dieser Situation brachte mir ein Lieferservice einen Korb mit Delikatessen, den ich nicht bestellt hatte. Ich wusste, dass ihn mir einer meiner Anhänger geschickt haben musste. Die Karte fehlte, aber es sah alles sehr lecker aus. Rotwein, Kaviar, verschiedene Käsesorten, darunter auch mein Lieblingskäse, ein englischer Stilton. Außerdem Leberpastete mit einem kleinen frischen Laib Brot und um den Rand herum diese köstliche importierte Schokolade. Manchmal schicken die Leute Blumen oder so etwas, aber das war *wirklich* nett.«

Ich war nicht sicher, wohin das führen würde, aber ich nickte ermunternd.

»Da keine Karte dabei war, konnte ich Jerry nicht davon abbringen, dass die Leckereien ein Geschenk von dem neuen Liebhaber waren, den ich gerade erfunden hatte. Er war furchtbar wütend und stapfte im Zimmer auf und ab. Ich probierte ein bisschen von den Sachen, vor allem von dem Stilton. Er war wirklich gut. Und dann packte Jerry den Korb und warf ihn an die Wand! Können Sie sich das vorstellen?«

»Also, das klingt nach einer echten Verschwendung von gutem Essen«, sagte ich und hoffte, dass meine Bemerkung nicht so dämlich geklungen hatte, wie ich dachte. »Und warum sind Sie dann an diesem Abend im Krankenhaus gelandet?«

Sie wirkte verärgert. »Ich vermute, Jerrys Verhalten hat mich mehr aufgeregt, als ich dachte, denn plötzlich fühlte ich mich furchtbar. Mein Herz raste. Mir war schwindelig und schlecht, und ich begann furchtbar zu schwitzen. Und dann bekam ich diese furchtbaren Kopfschmerzen! Jerry rief den Notarzt und gab dort an, er hätte Angst, dass ich durch sein Verschulden sterben würde. Darauf hätte ich wohl hören sollen, was?«

»Erinnern Sie sich noch an den Namen des Lieferservice, der Ihnen die Delikatessen gebracht hat?«, fragte ich.

»Nein, ich habe den Wagen nicht gesehen. Nur den Burschen, der mit dem Korb vor meiner Tür stand.«

»Wie sah der Mann aus?«

Sie zuckte die Achseln. »Wie ein ganz normaler Mann. Er war nicht sehr groß. Eben ein Lieferwagenfahrer. Ich erinnere mich nicht. Warum? Glauben Sie, dass etwas in dem Korb vergiftet war?«

»Ich weiß es nicht«, erwiderte ich. »Aber Sie sollten vorsichtshalber in Zukunft ...«

»Kein fremdes Essen zu mir nehmen? Kein Problem, Dr. McCarron. Aber ich denke immer noch, dass es viel besser wäre, die übereifrigen Anhänger nicht mehr in mein Bett zu lassen.«

Darauf fiel mir keine Erwiderung ein.

»Hier ist meine Karte«, sagte ich. »Bitte rufen Sie mich an, falls Ihnen noch etwas einfällt.«

Es war beinah zwei, als ich die Kopien der Unterlagen über die Rainer-Klinik abholte, die Wes Rathbone für mich im Polizeipräsidium hinterlegt hatte. Nachdem ich mir in einem Drive-in ein Amaretto-Schokoladen-Eis gekauft hatte, fuhr ich mit Brontë in den Balboa Park und setzte mich in den leeren Spreckles Organ Pavillion, um es zu essen. Aus Rathbones Unterlagen erfuhr ich, dass der siebenundsechzigjährige Jennings Rainer die Klinik vor fünfundzwanzig Jahren an einem anderen Standort eröffnet hatte und vor elf Jahren an die jetzige Adresse gezogen war. Vor der Einrichtung seiner eigenen Klinik hatte er in einer Gemeinschaftspraxis praktiziert und in einem angesehenen Krankenhaus in Boulder, Colorado, gearbeitet. Rainer war fünfundvierzig Jahre mit Marlis Rainer, geborene Hutchins, verheiratet gewesen, bis sie vor zwei Jahren an Krebs gestorben war.

Ich ging mit Brontë rund um den Pavillon und an der breiten Fußgängerpromenade spazieren, die die Hauptachse des Parks darstellt. Am Ende der Promenade erhob sich ein Wasserstrahl sechs Meter in die trockene Herbstluft hinauf und fiel dann in ein Becken zurück. Als wir an dem Brunnen ankamen, ließ ich Brontë im Wasser herumplantschen, während ich weiterlas.

Jennings' Tochter, Megan Rainer, war einundvierzig Jahre alt und seine Geschäftspartnerin. Sie arbeitete ebenfalls als Schönheitschirurgin und hatte an einer kalifornischen Universität ihren Abschluss gemacht und in San Francisco ihre Assistenzarztzeit absolviert. Sie war seit zehn Jahren mit dem gleichaltrigen Christopher Nugent verheiratet. Gemeinsam hatten sie zwei Kinder, eine Tochter, Jenna, acht, und einen Sohn, Joshua, sechs. Christopher Nugent schrieb Aufsätze für wissenschaftliche Zeitschriften und blieb zu Hause bei den Kindern. Die Unterlagen verrieten mir weiterhin, dass er sich in einigen ortsansässigen, ökologischen Organisationen engagierte.

Zum medizinischen Personal der Klinik zählten weiterhin Jeffrey Pond, zweiundvierzig, OP-Manager der Klinik und examinierter Pfleger; Thomas Joseph Eldridge, vierzig, Operationsassistent und ebenfalls examinierter Pfleger; und dann noch Dr. Isadora Grecchi, einundfünfzig, Anästhesistin. All das verriet mir nicht nur, dass die Rainer-Klinik eine Menge Leute mittleren Alters beschäftigte. In einem kleinen Unternehmen wie diesem bedeutet das meistens, dass die gleichen

Angestellten schon seit Jahren dort arbeiten. Ich vermutete, dass die Leute auf meiner Liste bereits eine lange Zeit bei Jennings Rainer waren, was wiederum bedeutete, dass sie gut bezahlt und gut behandelt wurden und ein langjähriges, freundschaftliches Verhältnis pflegten. Wohl kaum eine Gruppe, in der man mit dem plötzlichen Auftreten von pathologischen Mordabsichten rechnen konnte.

»Vielleicht ist derjenige, der die Drohbriefe geschickt hat, ein ehemaliger Patient, der uns glauben machen will, dass jemand aus der Klinik sie abgeschickt hat«, sagte ich zu Brontë, die sich das Wasser aus dem Fell schüttelte, das auf mein schwarzes Kleid spritzte. »Vielleicht ist es jemand, der mit einer Operation unzufrieden war?«

Brontë streckte ihre Nase in die sanfte Brise, die den Duft von einem fahrbaren Hotdog-Stand in unsere Richtung wehte, und zeigte keinerlei Interesse für meine Theorien.

Jährlich sterben einige Menschen an den Komplikationen bei Schönheitsoperationen. Dabei handelt es sich immer um Menschen, die sparen wollten, indem sie sich in die Hände von Chirurgen geben, die keine Zulassung besitzen oder ihre Lizenz verloren haben oder illegal praktizieren. Man kann sich über diese Art von Sparsamkeit nur wundern. Doch sämtliche Angestellte bei Rainer waren korrekt ausgebildet. Ich glaubte nicht, dass der trauernde Angehörige eines Patienten mit einem tödlich verlaufenden Facelifting hinter diesen Drohungen steckte. Aber ich verwarf die Idee auch nicht ganz. Und ich verwarf auch nicht die Möglichkeit, dass ein unzufriedener Patient dahinter steckte, der Leonardo DiCaprio ähnlicher sein wollte, als es möglich ist. Ich verwarf gar nichts. Und ich hatte keine Ahnung, was ich als Nächstes tun sollte.

Im Balboa Park befinden sich zahlreiche Museen, und da ich nun schon einmal dort war, wollte ich die Gelegenheit nutzen. Neben anderen Dingen findet man in Museen Kuratoren, die häufig sehr viel über die kuriosesten Dinge wissen. Wie zum Beispiel über Porzellan. Genauer gesagt über Teller. Vielleicht war ein Kurator genau das, was ich brauchte.

Das Mingei International Museum ist auf volkstümliche Kunst spezialisiert, aber ich machte trotzdem dort den Anfang, weil mir die Geschenkboutique so gut gefällt. Eine tief gebräunte, circa siebzigjährige Dozentin in einem wunderschönen handgewebten, beige- und ecrufarbenen Dashiki teilte mir mit, dass im Mingei niemand meine Fragen über Blue-Willow-Teller beantworten konnte, da diese nicht zur volkstümlichen Kunst zählten. Sie gab mir jedoch den Tipp, es auf der anderen Seite der Parkstraße im San Diego Museum of Art zu versuchen, wo mir bestimmt jemand helfen würde.

Sie verriet mir außerdem, dass der Dashiki aus einer Sammlung stammte, die es im Geschenkladen zu kaufen gab. Ich hatte Brontë an ein gusseisernes Geländer vor dem Museumsladen angebunden, und sie sah mir durch die hohen Fenster zu, wie ich einen Ständer voller Dashikis bewunderte. Einer von ihnen war in einem breiten Webmuster aus dunklen Lilatönen und eingearbeiteten, roten Satinbändern gefertigt und schien wie für Roxie gemacht. Als ich das Preisschild sah, beschloss ich, ihn ihr zu Weihnachten zu schenken.

Nachdem die Kassiererin bereitwillig meine Kreditkarte entgegengenommen hatte, überquerten Brontë, der Dashiki und ich die alte Parkstraße und gingen zum Kunstmuseum.

»Natürlich«, sagte ein uniformierter Wärter, der aussah wie der Weihnachtsmann ohne den Bart. »Warten Sie hier, ich werde jemanden holen, der Ihre Fragen beantworten kann.«

Dieser Jemand war ein eleganter Gentleman, auf dessen Namensschild »Hutton Pierce« stand. Er tauchte hinter einer

Steinsäule auf und begrüßte mich mit den Worten: »Blue Willow, aber natürlich!« Er trug einen Dreiteiler und ein teures Toupet, das ein wenig schief über seiner goldgerahmten Großvaterbrille saß. Ich war mir sicher, dass er nicht einen Tag jünger als fünfundachtzig war, und seine aquamarinblauen Augen sprühten vor Intelligenz.

»Jeder, der in Fachkreisen von ›Blue Plate‹ spricht, meint im Grunde das Blue-Willow-Dekor«, fuhr er fort, so als würden wir über eine der großen Wahrheiten des Lebens sprechen. »Bitte folgen Sie mir in die Museumsbibliothek.«

»Sehen Sie«, sagte er, nachdem er ein zwanzig Kilo schweres Buch aus einem Regal gezogen und es voller Ehrfurcht auf einem Eichentisch aufgeschlagen hatte, »hier ist es. Das beliebteste Porzellanmuster auf der ganzen Welt!«

»Auf der ganzen Welt«, wiederholte ich und versuchte, beeindruckt auszusehen, während ich das Bild eines Tellers betrachtete.

»Ganz genau! Sehen Sie. Können Sie die Geschichte erkennen? Das Muster ist immer dasselbe – eine Pagode, ein Zaun, drei Gestalten, die unter einer Trauerweide über eine Brücke fliehen, ein geheimnisvolles Boot in der Ferne und zwei Vögel in der Luft. Die fliehenden Gestalten sind dem Tod geweihte Liebende, die, je nach Version der Geschichte, vom Vater des Mädchens oder dem wohlhabenden alten Mann, dem der Vater das Mädchen versprochen hat, verfolgt werden. Sie werden gefangen und von ihrem Vater in der Pagode eingesperrt. Die Liebenden verirren sich in dem Irrgarten unter der Pagode und sterben einen tragischen Tod. Aber ihre Liebe ist so groß, dass sie sich im Tod in die zwei Vögel verwandeln, die über die Szene hinwegfliegen.

Die Geschichte stammt aus China, aber ein englischer Töpfer namens Thomas Turner war der Erste, der 1780 Geschirr im Blue-Willow-Design entwarf. Das Muster wurde ungeheuer populär, und als in England Geschirr als Massenware produziert wurde, verbreitete es sich immer mehr. Es wurde seitdem in beinah jedem Land hergestellt und ist auch heute noch sehr beliebt.«

»Aber die Teller sind nicht vollständig blau«, beharrte ich höflich. »Das Muster ist blau, aber der Teller an sich ist weiß. Warum heißen sie dann ›Blue Plate‹?«

»Wie ich Ihnen bereits erklärt habe«, sagte Hutton Pierce, so als würde er mit jemandem reden, der es nie ganz begreifen würde, »ist mit dem Begriff ›Blue Plate‹ das Dekor gemeint. Sehen Sie, über zwei Dekaden hinweg, ungefähr von 1925 bis zum Ende des Zweiten Weltkrieges 1945, produzierten in den USA zahlreiche Hersteller schwere Porzellanteller mit dem Blue-Willow-Motiv, und zwar vorwiegend für den Gebrauch in Restaurants. Die Teller waren in verschiedene Abschnitte unterteilt, so wie hier«, sagte er und zeigte auf ein anderes Bild mit einem Teller. Dieser war wie ein Kinderteller in mehrere Portionen unterteilt.

»Je nach Hersteller gab es natürlich Unterschiede im Muster. Manche stellten fälschlicherweise Geschirr mit nur zwei Figuren auf der Brücke her. Aber solche Teller wurden zwischen 1920 und 1950 sehr häufig in amerikanischen Restaurants benutzt«, fuhr er fort. »Sie begründen den Begriff ›Blue Plate Special‹, ein günstiges Essen, bei dem alle Bestandteile zusammen auf einem Teller serviert werden. Dieser hier ist solch ein Teller, ein unterteilter Blue Willow. Er ist mittlerweile ein Sammlerstück.«

Und damit schlug er das Buch zu und stellte es zurück ins Regal. Die Geste wirkte sehr bestimmt. Und endgültig.

»Vielen Dank«, sagte ich und ging rückwärts durch die Doppelglastüren der Museumsbibliothek. Ich habe schon mal gesehen, wie Menschen das in Filmen tun, wenn sie das Zimmer eines Mitglieds einer königlichen Familie verlassen. Es erschien mir in dieser Situation angemessen.

Brontë wartete unterhalb der Gipsfresken an der Fassade

des Museums auf mich und wedelte zur Begrüßung mit ihrem kurzen Schwanz.

»Jemand spielt ein Spiel«, sagte ich ihr, während wir zu meinem Wagen gingen. »Und zwar mit blauen Tellern.«

11

Kunst für einen Hund

ALS ICH NACH HAUSE KAM, brachte ich die gerahmte Fotografie aus der Aphid Galerie nach drinnen und ging dann sofort in die Küche, um mir mein Geschirr anzusehen. Ich hatte es vor Jahren zusammen mit Misha, einer alten Liebe, an einem Wochenende in einem Töpferladen in Laguna Beach gekauft. Es war eines dieser Wochenenden zu Beginn einer Liebe, an denen man glaubt, dass so etwas wie Geschirr eine Beziehung ewig zusammenhalten wird. Frauen haben gelernt, käufliche Dinge mit ewiger Liebe gleichzusetzen, und zwar von einer Werbebranche, die im Gegensatz zu Sigmund Freud genau weiß, was Frauen wollen. Niemals endende emotionale und erotische Glückseligkeit in einem Umfeld völliger Sicherheit. Doch das ist unmöglich. Und aus diesem Grund ein Wunsch, der immer und immer wieder manipuliert werden kann. Haben Sie eine ganze Lagerhalle voller scheußlicher orangefarbener Vogelkäfige, die Sie loswerden wollen? Versuchen Sie, orangefarbene Vogelkäfige mit anhaltender Leidenschaft in einen Zusammenhang zu bringen, und drei von zwanzig Frauen werden ein Exemplar kaufen. So sind wir nun mal.

An jenem Tag waren Misha und ich in der Stimmung für Erdtöne gewesen und hatten daher ein Geschirr mit cremefarbenem Hintergrund und kakaofarbenen Spritzern ausgesucht. Ich betrachtete die Teller und versuchte, ihnen ohne die Erinnerungen an Misha eine Bedeutung zuzuschreiben. Vergeblich. Ohne die Erinnerungen waren es nur Teller. Das Gleiche galt für die Kaffeebecher und die restlichen Teile. Sie gefielen mir immer noch und passten gut zu meinem Wüsten-Dekor, aber ich dachte nie konkret über sie nach.

Doch jemand anders dachte über blaue Teller nach. Genauer gesagt über Blue-Willow-Teller. Aber warum? Und wer? Ich erinnerte mich an die mit Tellern verzierte Wand im Wartezimmer der Rainer-Klinik. Einer der Teller wies ein antikes Blue-Willow-Design auf. Das medizinische Personal in der Rainer-Klinik bestand aus zwei Frauen und drei Männern. Bei diesen fünf Menschen konnte man davon ausgehen, dass sie das medizinische Fachwissen besaßen, durch die Manipulation des Blutdrucks bei Patienten eine Hirnblutung zu verursachen. Und falls einer dieser fünf tatsächlich ein Mörder war, dann war es derjenige, bei dem eine signifikante psychologische Verbindung zu *Tellern* bestand.

Während ich über all das nachdachte, hielt ich die gerahmte Fotografie an verschiedenen Stellen an die Wände meines Wohnzimmers. Neben der Eingangstür lag das Bild im Schatten, ebenso neben dem Panoramafenster, das den Rahmen für eine zerklüftete Wüstenlandschaft bildet. Das Foto brauchte eine eigene Wand ohne strukturelle Konkurrenz. Während ich die Möbel umstellte, um das Bild angemessen zur Geltung zu bringen, dachte ich weiter über Teller nach, kam allerdings zu keinem Ergebnis.

Sie sind einfach nur da. Flache, runde, leicht konkave Objekte, die dem Darreichen von zubereiteter Nahrung dienen. Ich mutmaßte, dass sie wahrscheinlich von den Schüsseln abstammten. Ich hatte einmal gelesen, dass die Verwendung von Blei bei der Herstellung von Metalltellern wahrscheinlich zum Irrsinn von unzähligen Königen und anderen privilegierten Menschen beigetragen hat, die es sich leisten konnten, säurehaltige Nahrungsmittel von Metalltellern zu essen. Bauern, die über Jahrhunderte hinweg die Sauce von Holztellern aufgetunkt haben, ist vermutlich die Unannehmlichkeit einer Bleivergiftung erspart geblieben. Und was brachte mir das? Mary Harriet Grossinger und Dixie Ross waren nicht an einer Bleivergiftung gestorben.

Ich mag es nicht, wenn Kunst in Augenhöhe im Raum hängt. Ich bevorzuge sie an ungewöhnlichen Stellen, die den Betrachter zwingen, nach oben oder nach unten oder in eine Richtung zu schauen, in die er sonst nie schaut. Das Bild des lichtüberfluteten Wüstengebäudes wirkte meiner Meinung nach am besten in Hüfthöhe. Nachdem ich ein Brett eines alten zusammensteckbaren Regals aus meinem Lagerraum hereingeschleppt hatte, schob ich es gegen die Wand und stellte eine Lampe darauf. Ihr Licht leuchtete das Bild perfekt aus, nachdem ich es an die Wand gehängt hatte.

Das ganze Arrangement befand sich in Brontës Augenhöhe und es schien ihr zu gefallen. Mir wurde bewusst, dass sich niemand um die möglicherweise existierenden, ästhetischen Bedürfnisse von Haustieren kümmert. Möglicherweise ist die kunstlose und schlecht ausgeleuchtete Zone unterhalb unseres Blickwinkels für unsere Tiere ein psychologisches Ödland. Schließlich schauen Katzen immer aus dem Fenster. Ich beschloss, nach Abschluss dieses merkwürdigen Falls Recherchen für einen Artikel anzustellen, der die Reaktion von Tieren auf Stimulation durch Licht und optische Reize thematisieren sollte. *Falls* dieser merkwürdige Fall gelöst würde. Aber zurück zu den Tellern.

Als Sozialpsychologin analysiere ich keine unterbewussten Motive und persönlichen Symbolsysteme von Einzelpersonen. Das übernehmen klinische Psychologen. Ein klinischer Psychologe kann Ihnen sagen, was die amerikanische Flagge einem Individuum bedeutet. Ich kann Ihnen sagen, was die amerikanische Flagge sehr wahrscheinlich für Angehörige diverser Bevölkerungsgruppen bedeutet (zum Beispiel für Mitglieder des Vereins der Kriegsveteranen im Gegensatz zu Mitgliedern der Internationalen Frauenliga für Frieden und Freiheit). Zusätzlich kann ich das Kauf- und Aufhängverhalten vorhersagen und nach allen möglichen Kriterien aufsplitten. Sie wollen wissen, wie viele Flaggen wahrscheinlich im Verlauf des Augusts von koreanischen, presbyterianischen Frauen aus Seattle gekauft werden? Kein Problem. Ich kann Ihnen jedoch nicht sagen, warum Sharon Li, eine dreiundfünfzigjährige koreanische Großmutter und Sonntagsschullehrerin der Presbyterianischen Gemeinde Seattles, im August eine Flagge kauft. Ihre persönlichen Motive gehören nicht in meine Disziplin. Außerdem sind Teller viel schwieriger aufzuspüren als Flaggen.

Aber ich wurde für diese Arbeit sehr gut bezahlt, und so fuhr ich meinen Rechner hoch und suchte nach den Umsatzberichten von fünf amerikanischen Porzellanherstellern, die Versionen des Blue-Willow-Dekors verkauften. Nach einer halben Stunde wusste ich, dass sich der Verkauf von Blue-Willow-Porzellan gleichmäßig über das ganze Land verteilte. In Gegenden, die mit Katalogen mit Blue-Willow-Artikeln überschüttet wurden, gab es vorhersehbare Spitzenwerte. Ich erfuhr, dass ein reger Katalogverkauf von Blue-Willow-Accessoires, wie zum Beispiel Wanduhren, Schmuck, Tischwäsche und Schubladenknöpfe, den fünf Herstellern zusammengerechnet einen jährlichen Profit in sechsstelliger Höhe bescherte.

Ich klickte einen anderen Link an und landete auf der Website eines Restaurants in Georgia, das *Blue Willow Inn* hieß. Das ist das Problem bei der Recherche im Internet. Man wird so leicht vom Weg abgebracht. Aber das *Blue Willow Inn* verriet sein Rezept für gebackene grüne Tomaten, also druckte ich die Seite aus. Ich beschloss, für Rox gebackene grüne Tomaten zu machen. Sie war noch nie im Süden gewesen und es wäre für sie bestimmt etwas Besonderes. Obwohl ich natürlich noch nicht wusste, wo ich im Oktober mitten in der kalifornischen Wüste grüne Tomaten hernehmen sollte. Eine echte Herausforderung.

Ich klickte einen weiteren Link an und fand mich auf der Homepage eines Autovereins in Phoenix wieder. Es ging dort vor allem um alte Autos, die liebevoll von Männern mit stählernem Blick und karierten Hemden restauriert und gefahren wurden. Und diese Männer blickten mir nun stolz von einem Farbfoto von sich und ihren Autos entgegen. Das Bild war vor einem Diner aufgenommen worden, und die Website vermerkte weiterhin, dass der Damenverein des Phoenix Crankshaft Club die Zeit, in der die Männer an alten Brennkammern herumschraubten, damit verbrachte, Blue-Willow-Porzellan zu sammeln. Beim Weiterlesen erfuhr ich, dass sich die Oldtimer-Clubs häufig vor einem alten Diner trafen, um der guten alten Zeit zu huldigen, in denen diese Autos auf den Parkplätzen der heute fast verschwundenen typisch amerikanischen Restaurants zu finden waren.

Vor lauter Verzweiflung, so schien es, hatten die Ehefrauen dieses einen Vereins beschlossen, etwas zu tun, statt nur daneben zu stehen und Bewunderung für verrostete Verteilerkappen zu heucheln. Wenn sie schon vor alten Restaurants abhängen mussten, dann würden sie sich auch eine interessante Beschäftigung suchen, die etwas mit diesen Restaurants zu tun hatte. Und da kam Blue-Willow-Porzellan ins Spiel.

Die Präsidentin des Damenvereins hieß Mrs Ed Lauer und sie war unter einer Telefonnummer in Phoenix zu erreichen. Ich wusste nicht, wonach ich suchte, aber ich rief trotzdem dort an. Wer nicht wagt, etc. Die Frau am anderen Ende klang nicht wie jemand, der auf Parkplätzen abhängt, und genau das ist das Problem bei Annahmen, die auf der Zugehörigkeit zu einer Gruppe basieren und nicht auf einzelnen Personen. Die Arbeitsmethoden der Sozialpsychologie funktionieren niemals, wenn man sie auf einzelne Personen anwendet.

Jackie Lauer, so stellte sie sich mir vor, war sechzig, hatte einen Bostoner Akzent und einen Doktortitel in Romanistik. Sie unterrichtete halbtags an der University of Arizona, unternahm jedoch viel mit ihrem Mann Ed, einem Vietnam-Veteran, der 1968 durch eine Landmine beide Füße verloren hatte. Ed, so erfuhr ich, litt an Depressionen und vor ungefähr fünfzehn Jahren hatte es wirklich schlimm um ihn gestanden. Ed hatte zuerst mürrisch und verdrossen reagiert, war dann als selbstmordgefährdet eingestuft und schließlich in eine psychiatrische Klinik eingewiesen worden. Sie hatte ihn während der mürrischen Phase verlassen, kehrte jedoch nach seiner Einweisung zu ihm zurück. Sie hatten einige große Veränderungen vornehmen müssen. Medikamente für ihn und eine Therapie und eine andere Lebenseinstellung für sie.

Mich überkam ein Gefühl, als hätte mir jemand Eiswasser in den Nacken geschüttet; ein Gefühl, das ich immer bekomme, wenn völlig Fremde mir nach einer einminütigen Bekanntschaft unbedingt Dinge erzählen müssen, die ich meiner intimsten Freundin erst nach fünf Jahren erzählen würde. Dieses Gefühl nimmt panikartige Ausmaße an, wenn diese Fremden auf eine Lösung zusteuern, die etwas mit spirituellem Wachstum zu tun hat. Jackie Lauer bremste sich gnädigerweise, bevor sie an diesem Punkt angelangte.

»Womit kann ich Ihnen helfen?«, fragte sie.

»Ich rufe wegen Blue-Willow-Tellern an«, erklärte ich und erzählte ihr plötzlich aus irgendeinem Grund die ganze Geschichte. Nach dem Motto: Wie du mir, so ich dir.

»Wow«, sagte sie, nachdem ich geendet hatte. »Das ist interessant. Wissen Sie, ich habe mir vor acht Jahren die Augen machen lassen und es niemals bereut. Ich hatte diese furchtbaren Tränensäcke. Oh Gott, ich sah aus wie Winston Churchill. Aber sie haben einfach mit dem Messer hineingeschnitten und das ganze Fett herausgesaugt, und ich muss Ihnen sagen, dass ich sehr glücklich mit dem Ergebnis war. Ich bin los und habe mir Kontaktlinsen verschreiben und mein Haar umstylen lassen. Ed fand, dass ich zwanzig Jahre jünger aussah, und er hatte Recht. Aber was kann ich Ihnen über Blue Willow erzählen? Was möchten Sie wissen?«

»Ich bin nicht sicher«, sagte ich. »Ich suche nach einer Verbindung zwischen diesem Porzellan-Dekor und jemandem, der Frauen in Machtpositionen so sehr hasst, dass er sie bedroht, womöglich sogar tötet. Nach einer Person, die genug medizinisches Wissen besitzt, tödliche Blutdruckschwankungen auszulösen. Nach einem Mitglied eines fünfköpfigen Angestelltenteams einer Klinik, die sich auf Schönheitsoperationen spezialisiert hat.«

»Nun«, sagte Jackie Lauer, »ich kann nur etwas über die Teller sagen. Der Verein sammelt und verkauft schon seit Jahren Blue Willow, und mir ist aufgefallen, dass die Menschen dieses Dekor aus zweierlei Gründen lieben. Und ich spreche hier von Frauen *und* Männern. Einerseits werden sie von dem Design angezogen. Sehen Sie, es ist eine kleine Welt, eine Szene, in der etwas geschieht, jedoch die Zeit stillsteht. Sie verändert sich nie. Die kleinen Menschen rennen immer wieder über die Brücke, die Vögel fliegen immer wieder über die Pagode, die Trauerweide ist immer dort. Meist sind es Frauen, die in den Bann dieses Musters gezogen werden, und sie würden alles kaufen, um es in ihrer Nähe zu haben und es anschauen zu können.

Die andere Gruppe besteht aus Sammlern und dazu zählen sowohl Frauen als auch Männer. Dabei geht es nur ums Geschäft. Die alten Restaurantteller werden seit ungefähr fünfzig Jahren nicht mehr hergestellt. Ich spreche von denen, die in Abschnitte unterteilt sind. Sie sind eine Art Investment und kosten dementsprechend. Sie werden als etwas angesehen, das man kauft und seinen Enkeln hinterlässt. In fünfzig Jahren werden sie wirklich eine Rarität sein. Das gilt natürlich für alles. Behalte es lange genug und es wird ein kleines Vermögen wert sein.«

»Diese Teller werden also häufig gekauft und wieder verkauft?«, fragte ich. »Was ist ein antiker Blue-Willow-Teller heute wert?«

»Oh, ich würde sagen, für einen alten englischen aus dem frühen neunzehnten Jahrhundert in gutem Zustand mit einem Stempel bekommen Sie stellenweise bis zu zweitausend Dollar. Die Teller, die in den USA als Massenware produziert wurden, bringen mit einem Stempel an die fünf bis zehn Dollar pro Stück. Aber sehen Sie, dieser Preis wird nach oben gehen. Es ist keine schlechte langfristige Investition. Der Verein hat mit dem Kauf und Verkauf gutes Geld gemacht. Wir unterhalten mit dem Gewinn ein Haus für misshandelte Frauen. Und wir konnten für die Kinder dort eine ganz ordentliche Bibliothek zusammenstellen.«

»Ein Frauenhaus?«, fragte ich. »Ich dachte, Sie wären nur ein Autoklub?«

»Seien Sie nicht albern«, erwiderte Jackie Lauer lachend. »Das ist Aufgabe der Jungs. Wir leisten einen sozialen Dienst, damit der Verein von der Steuer befreit ist. Ist Ihnen noch nicht aufgefallen, dass Jungen und Mädchen nicht gut miteinander spielen? Es funktioniert nur, wenn sie gleichzeitig verschiedene Spiele spielen. Die Jungs stolzieren herum und motzen ihre Autos auf und wir begeistern uns für Geschirr. Aber die Jungs lassen sich eine Menge nützlicher, technischer Neuerungen einfallen, mit denen wir zum Beispiel armen mexikanischen Gemeinden sehr helfen konnten. Ein paar unserer Männer sind nach unten gefahren und haben den Leuten gezeigt, wie man alte Autos wieder fahrtüchtig macht. Manchmal kann in einem Ort ein Auto einen Riesenunterschied bewirken. Es sorgt zum Beispiel dafür, dass die Menschen Zugang zu medizinischer Versorgung haben, und es kann das eine oder andere Leben retten. Wir erreichen mit unserer Unterstützung des Frauenhauses das Gleiche, nur auf andere Weise.«

So langsam kam mir Jackie Lauer vor wie eine Art Enzyklopädie für populäre Psychologie. Sie hatte mit allem Recht, aber ihr heiterer, leichtfertiger Unterton verwirrte mich.

»Ich fürchte, ich konnte Ihnen nicht sehr weiterhelfen«, sagte sie fröhlich. »Aber viel Glück mit Ihrem Serienmörder.«

So ein Satz konnte auch nur von Jackie kommen.

Brontë schlich um ihren Futternapf herum und beobachtete mich ungeduldig. Ihre Fressenszeit war längst vorbei. Ich öffnete ihr eine Dose Spezialhundefutter mit Rind- und Hühnchenstücken und raspelte mir ein wenig Cheddar über eine Portion Nachos. Um Nachos in der Mikrowelle zuzubereiten, bedarf es eines sekundengenauen Timings, damit der Käse schmilzt, ohne dass die Chips zu weich werden, doch es gelang mir. Dann machte ich mir einen riesigen Schokoladen-Shake mit einem rohen Ei und setzte mich zum Essen auf einen Küchenhocker. Einer der Vorteile des Alleinlebens besteht darin, dass einen niemand auf seine merkwürdigen Essgewohnheiten aufmerksam macht.

Nach dem Essen schwamm ich eine Runde und rief dann Kate Van Der Elst an.

»Ich möchte Sie nicht beunruhigen, aber es hat sich etwas ergeben, das eventuell wichtig sein könnte«, begann ich.

Ihre Stimme klang angespannt. »Was gibt es, Blue?«

»Ruby Emerald hat Samstagabend einen Korb mit Delikatessen erhalten. Der muss nicht ausschlaggebend gewesen sein, denn an diesem Abend machte sie eine sehr belastende Situation durch, aber sie zeigte Symptome und wurde ins Krankenhaus eingeliefert. Ihrer Aussage nach bekommt sie häufig Geschenke von ihren Anhängern. Daher nahm sie an, dass der Korb ebenfalls solch ein Geschenk war, obwohl die Karte fehlte. Wir wissen also nur, dass ein Korb mit exotischen Nahrungsmitteln ohne Karte an sie geliefert wurde. Sie aß davon, ihr Begleiter nicht. Sie entwickelte Symptome, er nicht. Ich möchte nur vorschlagen, dass Sie ...«

»Blue, jemand hat eine Platte mit Pastete und Kaviar und eleganten, kleinen Brotlaiben zu meiner Spendenparty geschickt! Erinnern Sie sich? BB meinte, ein Lieferservice hätte sie kurz vor sechs in der Galerie angeliefert. Er hat mich deswegen gefragt, und ich habe ihm gesagt, er soll die Platte zu den anderen Snacks stellen. Wenn ich mich recht erinnere, kam der Kaviar sehr gut an. BB fand jedoch die Verzierung aus getrockneten Feigen seltsam und hat sie weggeworfen. Glauben Sie, dass jemand auf diesem Weg vergiftetes Essen verschickt? Es ist bei meiner Spendenparty doch niemand krank geworden, oder? Das klingt furchtbar weit hergeholt.«

Ich erinnerte mich, dass der Bürgermeister einer Vorstadtgemeinde mit den Fingern das letzte Störei von einem Teller im Blue-Willow-Design genommen hatte. Soweit ich wusste, war es ihm sehr gut bekommen. Um ehrlich zu sein, hatte ich selbst eine große Portion Kaviar gegessen, und mir ging es blendend. Dann traf es mich wie ein Blitz. Der Blue-Willow-Teller.

»Da stimmt tatsächlich was nicht«, sagte ich zu Kate, während mir eine eisige Kälte in die Wangen stieg. »Das wird jetzt ziemlich seltsam klingen, aber das Ganze hat etwas mit Tellern zu tun, genauer gesagt mit dem Blue-Willow-Dekor. Sie erinnern sich wahrscheinlich nicht, aber in dem einen Wartezimmer der Rainer-Klinik ist eine Wand mit Tellern dekoriert. Bei einem von ihnen handelt es sich um einen antiken Blue Willow.«

»Ich erinnere mich«, unterbrach uns Pieter Van Der Elsts sonore Baritonstimme. Ich hatte nicht gewusst, dass er in der Leitung war. »Ich habe die Teller gesehen, als ich auf Kate wartete. Was hat das zu bedeuten, Blue?«

»Ich weiß es noch nicht«, gestand ich. »Kate ...?«

»Ja?« Sie klang wütend, aber nicht auf mich.

»Verzichten Sie bis zur Wahl bei öffentlichen Anlässen auf alles. Nehmen Sie Ihr eigenes Essen mit, schützen Sie eine Allergie gegen Wein und Käse vor, ganz egal, wie Sie es machen. Essen Sie bei solchen Veranstaltungen nur ja nichts von den servierten Sachen.«

»Ich esse niemals solche Snacks«, sagte sie. »Ich halte mich an die Zonen-Diät und nehme immer mein eigenes Essen mit. Es muss absolute Ausgewogenheit zwischen Proteinen, Kohlehydraten und Fett herrschen. Ich würde dreihundert Pfund wiegen, wenn ich mich nicht daran halten würde. Aber wenn jemand die Lebensmittel vergiftet hat, warum sind dann nicht die anderen ebenfalls krank geworden?«

Die Frage klang berechtigt.

Pieters Stimme mischte sich erneut ein. »Das ist Wahnsinn«, sagte er. »Kate, Blue hat etwas Wichtiges entdeckt, und du weigerst dich, auf sie zu hören! Diese Ruby Emerald ist sehr wohl krank geworden. Sie musste ins Krankenhaus. Mary Harriet und Dixie sind tot. Es geschieht etwas Schreckliches und du verhältst dich völlig egoistisch und denkst nur an diesen unsinnigen Stadtrat. Ich muss ...«

»Du musst was, Pieter?«, unterbrach sie ihn mit eisiger Stimme.

Obwohl wir nur miteinander telefonierten, hatte ich das Gefühl, als stünde ich mitten in einem bitteren Ehestreit in ihrem Schlafzimmer.

»Ich habe nicht angerufen, um Ärger zu machen oder in Ihren Streit hinsichtlich Kates Kandidatur hineingezogen zu werden«, sagte ich ohne Umschweife. »Ich habe angerufen, um Kate eine Sache mitzuteilen, die sie wissen sollte. Das ist alles. Gute Nacht.«

Ich legte auf und hoffte, sie so weit in Verlegenheit gebracht zu haben, dass sie ihre Unstimmigkeiten zukünftig nicht mehr in der Öffentlichkeit austrugen. Dies wäre für Kate sehr schädlich, denn es gibt nichts Schlimmeres für einen Politiker als den leisesten Verdacht von häuslichen Streitigkeiten. Das will niemand sehen, denn es erinnert zu sehr an das eigene Zuhause.

Roxie rief an, als ich gerade meinen Hüftgurt anlegte, um anschließend mit Brontë einen Spaziergang zu machen.

»Es war ein langer Tag«, sagte sie seufzend. »Was hast du so gemacht?«

Ich erzählte ihr von Rubys Delikatessenkorb und meiner erschöpfenden Recherche über das Blue-Willow-Dekor und meinem Besuch in der Rainer-Klinik.

»Blue, habe ich dir nicht ausdrücklich gesagt, du sollst nicht ...«

»Ich bin deine Partnerin, nicht deine Angestellte«, unterbrach ich sie und es klang wie ein Nachhall des Streits von Kate und Pieter. »Ich musste herausfinden, was dort vor sich geht.«

Das Schweigen am anderen Ende dehnte sich aus und endete schließlich mit einem weiteren Seufzer.

»Du hast Recht«, sagte sie schließlich. »Du musst die Dinge auf deine Weise tun. Ich hatte kein Recht, das zu sagen.«

Mein Herz schmolz dahin. Es gibt nur wenige Menschen, die wirklich zuhören.

»Ich habe heute dein Weihnachtsgeschenk gekauft«, sagte ich, um die Kluft zu überbrücken.

»Was ist es?«

»Es wird dir gefallen, Rox«, fuhr ich fort. »Lass uns Weihnachten etwas Besonderes tun. Lass uns wegfahren.«

»Wir fahren weg«, erwiderte sie. »Wir fahren nach St. Louis, um Weihnachten mit deinem Vater und deiner Patentante und deiner Schwägerin Lonni und deinem Bruder zu verbringen – falls er bis dahin aus dem Gefängnis entlassen wird. Wir werden in einem Gasthof wohnen, in dem es einen Kamin auf den Zimmern und fantastische Steaks gibt. Was meinst du mit ›Lass uns wegfahren‹?«

Wenn Roxie müde ist, kann sie nur noch ganz konkrete Dinge verarbeiten.

»Ach, ich habe nur herumfantasiert. Ich dachte, wir könnten vielleicht nach Wien fahren. Du weißt schon, die Oper und so.«

»St. Louis und ein paar Blues Bars reichen mir völlig«, erwiderte sie. »Hast du mit Rathbone gesprochen?«

»Seit heute Morgen nicht mehr. Ich habe jedoch von ihm die Akten der Mitarbeiter aus der Rainer-Klinik bekommen. Ich hatte aber noch nicht genug Zeit, sie gründlich durchzulesen.«

»Dann schau sie dir an. Wir sind morgen zum Frühstück bei Rathbone eingeladen. Um sechs Uhr dreißig. Wir wollen eine Strategie für die Befragungen erarbeiten. Das Department bezahlt uns weiter, damit wir ein Profil der medizinischen Angestellten erstellen.«

Sie klang nicht sehr glücklich darüber.

»Warum, Rox? Rathbone hat mir gesagt, der Fall habe keine hohe Priorität. Wegen eines Grenzbeamten, der am Wochenende erschossen wurde. Er hat gesagt, das wäre wichtiger.«

»Es gab einen weiteren Drohbrief von Schwert. Rathbone hat ihn per E-Mail erhalten. Die Mail sah genauso aus wie deine, mitsamt der kleinen Teller.« Ihre Stimme klang müde und verhieß nichts Gutes.

»An wen ging er diesmal, Rox?«, fragte ich.

»Bettina Ashe.«

Der Name klang vertraut, aber ich brauchte einige Sekunden, mich zu erinnern.

»Oh Gott, Roxie, sie war heute Morgen dort! Bettina Ashe war die Frau auf dem weißen Stuhl in der OP-Kabine mit den Bandagen um den Kopf. Ihr Mann saß im Wartezimmer. Ich hab gehört, wie Megan Rainer mit ihm gesprochen hat.«

»Aber weißt du auch, wer sie ist?«

Ich hatte den Namen schon einmal gehört. Bettina Ashe. Betsy. Die Ashe-Stiftung. Unzählige wohltätige Spenden.

»Nicht genau«, gestand ich. »Aber ihr Ehemann ist das hohe Tier, nicht wahr? Ich hab gehört, wie Megan Rainer ihn heute Morgen ›Mr Ashe‹ genannt hat.«

»Sein Name ist John Harrington, und er ist wahrscheinlich daran gewöhnt, Mr Ashe genannt zu werden«, erklärte Rox. »Er entstammt einer alten Südstaatenfamilie mit viel Klasse, aber wenig Geld. Er hat Bettina Ashe vor fünfzehn Jahren geheiratet, und obwohl es wie eine Zweckehe aussieht, sind sie laut Rathbone verrückt nacheinander. Doch sie ist diejenige mit dem Namen Ashe, nicht er. Und sie ist millionenschwer.«

»Rox, da wäre noch eine Sache. Womöglich hat es nichts zu bedeuten, aber sowohl Ruby Emerald als auch Kate haben eine Lieferung mit Delikatessen erhalten, bei der angeblich die Karte verloren gegangen war. Lauter feine Sachen – Kaviar, teurer Käse, Markenschokolade. Kates Platte kann jedoch nicht vergiftet gewesen sein, weil ich davon gegessen habe und nicht krank geworden bin. Ich denke trotzdem, Bettina Ashe sollte gewarnt werden.«

»Die Polizei wird sich darum kümmern«, sagte Rox. »Der Ehemann, Harrington, hat zusätzliches Sicherheitspersonal engagiert und setzt die Polizei stark unter Druck, die Untersuchung voranzutreiben. Die Ashe-Stiftung unterstützt eine Anzahl von wohltätigen Projekten der Polizei, vor allem ein Stipendium für Kinder *und* Ehefrauen von im Dienst getöteten Beamten. Du kannst dir die Reaktion im Polizeipräsidium vorstellen. Politiker und Prediger sind eine Sache, aber Betsy Ashe eine andere. Du wirst rund um die Uhr daran arbeiten müssen, Blue. Ich kann leider nicht viel tun; ich habe einen festen Job.«

»Rox, diese Befragungen, die Rathbone ausgearbeitet haben möchte, sind eigentlich dein Ding, nicht meins. Ich fühle mich nicht wohl bei der Sache. Ich bin keine klinische Psychologin. Du bist die Psychiaterin.«

»Mach dir keine Sorgen«, sagte sie. »Alles, was du brauchst, ist Dr. Bouchies Crashkurs für das Verhören eines Serienmörders. Außerdem gebe ich dir BB mit.«

»BB?«

»Ja, ich habe einen Plan«, sagte sie schmunzelnd. »Mach dir keine Sorgen, Blue. Hack ein paar Zahlen in deinen Computer und geh früh schlafen. Du wirst um halb fünf aufstehen müssen, wenn du um halb sieben bei Rathbone sein willst. Gute Nacht.«

»Nacht, Roxie«, erwiderte ich.

Aber ich tippte keine Zahlen ein und ging auch nicht sofort ins Bett. Ich unternahm mit Brontë einen langen Spaziergang durch die kühle Herbstnacht, vorbei an den Schatten von Ocotillo-Kakteen und Felsen, die so alt waren, dass sie die Schritte von prähistorischen fünfeinhalb Meter großen Kamelen gehört hatten. Nun hörten diese Felsen nur noch die leiseren, kratzenden Schritte von Echsen. Ich dachte an den Chuckwalla, auf den Brontë zwei Nächte zuvor gestoßen war. Eine lustige Echse, die eine Seite ihres Körpers aufbläst, um die andere Seite zwischen Felsspalten zu quetschen. Schwert kam mir vor wie ein Chuckwalla. Die selbstherrliche, biblische Sprache der Briefe war der aufgeblasene Teil, doch welcher Teil von ihm wurde ins Verborgene gepresst?

Als wir über eine Stunde später zurückkehrten, lehnte etwas an meiner zweiteiligen Tür. Es glänzte seltsam im wächsernen Mondlicht. Etwas Bleiches, Rundes. Ich dachte mir nicht viel dabei, bis ich direkt davor stand. In der Wüste werden immer Dinge von einem Ort zum anderen geweht. Steppenhexen. Müll, der gelegentlich bei Picknicks übrig bleibt. Ich rechnete damit, dass es sich als Styroporbehälter entpuppen würde, in dem ein Big Mac und eine Portion Pommes gewesen waren und der meilenweit von der Straße durch die Wüste geweht worden war. Aber dem war nicht so.

Als ich bis auf vier Meter herangekommen war, wusste ich, was es war. Ein glänzender, weißer Teller mit einem blauen Muster. Ein Zaun, eine Pagode, drei kleine Figuren, die über eine Brücke laufen, ein Boot, eine Trauerweide und zwei über die Szene hinwegfliegende Vögel.

»Oh mein Gott«, sagte ich, während ich meine Smith & Wesson aus der Tasche zog und entsicherte. Aber es war niemand da. Ich war allein mit dem Wüstenwind und dem Klang meines eigenen Herzschlags.

12

Schokoladenstückchen im Morgengrauen

Ich hob den Teller mit dem Saum meines Sweatshirts hoch, obwohl ich nicht wirklich davon ausging, dass er Fingerabdrücke aufweisen würde. Dann ließ ich ihn in einen Gefrierbeutel fallen, verschloss diesen und betrachtete meinen Fund. Es war billige, brandneue Importware, kein antiker, englischer Teller. Es war nicht einmal eines der Exemplare, die *en masse* für die amerikanische Gastronomie produziert worden waren. Schwert verschwendete kein gutes Porzellan an mich, was ich seltsam beleidigend fand.

Außerdem beschlich mich ein unheimliches Gefühl. Ich lasse nachts niemals meine Jalousien herunter. Warum auch? Es gibt vor meinem Fenster niemanden, der mir beim Käseraspeln zusehen würde. Die Straße ist drei Kilometer entfernt und der unbefestigte Weg zu meiner Behausung wird durch ein verschlossenes Tor geschützt. Hier draußen gibt's nur steinige Hügel, die unter der Last der Zeit zerbröckeln. Wüstenpflanzen, die während der Trockenzeit tot wirken, jedoch in der Lage sind, nach einem heftigen Regen über Nacht aufzublühen. Echsen, Eselhasen, Kojoten und Schlangen. Wenn man mein Motel von außen betrachtet, ergießt sich das Licht aus meinem Büro in einer diesigen, gelben Lache in die Nacht und durchbricht nur in einem ein Meter großen Radius die Dunkelheit. Außerhalb dieser Lache gibt es nichts Menschliches. Normalerweise.

Die kleine Smith & Wesson Kaliber .38, die ich mir zugelegt habe, nachdem ich meine Glock Neunmillimeter bei dem Muffin-Crandall-Fall im September hatte abschreiben müssen, ist viel leichter als die Glock. Das Modell, das ich mir ausgesucht habe, besteht aus 425 Gramm Aluminium und Flussstahl. Der Lauf ist nur knapp drei Zentimeter lang. Keine Waffe für große Entfernungen. Doch ich machte mir keine Sorgen um Dinge in großer Entfernung, sondern um das, was möglicherweise noch da draußen war und mich beobachtete. Was möglicherweise beschließen würde, hereinzukommen.

Ich nahm die Waffe mit in mein Schlafzimmer und überprüfte die Trommel. In allen fünf Kammern befand sich Munition. Dann rollte ich mich zusammen und schlief mit dem beruhigenden Wissen ein, dass die blau-schwarze Waffe nur ein paar Zentimeter entfernt auf meinem Nachttisch lag. Brontë würde sofort bellen, wenn im Motel oder in der näheren Umgebung ein fremdes Geräusch zu hören wäre. Ich würde die .38er nehmen und auf jeden schießen, der es wagen sollte, in meinem Wohnzimmer aufzutauchen und seltsame Dinge mit Porzellan anzustellen. Der Gedanke war tröstlich. Die meisten Frauen fühlen sich in der Nähe von Waffen unwohl. Aber so wie ich das sehe, sind es meistens Frauen, die eigentlich eine Waffe bräuchten.

In dieser Nacht brauchte ich meine nicht, aber das hatte ich nicht wissen können, als ich ins Bett ging. Daher schlief ich nicht besonders gut, und es fiel mir nicht sehr schwer, um vier aufzustehen, einen kurzen Spaziergang mit Brontë zu unternehmen und anschließend über die Berge nach San Diego zu fahren, um bei Wes und Annie Rathbone zu frühstücken. Annie machte Pfannkuchen mit Schokoladenstückchen, als ich dort ankam, und der Duft verdrängte alle anderen Gedanken aus meinem Bewusstsein.

»Blue, warum trägst du einen Teller in einem Plastikbeutel

mit dir herum?«, fragte Roxie, die an Rathbones Küchentisch aus Kiefernbohlen saß. Es war offensichtlich, dass jemand eine Wand eingerissen hatte, um diesen Raum zu schaffen, denn Einheitshäuser in südkalifornischen Siedlungen verfügen nicht über Küchen, in denen man einen Schleppkahn ankern könnte. Der Kamin am anderen Ende des Raums bot eine plausible Erklärung. Das zweite Wohnzimmer war für die Vergrößerung der Küche geopfert worden. Wes schenkte mir Kaffee in einen knallgelben Becher und warf einen bedeutungsvollen Blick auf den Vinylfußboden.

»Ähm, Schwert hat mir gestern Abend einen Besuch abgestattet«, sagte ich. »Er hat mir eine Visitenkarte hinterlassen. Ach, übrigens, Annie, Wes hat mir erzählt, dass Sie mit dem Gedanken spielen, sich Pergo verlegen zu lassen. Ich habe es schon und mir gefällt es wirklich gut ...«

Roxie, die einen korkfarbenen Anzug trug, in dem sie wie eine Tote ausgesehen hätte, wenn sie dazu nicht eine ziegelrote Bluse und wagenradgroße Reifohrringe getragen hätte, zog die Augenbrauen hoch und beugte sich nach vorne über ein gelbes Bastplatzdeckchen.

»Blue«, sagte sie, »sprich nicht von Fußböden. Was meinst du, er hat dir einen Besuch abgestattet? Wann? Was ist passiert? Hast du ihn gesehen? Was ist passiert?«

»Ich habe niemanden gesehen, Rox. Ich war über eine Stunde mit Brontë spazieren, vielleicht bis elf Uhr. Als ich zurückkam, lehnte dieser Teller hier an meiner Tür.«

An Rathbone gewandt fügte ich hinzu: »Ich habe ihn nicht angefasst.«

Annie, die immer noch einen mitternachtsblauen Morgenmantel aus Chenille und Hauspantoffel trug, stellte einen Stapel dampfender Pfannkuchen vor mich hin und setzte sich anschließend, um ihre eigene Portion zu essen, während Wes sich Nachschub zubereitete.

»Ich verstehe nicht, warum dieser Kerl Sie belästigt, aber

nicht Roxie oder Wes«, sagte sie. »Und was hat es mit diesem Teller auf sich?«

»Es existiert da eine Verbindung zu Blue-Willow-Tellern«, antwortete ich. »Aber sie ergibt überhaupt keinen Sinn.«

»Oh, es ergibt sehr wohl einen Sinn«, warf Rox ein. »Nicht im herkömmlichen Sinne, aber auf einer besonderen, persönlichen Ebene. Schwert misst diesen Tellern oder dem Muster oder etwas anderem an ihnen große Bedeutung zu. Für ihn ist diese Bedeutung ganz einfach und offensichtlich. Er benutzt dieses Symbol, um uns anzulocken, und sehr wahrscheinlich ist er ein wenig frustriert, weil wir es noch nicht herausgefunden haben. Er hält uns für dumm.«

»Er möchte also erwischt werden?«, fragte Rathbone am Herd, wo er geübt seine Pfannkuchen wendete.

»Er möchte eine Weile spielen«, sagte Rox. »Meine Sorge bezüglich Schwert ist, dass er in kein Schema passt. Ganz bestimmt nicht in das eines typischen Serienmörders, falls es so etwas wie einen typischen Serienmörder überhaupt gibt.«

»Was meinen Sie damit?«, fragte Rathbone. »Natürlich gibt es den. Ted Bundy, John Wayne Gracy, Berkowitz, Dahmer, verdammt noch mal.«

»Hm, einige Leute in meinem Bereich würden argumentieren, dass es schon immer Menschen gab, die immer wieder getötet haben«, mischte ich mich ein. »Aber sie wurden entweder einfach nur als ›Mörder‹ angesehen, ohne zusätzliche Bezeichnung, oder gar nicht als solcher wahrgenommen. Zu dieser Gruppe zählen zum Beispiel Militärangehörige oder Polizisten, deren wiederholtes Morden als normal angesehen wird, solange wir es nicht als einen Serienmord bezeichnen. Durch die Prägung des Begriffes ›Serienmörder‹ hat die Gesellschaft praktisch einen Buhmann geschaffen, einen mächtigen Mythos, auf den wir all unsere dunklen und inakzeptablen Impulse projizieren können. Es ist ein neuer kultureller Mythos, der ausschließlich amerikanisch und noch keine zwanzig Jahre alt ist. Als wir alle noch Kinder waren, gab es so etwas nicht.«

»Das stimmt«, sagte Annie Rathbone und ließ sich ihre Pfannkuchen schmecken. »Aber vielleicht liegt das daran, dass die Polizei und das FBI nun über Computer verfügen und alle möglichen unterschiedlichen Faktoren festhalten können – die Mordmethode, den Fundort der Leichen und all diese Dinge. Sie können im ganzen Land diese Details verfolgen, während man früher fast immer von nur einer vereinzelten Straftat ausging. Ein Mord in Iowa wurde zum Beispiel nur als Mord in Iowa behandelt und der Mörder ist dort ins Gefängnis gewandert.«

»Das Phänomen des Serienmörders kann auch als Methode gesehen werden, um unangenehme Wahrheiten zu verdrängen, die von der Psychiatrie herausgefunden werden«, sagte Roxie. »Die Menschen müssen glauben, dass solche Mörder ganz anders sind als sie selber, dass ein Jeffrey Dahmer zum Beispiel ein Alien jenseits allen menschlichen Verständnisses war, die Verkörperung des Bösen. Und da mischt sich die Psychiatrie ein und behauptet: ›Nein, das ist ein Kerl wie du und ich, nur bei ihm hat die Kombination aus einer gestörten Hirnfunktion und einer bestimmten Lebenserfahrung ein ziemlich abstoßendes Verhalten ausgelöst.‹ So haben zum Beispiel neue Studien herausgefunden, dass bei wegen Gewaltverbrechen inhaftierten Männern auffallend häufig eine Hirnverletzung in der Kindheit vorliegt. Gepaart mit Armut und fehlender Bildung scheinen Gehirnverletzungen gewalttätigem Verhalten Vorschub zu leisten, doch das will niemand hören.«

»Warum nicht?«, fragte Annie.

»Weil es dann ja jedem passieren könnte«, erklärte Rox. »Dann gäbe es keinen tröstenden Buhmann mehr. Und Eltern könnten Bedenken entwickeln, ihren Söhnen gewalttätige Sportarten zu erlauben, bei denen das Risiko von Gehirnverletzungen besteht. Und das wäre das Ende des American Way of Life. Wo wären wir denn ohne Football?«

Wes Rathbone verdrehte die Augen. »Das ist ja alles sehr interessant, aber es hilft mir nicht bei der Jagd nach diesem Kerl.«

»Na gut«, fuhr Roxie fort. »Bis jetzt haben wir nur eine Reihe von Drohungen und zwei Tote, die möglicherweise an einer natürlichen Ursache gestorben sind, auch wenn dies statistisch gesehen unmöglich ist. Aber wenn er tatsächlich zwei Morde begangen hat, dann ist es meiner Meinung nach nicht so sehr sein Wunsch, gefasst zu werden. Nein, er glaubt vielmehr, dass seine Ergreifung unumgänglich ist. Er denkt, dass ein Fehltritt stets schnell und unausweichlich bestraft wird. Die Tatsache, dass er noch nicht gefasst wurde, verwirrt ihn vermutlich.«

»Wie kann es einen typischen Serienmörder geben?«, fragte Annie und schob die Butter und den Ahornsirup zu ihrem Mann hinüber.

»Das FBI hat ein paar Profile erstellt«, begann Wes. »Sie haben Fakten über unorganisierte Tatorte und Leichenfundorte zusammengetragen, wer die Leiche zerstückelt und wer nicht, Souvenirs, Infos dieser Art. Mit dieser Methode wollten sie diese Kerle in den Griff bekommen und deren Verhalten in Worte fassen, die auch Cops verstehen. Ohne dieses Psychiater-Blabla – nichts gegen Sie, Rox. Doch jeder Bulle, egal ob nun FBI oder aus einer anderen Abteilung, wird behaupten, dass alle bizarren Morde sich voneinander unterscheiden. Die Profile sind nicht sehr hilfreich. Die einzige Möglichkeit, dem Mörder ein paar Schritte voraus zu sein, ist es, sich in sein Denken hineinzuversetzen und herauszufinden, was in ihm vorgeht. Dieser Typ hält sich für Gottes Racheengel und pflegt eine Fetisch-Beziehung zu Tellern. Nun hat er eine der wohlhabendsten Frauen dieser Gegend bedroht. Ich muss Ihnen sagen, nichts von dem passt meiner Meinung nach zusammen.«

Ich hatte meine Pfannkuchen aufgegessen und fühlte mich nutzlos. Profile gehören zu meinem Job, zu meinen Arbeitsmethoden. Und Wes hatte gerade gesagt, dass sie nicht sehr hilfreich seien. Mich in Schwerts Gedanken hineinzuversetzen, zählte nicht zu meinen Fähigkeiten.

»Bevor wir das Profiling-System des FBIs vollständig auf den Müll werfen, sollten wir uns die auffallendsten Merkmale ansehen«, warf ich ein. »Vielleicht gibt es ein paar Dinge, nach denen wir suchen sollten.«

»Auffällig ist meiner Meinung nach das Bedürfnis des Mörders nach Bestätigung«, erwiderte Rox. »Laut FBI manifestiert sich das vor allem durch den Fundort und durch Souvenirs. Viele männliche Mörder kehren immer wieder an den Ort zurück, an dem sie die Leiche abgeladen haben. Die Theorie besagt, dass sie das wiederholte Erleben des Mordes als angenehm empfinden, dass es sie sogar sexuell erregt. Aber egal, ob das nun stimmt oder nicht, fest steht, dass die physische Existenz des Ortes die Realität des Mordes bestätigt und somit auch den Mörder validiert. Er geht dorthin, um sich real zu fühlen.

Typisch ist unter männlichen Serienmördern laut FBI weiterhin das Sammeln von Souvenirs. Kleidungsstücke des Opfers, Körperteile, Sammelalben mit Zeitungsberichten über das Verbrechen. Diese können sexuell erregend wirken oder nicht, aber sie geben ihm immer wieder eine Bestätigung. Er wird die Souvenirs als kostbar erachten und das Bedürfnis haben, sie häufig zu sehen oder zu berühren, da sie Trophäen sind, die beweisen, dass er eine Funktion in dieser Welt hat und dass er wichtig ist.

Und während es nur wenige weibliche Personen gibt, die mehr als ein Mal töten, ist ihre Motivation eine völlig andere. Sie kehren nicht zum Fundort der Leiche zurück und benötigen keine Souvenirs. Habe ich Recht, Blue?«

»Weibliche Serienmörder sind meist ›Schwarze Witwen‹,

das heißt Ehefrauen, die ihre Männer oder Freunde töten. Oder es sind so genannte Münchhausen-Mütter, die nacheinander ihre Kinder umbringen, um im Umfeld von Krankheit und Tod als Heldin darzustehen«, erklärte ich Wes und einer faszinierten Annie. »Der weibliche Mörder wählt Opfer aus seiner Nähe, Menschen, die sehr verletzlich sind. Ein schlafender Ehemann, Kinder. Dann gibt es noch den Typus, der Waisenkinder, alte Menschen oder Kranke gegen ein Entgelt aufnimmt und sie anschließend wegen der Stütze, der Versicherung oder der Rente umbringt. Diese Menschen sind der Mörderin gegenüber ebenfalls in einer angreifbaren Position. In beiden Fällen zeigen die Mörderinnen keinerlei Interesse an ihren Verbrechen, so als wären die Taten von jemand anderem begangen worden. Diese weiblichen Mörder würden davor zurückschrecken, Souvenirs mitzunehmen oder den Fundort der Leiche noch einmal aufzusuchen. Sie verspüren kein Machtgefühl durch den Mord und denken nicht über die Tat nach. Sie haben entweder einen finanziellen Nutzen, auf den sie ihrer Meinung nach ein Anrecht haben, oder sie wollen die Anerkennung anderer. Im Fall der Münchhausen-Mütter für ihre angebliche Tapferkeit und Stärke.

Was mich zu folgendem Punkt bringt«, fuhr ich fort. »Rox, du und Wes, ihr seid zu dem Schluss gekommen, dass Schwert ein Mann ist. Aber wir sollten nicht vergessen, dass es bei diesen Morden keine Leichenfundorte gibt, die man aufsuchen könnte. Der Mörder ist nicht anwesend, wenn der Tod eintritt, also kann er auch keine Souvenirs mitnehmen. Keiner dieser beiden männlichen Charakterzüge ist in diesem Fall möglich. Doch man kann zwei weibliche Charakteristika herausstreichen – Desinteresse und Distanz.«

»Das stimmt«, stimmte Roxie zu, »doch da wäre noch das Streben nach Aufmerksamkeit. Schwert kündigt seine Morde überall an – bei den Opfern, der Polizei und den Medien. Er *muss* Aufmerksamkeit erhalten und das verrät sein Geschlecht. Es ist ein Mann. Und er tut mit Sicherheit etwas, das dem Aufsuchen des Fundortes und dem Mitnehmen von Souvenirs nahe kommt. Und da setzt du an, Blue.«

»Ach ja?«

Rathbone drehte seinen Stuhl um und setzte sich rittlings darauf, so als wollte er zum Ausdruck bringen, dass es nun ernst wurde.

»Rox und ich haben das gestern am Telefon ausgetüftelt, nachdem ich von der Rainer-Klinik zurück war«, erklärte er. »Es was fast genau so, wie sie es vorhergesagt hat. Jeder war höflich und benahm sich von oben herab und niemand wusste etwas. Ich konnte keine Beamten von dem Fall an der Grenze abziehen, also musste ich alleine hin. Es gab nicht genug Gründe, sie für die Befragung ins Polizeipräsidium holen zu lassen, also war ich auf ihrem Terrain. Ich habe nur eines herausgefunden. Der Alte, Jennings Rainer, ist davon ausgegangen, dass seine Tochter die Klinik übernimmt, sobald er in Rente geht, doch offensichtlich wird es nicht dazu kommen. Sie war zum Mittagessen, als ich dort war, also habe ich nicht mit ihr gesprochen.«

»Sie hat mit ihrem Mann zu Mittag gegessen. Er heißt Chris und sieht aus wie Smokey der Bär, mit einem geflochtenen Zopf«, sagte ich, ohne in Roxies Richtung zu schauen. »Er hat sich ein Reuben-Sandwich bestellt und macht sich Sorgen, dass ihr gemeinsamer Sohn Josh ein Trauma davonträgt, wenn er seine Kamera nicht mit auf einen Schulausflug nehmen darf. Ich war unter einem Vorwand in die Klinik gegangen und hatte gehört, wie Megan erzählte, dass sie sich mit jemandem bei *Samson's* treffen wollte. Also bin ich ebenfalls dorthin.«

Rox betrachtete ihren Kaffeebecher, als wäre es ein archäologischer Fund. »Gute Arbeit, McCarron!«, sagte Rathbone. »Sie haben das Herz eines Bullen. Was haben Sie sonst noch herausgefunden?«

»Nicht viel. Nur, dass sie offensichtlich eine Übereinkunft getroffen haben, dass Megan noch ein paar Jahre eine bestimmte Sache tut. Offensichtlich will sie es nicht tun, aber er ermutigt sie dazu.«

»Megan ist die Tochter, nicht wahr?«, sagte Annie nachdenklich. »Schönheitschirurgin, wie der Vater. Er will, dass sie die Klinik übernimmt, aber sie ist nicht interessiert. Wes, wie wirkte der alte Mann, als er darüber sprach? Traurig? Bitter? Hoffnungsvoll?«

»Ich weiß nicht. Weder noch. Ich dachte, er wollte auf diese Weise das Thema wechseln. Er gestikulierte ständig herum, so als würde ihm die Klinik viel bedeuten. Als wäre sie sein kleines Königreich, schön hergerichtet mit all den Kunstwerken und den Aquarien ...«

Ich musste ihn einfach unterbrechen. »Wes, haben Sie sich die Fische angesehen?«

»Nein«, antwortete er und blickte auf seine Uhr. »Was ist mit ihnen?«

»Sie sind aus Metall. Es sind flache Metallfische, die einem Magneten durch das Wasser folgen. Sie sind nicht echt, aber sie sehen so aus als ob.«

»Mit der richtigen Beleuchtung«, sagte Annie mit einem Grinsen.

»Und mit den richtigen Accessoires«, fügte Roxie hinzu. Ihr Grinsen war ähnlich.

Drei Frauen, die ganz genau wussten, worum es eigentlich ging.

»Was?«, fragte Wes Rathbone.

»Mach dir nichts draus, Liebling, das ist ein Frauending«, tröstete Annie ihn, die ihm gegenübersaß. »Es hat etwas mit Illusion zu tun. Früher, als die Hexen dafür auf dem Scheiterhaufen verbrannt wurden, nannte man das Zauber. Sieht so aus, als wärst du geradewegs in die Falle getappt, ohne es zu merken, aber das war ja auch beabsichtigt, oder?«

Roxie hatte den Kopf in den Nacken geworfen. »Girl«, sagte sie, und das in einem Tonfall, der tiefe Anerkennung ausdrückte. Sie nickte immer wieder lachend und dabei wippten ihre Perlen vor und zurück. Rathbone kapierte es immer noch nicht.

»Also, laut Plan, den wir ausgearbeitet haben«, fing er an und ignorierte unsere Belustigung, »werden wir Blue für alle detaillierten Befragungen der fünf medizinischen Angestellten der Rainer-Klinik einsetzen.«

»Aber ich mache gar keine detaillierten Befragungen«, protestierte ich. »Ich führe nicht einmal oberflächliche Befragungen durch. Ich führe eigentlich überhaupt keine Befragungen durch! Das ist Roxies Sache. Ich analysiere Daten. Gibt es eigentlich einen Grund, warum das niemand begreift?«

»Wir begreifen es«, sagte Rox. »Du bist furchtbar bei Befragungen. Aber du bist nicht furchtbar, wenn es um Details geht. Du bist unheimlich gut darin, sie zu Tausenden zu registrieren und dann zu einem Ganzen zusammenzufügen und Schlussfolgerungen daraus zu ziehen. Schau nur, was du aus der Tatsache gemacht hast, dass innerhalb von wenigen Wochen zwei Politikerinnen gestorben sind. Wir wollen nur, dass du mit diesen Leuten redest, sie in ihrem Zuhause aufsuchst und nach diesen Einzelheiten suchst. Es spielt keine Rolle, was du zu ihnen sagst.«

»Es läuft folgendermaßen«, erklärte Rathbone. »Das Department hat für heute Termine mit jedem einzelnen medizinischen Angestellten der Rainer-Klinik vereinbart. Das Ganze soll bei den Personen zu Hause stattfinden und jedes Gespräch soll fünfzehn Minuten dauern. Ich habe eine Liste der Termine und Adressen für Sie. Es soll so aussehen, als würden wir zu den Befragten kommen, damit sie es bequemer haben.«

»Und wonach soll ich suchen?«, fragte ich.

»Was immer dir auffällt«, sagte Roxie knapp. »Und BB kommt mit dir.«

»Na gut, aber warum?«

Rathbone strahlte Roxie an. »Das war ihre Idee«, sagte er. »Sie sind alle weiß und berufstätig. Ihr Freund Berryman kann ihnen durch seine bloße Anwesenheit ein Gefühl des Unbehagens verursachen, sie aus der Fassung bringen. Sie werden ihn als Ihren Leibwächter vorstellen und dann ignorieren. Ihre Gegenüber werden das nicht tun. Falls Roxie Recht hat, wird seine Anwesenheit die Befragten nervös machen und Ihnen einen Vorteil verschaffen.«

Annie blickte auf die Wanduhr, die Betty Boop in Motorradkluft darstellte. Sieben Uhr fünfzehn.

»Wes hat gestern den OP-Plan gesehen«, sagte Annie. »Sie machen es gerade jetzt. Alle wichtigen Operationen werden morgens durchgeführt, das heißt die, für die man einen Anästhesisten benötigt. Unter der Woche sind sie jeden Tag ab sechs Uhr morgens dort. Nachmittags machen sie dann die einfachen Sachen, die man mit einer örtlichen Betäubung von einer examinierten Kraft erledigen lassen kann – zum Beispiel die Entfernung von Warzen und Muttermalen. Daher geht der Anästhesist gegen Mittag und die anderen sind circa um zwei Uhr fertig. Danach ist außer der Empfangsdame niemand mehr da, es sei denn, einer der Ärzte spricht mit potenziellen Patienten. Das Büro schließt um vier Uhr. Kaum zu glauben, dass sich genügend Frauen das Gesicht liften lassen, um die Klinik an fünf Vormittagen der Woche zu beschäftigen.«

»Rainer hat mir erzählt, dass zehn Prozent der Faceliftings und vielleicht zwanzig Prozent der Fettabsaugungen bei Männern durchgeführt werden«, sagte Wes.

Dann wurde er rot. »Ich habe ihn nicht nach der Phalloplastik gefragt, aber ich nehme an, das machen sie morgens.«

»Ach, wirklich, Liebling?«, sagte Annie mit einem schelmischen Grinsen. »Und da dachte ich doch wirklich, das könnten sie mit einer kleinen, örtlichen Betäubung machen. Du weißt schon, ein bisschen Novocain, eine große glänzende Spritze wie beim Zahnarzt, eine lange Nadel ...«

Wes Rathbone wurde ganz grau im Gesicht. »Aufhören!«, flehte er und versuchte ein Lachen. »Sonst kommen mir noch die Pfannkuchen hoch.«

»Igitt!«, rief der Rest von uns gleichzeitig.

Nachdem Wes und Roxie zur Arbeit gefahren waren – Wes hatte meinen Blue-Willow-Teller in dem Gefrierbeutel mitgenommen, um ihn nach Fingerabdrücken untersuchen zu lassen –, blieb ich noch und sah mir mit Annie Fußbodenmuster an. Annie und ich stimmten überein, dass Kieferplanken Natur die beste Wahl waren, da eine dunklere Farbe den Effekt des großen Raums schmälern würde. Nach einer dritten Tasse Kaffee fragte sie mich etwas.

»Was, glauben Sie, halten diese medizinisch geschulten Leute von Schönheitschirurgie?«, fragte sie. »Ich meine, müssen die ihre Arbeit nicht als Witz ansehen, wenn sie sich mit anderen Ärzten und Schwestern vergleichen, die jeden Tag Leben retten? Während sie nichts anderes machen, als Hautlappen am Kinn hochzuziehen und Fett am Bauch abzusaugen.«

»Rox sagt, dass damit eine Menge Geld zu machen ist, Annie. Und es geht ja nicht nur um Faceliftings. Sie führen wiederherstellende Operationen bei Menschen durch, die Verbrennungen erlitten haben oder durch Windschutzscheiben geflogen sind. Ich weiß nicht so recht, was ich selber von Schönheitsoperationen halte, aber im Grunde denke ich – warum nicht? Ich würde nicht zögern, es machen zu lassen, wenn ich es wirklich wollte. Was ist mit Ihnen?«

Als sie zum Spülbecken ging und ihren Becher ausspülte, fiel mir auf, dass sie den linken Arm eng an ihren Körper gepresst hielt.

»Ach, vermutlich will ich einfach nur Ihre Meinung dazu

hören«, sagte sie nervös. »Sehen Sie, ich spiele mit dem Gedanken, etwas ... so eine Operation durchführen zu lassen. Die Versicherung wird das meiste bezahlen, und der Rest, nun ja, entweder das oder der neue Boden. Ich weiß, es ist albern, aber ...«

Nachdem sie den Becher gründlicher abgetrocknet hatte als nötig, drehte sie sich um. Annie Rathbone, die laut Aussage ihres Mannes sein Leben verändert hatte. Ihre Arme hingen gerade herunter, und ich konnte sehen, dass eine Seite ihrer Brust flach war.

»Ich hatte Krebs und eine Mastektomie«, sagte sie. »Ich spreche von einer Brustrekonstruktion. Ich habe alles darüber gelesen, Bilder gesehen, mich gründlich vorbereitet. Meine Freundinnen sagen, ich soll es tun, aber ihnen sind Männer das Wichtigste, und sie glauben, ich würde es für Wes tun. Doch Wes hat es nie etwas ausgemacht. Ich hatte die Mastektomie bereits hinter mir, als wir uns kennen lernten. Er sagt, er liebt mein Herz, nicht meine Brüste. Also habe ich mich gefragt, wie Sie darüber denken.«

Sie faltete immer wieder ein Geschirrtuch zusammen und ihre blauen Augen beobachteten mich schüchtern.

»Sie wollen meine Meinung hören, weil ich lesbisch bin und mich daher nicht so sehr von einem Mann beeinflussen lasse?«, konnte ich mir nicht verkneifen zu fragen.

»Ja. Ich habe auch mit meiner jüngeren Schwester darüber gesprochen. Und es hat mir gefallen, was sie gesagt hat, aber vielleicht hat sie es nur gesagt, weil sie meine Schwester ist. Also dachte ich ...«

Sie war so süß und unglücklich, dass ich mich gezwungen fühlte, ihr eine gute Antwort zu geben, aber ich bin vor zehn Uhr morgens nicht sehr gut und es war gerade mal acht.

»Ich denke, Sie müssen im Grunde nur herausfinden, was Sie lieber wollen«, platzte ich schließlich heraus, »eine Brust oder einen Fußboden.«

Attila, der Hunne, wäre wahrscheinlich zart fühlender gewesen. Nach einer Sekunde tödlichen Schweigens mussten wir beide lachen.

»Also, was hat Ihre Schwester gesagt?«

»Sie sagt, dass es nur um mich geht, um nichts anderes. Wenn ich das Gefühl habe, ich müsste meine Brust wiederherstellen lassen, dann ist das eben so und ich soll es machen lassen. Sie sagt, dass Frauen eine ganz besondere Beziehung zu ihrem Körper haben, die nichts mit Männern zu tun hat, und dass viele Frauen ihre Männer als Grund vorschieben, um so auszusehen, wie sie es möchten. Sie sagt, das Wichtigste ist, dass ich mich selber attraktiv finde.«

»Wo liegt dann das Problem?«

Annie Rathbone hielt mir den Prospekt für den Fußbodenbelag entgegen und krümmte sich vor Lachen. »Ich weiß nicht, wann ich mich attraktiver fühlen würde. Mit beiden Füßen auf diesem Boden oder mit einem ausgefüllten BH«, sagte sie.

Es war eine schwierige Entscheidung, und ich hatte das Gefühl, dass der Boden den Sieg davontragen würde.

»Annie«, sagte ich und stimmte in ihr Kichern mit ein. »Wesley Rathbone hat wirklich ziemliches Glück gehabt.«

»Ich habe ebenfalls ziemliches Glück gehabt.« Sie grinste. »Ich finde ihn nicht nur anbetungswürdig, nein, er kann auch noch Fußböden verlegen.«

Einige Ehen werden im Himmel geschlossen.

13

Das Mädchen vor der Bibliothek

ALS ICH WIEDER IN meinem Truck saß, sah ich mir die Liste der Termine mit den Angestellten der Rainer-Klinik an. Die erste Befragung sollte um halb eins mit Jennings Rainer in seiner Eigentumswohnung in der Nähe der Klinik stattfinden. Ich sollte BB um zwölf in seinem Laden abholen. Da es erst Viertel nach acht war, wusste ich nicht, was ich tun sollte. Ich konnte mich noch ein paar Stunden in Roxies Wohnung hinlegen, aber ich war nicht müde. Ich hatte Brontë zu Hause in ihrem selten benutzten, mit Maschendraht umzäunten Gehege gelassen und so fiel ein Spaziergang am Meer mit meinem Dobermann ebenfalls aus. Also beschloss ich, in die Bibliothek zu gehen. Ich liebe Bibliotheken und dort konnte ich außerdem ein wenig Recherche betreiben.

Die Zentralbibliothek in San Diegos Innenstadt ist 1954 erbaut worden, was dem Betrachter sofort ins Auge sticht. Die flache Fassade aus rechteckigen Santa-Maria-Kalksteinplatten wirkt von weitem wie eine alte gelbbraune Wandverkleidung an den Häuserrückseiten im Mittleren Westen, die man von einem Zug aus sehen kann. Aber die beiden aus Zement gegossenen Reliefs von Donal Hord, die den kalifornischen Kalkstein zieren, haben mir schon immer gefallen. Sie symbolisieren intellektuelle Traditionen aus Ost und West. Jede Skulptur stellt drei Figuren dar, die sich jeweils über einem lesenden, vermutlich amerikanischen Jugendlichen befinden.

Die Skulptur aus dem Osten zeigt einen chinesischen Mandarin mit einer Pergamentrolle, einen Perser mit einer Harfe und eine nackte tätowierte Gestalt, die Indien repräsentiert und ein Buch aus Palmenblättern in der Hand hält. Darunter befinden sich eine Lotusblüte, eine Ente und ein amerikanisches Mädchen mit ausgeprägten Bauchmuskeln, wie es sie nur bei einer Statue gibt. Sie sitzt auf ewig im Schneidersitz, ignoriert die Parkplatzprobleme auf der E Street und liest. Man kann ja über Südkalifornien sagen, was man will, aber dort wusste man schon 1954, dass Frauen über fünfzig Prozent der Weltbevölkerung ausmachen und bei Skulpturen für öffentliche Gebäude nicht übersehen werden dürfen. Die Ente gefällt mir auch.

Aber in diesem Moment interessierte ich mich mehr für die zwei Frauen in Rainers Team, die beide Ärztinnen waren. Bis zur Mitte des zwanzigsten Jahrhunderts hatten nur wenige medizinische Fakultäten Frauen zugelassen und über Jahre waren die Erfahrungen dieser Frauen qualvoll. Medizinische und auch juristische Fakultäten waren im Grunde Männervereine, und Frauen mussten doppelt so hart arbeiten, um sich zu beweisen, und waren während ihrer Assistenzarztzeit unaufhörlich Schikanen durch ihre männlichen Kollegen ausgeliefert, was nicht selten zur psychologischen Tortur wurde. Diejenigen, die es überlebt hatten, hatten in vielen Fällen Narben davongetragen, die niemals verheilten.

Rainers Anästhesistin, Isadora Grecchi, war einundfünfzig. Das bedeutete, dass sie in den frühen Siebzigern die Uni besucht hatte. Immer noch eine schwierige Zeit für Frauen. Ich setzte mich an einen der Bibliothekscomputer, sah mir Grecchis Biografie in Rathbones Ordner an und tippte als Suchbegriff »Ohio State University College« ein, wo Grecchi ihren medizinischen Abschluss gemacht hatte. Nichts. Zumindest nichts, was meine schwache Hypothese stützte, dass eine Frau, die durch ihre brutalen Erfahrungen als Medizinstudentin selbst brutal geworden war, dreißig Jahre später aus Rache ihre Patientinnen umbrachte.

Im Gegenteil, das College sah aus wie ein Paradies. Der Fakultätsdirektor schrieb Bücher für Frauen, damit sie in einem System von Männern für Männer eine anständige Krankenversorgung bekamen. Andererseits gab es unter den achtunddreißig Fakultätsmitgliedern nur sieben Frauen. Zahlen lügen nicht. Der nette Fakultätsdirektor tat vielleicht nur so und hinter der schönen Fassade verbarg sich ein Minenfeld männlicher Vorherrschaft. Und wie war das Leben 1971 gewesen, als Isadora Grecchi in Schlaghosen übte, wie man Nadeln in Patienten steckt? Meine Hypothese war noch nicht widerlegt, aber ich kam nicht weiter.

Ich nahm fünf oder sechs Bücher über Columbus, Ohio, aus dem Regal, fand aber auch hier nichts Nützliches heraus. Es schien eine nette Stadt zu sein. Als Hauptstadt und größter Ort des Bundesstaates verfügte Columbus über die nötigen Schulen, Kunstmuseen und eine Symphonie. Und das mitten in Ohio.

Ich gab auf und ging auf ein Glas Eistee in einen Diner, der sich ein Stück weiter die Straße entlang befand und dessen schmutzige Wände mit verblassten Malereien geschmückt waren. Es kamen eine Menge Männer herein, die an der Kasse etwas kauften und wieder gingen. Pferdewetten außerhalb der Rennbahn sind in San Diego County illegal, aber das behielt ich für mich, als ich einen Eistee und eine Tüte Chips bestellte. Ein Verbrechen nach dem anderen.

Der Diner hieß *Becky's* und war möglicherweise vor einem halben Jahrhundert tatsächlich einmal der ganze Stolz einer Frau namens Becky gewesen. Inzwischen war der Name, den jemand in Schwarz auf die Scheibe gemalt hatte, so abgeblättert und verblasst, dass die altmodischen Buchstaben wie eine Verfärbung im Glas aussahen. Der Diner befand sich in einem lang gestreckten Ladenlokal und wirkte sehr dunkel. In der Wand hinter dem Tresen befanden sich runde Fensterrahmen, in denen noch ein paar gezackte Spiegelstücke hingen. An den Stellen, an denen die kastanienbraunen und schwarzen asphalthaltigen Bodenfliesen durchgetreten waren, konnte ich die alten Schiffsplanken sehen, die man wahrscheinlich von einem nicht mehr seetauglichen Schiff gerettet hatte. So etwas war in San Diego üblich gewesen. Die Stadt hatte sich sein Holz stets auf diese Weise organisieren müssen.

Zu meiner Dose Eistee bekam ich ein zerkratztes, rotes Plastikglas, das zur Hälfte mit schmelzendem Eis gefüllt war, und einen Strohhalm in einer Papierhülle. Am Tresen saß eine sehr alte Frau in einem langen, grünen Mantel und mit orangefarbenen Handschuhen. Sie trank Kaffee aus einer dicken, weißen Tasse und redete mit sich selber. Der Mantel war an den Ärmeln abgetragen und schmutzig, und an den meisten Fingern der Handschuhe lösten sich bereits die Nähte. Sie zog nicht einmal die Handschuhe aus, als sie die Untertasse hochhob, um den verschütteten Kaffee zurück in die Tasse zu gießen. Die Untertasse passte nicht zur Tasse und hatte ein blaues Muster. Mit einer Pagode, einer Weide und drei kleinen Figuren auf einer Brücke.

Zwei Sekunden später stand ich neben ihr.

»Ist das nicht das Blue-Willow-Dekor?«, fragte ich. »Kennen Sie diesen Diner noch von früher? Wurde hier früher einmal Blue-Willow-Geschirr benutzt?«

Das dünne, weiße Haar war orange gefärbt und hatte einen leichten Lilastich. Die Frau trug eine modrige Seemannsmütze und ihre alten Augen musterten mich neugierig, aber ich konnte sehen, dass ich ihr Angst eingejagt hatte. Ihre Hände zitterten.

»Sehen Sie«, sagte sie, als hätten wir uns bereits eine Weile unterhalten, »das machen sie immer. Sie sagen, sie würden einem das beste Angebot machen, und dann wartet man einfach. Und dann, und dann ...« Ihr Blick trübte sich. Ich konnte regelrecht sehen, wie sich aus dem Innern ihres Kopfes ein Schatten über ihre Augen legte.

»Arschloch, Arschloch«, murmelte sie. »Diese gottverdammten Arschlöcher. Arschlocharschlocharschloch.«

Die Kaffeetasse in ihren orangefarben verhüllten Händen klapperte gegen die alte Blue-Willow-Untertasse.

»Oh, mein Gott, das tut mir Leid«, flüsterte ich. Ich hatte sie völlig aus der Fassung gebracht und durch mein tollpatschiges Verhalten ihr fragiles inneres Gleichgewicht zerstört. Sie hatte nicht mich belästigt, sondern ich hatte *sie* belästigt. Ich hatte eine Angehörige der Armee der Geisteskranken belästigt, die zu Tausenden auf den Straßen jeder Stadt dahinvegetieren. Wahrscheinlich lebte sie von der Sozialhilfe in einem der nahe gelegenen alten Hotels, die für solche unerwünschten Menschen in »Single-Apartments« umgewandelt worden waren. Und obwohl ihre Gesichtshaut so blass war, dass ich durch sie die Venen und Kapillargefäße darunter sehen konnte, musste ich an Roxies Mutter denken.

»Hier«, sagte ich und schob zwei Zehndollarscheine in ihre Manteltasche. »Gehen Sie ins Kino und dann etwas essen. Was immer Sie wollen. Es tut mir Leid, dass ich Sie belästigt habe.«

»Arschlöcher!«, erwiderte sie und starrte wütend in eines der leeren runden Fenster hinter dem Tresen, während ihre Unterlippe zu zittern begann und sich ihre Augen mit Tränen füllten.

Sie würde das Geld verlieren oder jemand würde es stehlen, das wusste ich genau. Ich hätte mich am liebsten geohrfeigt.

Stattdessen ging ich zurück in die Bibliothek und machte bei dem Versuch, den Ursprung des Begriffes »Blue Plate Special« zu ergründen, eine völlige Bauchlandung. Es war eine gute Bibliothek, und die Information wäre vorhanden gewesen, wenn sie existiert hätte. Aber die vier gut ausgebildeten Bibliothekarinnen fanden nichts über »Blue Plate Specials« heraus.

Dann verbrachte ich zwei komplette Stunden mit der Recherche über Diner in den Heimatstädten von Rainers Angestellten. Es gab unzählige solcher Lokale in Denver, wo Isadora Grecchi aufgewachsen war. In San Diego, der Heimatstadt von Megan Rainer, fanden sich ebenfalls Hunderte von ihnen. Jennings Rainer hatte seine Kindheit in Chicago verbracht und dort galt das Gleiche. Die zwei examinierten Pfleger in der Klinik, Jeffrey Pond und Thomas Eldridge, hatten als Kinder in Bakersfield beziehungsweise in Riverside gelebt. Auch in diesen beiden Orten gab es mehr als genug Diner. Ich notierte mir einige der Namen und Adressen. Es war ein Schuss ins Blaue. Blue-Willow-Teller, Diner und Tod. Es gab eine Verbindung. Zumindest im Kopf eines der Menschen, die BB und ich bald aufsuchen würden.

Als ich eine Stunde zu früh in seinem Laden *Death Row* ankam, arbeitete BB gerade an einem Wandbehang, der aus ganz gewöhnlichem Sackleinen bestand, das durch gepunzte Ledergürtel zusammengehalten wurde.

»Ein Typ vom *High Noon Belt Corral* kam bei *Auntie's* rein und hat bei mir für seinen Laden eine Gürtelauslage bestellt«, erklärte er und musterte unbehaglich mein Hofnarren-Outfit. »Blue, willst du das etwa bei der Jagd auf einen Killer tragen?«

»Was stimmt denn nicht damit?«, fragte ich. »Abgesehen von der Tatsache, dass ich darin aussehe wie ein o-beiniger Nebendarsteller bei einer Shakespeare-Wanderbühne?«

»Alles.«

»Ich erwähne es nur ungern, BB, aber deine Hip-Hop-Hosen und dein Proleten-Unterhemd sind auch nicht gerade ein Fashion Statement. Sie passen nicht mal zusammen.«

»Du hast noch gar nicht mein Kopftuch gesehen«, sagte er grinsend. »Ich weiß, wie man dieses Spiel spielt. Ich geb ihnen, was sie wollen. Hey, und wenn es eine Gangsterverkleidung sein soll – auch gut.«

Was BB als Gangsterverkleidung bezeichnete, bestand aus weiten Hip-Hop-Hosen aus Chino-Stoff, die von den Mitgliedern schwarzer Rap-Bands tief auf der Hüfte getragen werden, so dass man mindestens zehn Zentimeter von der Designer-Unterhose sehen kann. Darüber trug er ein schweres, weißes Trägershirt aus Baumwolle, das normalerweise die Mitglieder von Latino-Gangs bevorzugen. Mit einem schäbigen Kopftuch aus Stoff, bei dem eine bestimmte Knüpftechnik die Zugehörigkeit zu einer bestimmten schwarzen Gang in Los Angeles verrät, gab BB ein wandelndes Reklameschild für multikulturelle Aggression ab. Ich war mir nicht sicher, was die schweren Militärstiefel symbolisierten, aber sie sahen ebenfalls gefährlich aus.

»Blue, bei so einer Party musst du die Idioten ablenken«, fuhr er fort. »Ihnen was vorspielen.«

Als er mich mit zusammengekniffenen Augen umkreiste, wurde mir klar, dass mein Narrenkostüm nicht mitkommen würde. Das war jedoch nicht so schlimm, denn ich konnte es sowieso nicht ausstehen.

BB griff sich einen zusammengeknüllten, schwarzen Wollstoff aus einem Sack mit Gebrauchtkleidern, die er immer kiloweise bei einem Großhändler unten an der Grenze kauft. Er hielt den Stoff gegen das Licht und grinste. Es sah aus wie ein Rock. Kurz darauf hatte er einen schwarzbraunen Nadelstreifenanzug mit einem breiten Kragen und eine fürchterliche senfgelbe Polyesterbluse hervorgekramt, die einer Kuh gepasst hätte. Sie besaß sogar eine große Schleife am Hals, deren lange Enden jedoch angefressen waren. Die Bluse reichte mir bis zu den Knien.

»Genau das Richtige«, sagte BB. »Zuerst das hier«, fügte

er hinzu und kürzte die Bluse mit einer Zickzackschere. Dann entfernte er mit einer Art Skalpell die Schleife. Schließlich hatte er passendes Garn in der Farbe der Bluse gefunden, das nun von einer Nadel herunterhing, die er sich zwischen die Zähne geklemmt hatte. Ein Schnitt am Rücken der Bluse, fünf Minuten Näharbeit und die Bluse passte wie angegossen. Abgesehen von den Ärmeln, die er nach oben raffte und über meinen Ellbogen mit Tesa befestigte.

Als Nächstes änderte er den Rock und anschließend die Anzugjacke, was am längsten dauerte. Als er fertig war, bügelte er alles auf. Ein fettiger Gestank erfüllte die Luft.

»Der Dampf kriegt einen Teil vom Geruch raus«, erklärte er.

»Wunderbar«, sagte ich, »aber was soll das alles, BB?«

»Du musst wie ein Bulle aussehen«, erklärte er mir, während er mir in die frisch gebügelte Jacke half. »Ihnen ein bisschen Angst einjagen.«

Ich fand, dass ich nicht wie ein Cop aussah, sondern eher wie Mary Poppins. Der schwarze Rock reichte mir bis zu den Schuhen und es fehlte mir nur noch ein Schirm mit einem Papageiengriff. Obwohl mir die Jacke sehr gut gefiel. Sehr kdlang-mäßig. Die Bluse fand ich immer noch scheußlich.

»Es fehlt noch was«, sagte BB.

Er probierte mehrere Schals aus, bis er auf die Idee kam, aus den Resten der Jacke eine schmale Krawatte zu nähen. Sekunden später zierte meine kragenlose Bluse eine schmale Krawatte aus Wolle, die er mit einem großen braunen Mantelknopf an meinem Kragen befestigte. Dann trat er mit einem braunen Filzhut auf mich zu. Es war ein Fedora und sah aus, als hätten sehr kleine Säugetiere darin gelebt. Und das schon seit Jahren.

»Nein!«, sagte ich.

»Probier ihn ...«

»Nein.«

Wir einigten uns auf eine braune Schottenmütze aus Kord, die er aus einem Paar alter Hosen von einem Lumpenstapel zusammenschneiderte. Ich hatte Angst, dass wir zu spät zu unserer Verabredung mit Jennings Rainer kommen würden, aber BB bestand darauf, noch einen weiteren braunen Mantelknopf an den Rand der Schottenmütze zu nähen.

»So!«, sagte er stolz.

Ich blickte in alle drei Spiegel und sah eine Kombination aus Annie Hall, Eleanor Roosevelt und Cruella de Ville. Mit einer Zeitungsjungenmütze aus den Zwanzigern.

»Wenn wir so den Leuten Angst einjagen sollen, dann ist uns der Erfolg garantiert«, sagte ich BB. »Komm, wir fahren.«

Im Auto fummelte BB den ganzen Weg nach La Jolla an seinem schmuddeligen, schwarzen Kopftuch herum.

»Ich muss den Knoten richtig hinkriegen«, beharrte er. »Wenn der falsch ist, sehe ich aus, als wollte ich der Aryan Nation beitreten.«

»BB, das ist unmöglich«, sagte ich, als wir auf den umzäunten Parkplatz des Wohnkomplexes fuhren, in dem Jennings Rainer lebte. »Dieser Verein hat ziemlich strenge Eintrittsstatuten.«

Der Wachmann der Anlage musterte uns misstrauisch, ließ uns jedoch herein, nachdem er Rainer angerufen hatte. Ich war mir sicher, dass wir nicht das letzte Mal schiefe Blicke geerntet hatten. Schließlich sieht man in einer schicken Wohngegend nicht jeden Tag ein Gibson Girl mit kurz geschnittenen Haaren in Begleitung eines schwarzen Gruppenvergewaltigers, der Drogen an Kleinkinder verkauft.

»Ich weiß nicht, warum das nötig ist, Dr. McCarron«, sagte Jennings Rainer, als er uns die Tür zu seiner Eigentumswohnung im siebten Stock öffnete, von der aus man einen unverstellten Blick auf andere Eigentumswohnungen hatte. »Und wer ist das?«

»Mr Berryman ist mein Leibwächter«, sagte ich mit ernster Stimme. »Die Polizei macht sich Sorgen wegen etwaiger Schadensersatzansprüche in diesem Fall. Ich bin eine externe Beraterin, und sollte mir etwas zustoßen ...«

»Ah«, erwiderte er.

Ärzte kennen sich aus in Versicherungsfragen.

BB baute sich an einer auffälligen Stelle direkt im Türrahmen auf und blickte sich prüfend in Rainers Wohnzimmer um, als würde er hinter jedem Möbelstück einen Attentäter vermuten. Nicht, dass es viele Möbel gab.

Rainers Wohnung war offensichtlich von einem Innenausstatter mit einer Vorliebe für Chrom eingerichtet worden. Der Couchtisch aus Glas und auch die ledernen Regisseurstühle zu beiden Seiten einer weißen Ledercouch, auf der garantiert noch nie jemand gesessen hatte, hatten einen Rahmen aus Chrom. Das Geländer des kleinen Balkons hinter den Glasschiebetüren war mit einem feinmaschigen Drahtgeflecht gesichert. Jede Wabe war zur Sicherheit noch einmal mit einer Drahtschlinge am unteren Ende des Geländers befestigt. Auf dem Balkon standen keine Möbel, sondern zwei Futternäpfe, eine igluförmige Plastikhundehütte und ein Katzenklo, in dem zwei viereckige Rasenstücke lagen.

»Wie heißt Ihr Hund?«, fragte ich Rainer, als ich mich in einen der schwarzen Stühle setzte.

»Ähm, Snuffy«, antwortete er und zog an seiner rot karierten Weste, die er zu grauen Flanellhosen und einem blauen Blazer trug. »Er ist oben. Kann ich Ihnen etwas zu trinken anbieten – Ihnen und natürlich auch Mr Berryman?«

Jennings Rainer hatte sorgfältig geschnittenes, weißes Haar und sah aus wie ein in die Jahre gekommener Chorknabe. Ein paar geplatzte Äderchen auf Nase und Wangen konnten auf ein Alkoholproblem hindeuten oder darauf, dass er geweint hatte. Viel und heftig. Auf einem schwarzen, mit

Emaille beschichteten Beistelltisch entdeckte ich einen Silberrahmen mit einem Foto von Rainer und einer sympathisch aussehenden Frau mit rot getönten Haaren. Das Bild war noch nicht allzu alt und der Frau schien es nicht gut zu gehen. Das rote Haar war spärlich und viel kürzer, als diese Frau es freiwillig tragen würde. Ich tippte auf eine Chemotherapie.

»Nein, danke«, erwiderte ich. »Und es tut mir Leid, dass Sie diese unangenehme Befragung über sich ergehen lassen müssen, aber es geht nicht anders. Ich weiß, dass Sie vor zwei Jahren Ihre Frau verloren haben. Das muss eine sehr schwere Zeit für Sie gewesen sein. Wir werden es so kurz wie möglich machen.«

»Ich weiß nicht, wovon die Polizei überhaupt spricht, Dr. McCarron«, begann er. »Das komplette medizinische Personal ist schon seit Jahren bei mir. Aus meiner Klinik schickt niemand diese Briefe, und es tötet auch ganz bestimmt niemand unsere Patienten, indem er eine Hirnblutung verursacht. Ich weiß, dass diese Frauen nur eins gemeinsam haben, und zwar, dass sie Patienten bei uns waren. Doch das ist reiner Zufall. Was kann ich noch sagen?«

Am oberen Ende der mit Teppich ausgelegten Treppe ertönte ein Bellen.

»Snuffy«, erklärte Rainer. »Hätten Sie etwas dagegen?«

Nach einer Minute kehrte er mit einem jungen Schnauzer auf dem Arm zurück. Der Hund betrachtete mich und BB mit Interesse, gab jedoch keinen Laut von sich. Stattdessen leckte er Rainer das Gesicht und legte den Kopf schief, als wartete er auf etwas.

»Er will spazieren gehen«, erklärte Rainer. »Wir machen immer einen schönen langen Spaziergang, wenn ich nach Hause komme, nicht wahr, mein Junge?

Snuffy war der Hund von Mar, meiner Frau Marlis«, fuhr er fort. »Ich habe ihn ihr gekauft, als wir wussten, nun, als der Krebs zurückgekommen war. Sie betete ihn an. Snuffy war bei ihr am Bett, als sie ...«

»Es tut mir Leid, Dr. Rainer«, sagte ich und das tat es wirklich.

In den darauf folgenden fünfzehn Minuten beschrieb er mir kurz seine medizinischen Angestellten. Er hatte natürlich damit gerechnet, dass Megan die Klinik übernehmen würde. Aber sie und ihr Mann Chris hatten etwas Land in Nordkalifornien gekauft und wollten dorthin umziehen, ein Haus bauen und die Kinder in einer kleinen Gemeinde aufziehen. Chris hegte Pläne, Bäume zu züchten und umweltverträgliche Landwirtschaft zu betreiben. »Er will Bäume und Kräuter züchten«, erzählte Rainer ungläubig. »Organische Kräuter.« Er war sich ganz sicher, dass Megan ihre Patienten weder bedrohte noch ermordete.

»Jeff und T. J.«, fuhr er fort, »sind seit Jahren bei mir. Sie sind beide examinierte Pfleger und haben ihre Ausbildung während ihres Militärdienstes gemacht. Jeff Pond ist mein OP-Manager. Er war bei der Marine. T. J. Eldridge, mein Operationsassistent, ist direkt nach der Armee zu mir gekommen.«

Er lächelte und in seinen Augenwinkeln tauchten kleine Fältchen auf. »Nun, Sie werden die beiden möglicherweise etwas ungewöhnlich finden, aber sie sind keine Mörder.«

»Ungewöhnlich?«, fragte ich, als BB ohne erdenklichen Grund hastig zur Küchentür ging und die Mikrowelle anstarrte. Rainer beobachtete ihn verwirrt.

»Äh, ja«, fuhr er fort. »Pond ist Gewichtheber, wie nennt man das heute? Bodybuilder. Aber er ist ein gut aussehender Mann. Und in Krisenzeiten leistet er sehr gute Arbeit. Pond hat Nerven aus Stahl und stahlharte Muskeln.

T. J. hingegen ist ein Familienmensch, ein bisschen altmodisch, so wie ich. Absolut zuverlässig. Er hat die zwei süßesten flachsköpfigen Kinder, die Sie je gesehen haben. Marlis hielt seine Frau immer für ein wenig ›langsam‹, wenn Sie verstehen, was ich meine. Deshalb versuchte sie immer, sich bei Partys für die Klinikmitarbeiter und bei ähnlichen Anlässen ein wenig ihrer anzunehmen. Und dann stellte sich heraus, dass Kara Eldridge tagsüber studieren gegangen ist, ohne es jemandem zu sagen. Sie hat an einem Community College einen zweijährigen Kurs im Programmieren absolviert! Offensichtlich hat sie gerade erst vor ein paar Monaten den Abschluss gemacht. Mar wäre wirklich überrascht gewesen.«

»Haben Sie einen Computer?«, fragte ich.

»Er gehört meiner Frau«, sagte er verlegen. »Um ehrlich zu sein, wollte ich lernen, wie man damit umgeht, aber ich bin einfach nicht dazu gekommen.«

»Hätten Sie etwas dagegen, wenn ich ihn mir mal ansehe?«

Eines der Schlafzimmer im oberen Stock war in ein Büro umgewandelt worden. Der auf alt gemachte Tisch aus Kiefernholz hatte wahrscheinlich seiner Frau gehört und war aus dem Haus hergebracht worden, in dem sie gelebt und ein kleines Mädchen großgezogen hatten. Während ich Marlis Rainers alten Macintosh-Computer hochfuhr, stand BB in der Zimmertür und blickte immer wieder ostentativ durch die beiden Fenster, als würde im gegenüberliegenden Gebäude auf jedem Balkon ein Scharfschütze auf der Lauer liegen. Unter seiner rechten Socke befand sich eine Beule, die den Umriss einer Waffe besaß. Da BB auf Bewährung war, durfte er keine Waffe tragen, schon gar keine verdeckte. Aber wir waren überzeugt, dass die Wasserpistole aus durchsichtigem Plastik in seinem Knöchelhalfter nicht wirklich als Waffe galt. Rainer schien sie gar nicht zu bemerken.

Der Computer verriet uns, dass Marlis Rainer Rezepte aus dem Internet gesammelt, Interesse an Kreuzstickerei, organischer Bepflanzung von Pflanzkästen und Kinderporträtfotografie gehegt und viel Zeit damit verbracht hatte, Mails mit

Freunden auszutauschen, die alle in einer anderen Stadt lebten. Die letzte Nachricht, die sie vor über zwei Jahren geschrieben hatte, war an jemanden mit der E-Mail-Adresse »betty-bun« gegangen.

»Ich möchte, dass du das Rezept meiner Mutter für Rindergeschnetzeltes in Rahmsauce bekommst«, hieß es darin. »Megan und Chris sind Vegetarier und werden es niemals benutzen. Guten Appetit!«

In der letzten Phase ihrer Krankheit hatte Rainers Frau ihre Rezepte weitergegeben.

Das Modem des PCs war in der Wohnung, in die Rainer nach dem Tod seiner Frau gezogen war, gar nicht bei einem Internet-Provider angemeldet worden. In dem Zimmer gab es nicht einmal eine Telefonsteckdose. Ich schaltete Marlis Rainers Rechner aus. Und zwar schnell.

»Und was ist mit Ihrer Anästhesistin Isadora Grecchi?«, fragte ich ein wenig zu laut in den stillen kleinen Raum hinein.

Jennings Rainer hatte zugesehen, wie ich in die inzwischen verlorene Welt eingedrungen war, in der seine Frau ihre Zeit verbracht hatte.

»Mars Rindergeschnetzeltes in Rahmsauce war das Beste auf der Welt«, sagte er seufzend. »Wahrscheinlich sollte ich ihren alten Computer loswerden, mir einen neuen kaufen und all die Dinge lernen, die man damit machen kann. Aber sehen Sie, es ist, als wäre ein Teil von ihr immer noch in diesem Kasten. Ein Teil ihres Lebens, Dinge, die sie zu ihren Freunden gesagt hat, all ihre Interessen. Ich weiß, sie ist fort, aber ein Teil von ihr ist noch da. Da drin. Also behalte ich den Rechner und lasse ihn hier stehen.«

Er wandte sich mir zu und straffte die Schultern.

»Dr. McCarron, ich weiß, dass der Trauerprozess gefährlich werden kann, wenn er zu lange dauert. Ich spiele mit dem Gedanken, jemanden zu konsultieren, mir professionelle Hilfe zu holen. Dieser Unsinn, den Sie untersuchen, hat nichts mit meiner Klinik zu tun, aber er wird uns ruinieren. Ich habe bereits beschlossen, zuzumachen. Und wissen Sie was? Es ist mir egal. Megan wollte die Klinik sowieso nicht übernehmen. Meine Karriere ist zu Ende, meine Frau ist tot und ich habe Angst, ihren Rechner wegzugeben. Können Sie mir jemanden empfehlen? Ich nehme an, in Ihrem Beruf lernen Sie häufig Psychiater und andere Psychologen kennen.«

Ich machte mir nicht einmal die Mühe, ihm den Unterschied zwischen der klinischen und der Sozialpsychologie zu erklären.

»Die beste, die ich kenne, ist eine forensische Psychiaterin«, sagte ich. »Sie ist in einem Staatsgefängnis angestellt, hat jedoch zusätzlich eine private Praxis. Außerdem betreiben wir zusammen eine Consulting-Agentur. Ich werde Ihnen ihre Nummer geben.«

»Forensisch?« Rainer lächelte zum ersten Mal. »Das klingt interessant.«

»Ich denke, Sie werden sie mögen«, sagte ich. »Ich mag sie sehr.«

Als wir lautlos über die mit dickem Teppich ausgelegte Treppe hinuntergingen, sagte Rainer: »Ach ja, Sie haben nach Isadora gefragt. Sie ist sehr kompetent und hat außerhalb der Arbeit eine Vielzahl von Interessen. Kunst, ehrenamtliche Aufgaben, Sie wissen schon. Nach Mars Tod wurde sie eine Art Mentorin für Kara Eldridge und hat ebenfalls versucht, ihr zu helfen. Isadora hat nie geheiratet und scheint ganz zufrieden damit zu sein, alleine zu leben.«

BB hörte aufmerksam zu.

»Sie engagiert sich sehr stark in Gesundheitsfragen speziell für Frauen«, schloss Rainer.

»Soso«, sagte BB leise, als ich ihn aus der Tür schob.

14

Echte Kunst, keine Kunst

»ICH KANN NICHT GLAUBEN, dass du den Kerl zu Roxie geschickt hast«, sagte BB in meinem Truck, nachdem er sich ausgiebig darüber amüsiert hatte, dass Rainer es seltsam fand, dass eine Frau nicht heiratet.

»Rainer stammt aus einer anderen Zeit, BB«, griff ich Grecchis Familienstand noch einmal auf. »Zu seiner Zeit nahm man an, dass jede Frau nur davon träumt, sich um einen Mann und eine Familie zu kümmern. Das heißt noch lange nicht ...«

»Dass diese Grecchi sich als unser Mann entpuppt«, unterbrach er mich.

»Genau, glaub das bloß nicht«, insistierte ich, als wir auf der I-5 Richtung Süden ins Zentrum San Diegos fuhren, wo wir um halb zwei eine Verabredung mit Isadora Grecchi hatten. »Und warum sollte Roxie keine gute Psychiaterin für Rainer sein? Er ist deprimiert und sich dessen auch bewusst. Ich denke, sie ist genau die Richtige für ihn.«

Ich war tatsächlich der Ansicht, dass Rox Jennings Rainer helfen konnte, und glaubte nicht, dass Rainer Drohbriefe oder vergifteten Kaviar an jemanden geschickt hatte. Aber ich bin nicht berühmt für mein Talent im Umgang mit Menschen, sondern mit Zahlen.

»Was hältst du von Rainer?«, fragte ich BB.

»Er ist ein trauriger, alter Typ. Er hat seine Frau geliebt

und die ist jetzt weg. Seine Tochter wird seinen Laden nicht übernehmen und jetzt hat er nur noch den Hund.«

Ich setze die Liebe zu Tieren mit einer Art Grundanständigkeit gleich, die den Mord an anderen Spezies, wie zum Beispiel der unseren, ausschließt. Aber diese Annahme trifft nicht einmal im Entferntesten zu. Zahlreiche Mörder wurden in Begleitung eines Haustieres gefasst, und es gibt Bestimmungen, was mit Tieren geschieht, deren Besitzer im Todestrakt sitzen. Ich war der Meinung, dass Jennings Rainer genau das war, was er zu sein schien, aber ich konnte mich auch irren. Was, wenn Snuffy nur ein Requisit war? Ein ausgeliehener Hund, der genau die Illusion vermitteln sollte, auf die ich hereingefallen war? Doch Snuffy schien sich auf dem Arm von Jennings Rainer wohl zu fühlen und hatte offensichtlich den Spaziergang erwartet, den sie laut Rainer jeden Tag miteinander machten. War ich von einem Schnauzer hereingelegt worden?

Und dann war da noch der Computer seiner Frau. Rainer konnte das nicht ohne großen Aufwand vorgetäuscht haben. Es war alles echt, genau wie seine Gefühle. Und der Rechner konnte nicht zum Versenden der E-Mails an mich oder Rathbone benutzt worden sein, da er nicht mit einem Server verbunden war. Der PC war nichts weiter als ein eingestaubter, elektronischer Geist, den Rainer nur mit Hilfe eines Therapeuten exorzieren konnte. Das galt für Rainer, aber auch für unzählige andere Menschen. Leute, die mit einem Mausklick in die Welt eines geliebten Toten eintauchen konnten und dabei vielleicht etwas entdeckten, das sie nie herausfinden dürften. Und dann nicht mehr in der Lage waren, zurückzukehren. Ich fragte mich, ob mein Dad je über dieses Problem nachgedacht hatte. Das würde ein großartiges Thema für einen seelsorgerischen Workshop abgeben.

BB wirkte ungewöhnlich nachdenklich. »Der Typ hat seine Frau wirklich geliebt«, sagte er.

»Ja.«

»Blue, hast du jemals einen Menschen so geliebt? Dass du dich leer gefühlt hast, als er weg war?«

Ich wusste nicht, was ich sagen sollte. BB ist acht Jahre jünger als ich und zugleich ein Freund *und* ein ehemaliger Patient von Roxie. Es gibt gewisse Grenzen. Doch seine Frage war nicht neugierig oder vorwitzig. Er wollte nur etwas wissen.

»Ja«, sagte ich und vergaß die Grenzen. »Ich habe lange gebraucht, um zu mir zurückzufinden, nachdem sie fort war. Eine Weile, ein paar Jahre lang, fühlte ich mich innerlich leer und schaffte um mich herum die gleiche Leere. Es ist hart. Und niemand sagt dir vorher, wie hart es werden wird. Es gibt keine Lieder über diese Leere, und auch keine Bücher oder Filme. Doch früher oder später finden es die meisten Menschen heraus, auch wenn sie nicht darüber reden. Warum fragst du, BB?«

»Ich habe noch nie für jemanden so viel empfunden«, sagte er leise. »Aber das würde ich gerne.«

Isadora Grecchi lebte in einem alten, so genannten *Craftsman Bungalow* in San Diego, genauer gesagt in Mission Hills. In den Dreißigern erbaut, findet man diese alten architektonischen Schätzchen überall in San Diego. Grecchis Exemplar war restauriert, aber wo nötig durch Modernisierungsmaßnahmen aufgewertet worden. Das Dach mit dem lang gezogenen Sims war mit feuersicheren Schindeln aus Kunststoff gedeckt worden, und von der Straße aus konnte man eine Terrasse sehen, die über den Rand einer Schlucht hinausragte. Ich parkte in ihrer Auffahrt und sah, wie sich die Haustür öffnete. Sogar aus dieser Entfernung konnte ich erkennen, dass Isadora Grecchi nicht sehr glücklich über unseren Besuch war.

»Was will der hier?«, schrie sie.

BB spannte sämtliche Muskeln seines Oberkörpers an und

postierte sich dann, die Arme vor der Brust verschränkt, mit zornigem Gesicht neben meinen Truck. Er wirkte wirklich Furcht einflößend, wenn man ihn nicht kannte. Das Gleiche galt für Isadora Grecchi. Ich war mir sicher, dass sie noch nie jemand als hübsch bezeichnet hatte, aber mit ihrem struppigen, widerspenstigen, schwarzen Haar und riesigen braunen Augen war sie *interessant*. Sie hatte breite Wangenknochen, eine Adlernase und einen zu großen Mund. Sie trug Jeans und ein mit Farbe bekleckstes, hellbraunes Cordhemd, jedoch keine Schuhe. Sie hatte kräftige Knochen und war circa ein Meter siebzig groß, doch ihr Körper wies kein Gramm Fett auf.

»Und wer hat deine Frisur verbrochen?«, sagte BB leise.

»Mr Berryman ist mein Leibwächter«, sagte ich zum zweiten Mal an diesem Tag. »Ich bin Dr. Blue McCarron.«

»Ich weiß, wer Sie sind. Die Polizei hat gesagt, es wäre notwendig, mit Ihnen zu reden, da ich ansonsten mit einem von ihnen auf dem Revier sprechen müsste. Ich hatte keine Ahnung, dass sie mir eine Obdachlose und einen Zuhälter in der Ausbildung schicken würden. Schaffen Sie dieses Arschloch von meinem Grundstück.«

Ihre Stimme war tief und tragend wie die einer ausgebildeten Sängerin. Ich hätte sie noch ein paar Straßen entfernt hören können.

»Tut mir Leid«, sagte ich. »Das ist bei der Polizei so üblich, um die Sicherheit von externen Beratern zu gewährleisten.«

»Schwachsinn«, rief Isadora Grecchi zu Recht. »Na gut, kommen Sie rein. Bringen wir die Sache hinter uns.«

Grecchis Begrüßung hatte nichts darüber verraten, wie viel Geschmack sie besaß. Das Innere des Hauses war komplett entkernt worden und bot nun durch den Wohnraum und die Terrasse einen spektakulären Blick auf die dahinter liegende Schlucht. Das ursprüngliche Holz an den Wänden und der

Decke war erhalten und mit einer eierschalenfarbenen Lasur gestrichen worden, die die Maserung betonte. Das Gleiche galt für den Fußboden aus Hartholz, den man nur noch in den ältesten Häusern San Diegos findet. An dem Kamin an der Nordseite des Raums befanden sich immer noch die original italienischen Kacheln. Grecchi hatte den kräftigen Sellerieton in den seidenen Kissen auf den Sofas wiederholt, die wiederum mit einem buttergelben Leinenstoff überzogen waren. An der Ostwand hing ein karges, schwarzweißes abstraktes Gemälde, das ich für einen echten Franz Kline hielt. Das Einzige im Raum, das ihren künstlerischen Geschmack nicht auf derart dezente Weise bewies, dass man ihn fast übersah, war ein schäbiger, brauner Cordteddy auf dem Kaminsims. Dem Spielzeug fehlte ein schwarzes Knopfauge und es verlieh der makellosen Umgebung etwas Trauriges und ein wenig Unordnung.

»Setzen Sie sich«, sagte Grecchi zu mir.

An BB gewandt meinte sie: »Was wollen Sie damit demonstrieren, dass Sie Ihre Unterwäsche zeigen? Sie sehen aus wie ein beschissener Zweijähriger.«

BB blieb an der Tür stehen und starrte sie wütend an, aber ich merkte, dass sie ihm langsam sympathisch wurde. Rechts neben der Küche und dem Essbereich unter einem Oberlicht am Ende des Raums stand eine Staffelei. Der Geruch nach Ölfarbe war überall und sie hielt einen Pinsel in der linken Hand.

»Sie lieben die Kunst«, vermutete ich laut.

»Und Sie scheinbar nicht«, antwortete sie.

Eine Komikerin. Doch an Isadora Grecchi gab es eine Seite, die nicht zum Lachen war. Sie hatte etwas Nervöses und Bitteres an sich. Vielleicht auch etwas Gefährliches.

In den folgenden fünfzehn Minuten erzählte sie mir immer wieder, dass sie nichts über Drohbriefe und Morde im Zusammenhang mit der Rainer-Klinik wisse, in der sie seit fünfzehn Jahren arbeitete. Auf alle anderen Fragen ging sie nur sehr oberflächlich ein. Ein Innenausstatter habe ihr Porzellan ausgesucht, und sie wisse nicht, was Blue Willow sei. Sie öffnete einen Küchenschrank und zeigte uns ihr elegantes, schlichtes, schwarzes Geschirr und ihre blassgrünen ungarischen Gläser. Sie sei noch nie Mitglied einer Kirche gewesen, und man könne ihr gar nicht genug zahlen, damit sie da einen Fuß hineinsetze. Ich konnte spüren, dass sie meine Inkompetenz genoss, was bei mir ein Gefühl von noch größerer Inkompetenz auslöste. Bis ich Jennings Rainer erwähnte.

»Dr. Rainer erzählte mir, dass Sie sich in Gesundheitsfragen speziell für Frauen engagieren«, unternahm ich einen weiteren ungelenken Versuch. »Dennoch führen Sie Brustvergrößerungen durch und ...«

»Ich führe weder Brustvergrößerungen noch andere Operationen durch«, unterbrach sie mich. »Ich bin Anästhesistin. Ich anästhesiere.«

Aber ich hatte es gesehen, und BB auch. Einen Anflug von Emotion bei der Erwähnung von Rainers Namen, ein kurzes Aufweichen ihrer harten Gesichtszüge. Seltsamerweise wirkte der Ausdruck mütterlich. Isadora Grecchi schien, wenn auch nur für eine Sekunde, den älteren Chirurgen beschützen zu wollen. Aber warum?

»Wenn die Klinik schließt, werde ich in einem Krankenhaus anfangen, das sich auf Brustkrebsbehandlungen spezialisiert hat«, fuhr sie fort und schien sich ganz offensichtlich verteidigen zu wollen. »Ansonsten arbeite ich an zwei Nachmittagen in der Woche ehrenamtlich in einem Reproduktionszentrum für Frauen.«

Offensichtlich waren ihr politisch korrekte Referenzen sehr wichtig. Warum hatte sie dann fünfzehn Jahre lang in der politisch unkorrekten Rainer-Klinik gearbeitet?

»Wird die Klinik definitiv schließen?«, fragte ich. »Dr.

Rainer schien zu hoffen, dass seine Tochter die Klinik übernimmt.«

»Megan«, sagte Isadora kühl, »hasst das Geld, mit dem sie ihren Mann und ihre zwei Kinder unterhält. Sie will unter hohen Pinien leben und Knollenbegonien essen. Sie wird die Klinik nicht übernehmen, wenn Jenn... wenn Dr. Rainer in Pension geht. Was in ein paar Tagen der Fall sein wird, dank Ihnen und dieser dämlichen Behauptung, einer von uns würde unsere Patienten umbringen. Sobald dieses Gerücht an die Öffentlichkeit dringt, ist die Klinik erledigt. Jennings ist noch nicht bereit, diese Neuigkeit anzukündigen, aber ja, die Rainer-Klinik wird diese Woche schließen. Er und Megan und ich haben bereits alle Termine abgesagt, die ab übermorgen eingetragen waren, denn dann wird die Geschichte in der Presse erscheinen. Die Polizei meinte, die Befragung würde fünfzehn Minuten dauern. Ihre Zeit ist um.«

»Dürfte ich Ihr Badezimmer benutzen?«, fragte BB und bewegte sich bereits in Richtung Flur, der vom Hauptraum abging. »Ich muss ...«

»Benutzen Sie das Bad und dann machen Sie, dass Sie verschwinden«, fuhr sie ihn an. Nun war sie wirklich wütend. Sie wollte BB nicht in ihrem Haus haben, vor allem nicht in ihrem privaten Bereich. Ich konnte merken, dass für sie seine Bitte, ihr Badezimmer benutzen zu dürfen, eine Art Verletzung ihrer Intimsphäre war. Frauen reagieren nicht grundlos auf Männer so, wie Grecchi es gerade tat.

»Wir sind gleich weg«, sagte ich. »Ich weiß, dass das unangenehm für Sie ist.«

Nachdem BB den Raum verlassen hatte, bemerkte ich eine Veränderung an ihr. Einen Anflug von Offenheit. Und einen bestimmten Blick.

Keinen Schritt weiter, sagte dieser Blick.

Ich wollte eine Hand auf ihre Schulter legen, aber ich spürte, dass Isadora Grecchi ein Mensch war, den man nicht berühren durfte. Also schlug ich ihr vor, wieder an ihre Staffelei zu gehen, statt BB und mich zur Tür zu bringen. Sie stimmte zu, und als wir gingen, tupfte sie mit der linken Hand Farbe auf die Leinwand, während sie uns zum Abschied mit der rechten den Mittelfinger entgegenstreckte.

Vor der Tür sagte BB: »Im Schlafzimmer steht ein Computer mit einer Telefonverbindung, also kann unsere Königin mit dem wilden Haar E-Mails verschicken. Im Badezimmer stehen eine Menge Pillen rum.«

»Pillen? Hast du dir die Namen gemerkt?«

Er verdrehte die Augen und sagte dann: »Klonopin, Prozac, Zoloft, Paxil, Celexa, Neurontin, Nardil, Parnate.«

»Schreib sie auf, sobald wir im Wagen sind. Ich weiß nichts über die anderen, aber Prozac ist ein bekanntes Antidepressivum. Roxie wird den Rest kennen. Sieht so aus, als hätten wir eine Verdächtige. Grecchi ist eine tickende Bombe.«

»Die Lady mag jedenfalls keine Männer«, sagte er, während er die Namen aufschrieb. »Aber sie ist auch keine Lesbe. Schwer, sie einzuordnen.«

Ich war nicht sicher, ob ich Isadora Grecchi überhaupt einordnen wollte. Tief in ihrem Inneren verbarg sich eine schmerzhafte Erfahrung. Dann erinnerte ich mich an die Unterhaltung zwischen Roxie und mir, nachdem Rathbone uns gefragt hatte, ob wir an dem Fall mitarbeiten würden.

»Was, wenn sich der Täter als Frau entpuppt?«

Ja, was dann?

Unser nächster Termin mit Thomas J. Eldridge, dem Operationsassistenten, war für halb vier in seinem Haus in Carlsbad angesetzt. Um diesen nördlich gelegenen Küstenort zu erreichen, mussten wir die I-5 wieder hinauffahren, bis wir La Jolla und einige andere am Meer gelegene Gemeinden passiert hatten. In der Höhe von Del Mar, dem ersten Ort oberhalb von La Jolla, knurrte BBs Magen.

»Wir halten in Del Mar und essen ein Sandwich«, sagte ich. »Ich muss sowieso Rathbone anrufen.«

Del Mars Hauptstraße, der Camino Del Mar, ist Teil des alten Küsten-Highways, der früher nichts weiter als ein Trampelpfad mit einer atemberaubenden Sicht auf den Pazifik war. Die heutige Bevölkerung übersteigt das, was die Straße an Parkmöglichkeiten bietet, und so fuhr ich zum Del Mar Plaza. Das neue und ungeheuer teure Einkaufszentrum verfügt über eine Tiefgarage. Meine Freude über einen Parkplatz trübte jedoch mein Urteilsvermögen. Ich hatte vergessen, dass BB und ich aussahen, als wären wir gerade von einem Filmset gekommen, bei dem das Drehbuch Kriminelle aus dem Getto in das England Jane Austens versetzte. Der Oberkellner in meinem Lieblingsrestaurant unterdrückte heldenhaft den Wunsch, einen Entsetzensschrei auszustoßen, als wir an seinem Stehpult an der Tür des Restaurants auftauchten.

»Zwei Personen, bitte«, sagte ich.

BB zog seine Hose nach oben, doch da sie nicht auf den Hüften sitzen sollte, blieb sie nicht lange an dieser Stelle.

»Natürlich«, erwiderte der Ober und führte uns zu einem Tisch im hinteren Teil des Restaurants neben einer kleinen Bar, die gerade nicht geöffnet war. Der Tresen diente als Sichtschutz zwischen uns und den anderen Gästen.

»Ich hätte lieber einen Tisch mit Aussicht«, sagte ich.

»Ich werde nachsehen, ob einer frei ist.«

Um zehn nach zwei waren die meisten Tische leer.

»Sieht so aus, als wären ungefähr sechzig frei«, sagte BB und warf dem Kellner einen abschätzenden Blick zu, den er garantiert im Gefängnis gelernt hatte. »Die Lady möchte einen Tisch mit Ausblick.«

Der Oberkellner seufzte, als wäre das Begleiten der Gäste zu ihren Tischen ein anstrengender Job mit schwerwiegenden philosophischen Folgen.

»Ist dieser hier genehm?«, fragte er, ohne einen von uns direkt anzusehen, und zeigte auf einen Fensterplatz mit einem annehmbaren Blick auf den Pazifischen Ozean.

»Klar«, sagte BB mit einem bedrohlichen Grinsen, das jede Menge Zähne entblößte.

»Übertreib's nicht«, ermahnte ich BB und bestellte dann den Salat, für den das Restaurant berühmt war – einen *Caesar's Salad* mit Lachsstreifen und Wan-Tan-Kroutons.

BB bestellte einen grünen Salat mit Äpfeln, karamellisierten Walnüssen, sonnengetrockneten Preiselbeeren und einem Balsamico-Ahorn-Dressing, garniert mit geschmolzenem Ziegenkäse. Wir beschlossen, uns eine Vorspeise zu teilen, und wählten gegrillten und gezuckerten Königslachs mit Knoblauch-Kartoffelbrei. BB war beeindruckt von dem Essen.

»Im Gefängnis kriegt man so was nicht«, witzelte er. »Und anderswo auch nicht. Wie nennt man so ein Essen, Blue?«

»Kalifornische Cuisine«, klärte ich ihn auf. »Das bedeutet, dass ein kreativer Koch verschiedene Kochstile vermischt, angefangen von Tex Mex bis zu Pacific Rim. Ich rufe jetzt Rathbone an. Vielleicht müssen wir etwas wissen, bevor wir zu Eldridge fahren. Ich wünschte, ich hätte eine Ahnung, was ich hier eigentlich tue.«

»Zwei von fünf«, sagte er. »Bis jetzt würde ich mein Geld auf Grecchi setzen. Sie ist irgendwie daneben.«

Ich stimmte BB zu. Isadora Grecchi war so angespannt wie das anderthalb Kilometer lange Gummiband in einem Golfball. Hatte etwas die harte Schale zerbrochen und ihre Kontrolle zerstört? Und selbst wenn – würde eine Frau, der das Schicksal von Frauen so wichtig war, andere Frauen bedrohen und sogar töten?

Rathbone war nicht da, als ich anrief, aber er hatte eine Nachricht für mich hinterlassen. »Die Überprüfung der Mitarbeiter Rainers hat Folgendes ergeben«, gab ein Mitarbeiter an mich weiter. »Isadora Grecchi wurde 1958 Mündel des Familiengerichts in Denver, Colorado. Keine weiteren Details, da die Akten über Jugendliche versiegelt sind. Jeffrey Alan Pond, San Diego, 1997 Verdacht auf Vergewaltigung, die Anklage wurde später fallen gelassen. Megan Rainer, Riverside, Kalifornien, 1999 Verdacht auf Mitführen einer verdeckten Waffe, die Anklage wurde fallen gelassen. Die Untersuchung eines blauen Keramiktellers mit orientalischem Design auf Fingerabdrücke war ergebnislos. Detective Rathbone möchte mit Ihnen reden, sobald Sie die Befragungen durchgeführt haben«, schloss der Beamte.

Drei von Rainers Angestellten waren den Behörden bekannt, zwei von ihnen erst seit kurzem. Vorwürfe wegen Vergewaltigung und dem Mitführen einer Waffe. Der OP-Manager und Rainers Tochter. Auf dem Teller, den Schwert vor meiner Tür abgelegt hatte, waren natürlich keine Fingerabdrücke gefunden worden. Er oder sie war nicht dumm. Es sei denn, man stufte die Unternehmung, stundenlang durch die Wüste und die Berge zu fahren, um einen billigen Teller gegen die Tür einer Fremden zu lehnen, als Zeichen von Dummheit ein.

Was man jedoch nicht tun sollte. Es war ungewöhnlich, ja, ungewöhnlich und bedrohlich. Aber an diesem Fall und den Menschen, die darin verwickelt waren, konnte ich nichts Dummes sehen. Abgesehen vielleicht von Schwerts fehlerhafter Orthographie. Ansonsten kam ich mir eher vor wie in einem symbolhaften Theaterstück, das jemand geschrieben hatte, dessen Muttersprache nicht Englisch war. Mit diesem befremdlichen Gefühl, dass es sich bei all den Zeilen nur um eine schlechte Übersetzung handelte, die im Original einen Sinn ergeben würde.

BB und ich kamen Punkt fünfzehn Uhr dreißig in einer Duftwolke aus Lachs bei den Eldridges an. Eldridges Frau Kara machte uns die Tür auf.

»Ich habe die Kinder zu den Nachbarn gebracht. Ich hatte Angst, dass diese Situation ihnen Angst vor der Polizei macht«, sagte sie. »Ich finde es wichtig, dass Kinder Polizisten als ihre Freunde ansehen, finden Sie nicht auch?«

BB auf seinem Posten im Türrahmen unterdrückte ein Lachen. Ich erinnerte mich, dass Jennings Rainer gesagt hatte, seine Frau habe Kara Eldridge für etwas »langsam« gehalten und ihr beim Bewältigen ihrer sozialen Verpflichtungen geholfen. Tatsächlich wirkte sie mit ihren großen haselnussbraunen Augen und ihren langen, blonden Haaren, die sie zum Mittelscheitel gekämmt und im Nacken mit einer pinkfarbenen, glitzernden Spange zusammengefasst hatte, etwas kindlich. Sie trug kein Make-up, dafür ein weißes Sweatshirt mit einer gemalten Katze auf der Brust, deren linke Pfote ein Wollknäuel anstupste. Statt Hosen trug sie einen blauen Hosenrock, der sie fülliger aussehen ließ, als sie war. Das ist bei Hosenröcken immer so. Ich konnte nicht genau sagen, warum sie mir bekannt vorkam, doch dann begriff ich, dass sie dem Mädchen auf dem Relief an der Bibliotheksfassade ähnelte, das nur Augen für sein Buch hatte. Kara Eldridge strahlte die gleiche Selbstvergessenheit aus.

»Wir sind nicht von der Polizei«, erklärte ich, als ich auf einem Sofa mit pinkgrünem Karomuster Platz nahm. »Ich bin Sozialpsychologin und berate die Polizei in einem Fall, in dem Patienten der Rainer-Klinik betroffen sind. Mr Berryman ist mein Leibwächter. Ich würde gerne mit Ihrem Mann, Thomas Eldridge, sprechen.«

Falls sich Kara Eldridge in BBs Gegenwart unwohl fühlte, ließ sie es sich nicht anmerken.

»Er ist in der Garage«, sagte sie. »Ich hole Ihnen einen Kaffee und rufe T. J. Ich habe Zitronenschnitten gemacht. Ohne Fett. Man macht sie mit Apfelmus statt mit Öl. T. J. achtet sehr darauf, was wir essen. Er isst nur Dinge, die ich für ihn zubereite, abgesehen von seiner Mortadella, seinem Käse und seinen Crackern. Es muss extrascharfer Cheddar sein. T. J. geht nirgendwo hin ohne seinen kleinen Beutel mit Mortadella, Crackern und extrascharfem Cheddar, den ich für ihn zurechtschneide.«

Ich wusste nicht, was ich darauf erwidern sollte, daher lächelte ich nur.

»Aber Sie sehen nicht aus, als müssten Sie darauf achten, wie viel Fett Sie essen«, sagte sie zu BB. Sie schien völlig ungerührt von dem Großstadtwilden, der in ihrem Wohnzimmer stand.

Dann erinnerte ich mich, dass Rainer erzählt hatte, Kara sei zum Community College gegangen und habe einen zweijährigen Computerkurs absolviert. Die Community Colleges von San Diego sind Schmelztiegel, in denen die unterschiedlichsten ethnischen Gruppen zusammentreffen. Kara Eldridge hatte somit Kontakt zu vielen Menschen gehabt, die genau wie BB aussahen, und noch dazu mit vietnamesischen Fischern, lateinamerikanischen Friseurinnen und irakischen Taxifahrern, die einen Abschluss in Hotel/Motel-Management machten.

»Zitronenschnitten klingen gut«, sagte BB und betrachtete den Kaminsims, auf dem eine Ansammlung von Studioaufnahmen von Kara, einem Mann mit kurzen Haaren und zwei blonden Kindern standen.

An der Wand darüber, wo in amerikanischen Häusern normalerweise ein einzelnes Kunstwerk hängt, das den Geschmack der Bewohner des Hauses widerspiegelt, hing ein kleines gerahmtes Poster. Darauf war eine dieser Listen mit Aphorismen abgebildet, die Erwachsene dazu auffordern, Kinder zu lieben. Sprüche wie: »Niemals sonst ist ein Mensch so groß wie in dem Moment, in dem er sich helfend zu einem Kind hinunterbeugt« oder so ähnlich. Um das Poster herum bemerkte ich im Anstrich verblasste Rechtecke. Bis vor kurzem hatte dort eine Sammlung von Bildern gehangen und das Poster diente nur als Lückenfüller.

»Ich werde mich mal umsehen«, sagte BB unnötigerweise, denn wir waren alleine im Zimmer. Dann schlenderte er in die Küche, und ich hörte, wie sich eine Tür öffnete. Wahrscheinlich die zur Garage. Dann folgte eine gemurmelte Unterhaltung, die ich nicht verstehen konnte.

»Meine Frau wird uns den Kaffee im Wohnzimmer servieren. Bitte folgen Sie mir.« Dann wurde mit Nachdruck eine Tür geschlossen.

Der Mann, der vor BB den Raum betrat, war der auf dem Foto auf dem Kaminsims. Er hatte kurz geschnittenes, dunkles Haar, einen schlanken Körperbau und braune Augen mit schweren Lidern. Die Teller, auf denen Kara die Zitronenschnitten servierte, waren schlicht weiß mit einem geprägten Blättermuster am Rand. Die Tassen und Untertassen passten zusammen.

»Ich weiß nichts über die Sache, in der Sie ermitteln«, sagte T. J. Eldridge, der vor dem Kamin stand und dabei den Arm auf dem Sims abstützte. »Aber wir helfen der Polizei natürlich auf jede erdenkliche Weise. Was können wir für Sie tun?«

»Ich habe gesehen, dass Sie in der Armee waren, Mr Eldridge?«, sagte ich und hatte auch diesmal keine Ahnung, was ich tat.

»Im Sanitätskorps«, kam die kurz angebundene, militärisch klingende Antwort, die klang wie: *Nächste Frage!*

»Wie lange leben Sie und Mrs Eldridge schon hier?« Diese Frage ist bei Anträgen für Kreditkarten und Darlehen üblich und war früher einmal ein guter Indikator für Stabilität. Nun ziehen die Menschen so oft um, dass sie bedeutungslos ist, aber mir fiel in dieser Situation nichts anderes ein.

»Seit vier Jahren. Unsere Tochter Ann war sechs und wir wollten sie in einem guten Schulbezirk wissen.«

Karas Blick, als er Ann sagte, war seltsam, so als habe er den Namen ihres Kindes vergessen. Aber sie überspielte es schnell und lächelte ihren Mann weiterhin an.

»Erzählen Sie mir, was Sie in der Rainer-Klinik tun«, bat ich ihn und tat dann so, als würde ich zuhören, während er genau seinen Tagesablauf und seine Aufgaben aufzählte, zu denen die Assistenz bei Operationen, das Klammern, das Abbinden von Wunden, aber auch die postoperative Beobachtung und die Nachfolgetermine gehörten. Nach fünf Minuten wandte ich mich Kara zu und fragte fröhlich: »Sammelt Ann Miniaturteesets?«

»Wer?«, fragte Kara.

»Ihre Tochter.«

»Oh, Namey ist so ein Wildfang, sie interessiert sich mehr für Actionfiguren und Fußball als für ihr Teeservice«, erklärte Kara. »Natürlich besteht T. J. darauf, dass die Kinder zu Hause unterrichtet werden, aber sie darf in einem Mädchenteam vom YWCA mitspielen. Sie hat donnerstags Training und ...«

»Sie müssen nichts über unsere Kinder wissen«, mischte sich T. J. ein und wippte auf militärisch aussehenden, schwarzen Lederschuhen vor und zurück. Mir fiel auf, dass sie Einlagen hatten. T. J. wollte größer wirken als die ein Meter siebzig, die er meiner Einschätzung nach ohne Schuhe maß.

Während der folgenden fünf Minuten starrte BB mit grimmigem Blick aus dem Fenster und in die Bücherregale voller Keramikkätzchen, während ich erfuhr, dass die Eldridges Mitglieder der Memorial Methodist Church waren, einmal im Monat freiwillig in einer Armenküche aushalfen und in ihrer Freizeit an den Stränden von Carlsbad Wanderungen unternahmen und Steine sammelten. In dem Wohnzimmer, in dem wir uns unterhielten, stand kein Fernseher und ich sprach sie darauf an.

»Oh, T. J. ist der Meinung, dass ...«, begann Kara und verstummte, als ihr Mann den Satz für sie beendete.

»Es gibt so viel Unsinn im Fernsehen«, sagte er. »Wir möchten, dass die Kinder lesen und so ihre Fantasie entwickeln.«

Es war ein nobler Gedanke, aber in dem Zimmer war auch kein einziges Buch zu sehen. Nicht einmal eine Zeitschrift.

»Mr Eldridge, gibt es Ihrer Meinung nach in der Rainer-Klinik oder deren Umfeld jemanden, der zu einem Verbrechen fähig wäre, wie wir es untersuchen?«, fragte ich.

»Auf gar keinen Fall«, antwortete er und blickte auf eine riesige Uhr, die sein Handgelenk winzig aussehen ließ. Es war eine dieser Schweizer Armeeuhren, die über einen Kompass und eine Stoppuhr verfügen, die Uhrzeit in zehn verschiedenen Hauptstädten der Welt und auf sämtlichen militärischen Stützpunkten anzeigen und ein winziges Maniküreset im Gehäuse verbergen. »Wir haben noch einiges vor. Falls Sie also nicht noch etwas anderes ...?«

»Eine Sache noch. Besitzen Sie einen Computer, Mr Eldridge?«

»Drei sogar«, sagte er stolz. »Die Kinder haben einen, mit dem sie ihre Hausaufgaben machen können. Vor Jahren habe ich Kara einen alten von mir geschenkt und sie hat ein ziemliches Interesse dafür entwickelt und sogar einen Abschluss gemacht. Natürlich besitze ich ebenfalls einen. Wir sind alle online. Warum?«

»Viele Menschen finden Computer nützlich«, erwiderte ich vage. »Ich danke Ihnen. Wir werden nun gehen.«

Die Eldridges standen an der Türschwelle, als BB und ich davonfuhren. Sie schienen eine Pose einzunehmen, so als würden sie fotografiert werden.

»Die Bilder, die früher über dem Kamin hingen?«

»Ja?«

»Die hängen jetzt in der Garage an der Wand über T. J.s Computer. Es sind Fotos von seiner Frau. Echt hübsch. Von ihr in der Küche beim Kochen, beim Beten mit den Kindern, die vor dem Bett knien. Und eins, auf dem sie ganz schick angezogen ist und ihn anlächelt. Wahrscheinlich an Ostern, denn sie hat da ein Blumensträußchen am Kleid. Er muss sie ja ziemlich lieben, wenn er all die Fotos von ihr macht. Bei dem vom Beten war das Glas kaputt. Das hat er wahrscheinlich abgehängt, um das Glas zu reparieren. Vielleicht hat er auch neue Fotos gemacht. Die anderen waren schon älter und die Kinder da drauf noch kleine rundliche Babys.«

»Diese Leute sind irgendwie seltsam«, sagte ich zu BB. »T. J. nennt seine Tochter zum Beispiel Ann, während Kara sie Namey nennt. Das ist doch ein merkwürdiger Spitzname, oder?«

»Ich habe eine Cousine, die heißt Namey«, erwiderte er. »Ihr richtiger Name ist Naomi. Sie hat zwei Brüder, die heißen Joshua und Nehemia. Die ganze Familie wird jedes Jahr zu Ostern getauft. Die Mutter, also meine Tante, behauptet, es geht nach einer Weile ab und dass man es deshalb immer wieder machen muss. Glaubst du, sie hat Recht?«

»Wenn sie damit glücklich ist, soll es mir recht sein«, antwortete ich. »Aber traditionell lässt man sich nur einmal taufen. Ist es nicht seltsam, dass eine Mutter und ein Vater die Tochter nicht beim selben Namen rufen?«

»Nee, mein Daddy hat mich immer Bernhard genannt, bevor er gestorben ist. Und meine Mom hat mich Bernie genannt. Wirklich seltsam waren nur die Zitronenschnitten. Die haben wie Wasser und Papier geschmeckt.«

»Das lag wahrscheinlich am Apfelmus«, sagte ich und fragte mich zum hundertsten Mal an diesem Tag, was ich eigentlich tat.

15

Schatten

JEFFREY POND ÖFFNETE UNS in einem grellen Hawaiihemd und blauen Jogginghosen die Tür. Seine nackten Füße waren immer noch rosig vom Duschen und er roch nach Dove-Seife.

»Ich bin Dr. Blue McCarron und das ist Mr Berryman«, begann ich.

»Dude«, begrüßte Pond BB, so als wären sie alte Surf-Kumpel. Mich begrüßte er mit einem »Hey«, während er uns mit einer Geste zum Eintreten aufforderte. Ich erinnerte mich, dass er zweiundvierzig war. Warum benutzte er die aus einzelnen Silben bestehende Sprache der Teenager?

»Danke schön«, sagte ich betont langsam, in der Hoffnung, ihn mit zweisilbigen Worten vertraut zu machen. Ansonsten würde diese Befragung die ganze Nacht dauern.

BB stand wie gewöhnlich in der Tür und musterte Ponds übermäßig ausgeprägte Muskeln. Der Bizeps, der sich gegen die geblümten Hemdsärmel des Mannes drückte, als er einen gepolsterten Sessel hochhob und gegenüber der Couch abstellte, hatte die Größe eines Softballs.

»Also, worum geht es?«, fragte er freundlich, ließ sich in den Sessel fallen und nahm sich etwas vom Couchtisch, das aussah wie eine große Portion Knetgummi.

Ich sah zu, wie er die Masse in der rechten Hand zerdrückte, bis sämtliche Muskeln seines Unterarms wie auf einer anatomischen Zeichnung hervortraten.

»Die Polizei hat Ihnen sicherlich erklärt, dass jemand damit gedroht hat, vier Frauen umzubringen, die Patientinnen der Rainer-Klinik waren«, sagte ich. »Zwei dieser Frauen sind inzwischen tot. Können Sie das Wort ›Enzyklopädie‹ buchstabieren, Mr Pond?«

Eine Sekunde lang kam ich mir sehr clever vor. Der Verfasser der Drohbriefe war in Orthographie furchtbar schlecht. Ich bedauerte, dies nicht bei den anderen getan zu haben. Jeffrey Pond nahm das Knetgummi von der rechten in die linke Hand und buchstabierte Enzyklopädie korrekt. Nun kam ich mir gar nicht mehr so clever vor.

»Ich glaube, nach der alten Rechtschreibung konnte man es auch mit ›p-a-e-d‹ buchstabieren«, sagte er. »Ist das ein Trick?«

»Nein. Warum zerquetschen Sie Knetgummi mit den Händen?«

»Ich mache Bodybuilding und habe bald einen Wettbewerb. Stärkt die Unterarme.«

Ich erinnerte mich, dass Roxie gemeint hatte, der Killer habe, sollte er ein Mann sein, wahrscheinlich ein extrem machohaftes Hobby. Zählte Bodybuilding zu dieser Kategorie? Ich fand es nicht besonders machohaft, in einem String und von oben bis unten eingeölt vor anderen Leuten zu posieren. Ich war mir sicher, dass John Wayne das ganz bestimmt nicht getan hätte. Jeffrey Ponds blaue Augen waren so harmlos wie die eines Welpen, aber nicht unintelligent.

»Möchten Sie etwas O-Saft?«, fragte er. »Ich habe auch Mango-Guave.«

»Danke, aber wir haben nicht viel Zeit. Besitzen Sie einen Computer, Mr Pond?«

»Jeff«, erwiderte er. »Sie können mich ruhig Jeff nennen. Und ich habe niemanden umgebracht. Natürlich besitze ich einen Computer. Möchten Sie ihn sich ansehen? Ich habe nichts dagegen. Kommen Sie.«

Mit diesen Worten schoss er aus seinem Sessel in die Höhe und führte uns durch sein aufgeräumtes, kleines Apartment. Es bestand aus einem Essplatz, einer Küche und einem Duschbad. Dann kamen der Flur, ein komplettes Bad mit hellbraunen Keramikfliesen, in dem immer noch überall Dampf hing und Flaschen mit Körperöl herumstanden, und zwei Schlafzimmer. In dem kleineren Raum standen ein Doppelbett und eine dazu passende Kommode. Im größeren Zimmer befanden sich sein Bodybuilder-Equipment und ein Rechner auf einem billigen Studentenschreibtisch.

»Im Internet gibt es eine Menge Seiten für Bodybuilder«, erklärte er. »Da kann man sich gut über Wettbewerbe informieren. Und mein Sohn lädt sich Spiele runter, wenn er an den Wochenenden hier ist. Ich bin geschieden. Mein Sohn besucht mich an den Wochenenden. Er heißt Steve und ist vierzehn.«

Wir erhielten diese Information ganz nebenbei, obwohl ich gar nicht danach gefragt hatte. Was steckte dahinter? Jeffrey Pond hatte offensichtlich nichts zu verbergen. Im Gegenteil, er schien ein ausgeprägtes Mitteilungsbedürfnis zu haben.

»Sie wurden 1997 wegen Verdachts auf Vergewaltigung verhaftet«, sagte ich, als wir ins Wohnzimmer zurückkehrten. »Ich bin keine Polizeibeamtin, sondern eine Sozialpsychologin, die das Police Department in diesem Fall berät. Und selbst wenn ich eine Beamtin wäre, müssten Sie nicht ohne Anwalt über diesen Fall mit mir reden.«

Er warf sich wieder in den gepolsterten Sessel, während ich erneut auf der Couch Platz nahm.

»Es lag an der Scheidung«, antwortete er und nahm wieder das Knetgummi in die Hand. »Sie haben mich wirklich fertig gemacht. Meine Exfrau wollte das Sorgerecht für Stevie und meine kleine Tochter Beth. Ich sollte vor Gericht schlecht aussehen, also ließ sie ihre Freundin behaupten, ich hätte versucht, sie zu vergewaltigen. Die Bullen sind gekommen und haben mich zum Revier geschleppt, mich verhört, das volle Programm. Aber in der Nacht, in der ich diese Frau angeblich nach einer Verabredung in einem Klub vergewaltigen wollte, war ich in einem Fitness-Studio, in dem man rund um die Uhr trainieren kann. Ich habe sie tatsächlich von diesem Klub nach Hause gebracht, in dem wir an den Wochenenden häufig waren, aber ich bin nicht einmal mit zu ihr reingegangen. Ich habe sie vor der Tür abgesetzt und bin zum Studio gefahren.

Gwen, das ist meine Ex, wusste nicht, dass ich zu trainieren angefangen hatte. Zuerst wollte ich nur Gewichte stemmen, um mit dem Stress fertig zu werden, wissen Sie? Aber dann habe ich Feuer gefangen – beim Bodybuilding, meine ich. Jedenfalls haben Gwen und ihre Freundin Jeri die ganze Sache eingefädelt. Aber fünf der Jungs haben ausgesagt, dass ich an diesem Abend von halb elf bis ein Uhr im Studio war. Und diese Frau hat behauptet, ich hätte sie um halb zwölf angegriffen, nachdem ich angeblich ihren ganzen Wodka mit Geschmack getrunken hatte. Verdammt, ich habe den ganzen Abend im Klub nur ein Bier getrunken, und außerdem mag ich gar keinen Wodka, schon gar nicht das Zeug, bei dem Blumen in der Flasche herumschwimmen.

Danach hat Jeri zugegeben, dass alles abgekartet war, und die Anklage fallen lassen. Aber wissen Sie was? Es steht jetzt ›Verdacht auf Vergewaltigung‹ in meiner Akte, und der verdammte Richter erlaubt nicht, dass Beth bei mir übernachtet. Nie wieder. Ich kann nur tagsüber mit meiner Tochter zusammen sein, es sei denn, wir übernachten bei meinen Eltern, damit sie unter ›Aufsicht‹ steht. Meine Tochter ist *acht*!«

BB und ich beobachteten, wie das Knetgummi in Form von vier Würsten zwischen den Fingern von Jeffrey Ponds zur Faust geballten Hand hervorquoll. Ich wusste nicht, was ich als Nächstes sagen sollte.

»Haben Sie Ihre Ausbildung bei der Marine gemacht?«, fragte ich.

»Einen Teil davon«, antwortete er ohne Interesse. »Nach der Highschool bekam ich einen Job als Hilfspfleger in einem staatlichen psychiatrischen Krankenhaus. Sie haben mich angelernt und mir anschließend angeboten, die Hälfte der Studiengebühren für das Community College zu bezahlen, wenn ich eine weiterführende medizinische Ausbildung machen wollte. Ich nahm das Angebot an und trat als ausgelernter Pfleger den Militärdienst an. Ich habe dann bei der Marine meinen Abschluss als examinierter Pfleger gemacht. Ich wollte hinterher über das Förderungsgesetz für ehemalige Militärangehörige zurück an die Uni und OP-Assistent werden. Aber dann kamen Gwen und ich zusammen, und sie wurde schwanger – zumindest hat sie das behauptet. Wir haben geheiratet, aber sie hat das Kind im zweiten Monat verloren. Angeblich. Ich glaube, mittlerweile nehme ich ihr das nicht mehr ab. Sie wollte wohl einfach nur jemanden heiraten und da kam ich dummer Trottel ihr gerade recht. Ich wollte mich nur anständig und christlich verhalten. Sie wissen schon, wenn man eine Frau schwängern kann, dann kann man sie auch heiraten. Lange Zeit war auch alles in Ordnung. Wir bekamen zuerst Steve und dann Beth. Zumindest dachte ich, es wäre alles in Ordnung. Ja, klar.«

Anständig und christlich.

»Also wurden Sie kein OP-Assistent, sondern arbeiteten weiter als examinierter Pfleger?«

»Ja.«

Jeffrey Pond schien nicht sehr daran interessiert, über seine Arbeit zu reden. Dagegen umso mehr über seine Exfrau.

»Wie kamen Sie zur Rainer-Klinik?«

»Ich habe vor zehn Jahren auf eine Anzeige in der Zeitung geantwortet. Mir gefielen die Arbeitszeiten. Ich habe dort ab zwei Uhr frei und so konnte ich abends Nebenjobs über die

Pfleger-Kartei annehmen. So hab ich genug verdient, um uns ein schönes Haus zu kaufen und Gwen die Dinge zu geben, die sie wollte. Möbel, neue Teppiche, ihr eigenes Auto. Und jetzt hat sie das Haus, die Möbel und das Auto, und ich zahle immer noch die Raten. Plus ihren Unterhalt und den der Kinder. Verdammt, ich kann mir kaum diese Wohnung leisten, die, wie Sie sicherlich bemerkt haben dürften, das letzte Loch ist.«

»Haben Sie ...«, begann ich, aber er unterbrach mich sofort.

»Wissen Sie, was ich am liebsten machen würde?«, fragte er und drückte das Knetgummi zwischen den Handflächen platt. »Ich würde am liebsten weggehen, mich aus dem Staub machen und woanders mit einer neuen Identität und einem sauberen Konto neu anfangen. Weit weg von Gwen. Aber ich kann nicht. Meine Eltern werden langsam alt. Dad geht es nicht so gut. Er hat ein Emphysem und außerdem Probleme mit dem Herzen. Ich muss Dinge für sie erledigen. Schließlich soll man Vater und Mutter ehren. Und wie könnte ich in dem Fall mein Geld verdienen. Ich bin Pfleger, man würde mich sofort finden, sobald ich eine Stelle in einem Krankenhaus annehmen würde. Gwen könnte mich finden. Und die Kinder. Es sind schließlich meine Kinder. Ich kann doch nicht einfach meine Kinder und meine Eltern im Stich lassen. Ich sitze in der Falle – wie ein Schwein in seinem Stall.«

Seine Wangenmuskeln waren angespannt, so als wäre er wütend, aber ich fürchtete eher, dass er gleich anfing zu weinen. Wieder hatte ich keine Ahnung, was ich sagen sollte, aber BB kam mir zu Hilfe.

»Hey, Dude«, sagte er und brachte auf diese Art sein männliches Mitgefühl zum Ausdruck. Diese einzelne bedeutungslose Silbe schien Pond zu helfen, denn er entspannte sich und stand auf.

»Jedenfalls weiß ich nichts über Drohbriefe oder die Patienten, die an einer Hirnblutung gestorben sind«, sagte er. »Ich wünschte, ich könnte Ihnen helfen, aber das kann ich nicht.«

Unsere fünfzehn Minuten waren um.

»Danke«, sagte ich, als BB sich halbherzig zwischen mich und Pond stellte, während ich zur Tür ging.

Als wir im Truck saßen, sagte er: »Was für ein trauriger Typ. Da kann man doch glatt froh sein, schwul zu sein und nichts mit dem Scheidungskram zu tun zu haben.«

»Hast du gehört, wie er gesagt hat, Gwen zu heiraten, sei anständig und christlich?«, fragte ich. »Und er hat das Gebot ›Du sollst Vater und Mutter ehren‹ zitiert. Das war Bibelsprache, wie in den Briefen von Schwert.«

»Blue, viele Menschen benutzen andauernd das Wort ›christlich‹ und zitieren aus der Bibel, wenn sie mit den Zehn Geboten aufgewachsen sind. Musstest du das nicht auch alles auswendig lernen, als du klein warst? Ich schon, und zwar in der Sonntagsschule. Und ich kann es heute noch. ›Ich bin Jahwe, dein Gott, und du sollst keine anderen Götter haben als mich. Du sollst dir kein geschnitztes Bild machen.‹«

»BB, bitte«, unterbrach ich ihn. »Mein Vater ist ein Geistlicher und du bist schwarz. Wir stammen beide aus einem Umfeld, in dem wir als Kinder die Zehn Gebote auswendig lernen mussten. Aber Pond ist bis jetzt der erste Angestellte der Rainer-Klinik, der eine biblische Sprache benutzt.«

»Das muss nichts bedeuten. Aber die Tatsache, dass ihn seine Frau über den Tisch gezogen hat, könnte was bedeuten. Dem Typen hat jemand wehgetan und er ist sauer.«

»Und er redet viel«, sagte ich. »Er würde mit Sicherheit nicht so viel reden, wenn er wüsste, wie verdächtig er sich dadurch macht. Er kann offensichtlich gar nicht mehr aufhören. Ich sitze im Flugzeug immer neben so jemandem, der mir unbedingt seine langweilige Lebensgeschichte erzählen muss. Wahrscheinlich ist es so eine Art Syndrom.«

»Du sollst es dir nur merken und Roxie erzählen«, sagte BB. »Und ich soll den weißen Leuten Angst einjagen. Bei diesem Kerl hat das gar nicht geklappt. Scheiße, der wusste nicht mal mehr, dass ich da bin, als er uns davon erzählte, wie schlecht seine Frau ist.«

»Er scheint wirklich nur ein einziges Gesprächsthema zu kennen«, stimmte ich ihm zu. »Aber ich frage mich, wie viel von dem, was er erzählt hat, tatsächlich stimmt.«

Es war Zeit, Megan Rainer und ihren Mann Christopher Nugent zu besuchen. Auf dem Weg zu meinem Wüstenversteck musste ich durch Julian, wo sie lebten, und daher setzte ich BB an seinem Laden ab, bevor ich auf der I-8 in Richtung Osten fuhr. Ich ließ den Motor laufen, während wir noch ein paar Minuten auf dem Parkplatz standen.

»Ich war mit vielen Mördern eingesperrt«, sagte er und malte mit dem Daumenrand ein »X« in den Staub auf meinem Armaturenbrett. »Vorsätzlicher Mord, Totschlag, Unfall bei Schlägereien im Suff, aus Rache, weil der Typ einen Kerl mit seiner Frau im Bett erwischt hat, all so was. Natürlich tun sie alle so, als hätten sie nichts gemacht, als wären sie unschuldig und ein anderer der Böse, nur so'n Scheiß. Aber sie waren es, und du *weißt*, dass sie es waren. So was merkt man, wenn man ein, zwei Jahre Tag und Nacht mit diesen Typen zusammen ist.«

Er hörte mit der Staubmalerei auf und starrte durch meine Windschutzscheibe in die Ferne.

»Es redet nie einer drüber. Niemand sagt: ›Oh ja, ich sitze für dreißig Jahre in diesem Drecksloch, weil ich angeblich meine Alte mit einem Baseball-Schläger umgebracht habe, aber in Wahrheit habe ich keinen gekillt, klar? Man hat es mir angehängt, Mann!‹ Keiner sagt was, aber irgendwann weißt du es. Es ist, als könnte man es richtig vor sich sehen, wie die Typen verschiedene Sachen anstellen. Es ist, als hätte das Verbrechen ihnen einen Schatten angehängt, verstehst du?«

BB sagt selten mehr als ein paar Sätze am Stück, und daher wusste ich, dass er darüber nachgedacht hatte. Ich wusste auch, dass er einen sechsten Sinn für Verbrechen und Verbrecher besaß, den man nur im Gefängnis bekommt.

»Also, was denkst du?«, fragte ich. »Wer von den Leuten, die wir heute besucht haben, hat den Schatten eines Mörders?«

»Das ist ja das Unheimliche«, sagte er, als er die Tür öffnete. »Außer dem alten Arzt haben sie *alle* einen.«

Ich dachte darüber nach, während ich aus San Diegos Küstenbecken hinauf in die Berge fuhr. Isadora Grecchi war wegen etwas auf die ganze Welt wütend, und vermutlich würden die Ermittlungen ergeben, dass es etwas mit Vergewaltigung zu tun hatte. Aber war sie wütend genug, ihren Eid als Ärztin zu verraten und ihren Patientinnen zu schaden? Und falls sie ein Vergewaltigungsopfer war, warum wollte sie dann Frauen zu Opfern machen? Der Pfleger Thomas Eldridge wirkte auf mich nicht sehr mordlustig, sondern nur spießig und steif. Wie ein Eins-a-Langweiler. Doch das konnte sehr wohl nur Fassade sein. Und während Jeffrey Pond offensichtlich wegen der schmutzigen Scheidung wütend auf seine Exfrau war, bedeutete dies nicht automatisch, dass er seine Wut durch den Mord an prominenten Patienten der Rainer-Klinik abreagierte.

BB hatte gesagt, dass er an Jennings Rainer keinen Schatten gesehen habe, aber vielleicht war er vom Kummer des alten Mannes ebenso geblendet worden wie ich. Oder von Snuffy, dem knuffigen Schnauzer. Was, wenn Rainer tatsächlich der Mörder war? Nachdem er jahrelang mit dem gleichen Team gearbeitet hatte, kannte er jeden Einzelnen sehr gut. Er wusste bestimmt von all ihren persönlichen Problemen und wie verdächtig sie für denjenigen aussehen würden, der nach einem Motiv für diese seltsame Mordserie suchte. Und Jennings Rainer hatte genügend Zeit gehabt, sich eine

Erklärung zusammenzubasteln, die ihn so harmlos erscheinen lassen würde wie Gandhi.

Plötzlich erkannte ich, dass alle genügend Zeit gehabt hatten, solch eine Fassade zu errichten. Alle besaßen sie ausreichende medizinische Kenntnisse, um den Blutdruck zu manipulieren. Alle hatten sie Gelegenheit, etwas an den Körpern der betäubten Patienten vorzunehmen. Aber was war dieses »Etwas«? Falls einer dieser Menschen Patienten der Rainer-Klinik tötete, wie stellte er oder sie das an?

Ich fuhr weiter und fragte mich, wie ich in die Sache hineingeraten war. Niemand ist bei Befragungen schlechter als ich und niemand weiß weniger über Blutdruck.

Das Haus von Megan Rainer und Christopher Nugent sah aus wie das Vorher-Bild aus einer Anleitung zum Restaurieren von malerischen alten Häusern. Es lag etwas außerhalb von Julian, war jedoch von der Straße aus sichtbar, da es an einem steilen, felsigen Hügel stand. Früher war das zweigeschossige Haus cremefarben und die Fensterläden und das Geländer der Veranda waren dunkelblau gestrichen gewesen, aber inzwischen war die Farbpalette auf zwei Grautöne geschrumpft. Abblätternde Farbschnitzer an den Balken zitterten im Wind, und ich befürchtete, dass es Regen geben würde. Ich wollte den östlichen Abhang des Berges hinter mich bringen, bevor er losbrach.

»Hi, ich bin Chris Nugent«, begrüßte mich Megans Mann umgeben von dem gelben Lichtstrahl, der aus der geöffneten Haustür nach draußen fiel. Ich konnte den Duft von Pizza im Ofen riechen. »Jenna, unsere Tochter, hatte einen Unfall mit dem Pferd des Nachbarn und Megan hat sie zum Röntgen gefahren. Das Pferd ist Jenna auf den Fuß getreten. Ich fürchte, Megan wird nicht rechtzeitig zurück sein, aber ich beantworte gerne Ihre Fragen, wenn ich kann. Warum gehen wir nicht in die Küche und trinken einen Kaffee, während wir uns unterhalten.«

Im Gegensatz zu dem unfreundlichen Äußeren des Hauses wirkte das Innere mit den überquellenden Bücherregalen, einem riesigen geflochtenen Teppich und einem Steinkamin, in dem ein kleines Feuer prasselte, hell und gemütlich. Eine Tür auf der rechten Seite des Kamins führte in eine große Küche, in der ein kleiner Junge, der aussah wie Jennings Rainer, Roma-Salat wusch und zerpflückte.

»Joshua, das ist Dr. McCarron. Sie ist eine Sozialpsychologin und sagt Dinge voraus. Dr. McCarron, das ist Joshua.«

»Hi«, sagte er, sprang von dem Tritt herunter, mit dem er an die Spüle heranreichen konnte, und streckte mir eine tropfende Hand entgegen. »Können Sie voraussagen, wann Asteroiden auf die Erde knallen?«

»Nein«, sagte ich und schüttelte seine nasse Hand. »Aber ich kann wahrscheinlich vorhersagen, wie viele Leute in Fresno beim Aufschlag glauben werden, dass der Asteorid in Wirklichkeit ein Roboterraumschiff ist, das von Aliens durch die Galaxie geschickt wurde«, bot ich ihm an.

Er wischte sich die Hände an der Jeans ab und grinste. Ihm fehlte ein Schneidezahn.

»Wow!«, sagte er. »Ich wette, Sie könnten ein paar coole Geschichten schreiben.«

»Solange sie in Zahlen verfasst werden«, stimmte ich ihm zu.

»Ich übernehme den Salat«, sagte sein Vater. »Du kannst mit Elsa spielen, bis die Pizza fertig ist. Dr. McCarron und ich müssen etwas besprechen.«

Nachdem der Junge und ein friedlicher Boston Terrier, den ich in seinem Korb bei der Hintertür gar nicht gesehen hatte, den Raum verlassen hatten, goss uns Chris Nugent Kaffee in braune, getöpferte Tassen. Dann wusch er den Salat zu Ende, während ich mich an den Tisch setzte. Wie ich durch die Glasscheiben des Schranks sehen konnte, bestand ihr Geschirr aus Fiestaware in unterschiedlichen Farben. Kein Blue Willow.

»Megan hat mir von den Drohungen gegen Patienten der Rainer-Klinik und von den zwei Todesfällen erzählt«, sagte er. »Natürlich wird Jennings nichts anderes übrig bleiben, als die Klinik zu schließen. Was halten Sie von der ganzen Sache?«

Ich hatte nicht damit gerechnet, selber befragt zu werden, aber er schien wirklich interessiert.

»Ich denke, es ist möglich, ja sogar wahrscheinlich, dass jemand aus dem medizinischen Team der Klinik Patienten tötet«, erwiderte ich. »Sie kennen diese Leute doch sicherlich seit Jahren von privaten Anlässen. Ist Ihnen je etwas aufgefallen, das darauf hinweisen könnte ...«

»Dass dort ein Serienmörder arbeitet?«, beendete er den Satz für mich. »Das ist lächerlich. Es könnte nur Megan, ihr Vater, Isadora Grecchi, Jeff Pond oder T. J. Eldridge sein. Die Empfangsdame und die Büroangestellten haben keinen näheren Kontakt zu den Patienten. Und ich kann Ihnen versichern, dass meine Frau nicht herumläuft und Menschen umbringt. Ich kann Ihnen außerdem versichern ...«

»Ihre Frau wurde wegen des Mitführens einer Waffe verhaftet«, warf ich ein.

Er ließ den Salat fallen und drehte sich so schnell zu mir um, dass sein geflochtener Zopf über seine Schulter nach vorne flog und auf der Vorderseite seines blauen Hemdes herunterhing.

»Verdammt noch mal, Dr. McCarron«, sagte er wütend, »Sie wissen doch sicherlich ganz genau, wie viel Glauben man Verhaftungsprotokollen schenken darf! Ich möchte Ihnen etwas zeigen.«

Er ging zu einer dritten Tür auf der anderen Seite der Küche hinüber, öffnete sie und machte mir ein Zeichen, ihm zu folgen. Nachdem er das Licht eingeschaltet hatte, sah ich, dass es sich bei dem Zimmer um sein Büro handelte. Der Geruch nach neuen Fachbüchern war unverkennbar und sie stapelten sich überall. Auf dem Schreibtisch, der aus einer Tür und zwei Sägeböcken zusammengebaut war, stand ein Computer. Ich konnte das Modemkabel sehen, das zu einer Anschlussdose in der Wand führte.

»Ich habe einen Doktor in vergleichender Physik und schreibe Aufsätze für Fachzeitschriften«, erklärte er. »Aber ich möchte Ihnen das hier zeigen.«

Er schloss einen Schrank auf, griff in das oberste Fach und holte einen großen Plastikbehälter heraus, in dem sich rote Badeölkugeln befanden. Normalerweise sind solche Kugeln eiförmig und ihre wächserne Schale schmilzt im heißen Wasser, so dass sich das darin befindliche Badeöl verteilen kann. Diese hier waren nicht eiförmig, sondern rund. Er warf den Behälter auf eine ramponierte, karierte Couch.

»Wissen Sie, was das ist?«, fragte er.

»Badeölkugeln?«

»Ich dachte mir, dass Sie es nicht wissen würden. Nun sehen Sie sich das hier an.«

Ich hatte nicht mit einer Waffe gerechnet, aber genau das holte er als Nächstes aus dem Schrank hervor. Sie sah aus wie eine ungewöhnliche Halbautomatik. Leicht und schwarz, mit einer rechteckigen Halterung, an der normalerweise ein Zielfernrohr befestigt wurde. Sie sah echt aus, aber etwas an ihr erinnerte mich an ein Spielzeug. Der behagliche Raum wirkte plötzlich kalt.

»Ich bin leider nicht bewaffnet«, sagte ich und wich zur Küchentür zurück. Dabei wünschte ich mir, meine Smith & Wesson bei mir zu haben. »Die Polizei von San Diego hat dieses Treffen arrangiert und weiß, dass ich hier bin. Legen Sie das Ding weg.«

Chris Nugent schüttelte den Kopf, wie es die Leute tun, die mit hoffnungsloser Idiotie konfrontiert werden. Er legte das Gewehr neben den Behälter mit den roten Kugeln.

»Es ist ein Farbkugelgewehr«, sagte er. »Und das in dem

Behälter sind Farbkugeln. Man spielt damit Paint Ball. Aus kurzer Entfernung verursacht das Gewehr ein scharfes Brennen und vielleicht einen blauen Fleck, aber die Kugel wird nicht einmal einen Kratzer auf der Haut hinterlassen. Die Polizisten, die Megan angehalten haben, weil sie in einer 40-Kilometer-Zone in Riverside fünfzig gefahren ist, ließen sie aus irgendeinem Grund ihren Kofferraum aufmachen. Sie sahen das Gewehr und machten den gleichen Fehler wie Sie gerade. Sie war auf dem Nachhauseweg von einem Wettkampf. Das hier war die verdeckt mitgeführte Waffe.«

»Es sieht aus wie eine Waffe«, sagte ich. »Und was zum Teufel hat Ihre Frau, obendrein noch Ärztin, mit einem Haufen dämlicher Überlebenskämpfer in Tarnkleidung zu schaffen, die Soldaten spielen und sich mit Farbe beschießen?«

»Sie überraschen mich, Dr. McCarron.«

»Inwiefern, Dr. Nugent?«, erwiderte ich. Das etwas andere Doktorspiel.

»Das sollte es zwar nicht, aber Vorurteile bei gebildeten Menschen überraschen mich immer wieder«, sagte er. »Sie wissen absolut gar nichts über diesen Sport oder über die Leute, die ihn betreiben, aber Sie glauben es dennoch zu wissen. Um eines klarzustellen: Ich habe es ausprobiert und fand es völlig sinnlos. Aber Megan und eine Menge anderer Leute, die den Konkurrenzkampf und zumindest die Illusion von Gefahr brauchen, spielen es gerne. Sie sind kein Haufen ›dämlicher Überlebenskämpfer‹, wie Sie es ausdrücken, sondern eine Mischung aus ganz unterschiedlichen Menschen. Junge Männer natürlich, aber auch gelangweilte Kundenberater und fünfundsechzigjährige Hausfrauen. Ein Mitglied aus Megans Team ist eine Nonne, die nach einem Missionseinsatz in Guatemala in Pension gegangen ist. Wir hatten sie mal zum Abendessen hier. Sie sagt, dieses Paint Ball biete ihr die Möglichkeit, ihre Aggressionen loszuwerden. Sie war übrigens vor zwölf Jahren die einzige Überlebende eines politisch motivierten Überfalls auf eine Missionsschule. Dabei wurden zwei andere Nonnen und zwölf Studenten, sowohl Erwachsene als auch Kinder, ermordet.«

»Sie haben Recht«, sagte ich. Dem war nichts hinzuzufügen. Ich hatte genau das getan, was ich mir geschworen habe, niemals zu tun. Ich hatte ein Urteil abgegeben, das ausschließlich auf vagen Eindrücken basierte, deren Ursprung ich nicht genau benennen konnte. Und Christopher Nugent hatte mich berechtigterweise als Idiotin an die Wand gestellt. Ich hatte es nicht anders verdient. Dennoch verringerte keines seiner Argumente die Wahrscheinlichkeit, dass seine Frau eine Mörderin war.

»Was werden Sie und Megan tun, jetzt, da die Rainer-Klinik schließt?«, fragte ich, während er vorsichtig die Farbkugeln und das Gewehr in den Schrank zurückstellte und diesen zuschloss.

»Es ist kein Geheimnis, dass Megan niemals Schönheitschirurgin werden wollte«, sagte er, als wir in die Küche zurückkehrten. »Aber als das einzige Kind wollte sie es ihren Eltern recht machen, vor allem Jennings. Sie stehen sich sehr nah. Aber als sie erkannte, dass es nichts für sie ist, hatte sie das Medizinstudium und ihre Assistenzarztzeit bereits hinter sich und stand kurz vor der Zulassung. Wir waren zu dem Zeitpunkt bereits verheiratet und diskutierten monatelang darüber. Wir wollten eine Familie. Manchmal ist es notwendig, zu punten.«

»Zu punten?«

»Zu kicken, wenn man im Ballbesitz ist, statt den Ball in einem komplizierten Spielzug zu werfen, der möglicherweise nicht funktioniert.«

»Ich habe ebenfalls die Highschool besucht«, sagte ich. »Ich weiß, was das Wort beim Football bedeutet, aber nicht in der kosmetischen Chirurgie.«

»Für uns hieß es, auf Nummer sicher zu gehen und bei

dem zu bleiben, was wir hatten. Megan konnte für Rainer arbeiten, und das sogar während ihrer Schwangerschaft. So konnten wir genug Geld zusammentragen, um uns unseren Traum zu verwirklichen und ein paar Investitionen zu tätigen. Ich sollte zu Hause bleiben und mich um die Kinder kümmern und nebenbei in meinem Bereich arbeiten. Wir besitzen ein Grundstück in Nordkalifornien. Es ist abbezahlt. Wir werden dort ein Haus bauen, vielleicht noch ein Kind bekommen. Ich habe ein paar Ideen für umweltverträgliche Forstwirtschaft, die ich ausprobieren möchte. Wir wären sowieso in den nächsten zwei Jahren dorthin gezogen. Da es Ihnen und der Polizei bald gelungen sein dürfte, mit diesem Unsinn den Ruf der Klinik zu zerstören und Jennings zum Aufgeben zu zwingen, werden wir eben sofort gehen. Das Haus hier ist nur gemietet. Wir können jederzeit los und Megan ist mehr als bereit dazu. Unser einziges Problem ist, dass Jennings sich weigert, mit uns zu kommen, und ich glaube nicht, dass Megan und die Kinder ohne ihn sehr glücklich werden. Das ist der schwierige Teil.«

Ich konnte hören, wie der Wind mit wachsender Heftigkeit die Bäume vor dem Haus hin und her peitschte. Die Straße, die von Julian hinunter in die Wüste führt, hat ein paar ziemlich steile Gefälle, und Pick-up-Trucks mit Camperaufsatz sind bekannt dafür, dass sie bei starkem Wind gelegentlich umgeweht werden. Ich wollte mich so schnell wie möglich auf den Weg machen.

»Ich danke Ihnen«, sagte ich zu Chris Nugent. »Die Polizei wird sicherlich noch mit Ihrer Frau reden wollen.«

Als ich wegfuhr, sah das Haus aus wie ein rechteckiger grauer Ballon voller gelbem Licht. Wie etwas, das sich bald von seinen alten Verankerungen losreißen würde, die es nicht mehr halten konnten. Ich fragte mich, wie viel von dem, was Chris Nugent mir über ihren Traum erzählt hatte, auch auf Megan Rainer zutraf. Und wie viel davon der Verzweiflung eines intelligenten und gebildeten Menschen zuzuschreiben war, der seit Jahren in einem Haus voller Kinder und unzähliger häuslicher Pflichten eingesperrt war, ohne einen Ausweg zu sehen.

16

Armesündermiene

JULIAN BEFINDET SICH AUF dem Kamm der lang gestreckten Laguna Mountain Range, so dass man von dort aus nur nach unten kann. Wenn die Menschen aus dieser Gegend nach Westen in Richtung San Diego fahren, dann sagen sie: »Ich fahr mal eben den Berg runter.« Für die in Richtung Osten verlaufende Strecke über eine Straße namens Banner Grade, die hinunter in die Wüste führt, gibt es keine äquivalente Umschreibung. Ich ziehe es vor, in diesem Manko etwas Geheimnisvolles zu sehen, das zur Wüste passt. Nach dem Motto: Wenn du dort hinwillst, dann brauchst du wahrscheinlich nicht darüber zu reden.

Normalerweise ist die Fahrt über die Banner Grade wunderbar. Die gewundene Straße verläuft in der Nähe des Bergkamms durch Wälder mit Jeffreykiefern und kalifornischen immergrünen Eichen. Dann geht es bergab durch einen Chaparral und schließlich zwischen Felsen und seltsamen Wüstenpflanzen entlang. 1869 wurde in dieser Gegend Gold gefunden, und 1870 gab es einen Ansturm von Goldsuchern, die beinah über Nacht die Stadt Julian schufen. In dem steil aufragenden Chariot Canyon neben Banner Grade gibt es allein sieben alte Goldminen, darunter die legendäre Golden Chariot Mine, aus der sie Gold im Wert von zwei Millionen Dollar herausholten, bevor sie geschlossen wurde. In der Golden Chariot und zwei anderen, Cold Beef und Golden Ella, wird nun Granit abgetragen, der bei der Suche nach Gold vor hundert Jahren losgesprengt wurde. Dieser Granit, so erinnerte ich mich, während der Wind Banner Grade entlangheulte, wird unter anderem für die Herstellung von Grabsteinen verwendet.

»Lass das«, ermahnte ich mich, während ich spürte, wie der Truck im Wind hin und her schwankte. In gefährlichen Situationen sind melodramatische Gedanken nicht sehr klug. Aber ich kann Banner Grade nicht entlangfahren, ohne an die stummen, wabenartigen Minentunnel zu denken, von denen einige eingebrochen sind, die meisten jedoch durch Explosionen verschlossen und vergessen wurden und nun versteckt im Berg liegen. Immer wieder stolpern Wanderer über von Bruchsteinen halb verdeckte Tunneleingänge. Gelegentlich kriechen sie hinein und finden in der Nähe des Eingangs Kot von einem Berglöwen und weiter hinten ein Skelett in uralten, verrotteten Lederstiefeln. Die Bezirksverwaltung von San Diego organisiert für diese Skelette immer ein traditionelles Begräbnis auf dem Armenfriedhof und für diese kurzen Zeremonien tauchen immer eine Hand voll Fremde auf. Doch niemand weiß, wer diese Skelette waren.

Dieser Gedankengang erschien mir passend. Ich kam langsam zu der Überzeugung, dass wir auch nie herausfinden würden, wer das Schwert des Himmels war. Keiner der fünf Leute, die ich befragt hatte, schien fähig zu sein, jemanden umzubringen, obwohl auch niemand von ihnen ein Paradebeispiel für stressfreies Leben war. Und obwohl Megan Rainers Hobby für eine berufstätige Frau mit zwei Kindern mehr als seltsam war, waren meine Gefühle diesbezüglich wahrscheinlich nur Produkt meiner Vorurteile. Mit Farbkugeln auf Leute zu zielen, um als Erstes eine Fahne zu ergattern, steht definitiv auf meiner Liste der zehn langweiligsten Freizeitbeschäftigungen der Welt. Aber ich bin von Natur aus auch nicht besonders aggressiv oder warte auf den Tag, an dem ich meinen Job aufgeben kann, um in den Wäldern Kräuter zu züchten. Aufgeschobene Träume können Menschen feindselig machen, doch sie verwandeln sie gewöhnlich nicht in Mörder.

Zehn Minuten später knallten die ersten teetassengroßen Tropfen gegen meine staubige Windschutzscheibe. Und das am allerschlimmsten Punkt auf der einsamen zweispurigen Wüstenstraße zwischen Banner Grade und Borrego Spring. Am Yaqui Pass. Das hatte ich befürchtet.

Der Yaqui Pass ist eine schmale Spalte in den rund zehn Kilometer langen Pinyon Ridge Mountains, unter denen sich das Tal befindet, das ich mein Zuhause nenne. Die ersten Fremden, die sich mit Pferden und Wagen hindurchkämpften, waren die Mormonen. Viel später folgten General Pattons Truppen, die durch die Wüste und hinunter nach San Diego zogen, um während des Zweiten Weltkrieges mögliche Angriffe vom Meer her abzuwehren. Der Yaqui Pass ist eine 533 Meter hohe Erhebung. Eigentlich nur ein Hügel. Es sei denn, man fährt bei starkem, böigem Wind und Regen mit einem Camperaufsatz eine Bergstraße entlang und blickt geradewegs in den steilen, 533 Meter tiefen Abgrund. Unter diesen Umständen sieht das untere Ende der 533 Meter genauso schlimm aus wie das Ende von drei Kilometern. Nicht, dass ich das Ende durch den schwarzen, sturzflutartigen Regen erkennen konnte. Aber ich wusste, dass es da unten war.

Auf dem Stück Straße durch den Yaqui Pass gibt es keinen Seitenstreifen. Es ist nicht genug Platz für einen Seitenstreifen zwischen der Felswand an der Nordseite und dem Schwindel erregenden Abhang an der südlichen Seite. Man kann nicht einfach anhalten und einen heftigen Regenguss abwarten, weil von hinten ein anderes Fahrzeug kommen und auf einen prallen könnte. Und das würde dazu führen, dass man durch das Geländer aus Stahlseilen geschoben wird und unten in ein malerisches Etwas fällt, das Geologen kristallines Grundgestein nennen. Ich versuchte, nicht daran zu denken, während ich langsam weiterfuhr und den Truck durch den heulenden Wind lavierte.

Stattdessen versuchte ich mich zu erinnern, ob ich in Dads religiösen Büchern, die ich als Kind so geliebt hatte, je das Bild eines Heiligen für Bergpässe gesehen hatte. Es fiel mir niemand ein und meiner Meinung nach war das ein großes Versäumnis. Es gibt Heilige für Brunnen und Gärten, für Barbiere und Betrunkene, für Vieh und kahlköpfige Frauen. Warum also nicht für Bergpässe, an denen sich seit jeher immer wieder menschliche Dramen abspielten? Aber es gab eine mythologische Figur, auf die ich ganz sicher zählen konnte.

»Lilit!«, wandte ich mich mit lauter Stimme an eine Figur aus dem alten Testament, die eine Nacht wie diese geliebt hätte. »Meine Hündin ist in einem Gehege, das nur teilweise überdacht ist, und sie wird bei Sturm nervös. Ich muss wirklich nach Hause!«

Neben dem Krach draußen glaubte ich das heisere Lachen einer uralten Dämonin zu hören, die sich gerne an wilden Orten aufhält, weil sie am liebsten einfach ihre Ruhe hat. Ich mag solche Dämonen. Das Lachen klang nicht unfreundlich, sondern nur distanziert. Wie das Heulen der Kojoten. Und dann hatte ich den Yaqui Pass hinter mir und befand mich auf der flachen Strecke, die hinunter in die Wüste führte. Zwanzig Minuten später würde ich zu Hause sein.

Als ich dort ankam, war der Regen weitergezogen. Der Wind hielt jedoch weiterhin an und Steppenhexen kullerten wie wild gewordene Strandbälle über die Straße. Als ich mich dem Motel näherte, prallte eine frontal gegen den Truck, blieb ein paar Sekunden an der Seite hängen und wurde schließlich, begleitet von einem Geräusch, das mich an das Zerreißen von Seide erinnerte, weggefegt. Als ich losrannte, um Brontë zu holen, hingen ungefähr zwanzig von ihnen in dem Maschendraht, der das Gehege umgibt. Daher sah ich auch nicht sofort den rosafarbenen Schaum an der Schnauze meiner Hündin. Und auch nicht das Blut an ihren Vorderpfoten und an ihrer Brust. Ich griff einfach ohne hinzusehen über die stacheligen Steppenhexen hinweg und öffnete die Tür zu ihrem Auslauf.

»Komm, Mädchen«, sagte ich und wandte mich wieder meiner Haustür zu. »Gehen wir rein.«

Erst als ich das Licht eingeschaltet hatte, entdeckte ich den rosafarbenen Schaum, der von ihren Lefzen herunterhing, und den seltsamen Ausdruck in ihren Augen. Er besagte Verwirrung, Zorn und Scham. Die nassen, sandigen Abdrücke ihrer Pfoten auf dem Teppich waren mit Blut durchsetzt.

»Brontë, was ist passiert?«, fragte ich und kniete mich vor sie, um sie genauer zu untersuchen. Dabei bemerkte ich die blutigen Kratzer auf ihrer Brust. Als Antwort erhielt ich nur diesen Blick, der bei Menschen mit dem Begriff »Armesündermiene« beschrieben wird. Bei Hunden bedeutet er Demütigung. Aber ich glaubte zu wissen, was dahinter steckte.

»Du hast etwas gesehen, nicht wahr?«, fragte ich sanft, während ich ihr in der Küche die Pfoten und die Brust auswusch und anschließend mit einer antibakteriellen Salbe die Kratzer einrieb. »Während des Sturms hat ein Eselhase oder ein Kojote das Haus als Windschutz benutzt, und du hast gebellt, bis deine Kehle blutete, stimmt's? Du bist da draußen einfach durchgedreht. Hast gebellt und versucht, den Zaun hochzuklettern, hast dich immer wieder dagegen geworfen, um den Eindringling zu erwischen. Oder irre ich mich? So war es doch?«

In ihren dunklen Augen stand immer noch dieser seltsame Ausdruck, aber sie machte sich mit Begeisterung über ihr Futter her, während ich die blutigen Pfotenabdrücke aus dem Teppich schrubbte. Dann stellte sie sich neben die Tür und winselte.

»Vergiss es«, sagte ich ihr. »Du warst den ganzen Tag

draußen, du bist immer noch ganz nass vom Regen, und da draußen gibt es nichts als den Wind und die Steppenhexen. Ich werde dir eine schöne CD auflegen, um dich ein bisschen zu beruhigen. Humperdincks *Hänsel und Gretel* wäre doch das Richtige, was meinst du?«

Brontë liebt Opern, und obwohl diese eine nicht zu ihren Favoriten gehört, schläft sie immer wieder dabei ein. Ich wiederum kann mir nie den Abendsegen der Kinder anhören, ohne zu weinen, weil ich unweigerlich an meinen Zwillingsbruder denken muss. Aber in jener Nacht sollte weder das eine noch das andere passieren. Brontë ignorierte die Musik und lief immer wieder nervös und wütend winselnd vor der Tür auf und ab.

Vielleicht befand sich immer noch etwas Fremdes vor dem Haus. Etwa ein im Sturm verwundetes Tier. Ein Reptil, das möglicherweise aus seiner unterirdischen Höhle geschwemmt worden war und nun schwerfällig und wie gelähmt in der Kälte lag. Ein Kaltblüter, der seine Körpertemperatur nicht regulieren konnte und durch den Regen, den nassen Boden und die verdampfende Wirkung des Winds nicht in der Lage war, sich zu bewegen. Als ich die dicken Lederstiefel angezogen und meine Hüfttasche angelegt hatte, hatte ich mir eine Erklärung zurechtgelegt.

»Brontë, halt«, befahl ich, bevor ich die Tür öffnete und zum Schutz gegen den Wind den Kopf einzog. Im Schein der Taschenlampe sah ich die Steppenhexen, die sich dicht vor dem Zaun auftürmten, doch mehr nicht. Keine halb tote Schlange, keinen unterkühlten Chuckwalla, kein junges Dickhornschaf, das sich im Sturm verirrt hatte und blökte, damit es mit warmer Milch aus einem aufgeschnittenen Gummihandschuh gefüttert wurde. Es war nichts zu sehen.

Ich musste einigen Steppenhexen ausweichen, während ich zur anderen Seite von Brontës Auslauf hinüberlief, um ganz sicherzugehen. Der gelbe Strahl meiner Taschenlampe erfasste kleine, plastische Bilder. Den Ast eines Palo Verde, der sich plötzlich weiß gegen ein Schattengewirr abhob. Ein von Rissen durchzogener Findling, der wegen seiner Flecken aus Eisenpyrit funkelte und vor dem schwarzen Hintergrund der Nacht regelrecht zu schweben schien. Ein Feigenkaktus und ein Busch mit Hasenbürste, die abrupt auftauchten und wieder in der Dunkelheit versanken wie Handpuppen auf einer schwarzen Bühne. Und dann sah ich es. Das heißt, ich sah *etwas*. Eine Veränderung in der sandigen Erde hinter dem Hundegehege, knapp einen Meter vom Zaun entfernt. Etwas war dort gewesen, aber ich konnte nicht sagen, was es war. Der Boden war ein wenig aufgewühlt, nicht glatt, wie der Rest der Fläche.

Tiere hinterlassen Spuren. Füchse, Kojoten, Echsen, sogar Schlangen hinterlassen Spuren. Besonders in nassem Sand. Heruntergefallene Äste und abgebrochene Steine können ebenfalls Abdrücke im Sand verursachen, aber ein Ast oder ein Stein würde anschließend nicht einfach so verschwinden. Es befand sich jedoch nichts in der Nähe des aufgewühlten Stück Bodens. Keine einzige Spur. Ein eisiger Hauch legte sich über meine Augen, so dass ich sie zusammenkneifen musste, während ich meine kleine .38er aus der Hüfttasche nahm und mit dem Daumen entsicherte.

Die Waffe in der Rechten und die Taschenlampe in der Linken ging ich an der Stelle vorbei, die jemand flach getreten hatte. Dabei achtete ich darauf, einen gewissen Abstand zu halten. Es war nicht schwer, die Fußspuren auszumachen, die hinter einem Kreosotebusch anfingen und in Richtung Coyote Canyon führten. Es waren menschliche Fußspuren. Von Schuhen. Jemand hatte auf dem nassen, weichen Boden gestanden und Brontë dabei zugesehen, wie sie bellte und sich gegen den Zaun warf, um ihr Territorium zu verteidigen. Das hatte dieser Jemand so lange getan, bis ihre Pfoten, Brust und Kehle blutig waren. Dobies können nicht anders. Sie sind furchtbare Schwimmer und mittelmäßige Fährtenhunde, selbst wenn sie dazu ausgebildet wurden, aber ein Dobermann wird um jeden Preis sein Zuhause beschützen, auch wenn es ihn umbringt.

»Gutes Mädchen«, sagte ich zwei Minuten später mit ernster Stimme zu meinem Hund. »Es war tatsächlich jemand da.«

Sie wanderte weiterhin vor der Tür auf und ab, aber sie hatte zu winseln aufgehört. Nun war ein erwartungsvoller Ausdruck in ihre Augen getreten.

»Wer immer auch da draußen war, hat nun einen fünfzehnminütigen Vorsprung«, sagte ich. »Es wäre sinnlos.«

Wieder schenkte mir Brontë diesen Armesünderblick.

Ich versuchte, wie Roxie und der Rest der Welt zu denken, versuchte praktisch und vernünftig zu handeln. Derjenige, der während des Sturms neben Brontës Gehege gestanden hatte, war womöglich nur ein Betrunkener, der in der Wüste zeltete und den der Regen aus dem Coyote Canyon vertrieben hatte. Möglicherweise war es aber auch ein Mörder gewesen. Schwert wusste, wo ich wohne, war früher schon einmal bei mir gewesen und schien ein spezielles Interesse an mir zu haben. So oder so ergab es keinen Sinn, im Dunkeln diesem Jemand in den Coyote Canyon zu folgen. Es existieren dort draußen eine Million Verstecke. Er oder sie konnte sich verstecken und warten, und Brontë und ich würden uns zu Pappenten an einer Schießbude machen. Oder zu etwas Schlimmerem.

»Auf gar keinen Fall«, sagte ich zu meinem Dobermann.

Vor mir stand ein gebrochener Hund. Ein Hund, der versagt und seine ihm angeborenen Pflichten nicht erfüllt hatte. Mit gesenktem Kopf und zurückgelegten Ohren gab sie die Rolle des vernichteten Hundes. Es war eine oscarreife schauspielerische Leistung. Ich konnte den Anblick nicht ertragen. An ihrer Stelle hätte ich mir auch eine zweite Chance gewünscht. Manchmal bedeutet Liebe, einer guten Seele dabei zu helfen, das Gesicht zu wahren. Auch wenn das bedeutet, dass man ein kleines Risiko eingehen muss. So viel zum Thema »rationales Verhalten«. Es funktioniert einfach nicht. Zumindest nicht bei mir.

»Das darf doch nicht wahr sein! Na gut, aber gib mir ein paar Minuten, damit ich nicht mehr so weiß bin.«

Nachdem ich mir schwarze Sachen angezogen hatte, verbrannte ich ein paar Seiten Papier im Spülbecken und zermahlte die Asche in einer Schüssel zu Puder. Dann schüttete ich etwas Olivenöl dazu und stellte eine schwarze Paste her, mit der ich mir das Gesicht und den Rücken meiner Hände schwärzte. Dieser Vorgang dauerte gut zehn Minuten, was mir sehr gelegen kam. Es ging schließlich nur um Brontës Seelenzustand. Ich wollte den Eindringling nicht einholen. Dies war eine Scharade, nichts weiter.

Im Westen über den Bergen jagten immer noch hohe Wolken am Himmel entlang und verdeckten das Licht des Viertelmondes. Brontë und mir fiel es nicht schwer, im Schatten zu bleiben, während wir zum Coyote Canyon sprinteten. Ich hatte nur die Taschenlampe und meine Waffe mitgenommen, aber ich hätte die Lampe ebenso gut zu Hause lassen können. Im nassen Wüstenboden waren die Fußspuren des Eindringlings sehr deutlich auszumachen. Für meinen Geschmack war das Ganze zu einfach. Beinah so, als wollte der Eindringling verfolgt werden.

Brontë rannte zügig über das vertraute Terrain, und obwohl sie kein Spürhund war, schien sie zu wissen, was sie tat. Von Zeit zu Zeit blieb sie stehen, um sich davon zu überzeugen, dass ich ihr folgte, und rannte dann weiter. Am Eingang zum Alcoholic Pass, der den Coyote Canyon mit dem an der östlichen Seite der Coyote Mountains gelegenen Rockhouse Canyon verbindet, blieb sie erneut stehen. Die schemenhaften Spuren, die ungefähr so groß wie die meiner eigenen Füße waren, verschwanden im felsigen unwegsamen Terrain des Passes.

Brontë war zufrieden, da sie sich ohne Zweifel auf Hundeart davon überzeugt hatte, dass sie die Gefahr verscheucht und die Grenzen ihres Bereichs erneut abgesteckt hatte. Ich wusste, dass sie nun zufrieden mit mir nach Hause zurückkehren würde. Aber ich war noch nicht bereit dazu.

Der Alcoholic Pass ist eine Ansammlung von zerklüfteten Felsen und kann nur zu Fuß überquert werden. Er mündet in den Rockhouse Canyon, in dem eine unbefestigte Straße existiert. Sehr wahrscheinlich hatte der Eindringling sein Fahrzeug auf der Rockhouse Road abgestellt, war über den Pass gewandert und hatte anschließend dieselbe Strecke zurück genommen. Aber warum?

Es war niemand in meine Wohnung eingebrochen, Brontë hatte keinen echten Schaden erlitten, und eigentlich war nichts passiert. Warum sollte also jemand über die zerklüfteten Felsbrocken eines Wüstenpasses klettern, im Sturm vor einem Motel herumstehen und einen Hund wütend machen, um schließlich über die gleichen Felsen zurückzuklettern? Meiner Meinung nach glich dieses Verhalten dem unmotivierten Betragen eines Kindes.

Vielleicht war es nur das abenteuerlustige Kind von Leuten gewesen, die im Rockhouse Canyon zelteten. Vielleicht war das Kind zufällig auf mein Grundstück gewandert und hatte Brontë in ihrem Gehege gesehen. Die meisten Kinder mögen Tiere, vor allem Mädchen. Und mir fiel ein, dass ich schon seit meinem elften Geburtstag die gleiche Schuhgröße trug. Vielleicht wollte das Kind Brontë streicheln oder mit ihr spielen? Vielleicht war das Kind während des Sturms in Brontës Nähe geblieben, um sie zu beruhigen. Ich beschwor das Bild einer Elfjährigen mit großen Füßen und in Jeans gekleidet herauf, die schon oft gezeltet hatte und deren Eltern ihr daher gestatteten, alleine umherzustreifen. Und die neben

Brontë hockte und mit beruhigender Stimme flüsterte: »Ist ja gut. Ich werde dir nichts tun.«

Aber warum würde ein Kind seine Spuren verwischen?

»Komm, wir gehen ein Stück hinein«, sagte ich zu Brontë.

Zwischen den zerbröckelten Wänden im Alcoholic Pass war es dunkler, und der Wind verursachte merkwürdige Geräusche, während er durch unzählige Felsspalten pfiff. Einmal klang es wie das Jaulen einer Katze oder eines menschlichen Babys. Dann wieder war es ein saugendes Rauschen wie in einem riesigen Whirlpool, in den nur ein Idiot hineinsteigen würde. Und dieser Idiot, so rief ich mir ins Gedächtnis, würde auf Nimmerwiedersehen verschwinden.

Brontë, die neben mir entlangtrottete, war im Zwielicht beinah nicht auszumachen. Zweimal stolperte ich über Geröll, das ich übersehen hatte, und beim zweiten Mal stürzte ich schmerzhaft auf das linke Knie. Ich wollte jedoch nicht die Taschenlampe einschalten und mich so zu einer hell erleuchteten Zielscheibe machen. Und ich wollte nicht umkehren. Noch nicht. Plötzlich sah ich trotz des Staubs, der mir in die Augen wehte, vor mir auf dem Pfad etwas Vertrautes. Etwas, das nicht dorthin gehörte.

In der Wüste gibt es keine völlig runden oder weißen Dinge. In anderen Gegenden des Anza-Borrego-Parks findet man kanonenkugelförmige Gebilde aus Mineralien in den Felsen, aber diese sehen nur von weitem rund aus. Aus der Nähe betrachtet ist ihre Oberfläche knubbelig und uneben. Und während die Farbpalette der Wüste unendlich viele Beige-Schattierungen enthält, die bis an das blasseste Ecrü heranreichen, ist nichts wirklich weiß. Und dennoch lag drei Meter von mir entfernt etwas Weißes, Rundes auf dem Pfad und reflektierte das schwache Mondlicht wie ein Leuchtturm.

Brontë schlich näher an den Gegenstand heran und schnüffelte aufgeregt herum, als wäre sie ein Bluthund. Dann blieb sie regungslos stehen. Als ich sie eingeholt hatte, konnte ich ihr tiefes Knurren hören. Das Etwas auf dem schmalen, einsamen Pfad war ein Blue-Willow-Teller.

Schnell zog ich Brontë in den dichten Schatten unter einer schräg stehenden Granitplatte, die wahrscheinlich lange vor der Entwicklung des menschlichen Auges vom Coyote Mountain losgebrochen war. Die Smith & Wesson, die in meinem Hosenbund steckte, bohrte sich mir auf beruhigende Weise in die Seite, und ich legte meine Hand um ihren Griff, jedoch ohne sie in Feuerposition zu bringen.

Ich wusste ganz genau, dass außer Brontë und mir niemand am Alcoholic Pass war. Ich spürte weder die Anwesenheit eines Menschen noch einer drohenden Gefahr. Brontë, die angespannt und wachsam neben mir stand, schien es auch zu wissen. Ihr Knurren war nur die Reaktion auf eine visuelle Anomalie gewesen. Auf einen runden, weißen Gegenstand in einer Umgebung, in der nie zuvor runde, weiße Gegenstände vorgekommen waren. Auf ihre Art reagierte meine Hündin genauso wie ich.

»Brontë, halt«, befahl ich ihr. Dann ging ich zu dem Teller hinüber und hob ihn auf.

Es war einer der alten Restaurantteller, die durch kleine Erhebungen in drei Abschnitte unterteilt waren und auf dem man in einem Diner je ein Hauptgericht und zwei Beilagen serviert bekommen hatte. Vielleicht Hackbraten, Kartoffelbrei und Mais. Nun war er völlig leer.

»Komm, Mädchen«, rief ich, klemmte mir den Teller unter den Arm und schaltete die Taschenlampe an. »Gehen wir nach Hause.«

Der Teller, der sich gegen meine Rippen presste, war nicht ausschließlich eine Last. Er war eher wie einer dieser unhandlichen Dinge, die wir dennoch mit uns herumtragen und nach Hause mitnehmen. Wie zum Beispiel Kuckucksuhren, gepresste Blumen in Bilderrahmen, Sorgen.

Ich wusste nun, dass Schwert der Eindringling gewesen

war. Er hatte jedoch nicht beabsichtigt, mir Schaden zuzufügen. Trotz meiner Vorsicht wäre ich am Alcoholic Pass für jeden ein leichtes Ziel gewesen. Nein, er hatte mich besucht, um in den Korridoren dieser zerfallenen Kathedrale, die nur wenige Menschen besuchen und noch weniger lieben, eine kindische Runde Verstecken zu spielen. Das war alles.

Ich dachte darüber nach, während Brontë und ich zügig nach Hause gingen. Schwert hatte mich zwei Mal besucht und jedes Mal ein Geschenk zurückgelassen. Einen Blue-Willow-Teller. Das erste Mal war es ein billiges Exemplar aus neuer Herstellung gewesen, das zweite Mal ein wertvolleres Stück. Wurde ich für etwas belohnt? Oder bekam ich Hinweise auf etwas, das ich verstehen sollte? Die kindliche Verzweiflung hinter diesem Verhalten verfolgte mich wie ein Geist im Wind.

Spiel mit mir, schien er zu sagen. *Ich kenne ein tolles Spiel. Komm schon, spiel mit mir.*

Die Lichter in meinem Motel warfen eine diffuse gelbe Lichtblase in die Nacht hinaus, die völlig regungslos im Wind verharrte. Minuten später waren wir drinnen, und es fühlte sich gut an, in Sicherheit zu sein, einen Kaffee zu trinken, ein Bad zu nehmen. Aber ich konnte nicht dieses unerklärliche Gefühl von Traurigkeit abschütteln, die vor dem Haus vom Wind herumgewirbelt zu werden schien. Es kam mir vor wie die Traurigkeit eines Kindes, das nicht verstehen kann, was geschehen ist und warum niemand mit ihm spielen will. Und ich fragte mich, ob ich einen dritten Teller bekommen würde, und wenn ja, was er bedeutete. In Kinderliedern ist die Drei eine endgültige Zahl. Alles endet nach drei Versuchen. Der dritte Versuch ist immer magisch.

17

Gefallene und unversehrte Heilige

ES WAR BEINAH ACHT, als das Telefon klingelte. Wahrscheinlich war es Roxie, und ich hatte ein schlechtes Gewissen, weil ich sie nicht früher angerufen hatte. Sie wollte sicherlich meine Meinung über die Befragungen wissen, nachdem sie bestimmt schon einen Bericht von BB erhalten hatte.

»Hallo, Schatz«, sagte ich.

Dieser Fauxpas konnte Wes Rathbone nicht einmal ein Schmunzeln entlocken.

»Kaufen Sie sich morgen ein Handy, Blue«, befahl er mir. »Rox und ich versuchen, Sie zu erreichen, seit Sie von Christopher Nugent losgefahren sind. Warum haben Sie noch nicht Ihre Nachrichten auf dem Anrufbeantworter abgehört? Bettina Ashe ist heute Nachmittag gestorben. Ihr Mann hat einer Autopsie zugestimmt, die bereits durchgeführt wurde. Sie ist an einer Hirnblutung gestorben.«

»Oh, mein Gott«, hauchte ich in den Hörer. »Wes, hat ihr jemand einen Korb mit Delikatessen geschickt? Hat ihr heute jemand teures Essen geschickt? Man hätte sie warnen müssen ...«

»Es hat niemand etwas zum Anwesen der Ashes geschickt, und wenn, dann hätten die Angestellten es sofort weggeworfen. Ihr Mann, John Harrington, war gewarnt, dass es einen möglichen Zusammenhang mit ungewöhnlichen Nahrungsmitteln gab. Er hat außerdem eine ganze Mannschaft von Sicherheitsleuten angeheuert, die über das Grundstück patrouillierten und Betsy nicht aus den Augen ließen. Er war bei ihr, als es passierte. Ihr Gesicht war von der gestrigen Operation noch mit Verbänden umwickelt, aber er hatte ihr die Augen freigeschnitten, damit sie ein Video ansehen konnte. Er sagt, sie hätten sich ›Dr. Schiwago‹ angeschaut, als seine Frau plötzlich über schreckliche Kopfschmerzen klagte. Ihr wurde schwindelig und dann brach sie in ihrem Schlafzimmer zusammen. Sie war sofort tot.

Ich brauche Ihnen nicht zu sagen, dass er außer sich ist und damit droht, alle zu verklagen, uns eingeschlossen. Ich kann es ihm nicht einmal verübeln. Ich habe bereits mit Berryman über die heutigen Befragungen gesprochen, aber ich möchte bis morgen einen schriftlichen Bericht von Ihnen. Im Moment würde ich jedoch einfach nur gerne wissen, was Sie denken. Wer von ihnen ist es, Blue? Wenn Sie eine konkrete Ahnung haben, lasse ich denjenigen herbringen und verhören, wer immer es ist. Ich sperre ihn die ganze Nacht in eine Zelle und lasse ihm von ein paar verdeckten Ermittlern eine Heidenangst einjagen. Wir können ihn kleinkriegen, Blue, aber wer zum Teufel ist es?«

Die Worte setzten mich ungeheuer unter Druck. Die Worte und die Panik, die dahinter steckte.

»Ich weiß nicht, Wes«, sagte ich. »Ich muss mir erst ein paar Zahlen zu gewissen Verhaltensmustern ansehen. Vor allem bei Trauer, Vergewaltigung und Scheidung. Erst dann kann ich mir einen Überblick verschaffen. Isadora Grecchi ist eine tickende Zeitbombe, aber sie kann nur Männer nicht ausstehen. Ich bin mir ziemlich sicher, dass sie Opfer eines sexuellen Übergriffes war. Aber das schließt nicht aus, dass sie Frauen umbringt. Es ergibt einfach keinen Sinn.«

»Berryman hat auch auf Grecchi getippt«, sagte Rathbone. »Wir haben einen Antrag gestellt, ihre Jugendakte aus Colorado einsehen zu dürfen, aber das wird Wochen dauern.

Wir wissen nur, dass sie 1958 unter die Vormundschaft des Gerichts gestellt wurde. Alles andere ist vertraulich. Das reicht nicht, um sie festzunehmen, aber ich lasse ihr Haus überwachen.«

Brontë lag neben mir auf dem Boden und leckte die Kratzer auf ihrer Brust.

»Wes, Schwert war heute wieder hier und hat einen zweiten Blue-Willow-Teller dagelassen. War Grecchi heute zu Hause? Sagen wir in den letzten fünf Stunden?«

»Nicht seit einer Stunde und fünfundvierzig Minuten«, erwiderte er düster. »Das Überwachungsteam wurde ab Viertel nach sechs vor ihrem Haus postiert und das ist seitdem dunkel. Sie ist nicht da. Aber es reicht immer noch nicht für eine Verhaftung. Blue, haben Sie sie da draußen gesehen? Haben Sie irgendwas gesehen?«

»Nur Fußabdrücke und dann den Teller auf dem Boden. Die Abdrücke haben ungefähr meine Größe.«

»Und die wäre?«

»43. Ich habe riesige Füße.«

»Großartig. Wie groß sind Grecchis Füße?«

Ich fühlte mich unfähig, schlampig, wie ein schlechter Detective. »Ich habe nicht auf ihre Füße geachtet«, gab ich zu, aber dann fiel mir ein, dass sie barfuß gewesen war, als BB und ich dort ankamen. »Doch, warten Sie, das habe ich doch. Sie trug keine Schuhe und sie malte gerade. Das ganze Haus roch nach Ölfarben.«

»Ihre Füße, Blue«, beharrte er. »Hatte sie große Füße? Könnten es ihre Abdrücke gewesen sein, die Sie vor Ihrem Haus gesehen haben?«

»Wes, ich habe nicht darauf geachtet«, entschuldigte ich mich. »Ich wusste nicht, dass ich auf die Füße hätte achten sollen. Ich kann es einfach nicht sagen. Für mich sehen alle Füße gleich aus.«

Sein Seufzen klang verärgert und müde. »Was ist mit

Megan Rainer? Berryman war bei dem Besuch nicht dabei, also weiß ich noch nichts darüber. Was halten Sie von ihr?«

»Sie war nicht zu Hause«, antwortete ich. »Ein Pferd ist ihrer Tochter auf den Fuß getreten, und Megan hat sie nach San Diego gebracht, um ihn röntgen zu lassen. Ich habe mit dem Mann gesprochen, Chris ...«

»Haben Sie das nachgeprüft?«, unterbrach er mich. »Wohin hat sie ihre Tochter gebracht? In welches Krankenhaus? Um wie viel Uhr? Sie haben diesbezüglich nur die Aussage des Ehemanns. Vielleicht war die Tochter bei einer Freundin und es gibt gar kein Pferd. Vielleicht war Megan woanders. Zum Beispiel bei Ihnen in der Wüste, um Teller zu verteilen. Vielleicht lügt Nugent, um seine Frau zu schützen.«

Ich dachte an den Christopher Nugent, der seit Jahren in einer Falle saß, die normalerweise für Frauen reserviert war. Er wollte raus, nach Nordkalifornien ziehen und Pflanzen züchten. Falls Megan diese Mordserie begangen hatte, würde er auf ewig dazu verdammt sein, den Haussklaven zu spielen. Megan würde für den Rest ihres Lebens ins Gefängnis wandern, während er die zwei Kinder alleine großzog. Auf Wiedersehen, Traum. Mir wurde klar, dass Chris Nugent einen sehr guten Grund hatte zu lügen.

»Ich habe nicht daran gedacht, aber Sie haben Recht«, sagte ich zu Rathbone. »Er will hier weg; das wollen sie beide. Sie wollen in den Norden ziehen und ein Projekt mit umweltfreundlichen Anbaumethoden verwirklichen. Bäume und Kräuter. Sie hatten ursprünglich geplant, in zwei Jahren wegzuziehen. Megan wollte weiter in der Klinik arbeiten, bis sie ein Polster zusammengespart haben, mit dem sie bescheiden von den Zinsen leben können. Das war der Plan, obwohl beide es satt hatten zu warten. Wes ...?«

»Ja?«

»Ich kann mir nicht vorstellen, dass Chris wegsehen würde, wenn er wüsste, dass seine Frau jemanden umgebracht hat. Er ist ein intelligenter, rücksichtsvoller Mensch. Wer könnte so tun, als würde er so etwas Schlimmes nicht bemerken?«

Wes Rathbone seufzte. »Sie wären überrascht, wie leicht es Menschen fällt, Dinge zu übersehen, die sie nicht sehen wollen. Nugent weiß möglicherweise nicht, dass Megan die Täterin ist, aber vielleicht spürt er, dass etwas mit ihr nicht stimmt. Er glaubt vielleicht, sie wäre nur nervös und unglücklich. Er denkt, dass das, was mit ihr los ist, vorbeigehen wird, wenn sie hier endlich rauskommen und ihren Traum verwirklichen können. Das ist alles, was er an Gedanken zulassen kann. Das ist nicht ungewöhnlich; die Menschen sind nun einmal so. Wir Cops nennen es ›auf beiden Ohren blind sein‹.«

»Er hat ziemlich abwehrend auf ihre Verhaftung wegen des Mitführens einer Waffe reagiert«, stimmte ich ihm zu. »Er hat mir ihr Gewehr und einen großen Plastikbehälter mit Farbkugeln gezeigt. Er meinte, sie hätten eine Freundin, die Nonne ist und gerne Paint Ball spielt, weil es ihr dabei hilft, ihren Zorn wegen eines Schulmassakers abzubauen, bei dem sie dabei war. In Guatemala. In meinen Ohren klang es recht plausibel.«

»Megan Rainer war nicht in Guatemala«, sagte Rathbone. »Und ihr Mann weiß, dass ihre Leidenschaft für das Schießen auf andere Menschen nicht ganz normal ist, denn sonst hätte er nicht so abwehrend geklungen. Was ist mit den verdammten Tellern? Haben Sie irgendwo welche gesehen?«

»Nein«, antwortete ich. »Aber Jeffrey Pond hat häufig biblische Formulierungen benutzt und er hat gerade eine schlimme Scheidung hinter sich. Er hasst seine Exfrau, die eine Freundin dazu überredet hat, ihn wegen Vergewaltigung anzuzeigen. Ich würde sagen, er hat ein gutes Motiv, Frauen zu hassen.«

»Ja, wir haben die Sache überprüft. Es war eine abgekartete Sache. Das kommt bei Scheidungsfällen ständig vor. Der Typ ist wirklich erstklassig in die Pfanne gehauen worden.«

»War er in den letzten fünf Stunden zu Hause?«, fragte ich und versuchte mir vorzustellen, wie der muskulöse Jeffrey Pond durch die Wüste stapfte, um einen Blue-Willow-Teller auf dem Boden zurückzulassen.

»Wir haben niemanden von ihnen zu Hause angetroffen, seit wir von Bettina Ashes Tod erfahren haben. Oder sie gehen nicht ans Telefon. Das einzige Haus, das wir überwachen lassen, ist das von Grecchi. Was halten Sie von Eldridge?«

»Er ist genauso seltsam wie die anderen«, erwiderte ich. »Spießig und pedantisch. Die Frau wirkt auch seltsam. Sie lässt zu, dass er sie ständig unterbricht, und einmal schien er sich nicht an den Namen ihrer Tochter erinnern zu können. Er nannte sie Ann und später hat Kara das Mädchen Namey genannt.«

»Namey?«

»Ja. Wes, ich hatte noch keine Zeit, die heutigen Ergebnisse zu sortieren. Ich muss mir erst ein paar Statistiken ansehen, bevor ich Ihnen etwas Nützliches an die Hand geben kann. Wenn Sie nur warten könnten, bis ...«

»Betsy Ashe ist tot, Blue«, sagte er. »Sie war eine der prominentesten und auch eine der wohlhabendsten Frauen von San Diego. Außerdem war sie eine gute Freundin des Police Departments. Wir wussten, dass sie in Gefahr schwebte, und wir haben zugelassen, dass sie gestorben ist. Die Nächste könnte Ihre Freundin Kate Van Der Elst sein. Sie ist die Letzte der Rainer-Patientinnen, die eine Drohung erhalten hat. Wir können nicht warten.«

Seine Stimme klang wie eine Schiffstrosse, die ächzend eine große Last hält. Wes Rathbone wollte kein typischer Cop mehr sein, sondern nur noch das Leben mit Annie genießen. Doch die Umstände hatten ihn zurück in seine alte Persönlichkeit gepresst. Ich merkte, dass es ihm nicht gefiel, aber ich wusste, dass er keine Wahl hatte.

»Ich werde Ihnen bei dieser Sache helfen«, sagte ich ihm. »Geben Sie mir etwas Zeit, mit Rox zu reden, mir ein paar Zahlen anzusehen und alles zusammenzutragen. Das, was wir wissen müssen, liegt direkt vor uns. Wir können es nur nicht erkennen.«

»Ja, klar«, erwiderte er. »Was ist mit dem alten Mann? Glauben Sie, er könnte diese Frauen umgebracht haben?«

Ich fühlte mich immer noch unter Druck und unvorbereitet. Ich hatte keine Ahnung, wovon ich sprach, und doch wusste ich zumindest genauso viel wie die anderen. Ich kam mir albern vor, bis ich begriff, dass dieses Gefühl nur meine Angst überlagerte. Mittlerweile waren drei Frauen tot, es schien kein Ende der Mordserie in Sicht zu sein, und der Täter forderte mich heraus, mit ihm inmitten von prähistorischem Geröll ein kindisches Spiel zu spielen, indem er mir Geschenke in der Dunkelheit zurückließ.

»Rainer hatte die gleiche Gelegenheit wie jeder andere auch, Wes«, sagte ich. »Außerdem ist er deprimiert wegen des Todes seiner Frau und weil Megan nicht die Klinik übernehmen will und er den Betrieb nun schließen muss. Aber ich halte ihn von allen für den unwahrscheinlichsten Kandidaten. Er ist nur ein altmodischer Kerl, ein Traditionalist. Sein Leben liegt in Scherben, und er weiß im Moment nicht, in welche Richtung er gehen soll. Er hat sogar Angst, den Rechner seiner Frau zu entsorgen. Er findet sich nicht mehr zurecht.«

»Wahrscheinlich genau unser Mann«, sagte Rathbone düster. »In den Filmen ist es immer der, der am unverdächtigsten wirkt.«

»Das hier ist kein Film«, erinnerte ich ihn unnötigerweise. »Grüßen Sie Annie von mir. Ich möchte Rox anrufen und mit ihr die Befragungen durchgehen. Wenn wir etwas herausfinden, rufe ich zurück.«

»Tun Sie das«, sagte Rathbone kurz angebunden und legte dann auf.

Ich rief bei Rox an, die jedoch nicht ans Telefon ging. Wahrscheinlich war sie im Badezimmer. Also hinterließ ich ihr eine Nachricht, damit sie mich so schnell wie möglich zurückrief. Dann hörte ich die Nachrichten auf meinem Anrufbeantworter ab.

Die erste stammte von meinem Bruder David und enthielt nur die aufgezeichnete Stimme einer Frau, die sagte: »Dies ist ein R-Gespräch von einem Gefangenen im ... Missouri-State-Gefängnis. Der Anrufer heißt ...« Und dann hörte ich die Stimme meines Bruders. »... der Affe aus Alcatraz.« Dies war ein Witz über meine Doktorarbeit, in der ich Davids destruktives Verhalten durch den Vergleich von menschlichen Männern mit anderen männlichen Primaten erklären wollte. Das Projekt war jedoch gescheitert. Ich hatte zwar eine Menge über Affen gelernt, wusste jedoch immer noch nicht, warum mein Zwillingsbruder sich wie einer aufgeführt hatte.

Die Telefonsysteme in Gefängnissen sind automatisiert, so dass man eine Nummer drücken muss, wenn man den Anruf entgegennehmen will. Doch selbst wenn man das nicht möchte, bekommt man den Anruf in Rechnung gestellt. Eine der unzähligen Situationen, in denen jemand Geld an Menschen verdient, die keine Wahl haben. Ich hoffte, dass David noch einmal anrufen würde. Vielleicht hatte er ein paar Einsichten über Schwert. Schließlich lebte er unter Mördern.

Die nächste Nachricht stammte von Kate Van Der Elst, die zu weinen schien.

»Ich muss so schnell wie möglich mit Ihnen reden«, sagte sie. »Ich habe gerade von Betsy Ashes Tod erfahren. Es kam in den Sechs-Uhr-Nachrichten. Sie haben nichts von einer Verbindung zur Rainer-Klinik gesagt, aber ich bin sicher, dass Betsy, wenn überhaupt, dann dort solch einen Eingriff durchführen lassen würde. Bestimmt ist es genauso gewesen. Wie bei Mary Harriet und Dixie. Jemand in der Klinik hat ihnen allen etwas angetan und sie umgebracht. Und ich bin vielleicht die Nächste.«

An dieser Stelle tat sie einen zittrigen Atemzug und sprach dann weiter.

»Als Pieter von Betsy Ashes Tod hörte, stellte er mir ein Ultimatum. Entweder ich ziehe mich aus dem Wahlkampf zurück oder er verlässt mich. Ich habe mich geweigert, die Wahl aufzugeben. Er ist fort. Er ist in ein Hotel in der Stadt gezogen. Er sagt, er wird, wenn möglich, morgen schon nach Amsterdam zurückfliegen. Er sagt, er will nicht lange genug bleiben, um mir beim Selbstmord zuzusehen. Bitte rufen Sie an, egal wie spät es ist. Ich weiß nicht, was ich tun soll. Ich habe Angst.«

Pieter Van Der Elst war also nicht der Heilige, für den ich ihn gehalten hatte. Das war schließlich niemand. Doch was hatte er sich dabei gedacht, Kate in dieser Situation alleine zu lassen? Glaubte er, sie würde sich seinen Forderungen beugen, würde unter dem schrecklichen Gewicht seiner Liebe für sie zusammenbrechen? Glaubte er, ihr Leben retten zu können, indem er ihren Geist brach? Warum konnte er nicht sehen, dass das, was von Kate übrig bleiben würde, nur noch seine Verachtung verdiente? Doch ich hatte so etwas schon häufiger beobachtet. Paare, Eltern mit erwachsenen Kindern, die immer noch unter der Kontrolle von Vater oder Mutter standen. Der eine zerbrochen durch den Willen des anderen, der andere wiederum gelangweilt, verbittert und gefangen. Pieter Van Der Elst, so erkannte ich, hatte gerade einen schwer wiegenden Fehler gemacht, der ihn das kosten würde, was ihm am meisten bedeutete.

Die restlichen Nachrichten stammten von Roxie und Rathbone, die verzweifelt versucht hatten, mich zu erreichen. Als ich sie löschte, klingelte mein Telefon.

»Ich bin in einer Telefonzelle in Borrego«, teilte mir Roxies Stimme ohne Einleitung mit. »Schließ dein Tor auf.«

Rox kommt nur zu mir nach draußen, wenn sie unbedingt muss, und sie war zuvor noch nie alleine zu mir gefahren. Sogar die kleine Wüstenstadt in der Nähe meines Motels, in der die vorwiegend der Mittelklasse angehörenden Bewohner die recht lässige Annahme vertreten, dass wir alle die Regeln kennen, kommt ihr vor wie eine Kolonie auf dem Mars. Und tatsächlich kennen wir alle die Regeln. Angefangen von dem gebräunten, lüsternen Golfprofi aus Borrego bis hin zu mir, der einsiedlerischen Sozialpsychologin, die mit ihrem Hund in einem halb fertigen Wüstenmotel lebt. Wir alle wissen ganz genau, was wir zu sagen haben, wenn wir zufällig dem Methodistenprediger im Supermarkt begegnen. Und wir wissen auch genau, was wir *nicht* sagen werden, wenn wir um Mitternacht hinter dem gleichen Supermarkt zufällig der Predigerfrau begegnen, die zusammen mit dem Golfprofi in ihrem Wagen sitzt. Die Regeln der weißen Mittelklasse sind unsichtbar, aber so dicht gewebt wie ein Netz aus Blei.

»Gut, ich sehe dich in ein paar Minuten«, stimmte ich zu. Ich stellte keine Fragen, doch ich wusste, dass etwas Ernstes passiert war. Etwas sehr, sehr Ernstes. Eine Welle des Unbehagens überrollte mich, als ich losfuhr, um mein Tor aufzuschließen.

»Was?«, fragte ich durch ihr Autofenster, als Roxie die unebene Zufahrt zu meinem Grundstück passierte. Im Dunkeln sah sie wütend aus. Oder entschlossen. Oder traurig. Ich konnte es nicht genau erkennen.

»Ich muss mit dir reden«, sagte sie nur.

Also schloss ich das Tor zu und folgte ihrem Wagen, der

über die nasse Straße rumpelte. In meinem Wohnzimmer angekommen, warf sie sich auf die Couch und blickte sich gequält um.

»*Was?*«, fragte ich erneut und wanderte neben meinem Schreibtisch auf und ab.

»Es hat sich etwas ergeben und ich wollte nicht am Telefon darüber sprechen. Außerdem konnte ich dich nicht erreichen. Rathbone auch nicht. Wir waren beide ...«

»Roxie, du bist doch aus einem bestimmten Grund den ganzen Weg hierher gefahren. Und wenn du es mir nicht bald erzählst, werde ich explodieren. Oder implodieren. Was ist los?«

Ich hatte angenommen, dass es sich um Schwert drehte. Um eine Neuigkeit, von der sie annahm, dass sie mich aufregen würde. Zum Beispiel, dass Rainer nicht nur die Morde an den Patienten begangen, sondern dreißig andere Menschen ermordet hatte. Und obendrein noch ein kommunistischer Doppelagent war.

»Heute haben ein paar Leute aus Philadelphia angerufen«, begann sie.

Philadelphia?

»Na gut. Was haben sie gesagt?«

»Sie wollten über ein Forschungsprojekt sprechen. Es ist solide finanziert. Es geht um die Erforschung einer möglichen Verbindung zwischen Hirntraumata und dem Auftreten von schweren psychiatrischen Erkrankungen bei Menschen mit einer genetischen Prädisposition.«

Oh nein.

»Und? Es rufen dich doch ständig Leute zu diesem Thema an, oder? Was wollten sie? Wollen sie von dir die Krankengeschichten sämtlicher psychiatrischen Insassen in Donovan, die in der Vergangenheit eine Kopfverletzung hatten? Dazu müsste doch jeder Häftling eine Genehmigung unterschreiben, oder?«

Netter Versuch, McCarron, aber wem willst du hier was vormachen?

»Sie brauchen einen Projektleiter«, sagte sie und blickte mich an, als würde sie am Galgen stehen. »Der Job beinhaltet ein beeindruckendes Gehalt, ein Team von vierzehn Leuten und zahlreiche Vorlesungen im In- und Ausland. Sie wollen mich.«

Zugunglück, Atombombe, Ende unseres bisherigen Lebens.

Sie trug Jeans, einen schwarzen Rollkragenpullover und Turnschuhe. Plötzlich bemerkte ich diese Dinge, so als würde mein Gehirn Schnappschüsse von ihr machen, während sie auf meinem Sofa saß. So als würde ich mich irgendwann so an sie erinnern wollen. Klick. Roxie an einem Abend im Oktober auf meinem Sofa. Klick. Roxies Haar, das in unzählige Zöpfe geflochten ist. Klick. Roxie, so wie sie bei unserer allerletzten Begegnung aussah.

»Oh Gott«, sagte ich und setzte mich neben sie.

Eine Weile saßen wir einfach nur da. Bald, das wusste ich, würden wir eine Menge Dinge sagen. Aber für einen Moment saßen wir einfach da und ließen die Neuigkeit auf uns wirken. Es war einer dieser Momente, in denen die Grenzen, die normalerweise zwischen zwei Menschen existieren, verschwinden. In denen man das Gefühl hat, als würde man durch ein offenes Fenster an einen unbekannten Ort gezogen werden. An einen hoch gelegenen, Schwindel erregenden, Angst einflößenden Ort, an dem es keine Lügen gibt. Ich bemerkte, dass wir uns an den Händen gefasst hatten und unsere Finger fest ineinander verschränkt waren.

»Blue, ich weiß nicht, was ich tun soll«, sagte sie. »Deshalb musste ich dich auch sehen und heute Abend herkommen. Sie wollen, dass ich nächste Woche für ein Bewerbungsgespräch nach Philadelphia fliege. Ich habe Ja gesagt, aber ich bin nicht sicher. Sie werden mir den Job anbieten. Das Gespräch ist reine Formsache. Doch ich bin nicht sicher, ob ich ohne dich leben kann, und ich kann dich nicht bitten ...«

»Pscht«, sagte ich, den Mund an ihre Zöpfe gelegt. Ich hielt sie in den Armen und wir beide weinten. Mein Gesicht lag heiß und feucht an ihrem und wir hatten die Finger in den Haaren der anderen vergraben. Eine schreckliche Wut erfasste uns. Und dann kamen die Worte.

»Ach, verdammt, Roxie, das ist doch alles Scheiße!«

Ich stand auf, wanderte im Zimmer auf und ab und schob geräuschvoll die Gegenstände auf meinem Schreibtisch hin und her. Ich hatte das Gefühl, mich so aufführen zu müssen, aber am liebsten wäre ich an den Zeitpunkt in der Vergangenheit zurückgereist, an dem ich Roxie Bouchie noch nicht kannte, und hätte verhindert, dass ich sie überhaupt kennen lerne.

»Ich weiß. Ich kann nicht gehen. Aber ...«

Ich vermutete, dass Roxie ähnliche Wünsche hegte wie ich. Seit sie ein Kind war, hatte sie ganz klare Ziele verfolgt, und diese berufliche Chance passte genau zu diesen Zielen. Sie hatte mich nicht in ihrem Leben gewollt; es war einfach passiert.

»Natürlich wirst du gehen«, sagte ich tapfer. »Du musst gehen. Ich werde mitkommen. Wo war das noch mal?«

»Philadelphia, Pennsylvania. Du würdest es hassen. Es ist eine Stadt.«

»Ich hasse nicht alle Städte. Haben sie da nicht die Liberty Bell? Warst du schon mal dort?«

»Du hast mir nie erzählt, dass du unbedingt die Liberty Bell sehen willst. Und nein, war ich nicht. Du?«

»Nein. Oh, Roxie, warum gerade jetzt?«

Nach mehrmaliger Wiederholung dieser Abfolge mussten wir zwar immer noch weinen, aber gleichzeitig auch lachen. Zwei hoch qualifizierte, vernünftige Erwachsene, die innerlich dumme Teenager geblieben waren, weder in der Lage, mit der bestehenden Bindung zwischen uns fertig zu werden, noch eine große amerikanische Stadt auf der Landkarte zu lokalisieren.

»Es läuft immer noch ein Mörder frei herum«, sagte ich, während ich gleichzeitig die Nase hochzog und kichern musste. »Können wir das hier kurz zurückstellen? Ich muss Kate Van Der Elst anrufen. Pieter hat sie verlassen, weil sie die Wahl zum Stadtrat nicht aufgeben will. Er ist in ein Hotel gezogen, bis er nach Hause in die Niederlande flüchten kann. Kate ist alleine und verängstigt.«

Bei den Worten »alleine und verängstigt« brachen wir wieder in Tränen aus und mussten anschließend lachen.

»Ruf sie an«, sagte Roxie, stand auf und ging in die Küche. »Ich mache mir ein Sandwich.«

Brontë folgte ihr, und ich betrachtete Roxies Zöpfe, die über ihre breiten Schultern fielen, und ihren starken, geraden Rücken. Sie hatte wegen des Angebots aus Philadelphia keine Spielchen mit mir gespielt, war nicht ihrem eigenen Schmerz und ihrer Verwirrung über die möglichen Konsequenzen des Jobangebots ausgewichen. Aber vor allem hatte sie mich nicht damit alleine gelassen. Sie war zu mir gekommen und hatte es mir erzählt und uns die Möglichkeit gegeben, den Schock gemeinsam auf uns wirken zu lassen. Sie hatte sich nicht versteckt. Roxie war kein Feigling. Ich liebte sie, aber in diesem Moment spürte ich noch etwas anderes. Ich spürte einen tiefen Respekt für sie. Ich würde niemals so rational und sachlich sein, aber ich wusste, dass ich den Rest meines Lebens versuchen würde, so tapfer zu sein, wie Roxie Bouchie sich an diesem Abend mir gegenüber verhalten hatte.

»Rox«, sagte ich, als ich das Telefon nahm, um Kate anzurufen. »Danke.«

Sie wandte dem Kühlschrank, den sie gerade durchforstete, den Rücken zu, und während sie nickte, wurde ihr Hinterkopf von der fünfzehn Watt starken Birne angestrahlt. Das Licht hinter ihren klackenden Zöpfen schuf eine Art Heiligenschein. Sie wusste, was ich meinte, und dem gab es nichts hinzuzufügen.

18

Die Kadaver-Connection

»OH BLUE, ICH BIN so froh, dass Sie anrufen«, sagte Kate Van Der Elst, als sie meine Stimme hörte. »Pieter ist in das *Marriot* in der Innenstadt gezogen, in das große neben dem Kongresszentrum. Er reagiert nicht auf meine Anrufe. Oder er ist schwimmen gegangen. Wissen Sie, sie haben dort diese wunderschönen Becken und man kann unter Brücken hindurch und über Wasserfälle von einem ins andere schwimmen. Wir haben manchmal ganze Nächte damit verbracht, von einem Pool in den nächsten zu schwimmen. Wahrscheinlich ist er ...«

»Kate«, unterbrach ich sie. »Ist jemand bei Ihnen oder sind Sie alleine im Haus?«

Mir gefiel nicht, was ich hörte. Kates Stimme klang schrill, und ihre Bemerkungen enthielten einen flatterhaften Unterton, der Panik erahnen ließ.

»Es ist niemand hier«, erwiderte sie mit der gleichen verkrampften, hohen Stimme. »Wer sollte hier sein? Dixie Ross war meine beste Freundin, doch jemand hat sie getötet, und morgen findet die Beerdigung statt. Ich kann sie schlecht bitten, vorbeizukommen und meine Hand zu halten, nicht wahr. Sie liegt in einem Sarg. Währenddessen hat sich mein Mann in einen Menschen verwandelt, den ich weder mag noch kenne. Er hat mich verlassen, weil er mich angeblich liebt. Ich könnte ihn anrufen, aber das habe ich ja schon. Offenbar will er nicht mit mir reden. Blue, das alles macht mich völlig fertig. Könnten Sie vielleicht vorbeikommen?«

»Es tut mir Leid, Kate«, sagte ich mit ruhiger Stimme und hoffte, dass mein Tonfall ihre Angst mindern würde, »aber ich kann heute Abend nicht in die Stadt kommen. Trotzdem wäre es besser, wenn Sie nicht alleine blieben. Es gibt sicherlich jemanden, den Sie anrufen können. Vielleicht jemand aus Ihrem Wahlkampfteam?«

»Ich möchte nicht, dass jemand von ihnen erfährt, dass ... was zwischen mir und Pieter vorgefallen ist«, sagte sie und gab sich offensichtlich alle Mühe, ruhiger zu werden. »Ich werde sagen, dass er wegen der Erkrankung eines Familienmitglieds unerwartet nach Amsterdam gerufen wurde. Es sind nur noch zwei Wochen bis zur Wahl. Ich kann nicht zulassen, dass in der ganzen Stadt bekannt wird, dass mein Mann mich verlassen hat.«

Sie hatte Recht. Aber Recht zu haben hatte noch nie jemandem dabei geholfen, die Nacht zu überstehen.

»Kate, ich kann einfach nicht glauben, dass Pieter so etwas tut«, sagte ich. »Ich weiß, wie sehr er sich gewünscht hat, dass Sie die Wahl aufgeben, aber Sie in dieser gefährlichen Situation zu verlassen, Sie morgen alleine zu der Beerdigung Ihrer besten Freundin gehen zu lassen? Das ist nicht der Pieter, den ich kenne.«

»Er war nicht mehr er selbst, seit er den Drohbrief gefunden hat«, sagte sie seufzend. »Sie wissen schon, die Morddrohung auf dem grünen Blatt Papier. Sie hat etwas bei ihm ausgelöst, Blue. Seitdem hat er kaum gegessen und sich nachts nur herumgewälzt. Er sieht schrecklich aus. Vielleicht hätte ich einfach tun sollen, was er wollte.«

»Aber das haben Sie nicht«, sagte ich bestimmt. »Und daher müssen Sie jetzt genau überlegen, wie Sie sich unter den gegebenen Umständen verhalten sollten. Sie müssen das Haus verlassen und einen Ort aufsuchen, an dem viele Menschen sind. Das Hotel, in dem Pieter wohnt, verfügt sicherlich über gute Sicherheitsvorkehrungen, da dort Tagungen stattfinden. Ich möchte, dass Sie ein paar Sachen packen und dort einchecken. Dann sind Sie in Pieters Nähe und können sich sicher fühlen. Auch wenn es albern klingt, aber das ist es nicht.«

»Blue, ich werde Pieter nicht hinterherlaufen. Außerdem schlafe ich ungern auswärts, weil das Essen immer ein Problem ist«, sagte sie. »Sie wissen doch, dass ich diese Diät mache. Es kommt Ihnen vielleicht lächerlich vor, aber es ist beinah unmöglich, in einem Restaurant die richtige Kombination aus Kohlehydraten, Proteinen und Fetten zu bekommen. Sie stopfen einen mit Brot und Pasta voll und es gibt nie genug Proteine.«

»Kate!«, hörte ich mich schreien. »Hören Sie auf, sich Sorgen wegen dieser blöden Diät zu machen, und gehen Sie unter Menschen. Ich kann nicht glauben ...«

Roxie hatte von der Küche aus mitgehört und kam nun zu mir herübergelaufen.

»Lass mich mit Kate sprechen«, sagte sie.

Ich konnte den Ausdruck auf ihrem Gesicht nicht ganz einordnen, als sie den Hörer nahm, aber sie wirkte sehr ernst.

»Kate, hier spricht Dr. Bouchie«, sagte Rox sachlich und sprach dann schnell weiter. »Ich möchte, dass Sie mir *ganz* genau erzählen, was Sie bei dieser Diät essen und was nicht. Es kann sehr wichtig sein. Bitte lassen Sie nichts aus.«

Eine Weile hörte ich nichts außer dem Kratzen von Roxies Stift auf einem Blatt Papier, das sie aus der Lade meines Druckers gezogen hatte. Immer wieder holte sie tief Luft und nickte dann.

»Also vor allem Obst und Gemüse. Essen Sie überhaupt Fleisch? Truthahnbrust und frischen Fisch. Okay. Nehmen Sie zurzeit Antidepressiva oder Medikamente gegen Husten oder Sinusitis? Gut. Nehmen Sie auch zukünftig keine.«

Ich konnte förmlich hören, wie Roxies Gehirn arbeitete. Es klang beinah wie die Arretierstifte, die in einem Zylinderschloss an ihren Platz rutschten. Hunderte von ihnen, einer nach dem anderen.

»Sie müssen Folgendes tun«, sagte sie zu Kate Van Der Elst. »Essen Sie nichts außer frischem Obst und Gemüse, bis ich mich wieder bei Ihnen melde. Nichts anderes. Vor allem nichts Getrocknetes, Eingelegtes oder Gegorenes. Verstehen Sie? Nein, keine Rosinen. Die sind getrocknet. Ich kann es jetzt nicht erklären. Ich muss erst ein paar Dinge überprüfen. Mag sein, dass ich mich irre, aber in der Zwischenzeit werden Ihnen diese Vorsichtsmaßnahmen nicht schaden, sondern vielleicht das Leben retten. Wenn ich Recht habe, spielt es keine Rolle, ob Sie heute Nacht zu Hause bleiben oder in ein Hotel ziehen. Aber Sie würden sich wahrscheinlich wohler fühlen, wenn Sie nicht alleine wären. Ich will jedoch auf jeden Fall morgen früh noch einmal mit Ihnen reden, also muss ich wissen, wo ich Sie erreichen kann.

Und machen Sie sich keine Sorgen. Wenn ich mit meiner Vermutung Recht habe, schweben Sie nicht in Gefahr, solange Sie gewisse Dinge nicht essen. Dazu zählen zum Beispiel Saubohnen, importierte Schokolade in größeren Mengen, Salami, es ist eine lange Liste. Essen Sie also nur, was ich Ihnen gesagt habe. Ich muss jetzt ein paar Anrufe tätigen, also werde ich Sie nicht an Blue zurückgeben, sondern sofort aufhängen. Aber geben Sie uns und auch Detective Rathbone durch, wo Sie morgen früh zu erreichen sind. Sie hören von mir.«

»Was ist, Rox?«, fragte ich, sobald sie aufgelegt hatte, aber sie wählte bereits Rathbones Nummer.

»Wes«, sagte sie Sekunden später. »Hier spricht Roxie Bouchie. Wissen Sie, was Bettina Ashe heute gegessen hat? Finden Sie es heraus und rufen Sie mich sofort zurück. Ich bin bei Blue.«

Er hatte nicht gefragt, warum sie das wissen wollte, sondern sofort erkannt, dass die Frage wichtig war, und ihrer Bitte zugestimmt. Aber ich war nicht Wes Rathbone.

»Roxie, was ist los?«, bettelte ich. »Was hat das Ganze mit dem Essen zu tun? Was hast du herausgefunden?« Ich kann es nicht ausstehen, wenn ich etwas nicht weiß und man mich im Dunkeln tappen lässt. Etwas nicht zu wissen, verursacht mir Ohrensausen.

»Es ist so offensichtlich, ich hätte es sofort sehen müssen«, murmelte sie, ging zurück in die Küche und biss erneut in ihr Sandwich. »Jemand anders hätte es übersehen können, aber ich hätte es wissen müssen. Ein Psychiater sollte es wissen.«

»Du hättest was sehen müssen? Wovon sprichst du?«

»Von MAOH«, antwortete sie langsam, während sie mein Wohnzimmer durchquerte und durch das Panoramafenster auf die Steppenhexen starrte, die am Haus vorbeigetrieben wurden. Gedankenverloren kaute sie an ihrem Sandwich und ließ dabei Krümel auf den Boden fallen. Brontë hockte glücklich neben ihr und sammelte sie auf. Ich setzte mich an meinen Schreibtisch und kaute nervös an meiner Unterlippe.

»MAOH steht für ›Monoaminoxidase-Hemmer‹«, erklärte sie schließlich. »Das ist ein Medikament zur Behandlung von Depressionen, obwohl es heutzutage nicht mehr oft benutzt wird. Die Patienten kommen mit den Einschränkungen bei der Ernährung zurecht, und die meisten Ärzte verschreiben zuerst alles andere, bevor sie es mit MAOH versuchen.«

»Einschränkungen bei der Ernährung?«, versuchte ich anzuknüpfen. »Nimmt Kate dieses Zeug? Warum hast du ihr gesagt, sie soll nur frisches Gemüse essen?«

»Das ist eine lange Geschichte, Blue.«

Ich liebe lange Geschichten.

»Erzähl's mir«, sagte ich, als sie sich auf die Couch warf und sehnsüchtig auf das Telefon schaute. »Wes wird dich anrufen, sobald er weiß, was Bettina Ashe heute gegessen hat. Wir haben Zeit.«

»Wir sind Allesfresser«, begann sie. »Im Laufe unserer Entwicklung haben wir irgendwann gelernt, alles zu essen, was wir finden konnten, und unsere Vorfahren durften, um es mal vorsichtig auszudrücken, nicht sehr wählerisch sein, was die Frische der Dinge anging. Wenn es nicht schon flüssig war, dann haben sie es gegessen. Sogar, wenn es schon ...«

»Ich verstehe, worauf du hinauswillst, Rox«, sagte ich. »Aber Bettina Ashe hat heute keinen Schleim gegessen. Da bin ich mir ziemlich sicher.«

»Nein, aber ihr Magen hätte bereit dazu sein müssen, wenn sie es getan hätte. Wir alle produzieren in unserem Magen das Enzym Monoaminoxidase, kurz MAO. Seine Aufgabe ist es, eine Substanz namens Tyramin mit Sauerstoff zu verbinden. Dieses Tyramin findet man in verwestem Essen und auch in einigen Nahrungsmitteln, die noch nicht verdorben sind. Zu Letzteren zählt zum Beispiel Leber. Unsere Entwicklung hat uns einen, man kann sagen, Geschmack für Kadaver beschert.«

Ich musste an Geier denken, die sich in der Wüste an unaussprechlichen Dingen labten. Und an Krähen. Und an uns.

»Ungefähr vor vierzig Jahren fand jemand heraus, dass die Hemmung des chemischen Prozesses von MAO dabei hilft, die Symptome von klinischer Depression zu mindern, und zwar, indem gewisse chemische Abläufe im Gehirn geändert werden«, fuhr sie fort. »Eine Weile wurden diese MAO-Hemmer, auch MAOH genannt, häufig Leuten mit chronischer Depression verschrieben. Doch diese Patienten mussten sehr stark auf ihre Ernährung achten.«

»Also keine Kadaver?«, knüpfte ich an ihre Erklärung an, obwohl sie für mich immer noch keinen Sinn ergab.

»Eine Menge Lebensmittel sind tatsächlich bis zu einem gewissen Grad verdorben und das ist auch beabsichtigt«, erklärte Rox weiter. »Der Vorgang des Verderbens gibt ihnen ihren besonderen Geschmack. Gegorene Getränke wie Rotwein und Bier werden aus verdorbenen Trauben und Hopfen gemacht. Miso ist gegorener Sojabrei. Das Gleiche gilt für eingelegte Lebensmittel wie Heringe oder Sauerkraut und für Hartwürste, Mortadella und Salami. Sie alle enthalten große Mengen von Tyramin, das wir mit Sauerstoff verbinden, also verdauen können, weil wir MAO produzieren.«

»Aber wenn wir etwas einnehmen, dass das Enzym MAO hemmt, was passiert dann?«

»In extremen Fällen«, antwortete Rox mit glänzenden Augen, »kommt es zu einem extremen Bluthochdruck. Er schießt in die Höhe und das Herz rast mit über hundert Schlägen pro Minute. Die Person bekommt Schweißausbrüche, Schwindelanfälle, Übelkeit, schreckliche Kopfschmerzen und dann peng! Im Hirn platzt eine Arterie und es kommt zum Tod.«

»Rox, genau das ist passiert!«, jubelte ich. »Du hast es herausgefunden! Dixie Ross muss dieses Zeug, dieses Medikament in sich gehabt haben. Und als sie dann einen eingelegten Hering oder etwas Ähnliches gegessen hat, hat es sie umgebracht. Das Gleiche ist bei Mary Harriet Grossinger passiert. Und bei Ruby Emerald. Jemand hat Ruby an dem besagten Abend einen Korb mit Delikatessen geschickt, Rox! Kaviar, Leberpastete, europäische Schokolade und Rotwein. All die schlechten Nahrungsmittel. Für sie war es Gift. Doch der Freund hat die Sachen in einem Eifersuchtsanfall an die Wand geworfen, bevor sie viel davon essen konnte.«

»Er hat ihr wahrscheinlich das Leben gerettet«, sagte Rox nachdenklich.

»Und dann hat er am nächsten Tag versucht, sie zu erschießen«, beendete ich für sie diese seltsame Liebesgeschichte. »Aber was ist mit Kate, Roxie? Sie wurde bedroht, aber ihr ist nichts passiert. Es geht ihr gut.«

Rox stand auf und marschierte neben dem Telefon auf und ab.

»Das war ja genau der Auslöser, Blue. Als ich dich sagen hörte, sie soll ihre Diät vergessen. Sie isst eine Menge Brokkoli, Gemüse, Salat, frisches Fleisch, das sie selber kauft und zubereitet. Diese Zonen-Diät basiert auf einer strengen Balance von Kohlehydraten, Proteinen und Fett. Jedes Mal, wenn sie etwas isst, sind die Nahrungsmittel frisch und perfekt aufeinander abgestimmt. Und sie isst nichts, was diese Balance durcheinander bringt. So verzichtet sie zum Beispiel auf Salami, die voller Tyramin steckt und sie umbringen könnte. Kate Van Der Elst wurde durch ihre Diät vor den Gefahren der gehemmten Monoaminoxidase bewahrt!«

Ich erinnerte mich, dass ich bei der Spendenparty Kates Snack in meiner Tasche herumgetragen hatte. Einen halben Apfel, eine fettarme Käsestange und zwei Makadamianüsse. Es war mir zu dem Zeitpunkt lächerlich vorgekommen. Wer isst nur zwei Makadamianüsse? Aber Kate Van Der Elst war noch am Leben.

»Wie hat Schwert das angestellt?«, fragte ich, doch dann klingelte das Telefon. Roxie schnappte sich den Hörer, noch bevor es ein zweites Mal läuten konnte.

»Wes?«, fragte sie. »Leberpastete. Oh Gott. Was noch? Ein gegrilltes Käsesandwich, das ihr Mann für sie zubereitet hat. Welche Sorte Käse, Wes? Alter, scharfer Cheddar, den sie sich eigens aus Vermont liefern lassen, und ein Stück kräftiger Romano. Gut. Sonst noch etwas? Miso-Suppe. Das dürfte reichen, Wes. Leberpastete, reifer Käse, Miso. Das hat gereicht, sie umzubringen. Und dazu noch ein paar importierte Pralinen? Es könnte nicht schlimmer sein. Sie hatte keine Chance, auch ohne die Pralinen. Ja, ich werde es erklären.«

Ich hörte, wie Roxie noch einmal die Kadaver-Chemie erklärte, doch ich dachte bereits über andere Dinge nach. Wir würden eine Tabelle brauchen, in der alles aufgelistet war, was die Opfer kurz vor ihrem Tod gegessen hatten. Das hieß in Ruby Emeralds Fall kurz vor dem Auftreten des Bluthochdrucks, der sie hätte umbringen können, wenn nicht der vierundsiebzigjährige Jerry Russel Jones in einem Eifersuchtsanfall die tödlichen Delikatessen an die Wand geworfen und ihr damit das Leben gerettet hätte. Die Ironie hinter Jones' Verhalten war erstaunlich und erinnerte mich an meine ganz persönliche Philosophie. An die Theorie über das Gitter. Es liebt Geschichten wie diese. »Mann rettet versehentlich Frau das Leben, die er am nächsten Tag umbringen will.« Der Spätfilm im Fernsehen.

Rox erklärte nun Rathbone im Detail die Sache mit den MAOH, doch ich ignorierte sie und fuhr meinen Rechner hoch, der eine eigene Telefonleitung besitzt. Ich wollte Recherchen anstellen. Etwas, von dem ich etwas verstehe. Es fühlte sich gut an, nützlich zu sein.

Zuerst aktivierte ich die Suchfunktion, die es in allen Textverarbeitungsprogrammen gibt, und tippte Begriffe wie »Essen«, »Lunch«, »Dinner«, »Snack« und »Delikatessen« ein. Dann öffnete ich die Datei, in der sich meine Notizen über Dixie Ross befanden. Sofort wurde das Wort »Essen« in der Phrase »Essen mit Bohnenzüchtern« hervorgehoben. Kurz vor ihrem Tod war Dixie Ross bei einem Picknick gewesen, das von der Bohnenzüchterkooperative im Norden des Verwaltungsbezirks von San Diego ausgerichtet worden war. Sie war an einem Freitagabend kurz nach sieben von diesem Picknick zu Kates Spendenparty in der Aphid Galerie gefahren, als unterwegs eine Gehirnblutung ihrem Leben ein Ende bereitete.

Rox sprach immer noch mit Rathbone, also sah ich mir die Website der Bohnenzüchter an, auf der es einen Link zu einem Artikel in einer Gemeindezeitung im Norden gab, der über das Picknick berichtete. »Züchter feiern mit einem Bohnenschmaus«, verkündete die Überschrift. Unter den Gerichten, die serviert wurden, gab es Saubohnensuppe, Feldbohnensalat mit Tomaten und Knoblauch-Dressing, Fadennudeln mit Bohnen in Erdnusssauce, Honolulu-Kasserolle mit Ananas, Orangen und Bohnen, schwarze Bohnen in einer Zwiebel-Maisbrot-Pfanne und einen belgischen Schokoladenkuchen, der mit weißem Bohnenmehl gebacken und mit Soja-Eiscreme serviert wurde. Alles war natürlich organisch.

Ich markierte die Gerichte in dem Artikel und kopierte sie in meine Datei über Dixie Ross.

»Schau dir das mal an«, unterbrach ich Roxie und zeigte auf den Bildschirm. »Dixie Ross war am Freitagnachmittag vor ihrem Tod bei diesem Picknick, aber ich sehe keine gegorenen oder getrockneten Nahrungsmittel.«

»Eine Minute, Wes«, sagte sie. »Blue hat etwas im Computer gefunden.«

»Es besteht alles aus Bohnen, Rox.«

»Bohnen *sind* getrocknet, Blue. Hast du noch nie die Säcke im Supermarkt gesehen? Und breitblättrige Bohnen wie Saubohnen enthalten viel Tyramin, ob nun getrocknet oder frisch. Die Suppe allein hätte sie umbringen können. Wes, Blue hat wahrscheinlich die Tatwaffe gefunden, die Dixie Ross umgebracht hat. Bohnen. Ja, ich erklär's Ihnen.«

Rathbones Interesse an den Einzelheiten von Roxies Theorie war offensichtlich größer als meines. Sie schien ihm eine Liste der Nahrungsmittel zu geben, die genug Tyramin enthielten, um gefährlich zu werden.

»Jede Sorte von Leber«, rezitierte sie. »Alle eingelegten Fisch-, Fleisch- oder Gemüsesorten. Kaviar, Schnecken, Cornedbeef. Bohnenhülsen, chinesische Erbsenschoten, einige Bohnensorten und ganz bestimmt Saubohnen, getrocknete Früchte, Dosenfeigen, Rotwein, Champagner, Sherry, Brandy und Cognac, sämtliche gereiften Käsesorten ...«

Sie brach ab und musterte mich kritisch. »Was ist los, Blue? Du hast wieder diesen weggetretenen Blick.«

»Hast du ›Dosenfeigen‹ gesagt?«

»Ja.«

»Rox, bei Kates Spendenparty wurde eine Platte mit Delikatessen angeliefert. BB hat ihn von einem Lieferservice entgegengenommen. Er hat gesagt, die Karte wäre verloren gegangen.

Der Korb enthielt Leberpastete und einen riesigen Berg amerikanischen Kaviar mit kleinen runden Toastscheiben und einem winzigen Löffel. Der Kaviar war gut. Ich habe selber eine Menge davon gegessen. Aber ich weiß noch, dass BB Kate erzählt hat, auf der Platte hätten auch Feigen aus der Dose gelegen. Er hat sie weggeworfen, weil sie so unappetitlich aussahen. Roxie, niemand legt Dosenfeigen auf eine Vorspeisenplatte mit Kaviar. Es sei denn, es steckt eine bestimmte Absicht dahinter. Schwert hat diese Sachen für Kate zusammengestellt. Kate sollte die Pastete und die Dosenfeigen und den Kaviar essen und dann sterben.«

»Haben Sie das gehört, Wes?«, fragte Roxie. »Na gut, ich vermute Folgendes. Jemand in der Rainer-Klinik hat eine gewisse Menge MAOH, vermutlich in Form eines Depotpräparats, in die Wunden der Opfer eingebracht, während sie sich in Narkose befanden. Das war sicherlich nicht allzu schwierig. Traditionelle Chirurgie ist im Gegensatz zur Laserchirurgie sehr blutig, auch wenn die Patienten am Abend vorher ein Gerinnungsmittel bekommen haben. Kopfverletzungen sind immer blutig und Rainer ist altmodisch und benutzt für seine Faceliftings keine Laser. Und in diesem blutigen Durcheinander kann im Verlauf einer vierstündigen Operation oder beim Zunähen jeder vom medizinischen Personal ohne Probleme etwas unter einen Muskel oder in einen losen Hautlappen geben. Vielleicht in Form einer Kapsel, die sich nach einer gewissen Zeit auflöst und den Inhalt in die Blutbahn des Opfers gelangen lässt. In diesem Fall den MAOH.

Es kann tagelang, sogar wochenlang dauern, bis sich die Schicht auflöst und der MAO-Hemmer freigesetzt wird. Und wenn das Opfer dann etwas Falsches isst oder ein anderes

Antidrepressivum namens SSRI einnimmt oder eine Erkältung bekommt und ein Medikament zum Abschwellen der Schleimhäute oder gegen eine Sinusitis schluckt, könnte der Blutdruck gefährlich in die Höhe schnellen. Ja, ich weiß, *ist* in die Höhe geschnellt. Und nein, so ein MAOH würde bei einer Blutanalyse nicht auffallen, es sei denn, man sucht gezielt danach. Gut, Wes, wir melden uns wieder bei Ihnen.«

»Bei ihm ist irgendwas passiert«, sagte sie an mich gewandt. »Im Hintergrund ist es ziemlich laut geworden und die Leute haben herumgeschrien. Er musste auflegen. *Wir* müssen jetzt herausfinden, wer von ihnen es war.«

Plötzlich fühlte ich mich gereizt und rastlos. Das passiert mir immer, wenn ich nicht die Zeit habe, die Dinge zu verarbeiten, die sich in Comic-Geschwindigkeit um mich herum ereignen. Und genauso kam mir der Abend vor. Rox und der Job, den sie möglicherweise in Philadelphia annehmen würde. Ein selten verschriebenes Antidepressivum, das Menschen daran hindert, verdorbenes Essen zu verdauen, und sie dann nach dem Verzehr dieser verdorbenen Nahrungsmittel umbringt, indem es das Hirn in die Luft jagt. Mir wurde klar, dass ich glücklich und zufrieden ohne das Wissen gelebt hatte, dass mein Körper eine chemische Substanz produziert, die mir erlaubt, tote Dinge zu essen. Dann dachte ich über die Dinge nach, die ich tatsächlich esse, und mir wurde bewusst, dass sie ebenfalls alle tot sind. Ich hasse es, wenn das passiert.

»Rox, die Rainer-Klinik ist im Grunde schon geschlossen«, sagte ich. »Es werden dort keine großen Operationen mehr durchgeführt, somit kann Schwert nicht noch einmal zuschlagen. Ich glaube, ich möchte jetzt nicht darüber reden. Ich brauche etwas Zeit.«

»Großartig«, sagte sie und klapperte bedrohlich mit ihren Perlen. »Den Angestellten der Rainer-Klinik steht es frei, sich im ganzen Land zu verteilen und sich neue Stellen zu suchen. Also lassen wir den Mörder einfach laufen und hoffen, dass es nicht noch einmal passiert, nur weil *du* deine Launen hast und nicht damit belästigt werden willst. Habe ich das richtig verstanden?«

Sie blickte mich mit schmalen Augen an, und es gefiel mir gar nicht, was ich in ihrer Stimme hörte. Einen Anflug von Verachtung. Und dahinter verbarg sich alles, was ich über Roxie Bouchie wusste. Die Opfer, die sie gebracht hatte, um dahin zu kommen, wo sie jetzt war. Die jahrelange zermürbende Plackerei, bei der sie eine Selbstdisziplin gelernt hatte, die ich zwar bewunderte, aber nicht für mich selber anstrebte. So funktioniere ich nicht, und um ehrlich zu sein, muss ich das auch nicht.

»Bitte, ich will nicht mit dir streiten«, sagte ich und suchte nach meinen Autoschlüsseln. »Ich bin seit vier Uhr heute Morgen auf den Beinen und den ganzen Tag in San Diego herumgefahren, um psychologische Befragungen durchzuführen, für die ich nicht ausgebildet bin. Und selbst wenn ich darin ausgebildet wäre, würde ich mich dabei einfach lausig anstellen, weil ich, wie du immer so schön sagst, ›irrational‹ bin. Dann weht mich der Sturm beinah vom Yaqui Pass herunter, und als ich nach Hause komme, ist Brontë beinah völlig außer sich, weil einer der Menschen, die ich befragt habe und der Frauen mit deinen MAOH umbringt, hier draußen war. Er war hier draußen und hat mir noch einen dieser dämlichen Teller hinterlassen, die zufälligerweise die beste Spur sind, die wir haben, weil *sein* Verhalten tatsächlich irrational ist und uns einen Zugang zu seiner Persönlichkeit liefert. Aber das würdest du nicht verstehen. Und dann tauchst du auf und sagst mir, dass du wahrscheinlich nach Philadelphia ziehst, und dann sprechen wir stundenlang über ein Medikament. Warum überrascht es dich, dass ich ein bisschen *gestresst* bin?«

Das letzte Wort fiel ein wenig schrill aus, aber das war mir egal. Roxie stand einfach nur da, als ich die Schlüssel unter einer halb leeren Chipstüte auf der Anrichte fand und mir meine Jacke von der Armlehne der Couch schnappte.

»Ich komme bald zurück«, sagte ich und öffnete die Haustür, woraufhin mir ein heftiger Wind entgegenwehte. »Ich möchte nicht, dass du gehst, und ich weiß, dass du das nicht verstehst, aber ich brauche etwas Zeit.«

Draußen spürte ich die Ambivalenz, die solche Momente auszeichnet. Auf der einen Seite führte ich mich auf wie in einem Melodrama. Wo wollte ich so spät in der Nacht hin? Andererseits war mein Verhalten notwendig und normal. Und es war mir egal, wohin ich fuhr. Obwohl ich genau wusste, wohin ich fahren würde.

Ich wollte zum Coyote Canyon, denn dort konnte ich nachdenken.

19

Eine Termitenbehausung

ALS ICH AUF DEM Weg zum Coyote Canyon durch Borrego Springs fuhr, war dort alles ruhig. Die Leute blieben in ihren Häusern, wo es keinen Wind gab. Auf den Straßen war nichts zu sehen außer Steppenhexen. Ich schaute einer von ihnen hinterher, wie sie im Licht meiner Scheinwerfer dahinkullerte. Im Grunde waren sie nichts anderes als das kugelrunde Skelett einer Pflanze mit dem Namen »Russische Distel«. Die größten Exemplare sind im Durchmesser ein Meter achtzig groß, aber sogar beim Anblick der kleineren fangen die Leute an, das Titellied von Bonanza zu summen. Steppenhexen sind mittlerweile ein Symbol für den amerikanischen Westen geworden, obwohl es sie hier erst seit 1873 gibt. In diesem Jahr nämlich wurden die Samen der ersten Steppenhexen zusammen mit einer Lieferung Flachsamen aus Russland importiert. Nun sind sie überall. Im Herbst reißen sie sich von ihren Pfahlwurzeln los und rollen Hunderte von Kilometern durch den Wind. Ich fragte mich, ob sie versuchten, zurück nach Russland zu rollen. Und ich fragte mich, wohin ich eigentlich rollen wollte.

Als die asphaltierte Straße endete und ich spürte, wie meine Reifen im nassen Sand einsanken, wusste ich, dass Roxie die Stelle als Projektleiterin in Philadelphia annehmen würde. Dieser Job war ein wichtiger Schritt hin zu bedeutsamen Dingen in der Zukunft. Rox hatte ihr ganzes Leben für eine

Chance wie diese gearbeitet, die Chance, im Leben von schwer geisteskranken Menschen etwas zu bewirken.

Meine Aufgabe würde es sein, ihr das Weggehen zu erleichtern. Oder es ihr zumindest nicht unmöglich zu machen. Das war ich ihr schlicht und ergreifend schuldig.

»Ich werde fair zu dir sein, Roxie!«, schrie ich unter Tränen, während mein Truck schaukelnd und polternd in ein ausgetrocknetes Flussbett hinein und auf der anderen Seite wieder hinauffuhr. Wüstenschluchten sind gut für solche Momente des Leidens. Du kannst dir die Seele aus dem Leib schreien, schluchzen, bis du dich leer und ausgetrocknet fühlst wie eine abgestreifte Schlangenhaut, und die uralten Felsen um dich herum ragen einfach nur in die Höhe und nehmen alles in sich auf. Sie sind nicht gleichgültig; nach ein paar Millionen Jahren haben sie die Geduld einfach nur zu einer Kunstform perfektioniert. *Es wird vorbeigehen,* säuseln sie, während der Wind über sie hinwegfegt. *Alles geht vorbei.*

Diese Botschaft ist nicht gerade der Inbegriff von eitel Sonnenschein, aber mir hilft sie immer.

Rox und ich waren von Anfang an ehrlich zueinander gewesen. Ich wusste, dass ihr Leben vor allem anderen der Psychiatrie gewidmet war. Sie wusste, dass ich mein Leben nichts gewidmet hatte; abgesehen vielleicht von der Bemühung, in Erfahrung zu bringen, was meiner Hingabe würdig sein könnte. Bis dato war mir nichts besonders Verlockendes begegnet und daher widmete ich mein Leben dem Geldverdienen. Vielleicht bin ich altmodisch, aber ich habe einen nicht mehr ganz jungen Vater, der sein ganzes Geld für Anwälte aufgebracht hat, die verhindern sollten, dass mein vom Weg abgekommener Zwillingsbruder den Rest seines Lebens im Gefängnis verbringt. Dieser besagte Bruder wird wahrscheinlich in ein paar Monaten aus dem Gefängnis entlassen werden, und das ganz ohne Fähigkeiten, die man zu Geld machen könnte. David kann noch nicht einmal eine Bank ausrauben. Und seine Frau wird nächstes Jahr ein Kind bekommen. Also wird Geld mit Sicherheit gut zu gebrauchen sein.

»Ich kann auch in Philadelphia Geld verdienen«, sagte ich laut und drosselte die Geschwindigkeit meines Wagens, als die unbefestigte Ruckelpiste durch den Coyote Canyon sich zu einem mit Felsbrocken übersäten Pfad verjüngte, der gerade mal breit genug für meinen Truck war.

Doch ich glaubte mir selbst nicht. Die Eigenschaft, die Roxie bei mir »irrational« nennt, ist bis zu einem gewissen Punkt nur die langfristige Sichtweise, die Sozialpsychologen meist anwenden. Diese Perspektive wird aus statistischen Analysen geboren, in denen Vorhersagen auf großen Zahlenmengen basieren. Doch nicht alles kann analysiert oder vorhergesagt werden. Sozialpsychologen wissen das besser als jeder andere. Also macht ihre Sichtweise der Dinge nur allzu deutlich, dass man nicht immer alles verstehen kann. Dass viele Dinge kleine Bestandteile eines größeren Musters sind, das sich stets der Betrachtung entzieht. Es ist weiterhin ganz offensichtlich, dass wir nur die Wahl haben, weiter mitzumischen oder auszusteigen und uns zu verstecken.

Ich wusste, dass ich weiter mitmischen würde. Ich würde vielleicht mit ihr in den Osten gehen, bis sie sich ihr Leben eingerichtet hatte, aber ich würde nicht bleiben. Das Muster, das durch den Anruf aus Philadelphia geformt worden war, gehörte zu ihrem Leben, nicht zu meinem. Es war Teil eines Pfades, den Rox und ihre Oma vor langer Zeit gewählt hatten. Damals, als sie nichts tun konnten, um einer geliebten, kranken und verängstigten Frau zu helfen. Roxies Mutter, die in den Schatten einer Krankheit mit dem Namen Schizophrenie für die beiden verloren gegangen war. Ich hatte möglicherweise keinen Platz auf Roxies Pfad, aber ich konnte und würde diese Tatsache respektieren. Das heißt, sobald ich mit dem Weinen aufhören konnte.

Was offensichtlich noch eine Weile dauern würde. Aber die Wände der Schlucht waren da, um mich zu halten, also schluchzte ich weiter und fuhr tiefer in das Granitgeröll und die harzigen Pflanzen hinein, deren Geruch die Dunkelheit erfüllte. Nach einem Regen riecht die Wüste nach nasser Kreide, Eisen und Salbei. Ich drehte das Fenster auf der Fahrerseite ganz nach unten und ließ mir die kühle Luft ins Gesicht wehen. Es waren nicht Roxies geflochtene Zöpfe, aber es würde genügen. Es *musste* genügen.

In diesem Moment begriff ich, was ich eigentlich tat. Begreifen im ganz rationalen Sinne. Ich hatte bereits den größten Teil des Coyote Canyons zu Fuß erkundet, aber ich war noch nie ganz bis zum Ende gegangen und ich war auch noch nie mit dem Wagen hineingefahren. Doch Letzteres war genau das, was ich in diesem Moment tat, und es würde mir eine kaputte Ölwanne, ein verbogenes Differenzialgehäuse, eine verzogene Spur, Kratzer im Lack und mit ganz viel Pech eine gebrochene Achse einbringen. Falls ich nicht zuerst im nassen Sand stecken blieb, was ohne Zweifel passieren würde, wenn ich versuchte, ganz bis zum Ende zu fahren.

Der Coyote Canyon teilt sich am nördlichen Ende in den Horse Canyon, der irgendwann einfach aufhört, und in den Nance Canyon, der in eine winzige Stadt namens Anza mündet. Beides sind keine richtigen Schluchten, sondern nur lang gezogene, ausgetrocknete Flussbetten. Der Anstieg im Nance Canyon ist sogar mit Vierradantrieb ein Alptraum, doch mein Truck besitzt nicht einmal den. Der Weg dort ist nur ein mit Felsen übersäter Schafpfad, der steil nach oben zu führen scheint. Nun war er sicherlich matschig und unpassierbar. Ich beschloss umzukehren, sobald ich das relativ flache Figtree Valley am Fuß des Nance Canyon erreichte. Als ich dort ankam, hielt ich an und atmete die nach Salbei duftende Luft ein. Aber die Reise erschien mir noch nicht beendet. Und zu Fuß würde der Nance Canyon leicht zu bewältigen sein. Es war unbedingt nötig, dass ich die Sache zu Ende führte und den ganzen Weg hinter mich brachte. Warum auch immer, aber ich musste es tun.

Also schloss ich den Truck ab und stolperte den steinigen Pfad hinauf, hinaus aus den Schatten des Canyons zur Oberfläche der Wüste hinauf. Ich fiel mehrmals hin, holte mir blaue Flecken und wurde ganz dreckig, aber es war mir egal. Etwas zerrte an mir. Ich musste etwas beweisen, und zwar alleine und in der Dunkelheit. Na gut, es war irrational, aber ich tat es dennoch. Als ich keuchend und zittrig auf dem höchsten Punkt angekommen war, konnte ich die wenigen, sechs Kilometer entfernten Lichter von Anza erkennen, die wie gelbe, im Wind schimmernde Wasserblasen aussahen. In meiner Nähe standen leere Schaf- und Viehunterstände und ein paar dunkle Farmhäuser. Und zu meiner Rechten, direkt neben der Straße, befand sich noch etwas anderes.

Eine Art Ruine, halb unter Kreosotebüschen und dem Mantel der Dunkelheit verborgen. Es war eine alte Hütte aus getrockneten Lehmziegeln. Die Hütte war vor langer Zeit als Unterkunft für die Arbeiter errichtet worden, die die Strommasten aufstellten und Anza und den anderen winzigen Gemeinden hier draußen die Elektrizität brachten. Und als Unterkunft für Schaf- und Viehhirten, die auf ihren Pferden die Gegend durchquert hatten, bis 1956 die ersten geteerten Straßen gebaut wurden und ein ganzer Lebensstil über Nacht verschwand. Ich betrachtete mit gegen den Wind zusammengekniffenen Augen die Hütte aus Lehmziegeln. Etwas an ihr kam mir seltsam vertraut vor.

Sie stand am oberen Ende des Nance Canyon mit dem Gesicht zur Coyote Road, die am Eingang des Canyons gar keine Straße mehr war, sondern in den zerklüfteten Pfad überging, den ich zu Fuß hinaufgeklettert war. Das Gebäude stand außerdem vor einer Hügelkette, die die Vorderseite des

Gebäudes in einen unergründlichen Schatten tauchte. Neugierig ging ich näher und verfluchte die Tatsache, dass ich keine Taschenlampe bei mir hatte. Ich war noch niemals in den Nance Canyon geklettert, und doch hatte ich das Gefühl, die Hütte zu kennen, so vertraut kam sie mir vor. Aber ich konnte sie nicht einordnen oder ihr eine Identität geben. Es war eine einsame und verlassene Lehmziegelhütte.

An abgelegenen Orten findet man häufig so etwas – Hütten von Minenarbeitern, einzelne Schornsteine, die sich aus der blanken Erde erheben, eine Feuerstelle aus Steinen, in der jemand aus unerklärlichen Gründen eine Wanduhr und einen Tennisschuh verbrennen wollte. Beweise dafür, dass Menschen aus unbekannten Gründen dorthin gekommen und wieder gegangen sind. Ich hatte bestimmt schon an die hundert zerfallene Gebäude aus getrockneten Lehmziegeln gesehen, seit ich nach Kalifornien gezogen war. Diese hier sah wahrscheinlich nur so aus wie alle anderen.

Die Tür der Hütte und drei nach vorne zeigende Fenster waren mit völlig verrosteten Wellblechplatten verschlossen. Ein Tritt von mir genügte und die abblätternde orangefarbene Metallplatte im Türrahmen fiel nach drinnen. Staub wirbelte hoch und wurde sofort vom Wind davongetragen. Das Wellblech war früher von innen an den Türrahmen genagelt worden, aber nun hatte sie nur noch dagegen gelehnt. Vermutlich das Werk von Teenagern.

Die Türschwelle knirschte sanft unter meinen Schuhen und verwandelte sich in Holzkrümel, als ich eintrat. Termiten hatten ganze Arbeit geleistet und waren längst weitergezogen. Im Innern der Hütte roch es nach Trockenfäule, Tierkot und nach einer medizinischen Substanz, die ich mit Wespen assoziiere. Durch die Türöffnung fiel ein graues Rechteck aus Mondlicht herein, das sich vergeblich bemühte, die dunklen Ecken zu erhellen. Ich konnte die schwachen Umrisse eines umgestürzten Tisches, einiger Stühle ohne Sitzfläche und eines Tresens vor der gegenüberliegenden Wand erkennen. Offenbar war das Gebäude einmal als Bar oder Restaurant genutzt worden. Vielleicht hatte es, nachdem die Arbeiter fort waren, als Kneipe für die Rancher aus der Gegend und für den einen oder anderen Goldsucher gedient, der immer die Canyons nach Gold absuchte.

In der Zwischenzeit hatten es offensichtlich Teenager als Unterschlupf benutzt, die sich für das Satanische interessierten, denn die Wände waren erst kürzlich mit Bildern aus Magazinen geschmückt worden. Die meisten lagen im Dunkeln verborgen, aber in der Nähe der Tür konnte ich ein paar Bilder von Eulen und Drachen ausmachen. Vermutlich das Logo einer berühmten Rockband.

Dennoch fühlte sich das Gebäude so leer an, dass es das Licht regelrecht zu verschlucken schien. Ich zog die Wellblechplatte wieder vor den Türrahmen und trat nach draußen. Auf dem Boden, unter einem Klumpen Salbei, halb vergraben im Sand, entdeckte ich ein handbemaltes Schild, das von der Tür heruntergefallen war. DESSERT ... hatte einst in dunkler Farbe auf dem geweißelten Brett gestanden. Offensichtlich hatte hier jemand Nachspeisen angepriesen, wie zum Beispiel die Apfelkuchen, die nun die Menschen nach Julian zogen. Das zweite Wort war mit der Zeit unleserlich geworden. Als ich das Brett hochhob, stellte ich fest, dass es leicht wie Balsaholz und nur noch eine zerbrechliche, von den Termiten zurückgelassene Hülle war.

Zeit, nach Hause zurückzukehren. Nach Hause zu Brontë, die bis zu ihrem Tod an meiner Seite bleiben würde, und zu Roxie, die das nicht tun würde. Eine innere, moralische Stimme, die ich aus dem Mittleren Westen mitgebracht hatte, insistierte, dass das auch gar nicht Roxies Aufgabe war. *Ich* sollte ihr helfen, ihren Weg zu finden, und sie dann anschließend loslassen. Die moralische Stimme hatte Recht, und es ist wirklich sehr schwer, diese Stimme zu beherzigen.

»Verdammt, ich hasse das!«, schrie ich in den Wind, der meine Stimme davontrug wie eine Rauchwolke.

Am oberen Ende des Pfads drehte ich mich noch einmal um und blickte auf den seltsamen Ort zurück, an den ich mich als Schauplatz meiner persönlichen Verzweiflung zurückerinnern würde. Und ich beschloss, das alte Schild mitzunehmen. Ich würde es mitnehmen und reparieren und es über meine Tür hängen. Als Symbol für die Vergänglichkeit, die Roxie Bouchie in einen solchen vergessenen Ort in meinem Herzen verwandeln würde.

So bin ich nun mal. Ich präge mir immer wieder ganz bewusst Bilder ein, damit ich weder Dinge, die mir passiert sind, noch mein Leben vergesse. Später würde ich diese Szene im Geiste mit einer Filmmusik unterlegen. Mit etwas unerträglich Traurigem. Vielleicht Paganinis betörende Melodie »Variationen über ein Thema«. Mir gefiel die mentale Komposition, die ich kreierte. Sie bedeutete, dass ich überleben würde.

Ich fühlte mich tapfer und weise, als ich mir das alte Schild unter den Arm klemmte und mich auf den Rückweg machte. Ich drehte mich jedoch noch ein letztes Mal um. Und da sah ich es. Ich sah, warum mir die Hütte so bekannt vorgekommen war. Aus diesem Blickwinkel betrachtet, kannte ich sie. Ich hatte ein Foto von dieser Ansicht in meinem Wohnzimmer hängen! Ein Schwarzweißfoto der Hütte, wie sie früher einmal im Sonnenuntergang ausgesehen hatte. Die eine Hälfte vom Schatten der Hügelkette hinter der Kamera verdeckt, die andere Hälfte in das Licht der untergehenden Sonne getaucht. Es war das gleiche Motiv, nur im Mondlicht.

»Oh, mein Gott«, sagte ich so leise, dass der Wind meine Worte davontrug, bevor ich sie hören konnte. Ich glaube normalerweise nicht an Zufälle, obwohl es sehr wohl Zufälle gibt. Sie sind bedeutungslos. Wenn einem der Nachbar in einem Kino über den Weg läuft, das fünf Kilometer von Ihrem Haus entfernt liegt, so ist das ein Zufall. Wenn man jedoch bemerkt, dass die Frau, die im Kino vor einem sitzt, die Englischlehrerin von vor zwanzig Jahren ist, die zweitausendfünfhundert Kilometer entfernt lebt, dann ist das kein Zufall. Es ist etwas, für das es keine Worte gibt. Auch wenn die Englischlehrerin drei Jahre nach dem eigenen Schulabschluss in Äthiopien im Friedenscorps gestorben ist und die Frau im Kino nur eine Doppelgängerin, so ist es dennoch kein Zufall. Die Welt ist unterteilt in Menschen, die das verstehen und die es nicht verstehen.

Ich hatte zwei Jahre lang ganz in der Nähe dieser alten Lehmziegelhütte gelebt, sie aber nie gesehen. Dann hatte ich eine alte grobkörnige Aufnahme gekauft, auf dem die Hütte aus einem seltsamen Winkel abgelichtet worden war. Zu Hause hatte ich das Bild an eine Stelle gehängt, an der es nur mein Hund betrachten kann, ohne den Blick zu senken.

»Na gut, Gitter«, flüsterte ich der von mir erfundenen Manifestation des Universums zu, »was hat das zu bedeuten?«

Als Antwort hörte ich nur das Heulen des Windes, das mir langsam auf die Nerven ging. Offensichtlich musste ich es alleine herausfinden.

»Na gut«, sagte ich trotzig, »das werde ich.« In der Zwischenzeit würde ich meinen Teil dazu beitragen, den Auftrag zu Ende zu führen, den Roxie und ich gemeinsam angenommen hatten. Ich würde alles in meiner Macht Stehende tun, um herauszufinden, wer von den medizinischen Mitarbeitern der Rainer-Klinik Patienten mit einem in Depotform verabreichten Antidepressivum umgebracht hatte. Ich würde nicht eher schlafen gehen und statistische Analysen durchführen, bis mein Rechner rauchend zusammenbrach und ich den Kreis der Verdächtigen auf eine Person reduziert hatte. Auf eine einzige Person, die den Kriterien entsprach und die ein Motiv besaß. Die eine Person, die darauf wartete, gefasst zu werden. Und ich würde es für Roxie tun. Ich würde es tun, um hinter ihr alles abzuschließen und ihr den neuen Weg frei zu machen.

Auf dem holprigen Pfad zurück durch den Coyote Canyon fühlte ich mich tapfer und stark. Ich würde das Richtige für Roxie tun, denn ich liebte sie. Jemand, der weniger anfällig für einsame, dramatische Szenen ist, die zu dubiosen moralischen Entscheidungen führen, hätte innegehalten und über den Begriff »Liebe« nachgedacht. Ein anderer Mensch hätte sich vielleicht daran erinnert, welch tödliche Wendung die Liebe von J. R. Jones zu Ruby Emerald in den Stunden angenommen hatte, bevor er mit einer .22er auf sie geschossen hatte. Oder über die Grausamkeit von Pieter Van Der Elsts Liebe zu seiner Frau Kate, die ihn dazu getrieben hatte, auf sie loszugehen, als sie am verwundbarsten war. Ich hätte auch die Liebe zwischen Wes und Annie Rathbone mit in diese Überlegung einbeziehen müssen, bevor ich eine Entscheidung traf. Aber ich ließ all das außen vor. In meinem Kopf befand sich nur das Abbild meines Kummers, vollständig mit Musik unterlegt. Ich würde dafür sorgen, dass ich es verdiente, dass ich den Eintrittspreis für den Film meines Lebens bezahlt hatte. Das war alles.

Roxies Wagen war immer noch da, als ich nach Hause kam. Ich hatte es schon vorher gewusst, da Roxie rational ist und nicht so dumme Dinge tut, wie aus einer Laune heraus nachts durch die Berge zu fahren. Als ich den Motor abstellte und den Wagen leise ausrollen ließ, ging mir durch den Kopf, dass diese Eigenschaft langfristig vielleicht auf mich abfärben würde. Aber es würde kein »langfristig« geben.

Natürlich hörte Brontë meinen Truck und kam verschlafen zur Tür, um meine Hand zu lecken. Dann trottete sie zurück ins Schlafzimmer. Ich nahm das alte Schild und legte es in die Küchenspüle. Im Inneren des Hauses sah es verlogen aus. Wie ein Utensil für eine Geisterstadt, das man in einem Katalog für »Wüsten-Accessoires« findet. In dem man auch

Plastikbehälter in Form von Ochsenschädeln und Toilettenpapier mit aufgedrucktem Kokopelli-Dekor bestellen kann. Also streifte ich meine Stiefel ab, schnappte mir das Schild und tapste nach draußen zum Pool. Dort legte ich das Schild auf eine Liege und betrachtete das Wasser, das ohne die Unterwasserlampen, die es blau und glitzernd schimmern ließen, grau und unheimlich aussah. Doch die Lampen würden Roxie aufwecken.

Andererseits würde das auch passieren, wenn ich mich im Badezimmer wusch.

»Ach, verdammt«, flüsterte ich, streifte meine Sachen ab und ließ mich am flachen Ende lautlos in das warme Wasser gleiten. Ich spürte nur das weiche, dichte Wasser, das mich in der Dunkelheit umfing. Ich bemerkte, wie müde ich war. Jeder einzelne Muskel schmerzte von der Anstrengung und ließ sich nur schwer bewegen. Es war völlig ruhig und der Pool wirkte groß wie ein See. Ich ließ mich eine Weile treiben, bis ich plötzlich nicht mehr wusste, ob ich wach war. Plötzlich wusste ich nicht mehr, wo der Rand des Beckens war oder wie ich hinauskommen sollte. *Ich bin so müde*, dachte ich. *So müde, dass ich mich nicht mehr bewegen kann.*

Und dann spürte ich die Tiefe. Ich war im Halbschlaf auf dem Rücken ins tiefe Ende getrieben. Unter mir befanden sich Gallonen unergründlichen, grauen Wassers. Überall um mich herum konnte ich die Überlaufrinne sehen, den rechteckigen Umriss des Beckens, der sich gegen den Bodenbelag um den Pool herum abzeichnete. Doch ich konnte mich nicht bewegen. Und dann sank ich. Oder ich glaubte zu sinken und konnte mich nicht erinnern, mit welchen Bewegungen ich meinen bleischweren Körper dazu bringen konnte, die schwarze Flüssigkeit zu durchqueren, um in Sicherheit zu gelangen.

Dann begann ich zu frösteln. Eine eisige Kälte floss durch

meine Arme und Beine wie Öl durch eine Lavalampe. Ich spürte, wie sich das Wasser über meinem Kopf schloss, und trat instinktiv ein paar Mal mit den Beinen. Doch ich war mir nicht sicher, wo oben und wo unten war, und die Füße, die am Ende meiner Beine gegen das Wasser traten, fühlten sich fremd an. Es war nicht so sehr, als würde ich sie fühlen. Es kam mir eher so vor, als würde ich sie nur betrachten. So als würde ich auf einer inneren Leinwand in meinem Kopf die Füße von Marionetten beobachten. Und dann platzte der Knoten und Panik erfasste mich. Ich rang nach Luft und strampelte mit den Beinen, während etwas meine Brust zu zerquetschen schien. Etwas zog an mir, und meine Lunge und die Haut über meinen Rippen begannen zu schmerzen. Etwas hielt mich so fest, dass ich keine Luft bekam, und dann stieß etwas Hartes gegen meinen Kopf.

Die Überlaufrinne. Die Rinne stieß gegen meinen Kopf, und ein Arm, der sich dunkel gegen meine Haut abzeichnete, zerquetschte meine Brust.

»Roxie«, keuchte ich.

Sie hatte einen Arm um ihr Schwimmbrett gelegt und umklammerte mich mit dem anderen. Ich konnte spüren, wie sie im grauen Wasser zitterte, spürte es an den kräftigen Muskeln auf ihren Armen und Schultern. Ohne einen Laut von sich zu geben, zog sie mich zum flachen Ende des Beckens und schob mich auf die Stufen des Pools. Neben dem Becken rannte ein schwarzes Tier besorgt auf und ab und drückte mir dann völlig außer sich die Schnauze gegen den Hals und leckte meine Haut.

»Roxie?«, sagte ich erneut, als sie mit Handtüchern zurückkehrte und mich so heftig abrubbelte, dass meine Haut brannte. Ich konnte spüren, wie mir das Blut durch Millionen von Gefäßen raste und die Kapillaren bis in meine Fingerspitzen pulsierten.

»Es ist schon gut, Roxie«, sagte ich. »Ich weiß nicht, was

passiert ist. Ich wollte dich nicht wecken. Ich glaube, ich bin im Pool eingeschlafen.«

Ihre Augen sahen in der Dunkelheit merkwürdig aus, und ich konnte immer noch das Zittern in ihr, unter ihrer nassen Haut spüren.

»Du bist ganz kalt«, sagte ich und stand vorsichtig auf. »Los, gehen wir rein und ziehen uns trockene Sachen an. Wir sollten einen Kaffee trinken. Ich muss dir erzählen, was passiert ist, Roxie, was ich gefunden habe. Die Hütte, und zwar die auf dem Foto, das ich in der Aphid Galerie gekauft habe. Ich habe sie gesehen, Rox. Sie steht am Ende des Coyote Canyon. Kurz bevor er in Anza endet. Die Hütte existiert. Sie ist tatsächlich dort.«

Ich klammerte mich in Handtücher gewickelt an sie und wir gingen nach drinnen. Stammelnd erzählte ich immer wieder von der Lehmziegelhütte, während mir innerlich etwas klar wurde, das ich nicht sehen wollte. Wenn ich Roxie Bouchie nicht von meinem Leben erzählen konnte, weil sie nicht mehr da war, um mir zuzuhören, dann würde das, was in meinem Leben geschah, weniger real sein. Vor meinem geistigen Auge erstreckten sich Jahre, in denen meine Erfahrungen niemals mehr so intensiv und deutlich sein konnten wie zu der Zeit, als ich sie hatte Roxie Bouchie erzählen können. Diese Erkenntnis machte mir ein Gefühl, als würde ich ertrinken.

»Rox, sag doch etwas«, flehte ich, nachdem wir uns trockene T-Shirts angezogen hatten und ich Brontë mit einem Leberleckerli versichert hatte, dass ich in Sicherheit war und sie weiterschlafen konnte. Aber Roxie ballte nur die Fäuste und ging alleine in das dunkle Schlafzimmer zurück.

»Bitte«, flüsterte ich, folgte ihr und kletterte zu ihr ins Bett. »Es tut mir Leid, dass ich einfach los bin und dich hier allein gelassen habe. Aber ich musste es tun. Als du mir von Philadelphia erzählt hast ...«

»Blue, es gibt etwas, das ich dir nicht über die MAOH erzählt habe«, sagte sie und zog mich eng an sich. »Du bist los, bevor ich es dir sagen konnte. Und mir ist nicht danach, es dir jetzt zu erzählen. Hör auf, zu laufen, Blue. Ständig bist du in Bewegung. Und ich bitte dich jetzt ein einziges Mal, damit aufzuhören.«

Diese Bitte war schlimmer als mein Erlebnis in dem nachtgrauen Pool. Denn ich bin nun einmal ständig in Bewegung. Diese Eigenschaft macht mich aus. Beim Laufen beobachte und überdenke und bewerte ich alles. Es ist, als würde ich mein Leben wie einen Film durch die Scheibe eines sich bewegenden Autos beobachten. Solange ich in Bewegung bleibe, bin ich in Sicherheit. Egal, wovor ich mich fürchte, es kann mich nicht erwischen. Aber nun hatte Roxie mich um einen Mut gebeten, den ich noch nie in meinem Leben aufgebracht hatte. Sie verdiente mein Bestes. Und sie würde es bekommen.

»Ich laufe nicht«, sagte ich ihr. »Ich bin hier.«

Danach redeten wir nicht weiter, sondern liebten uns die ganze Nacht, so als wäre es das erste oder das letzte Mal. Und ich war dort. Ich rannte nicht.

Schließlich musste ich eingeschlafen sein, denn plötzlich wachte ich auf und spürte einen Knoten der Angst in meinem Magen. Es war beinah neun Uhr morgens, jemand hämmerte an unsere Tür, Brontë bellte und Roxie saß vollständig angezogen neben mir im Bett und beobachtete mich ängstlich.

»Oh, Rox«, murmelte ich, »was ist denn los?«

»Eine Menge. Ich weiß gar nicht, wo ich anfangen soll. Aber zuerst muss ich wissen, ob du noch hier bist oder ob du in deinem Kopf schon wieder losgelaufen bist, wie du es sonst immer tust.«

»Rox, ich bin nicht diejenige, die weggeht«, begann ich. »Und wer zum Teufel ist da an der Tür? Und warum bist du nicht bei der Arbeit? Was ist los, Roxie?«

»Ich habe mir den Tag freigenommen«, sagte sie und wich

nicht von meiner Seite. »Aus persönlichen Gründen, und Gott weiß, Süße, dass das hier persönlich ist. Aber jetzt haben wir keine Zeit dafür. Vor der Tür steht das FBI. Es gibt ein paar Dinge, die ich dir sagen muss, Blue.«

»FBI? Was will das FBI denn hier?«, krächzte ich, während ich in Richtung Badezimmer stürzte. Ich wollte mit Roxie alleine sein und eine heiße Dusche nehmen und ein riesiges Frühstück mit einer Menge frischem Kaffee verdrücken. Genau in dieser Reihenfolge.

»Das gehört auch zu den Dingen, die ich dir erzählen muss«, antwortete sie. »Ich werde sie bitten, einen Moment länger in ihrem Zeltlager zu warten, Blue. Wir haben heute eine Menge zu tun.«

»Welches Zeltlager?«, schrie ich, als sie zur Tür ging. Zwischen Rox und zwei männlichen Stimmen entwickelte sich eine sachliche Unterhaltung und Brontë hörte auf zu bellen.

»Das Zeltlager, das sich fünfzig Meter vor der Tür befindet«, schrie Roxie durch die Badezimmertür, hinter der ich eine Menge Wasser für eine heiße Dusche verschwendete. »Sie sind seit sieben Uhr heute Morgen da draußen. Sie haben sogar eine chemische Toilette.«

Kurz darauf blickte ich aus dem kleinen Badezimmerfenster, das zur Rückseite meines Grundstücks hinausführt. In einer Mulde in einem ausgetrockneten Flussbett sah ich ein ordentlich aufgebautes Zeltlager, das mit allem ausgestattet war, was man braucht, um den Everest zu besteigen. Mit Ausnahme von Sauerstoffgeräten. Zwei Männer in Khakishorts und T-Shirts saßen auf zwei Klappstühlen. Einer von ihnen beobachtete die Wüste durch ein Fernglas, das die Größe eines guten Wörterbuches besaß. Der andere sprach in ein Handy. Beide trugen Waffen und auf dem Schoß des Mannes mit dem Fernglas lag ein Hochleistungsgewehr mit einem Weitsichtgerät. Es war offensichtlich, dass sie nicht zum Meditieren hier waren.

»Roxie«, sagte ich, während ich in meinem Schlafzimmer herumhüpfte und meine Unterwäsche anzog. »Es wäre jetzt an der Zeit, es mir zu erzählen. In meinem Garten sitzen schwer bewaffnete Pfadfinder herum. Was habe ich letzte Nacht verpasst?«

Sie setzte sich auf den Rand des Bettes.

»Weißt du noch, dass ich mit Wes über Bettina Ashe und all die Nahrungsmittel gesprochen habe, die man nicht essen darf, wenn man MAOH nimmt?«, fragte sie.

»Ja.«

Ich schnappte mir einen beigefarbenen Strickrock aus dem Schrank und versuchte, ihn über meine Hüften zu ziehen. Ich wusste bereits, dass es ein Tag für einen Rock werden würde. Ich wusste bereits, dass ich arbeiten würde. Sehr hart sogar.

»Erinnerst du dich noch, dass während des Gesprächs im Hintergrund alle anfingen herumzuschreien und Wes deshalb auflegen musste?«

»Ja, Rox, komm zum Punkt.«

Ich fand einen BH und dann ein lässiges weißes Stricktop mit einem Kapuzenkragen. Dazu Goldohrringe. Der professionelle Look. Zumindest, wenn ich erst einmal Schuhe angezogen hatte.

»Hör zu«, sagte sie und das tat ich auch. »Gestern Abend ist im Polizeipräsidium Folgendes passiert. Sie haben einen Anruf vom Secret Service bekommen. Das San Diego Police Department wurde darüber informiert, dass das FBI von nun an in dem Schwert-Fall ermittelt. Wes hat noch einmal zurückgerufen, nachdem du weg warst. Schwert ist nun das Ziel des FBI. Unsere Steuergelder sind im Einsatz. Er hat die Agenten bereits auf den neusten Stand gebracht. Sie wissen von der Verbindung zwischen dir und Schwert und von den Tellern. Sie glauben, dass er dich noch einmal besuchen wird. Und jetzt warten sie.«

»Aber, Roxie«, wandte ich ein. Ich wollte über nichts anderes reden als vergangene Nacht. Und darüber, wie ich es zulassen sollte, dass sie nach Philadelphia zog, obwohl sie nun für immer ein Teil von mir war. »Warum? Die Rainer-Klinik ist praktisch geschlossen. Schwert kann nicht wieder töten, zumindest nicht in nächster Zeit. Die örtliche Polizei hat gar keine Unterstützung vom FBI angefordert. Warum jetzt?«

»Weil«, sagte sie mit zusammengezogenen Augenbrauen, »unsere Kandidatin für das Amt des Vizepräsidenten morgen früh einen unerwarteten Zwischenstopp bei uns einlegt. Es stand heute in der Zeitung, aber die Neuigkeit war schon gestern im Internet zu lesen. Schwert hat es gesehen. Sieh dir deine E-Mails an.«

Rox hatte bereits meinen Rechner hochgefahren und ich klickte das Icon des Servers an und wartete. Sekunden später sah ich die Liste meiner eingegangenen E-Mails. Eine von Dad, wie üblich. Zwei von Buchhandlungen, die vergriffene Bücher für mich aufgespürt hatten. Fünf oder sechs von Diskussionsgruppen. Einer von »Godsword@bluebay.com«. Sie war ursprünglich an die *San Diego Union-Tribune* geschickt und in Kopie an mich, achtzehn bundesweite Sender und Kabelkanäle und das SDPD gesendet worden. Ich machte sie auf und sofort fielen mir die Buttons auf. Diesmal waren es drei kleine Blue-Willow-Teller.

Der dritte Versuch ist immer magisch.

»Der Vizepräsident ist ein Mann, keine Frau«, lautete der Text. »Diese Frau die versucht ein Mann zu sein, ist ein Frevel muss sterben. Das Schwert des Himmels handelt schnell und wird diesmal mit einem Gewähr töten.«

Die vorhersehbare Unterschrift lautete: »Das Schwert des Himmels«.

20

Piraten, Diner und Wüstenratten

»ZUMINDEST IST FREVEL RICHTIG geschrieben«, sagte ich zu Roxie.

Das Wort erinnerte mich an die Rache im alten Testament und an Lilit, an wilde Plätze und das Foto einer alten Lehmziegelhütte an meiner Wand. Ich dachte an das Muster eines allgemeinen, universellen Plans, dessen Absicht im Moment mit einer Frau verbunden schien, die sich auf das zweithöchste Amt in den Vereinigten Staaten bewarb. Und mit dem Killer, der mir Blue-Willow-Teller schenkte. Nichts davon war Zufall. Und ich erkannte, dass ich nur zwei Alternativen hatte. Weiter mitzumischen oder ... nun, eigentlich gab es keine andere Alternative.

»Er hat es wahrscheinlich aus der Bibel abgeschrieben«, antwortete Rox und schenkte uns Kaffee ein. »Ich muss bald los, Blue. Ich treffe mich um zwölf Uhr mit Jennings Rainer und Kate Van Der Elst in der Rainer-Klinik.«

Ich war tief in Gedanken versunken gewesen und hatte darüber nachgedacht, was ich tun würde. Mein Plan kam mir richtig vor, auch wenn niemand sonst es so sehen würde.

»Was?«, fragte ich. »Weshalb? Und außerdem brauchst du keine drei Stunden bis zur Klinik.«

»Nicht jeder fährt dreißig Kilometer schneller als erlaubt«, erwiderte sie. »Und ich will zur Klinik, weil wir bei Kate einen Bluttest durchführen werden, um zu prüfen, ob sie

MAO-Hemmer im Blut hat. Wenn ja, dann stimmt meine Theorie mit ziemlich hoher Wahrscheinlichkeit. Obwohl wir es natürlich nie genau wissen werden, es sei denn, Schwert gibt es uns gegenüber zu. Rainer hat in seiner Klinik die Ausrüstung, um den Test durchzuführen. Ich nehme das Blut ab, Rainer führt die Analyse durch und anschließend lasse ich den Test in einem anderen Labor wiederholen. Nur für den Fall, dass das Ergebnis später als Beweismittel benötigt wird. Und da wäre noch etwas ...«

»Wieso ist Jennings Rainer daran beteiligt?«, unterbrach ich sie über einer Schüssel Müsli, die ich unbedingt essen wollte, bevor die Kleieflocken zu matschig wurden. »Und wo war Kate letzte Nacht? Ist sie zu Hause geblieben oder in das Hotel gezogen, in dem Pieter abgestiegen ist?«

»Sie hat in ein anderes Hotel eingecheckt«, sagte Rox anerkennend. »Es hat ihr gut getan, auf diese Weise die Kontrolle zu ergreifen und ohne Hilfe ihr Bedürfnis nach Sicherheit zu befriedigen. Du hast ihr einen guten Rat gegeben, Blue. Das Gleiche gilt für Rainer. Er hat mich gestern Nachmittag angerufen und gemeint, du hättest ihn an mich verwiesen. Ich kann ihn nicht als Patienten übernehmen, weil ich für die Polizei an einem Fall arbeite, bei dem er theoretisch ein Verdächtiger ist. Er hat es verstanden und ich habe ihn an einen anderen Psychiater überwiesen, jemanden, den ich kenne. Später habe ich überprüft, ob er tatsächlich einen Termin ausgemacht hat. Das hat er. Ich habe ihn gebeten, den Bluttest bei Kate durchzuführen, Blue, weil er so das Gefühl bekommt, etwas zur Verfolgung des Mörders beigetragen zu haben.«

»Aber Rox, was, wenn *er* der Mörder ist? Du gibst Kate ja geradewegs in seine Hände!«

»Ich denke nicht, dass er der Täter ist. Außerdem wird er Kate gar nicht anrühren«, sagte sie. »Die andere Sache, die ich dir noch nicht gesagt habe, betrifft die Medikamente, die BB in Isadora Grecchis Badezimmerschrank gesehen hat.«

»Und?«

»Es sind alles Antidepressiva, Blue. Und zwei von ihnen, Parnate und Nardil, gehören zu den MAOH. Es sieht so aus, als hätte Grecchi eine schwere Depression und als würde ihr Arzt alles Mögliche versuchen. Niemand verschreibt MAOH, bevor nicht alles andere versagt hat. Doch Grecchi besitzt das Zeug. Es sieht nicht gut für sie aus.«

»Oh, nein«, murmelte ich. »Hast du es Rathbone erzählt?«

»Ich habe es ihm gesagt, aber ich habe ihm auch gesagt, dass depressive Menschen meist nur eine Gefahr für sich selber darstellen. Sie begehen Selbstmord, um der unbeschreiblichen Verzweiflung einer Depression zu entgehen, doch sie verüben nur in den seltensten Fällen Morde. Ich weiß nicht, ob er es wirklich verstanden hat, aber er hat verstanden, dass Grecchis Besitz von MAO-Hemmern sie nicht automatisch zur Täterin macht. Der Umstand rückt sie nur auf der Liste der Verdächtigen weiter nach oben. Jedenfalls müssen wir beide, du und ich, um ein Uhr in Rathbones Büro sein, um den zuständigen Leiter vom FBI zu briefen, und ...«

»Roxie, könntest du das alleine erledigen?«, unterbrach ich sie. »Du hast dann das Resultat von Kates Test. Wenn sich der MAOH in ihrem Blut befindet, dann solltest du die Sache dem FBI erklären. Ich habe keine Ahnung von Antidepressiva und Bluthochdruck. Und ich weiß auch nichts über psychiatrische Persönlichkeitsprofile von Serienmördern. Es gibt etwas anderes, das ich tun muss, okay?«

Ihr Blick glich dem meiner Mutter, als ich ihr mit acht Jahren erklärt hatte, dass ich den ganzen Tag im Garten nach einem vergrabenen Piratenschatz suchen müsse und daher nicht zur Schule gehen könne. Ich muss meiner Mutter zugestehen, dass sie sich die Zeit nahm, mir zu erklären, dass ihres Wissens nach keine Piraten das Meer aus Mais befahren hatten, welches Waterloo, Illinois, umgibt und zwanzig Kilometer vom Mississippi entfernt liegt. Und dass sich daher keine Piratenschätze in unserem Garten befinden konnten. Roxie kochte nur vor Wut.

»Blue, Schwert hat bereits drei Menschen umgebracht und droht nun damit, in vierundzwanzig Stunden die Kandidatin für das Amt des Vizepräsidenten zu töten! Was um alles in der Welt kannst du zu erledigen haben, das nicht warten kann?«

Ich ließ Brontë den Rest Milch aus meiner Schüssel auslecken und musterte Roxie, die neben mir an meinem Küchentresen auf einem Hocker saß. In ihrem schwarzen Rollkragenpullover sah sie aus wie eine Undercover-Agentin. Außerdem wirkte sie verwirrt und gehetzt. Sie blickte auf ihre Uhr, legte den Kopf schief und musterte mich gereizt. Ich hatte damit gerechnet, aber wenn Rox und ich die ernsthafte Beziehung haben wollten, die sich zwischen uns abzeichnete, dann musste ich ihr etwas über mich ganz klar machen.

»Ich muss über letzte Nacht reden«, begann ich und blickte ihr direkt ins Gesicht. »Es ist etwas ...«

Sie packte meine Hände und wirkte noch gehetzter. »Girl, ich weiß«, flüsterte sie. »Aber nicht jetzt. Wir haben keine Zeit. Da vor der Tür warten diese beiden Muskelmänner auf uns, und du sollst ihnen etwas über jeden verdammten Schlangenpfad erzählen, den es da draußen gibt. Außerdem müssen wir Rathbone helfen. Wir haben einen Job, Blue. Es ist wichtig.«

»Rox, letzte Nacht ...«

»Ich weiß«, sagte sie und umklammerte meine Hände so fest, dass es wehtat. »Aber nicht jetzt, verstehst du? Das hier ist nicht der richtige Zeitpunkt. Wir sprechen später darüber. Ich weiß, dass wir reden müssen. Ich versuche nicht, der Sache mit Philadelphia aus dem Weg zu gehen, Blue. Es reißt mich in Stücke. Wir finden eine Lösung. Ich weiß noch nicht wie, aber jetzt ...«

»Es geht nicht um Philadelphia und darum, ob du mich nun verlässt oder nicht. Es geht viel tiefer. Ich habe letzte Nacht gelernt, dir zu vertrauen«, sagte ich entschieden. »Nun bitte ich dich, mir zu vertrauen.«

Sie schüttelte den Kopf und ihre Perlen klapperten ungeduldig. »Das tue ich, Blue, aber ...«

Ich holte tief Luft und setzte zu einer Rechtfertigung einer Entscheidung an, die ich drei Minuten zuvor noch gar nicht getroffen hatte.

»Ich bitte dich, mir zu vertrauen, mir und meiner Art zu denken, auch wenn es nicht deiner Art entspricht«, sagte ich. »Ich bitte dich, mir zu vertrauen. Ganz überraschend. Auch wenn wir nicht miteinander im Bett sind. Und wenn zwischen uns eine große Entfernung liegt, so dass diese unheimliche Anziehungskraft zwischen uns nicht besteht, die uns blind gegen alles andere macht. Es gibt Dinge, die ich heute tun muss, und sie sind nicht ›rational‹. Doch meiner Meinung nach haben sie etwas mit Schwert zu tun. Ich weiß nicht, warum ich das glaube, aber so ist es nun mal. Ich kann meine Gedanken jedoch nicht mit deiner Sprache verteidigen, also will ich nicht über sie reden. Ich möchte einfach, dass du mir vertraust. Wirst du das tun?«

Es entstand eine ausgedehnte Stille, in der ich hören konnte, wie mein Magen in einem chemischen Prozess Kleieflocken zu Schleim verarbeitete.

»Ja, okay«, sagte sie ernst. »Ich vertraue dir.«

Ich hatte nicht vorgehabt, in meiner Küche zu heiraten, während vor dem Fenster zwei FBI-Agenten auf Campingstühlen herumsaßen, aber so fühlte es sich an.

Wir entschieden, dass ich die Agenten über das Wüstenterrain informierte, in dem Schwert möglicherweise noch einmal auftauchen würde. Schließlich wusste Roxie über die Gegend nichts weiter, als dass es dort heiß war und nicht viele Häuser herumstanden. Und so saßen die zwei Männer auf meinem Sofa, studierten zufrieden Karten der Anza-Borrego-Wüste und stellten Fragen über die so genannten »Tellerfunde«. Sie fragten mich nach dem Wann und dem Wo und ob ich die Bedeutung der Blue-Willow-Teller verstand. Klar wusste ich, dass das FBI sehr findig ist, aber ich war dennoch verdattert, als einer von ihnen eine große grafische Darstellung eines Blue-Willow-Tellers auf meinem Couchtisch entfaltete. Jemand musste die ganze Nacht auf gewesen sein und diese Zeichnung an einem Computer angefertigt haben.

»Ich weiß nicht, was er mit den Tellern beabsichtigt«, erklärte ich ihnen, »aber ich weiß eine Menge über die Teller. Das Dekor stellt eine asiatische Geschichte dar, aber es wurde zum ersten Mal auf englischen Tellern abgebildet. Es ist ...«, verkündete ich und machte eine dramatische Pause, »das beliebteste Porzellanmuster auf der ganzen Welt.« Ich war sicher, Hutton Pierce, der Kurator, wäre stolz auf mich gewesen.

»Ja, bei uns ist es gerade auch ziemlich beliebt«, knurrte einer der Agenten gutmütig und zeigte auf die drei Figuren auf der Brücke. »Sie sind doch Psychologin, stimmt's? Einer unserer Jungs in Quantico vermutet, dass der Täter vielleicht ein Problem mit Autoritätspersonen hat. Möglicherweise hat ihn seine Mutter misshandelt, denn schließlich sind die Opfer weiblich, und er fühlt sich wie die Figuren auf dem Teller gefangen.«

»Ich bin *Sozialpsychologin*«, erwiderte ich und fragte mich, wie oft ich das in meinem Leben noch erklären musste. »Ich analysiere haufenweise Daten und ziehe daraus Schlüsse. Ich kann nur über die Wahrscheinlichkeit reden, ob ein gewisser Prozentsatz einer definierten Bevölkerungsgruppe etwas tut oder nicht. Ich kann mich nicht zu Individuen äußern. Ich habe keine Ahnung, was unseren Täter motiviert.«

»Na gut, welcher Prozentsatz einer bestimmten Bevölkerungsgruppe – nennen wir sie mal Blue-Willow-Fans – tötet aller Wahrscheinlichkeit nach Frauen in Positionen, die früher von Männern besetzt wurden?«, fragte der andere.

Ich musste zugeben, dass die Jungs nicht dumm waren. Das war eine gute Frage. Und ich war genau in die Falle gelaufen. Obwohl ich sie nicht ansah, konnte ich spüren, dass Roxie lächelte.

»Ich habe mit einer Frau in Phoenix gesprochen, die eine Art Expertin für diese Teller ist, und sie meinte ...«

»Name?«, unterbrach mich der Erste der beiden und holte einen Stift aus einer Tasche seiner hellbraunen Shorts. »Wir brauchen ihren Namen und ihre Telefonnummer.«

»Hm, Lauer. Jackie Lauer. Ich habe ihre Nummer nicht notiert, aber Sie finden sie im Internet. Unter dem Suchbegriff ›Blue Willow‹ oder ›Crankshaft Autoverein‹. Sie sagte, dass man Blue-Willow-Sammler in zwei Kategorien unterteilen kann – in Menschen, die diese Teller wegen ihres möglichen Geldwertes besitzen wollen, und die, die sich von dem Muster angesprochen fühlen. Das eine sind rein praktische Gründe, das andere emotionale. Die zweite Kategorie besteht vorwiegend aus Frauen. Ich würde sagen, dass Schwert eher auf emotionaler Ebene und nicht aus praktischen Gründen mit diesen Tellern verbunden ist.«

»Sie glauben also, unser Täter ist eine Frau?«

»Ich denke, die Geschlechtsmerkmale sind widersprüchlich«, schloss ich und wünschte, nicht so sehr wie eine aufgeblasene Schwätzerin zu klingen.

»Okay«, sagten die beiden gleichzeitig.

»Was werden Sie also tun, wenn der Täter hier mit einem weiteren Teller auftaucht?«, fragte Rox die beiden.

»Ihn festnehmen oder töten.«

»Und was, wenn es eine Frau ist?«

»Sie festnehmen oder töten.«

Klare Prioritäten beeindrucken mich immer sehr, auch wenn sie die Menschen häufig nicht auf das Unvorhergesehene vorbereiten.

»Schwert wird wahrscheinlich nicht mehr hierher kommen«, sagte ich. »Ihr Lager ist ziemlich gut sichtbar.«

»Das soll es auch sein«, sagte der Erste der beiden. »Unser Experte stimmt mit Dr. Bouchie überein. Der Typ will gefasst werden. Wenn er sich da draußen aufhält, wird er unsere Anwesenheit als unvermeidlich ansehen und zum Show-down herkommen. Wir werden natürlich nicht im Lager sein. Das ist nur ein Köder. Wir werden uns jedoch in der Nähe aufhalten. Wir kriegen ihn schon.«

Mit diesen Worten marschierten sie aus der Tür und in das staubige, grelle Licht hinaus, das bereits vor Hitze flimmerte.

Nachdem Roxie fort war, packte ich ein Paar Jeans, ein Sweatshirt und Turnschuhe in einen Matchsack und warf ihn auf den Boden der Fahrerkabine meines Trucks. Ich hatte in das Sweatshirt meine kleine stupsnasige Smith & Wesson eingewickelt, die somit zu einer illegalen, verdeckt mitgeführten Waffe wurde. Dann befahl ich Brontë, sich auf ihren Platz auf der Beifahrerseite zu setzen, und knallte die Tür zu. Es würde ein langer Tag werden. Die FBI-Agenten waren bereits nicht mehr zu sehen, denn sie hatten sich irgendwo zwischen den Felsblöcken mit Wasserkanistern und Ferngläsern versteckt, von wo aus sie alles beobachten konnten. Sie würden den ganzen Tag und die ganze Nacht Wache halten. Sie wussten, was sie zu tun hatten.

Ich wusste es noch nicht so genau. Aber zumindest hatte ich einen Plan.

Zuerst betankte ich in Borrego den Truck und fuhr dann über die Berge in Richtung Julian, wo ich die State Road 79 bis zur State Road 371 nahm. Diese Strecke war der lange Weg von meinem Motel zu der kleinen Stadt Anza, in der die

371 in die Hauptstraße des Orts übergeht. Es gab dort nicht viel zu sehen. Eine Tankstelle, zwei Hamburger-Buden an der Straße und einen Gemischtwarenladen, in dem die Haupteinnahmen aus einem Videoverleih zu stammen schienen. Dann entdeckte ich, wonach ich gesucht hatte. Das Büro eines Maklers. Ich parkte meinen Truck unter einem Schild mit der Aufschrift RUHIGE SCHLUPFWINKEL IN DER WÜSTE – KAUFEN ODER MIETEN – EINFACHE KONDITIONEN und schob die Glastür auf.

»Hallo«, sagte ich zu einem groß gewachsenen, blonden Mann mit lockigem Bart und verschmitzten, blauen Augen. »Ich interessiere mich für die alte Lehmziegelhütte an der Ecke Coyote Road und Nance Canyon. Wissen Sie etwas darüber?«

»Die Bezirksverwaltung hat sie vor Jahren als einsturzgefährdet eingestuft und zugenagelt«, antwortete er. »Sie kann jeden Moment zusammenfallen. Nicht mal mehr die Teenager schleichen sich da rein. Warum? Wenn Sie sich für ein hübsches Objekt in der Wüste mit einer schönen Aussicht interessieren, kann ich Ihnen ...«

»Nein, ich mache, äh, Recherchen für eine Kunstausstellung. Es geht um Fotografien. Sie wissen schon, unter dem Motto: ›Das Erbe der Wüste, Orte, die von der Zeit vergessen wurden‹. Eine alte Aufnahme dieser Hütte war kürzlich in einer Galerie in San Diego ausgestellt und das hat mich zum Nachdenken gebracht. Es gibt hier draußen so viele Geschichten. Goldsucher, Rancher, Maultier-Trecks, der Pony Express. Wissen Sie, ob hier je etwas Interessantes passiert ist?«

Er grinste und entblößte weiße und auf charmante Weise schiefe Vorderzähne. »Nun, ein paar Kinder haben vor ein paar Jahren ein riesiges Wespennest von der einen Seite des Kamins geschlagen. Sie wurden so schlimm gestochen, dass einer von ihnen ins Krankenhaus musste. Es ist ein Wunder, dass der Kamin nicht auf sie gestürzt ist. Aber Sie suchen nach echter Geschichte, oder?«

»Ja«, stimmte ich zu. »Gibt es historische Begebenheiten?«

»Ich werde mal meine Mutter anrufen«, antwortete er. »Das hier ist ihr Büro und ich vertrete sie nur. Ich habe mir in Warner Springs ein kleines Haus mit einem winzigen Apfelhain gekauft. Meine Frau liebt das Haus. Meine Mutter ist jedoch überzeugt, dass der Boom hier oben passieren wird. Dass die Leute aus L. A. und San Diego Land kaufen werden, um von der Stadt wegzukommen. Sie hat wahrscheinlich Recht. Sie hat immer Recht.«

»Stammt Ihre Mutter von hier?«, fragte ich, während er eine Nummer wählte.

»Nein, aus Kansas City. Ich bin dort aufgewachsen, war aber hier bei den Marines stationiert. Mir gefiel die Gegend, und da bin ich hergezogen, als ich geheiratet habe. Also hat meine Mutter nach dem Tod meines Vaters alles zusammengepackt und ist ebenfalls hergekommen. Irgendwann hat sie dann das Maklerbüro eröffnet. Es ist längst sechs Riesen wert, aber sie sagt, sie will reich sterben und meinen Kindern genug Geld hinterlassen, damit sie mich unterstützen können.«

Das war es nicht, wonach ich gesucht hatte.

»Mom«, sagte er in den Hörer, »hier ist eine Frau, die etwas über die alte Lehmziegelhütte an der Coyote Road wissen will. Historisches. Ist da je was passiert?«

Ich bewunderte eine Abfolge von Farbfotos auf dem Computermonitor der Maklerin, während er schwieg und seiner Mutter zuhörte. Sämtliche Bilder stellten von der Sonne ausgedörrte »Schlupfwinkel in der Wüste« dar. Sie hätten jedoch ebenso gut ein und dasselbe Gebäude sein können, das aus verschiedenen Blickwinkeln aufgenommen worden war. Auf jedem Foto war mindestens eine Steppenhexe zu sehen.

Dann sagte er: »Du meinst, ich soll sie wirklich zu Waddy schicken? Oh Mann.«

»Waddy?«, fragte ich, als er aufgelegt hatte.

»Ein alter Kerl, der entweder im *Hamburger Corral* oder bei sich zu Hause zu finden ist. Ich werde Ihnen eine Karte mitgeben, aber lassen Sie es mich zuerst im *Corral* versuchen.«

Nach einem weiteren kurzen Anruf sagte er: »Nein, er ist im *Corral.* Sie können gleich dort vorbeifahren. Er wird ganz bestimmt mit Ihnen reden. Genauer gesagt wird er Ihnen ein Ohr abkauen. Waddy Babbick lebt schon seit Ewigkeiten hier. Ich nehme an, er hat früher Vieh getrieben. Er und seine Frau haben hier oben sechs Kinder großgezogen, als es damals in den Fünfzigern nur eine Schule mit einer Klasse für alle gab. Sie mussten eine Schule nur für die Babbicks bauen. Mom sagt, Waddy hätte mal behauptet, die Lehmziegelhütte wäre vor ewigen Zeiten als Diner benutzt worden, wenn Ihnen das irgendwie weiterhilft.«

Diner.

»Danke«, sagte ich herzlich und raste mit dem Truck die Straße hoch, bis ich nach drei Querstraßen an einem Restaurant mit dem Namen *Hamburger Corral* ankam.

Waddy Babbick hatte die ledrige Haut einer typischen Wüstenratte und schmale graue Augen hinter Bifokalgläsern. Er trug ein altmodisches weißes Hemd, das so gründlich gestärkt und gebügelt war, dass es regelrecht glänzte. Dazu schmutzige Jeans und Cowboystiefel.

»Ich bin siebenundachtzig Jahre jung und weiß mehr über diese Gegend als Gott«, teilte er mir mit, als ich mich zu ihm an den mit Formica beschichteten Tresen im *Corral* gesellte. »Die meisten Leute wissen gar nicht, dass dieses ganze Tal eine große Indianerstadt war, bevor der weiße Mann auftauchte. Eine Stadt für den Winter. Im Sommer zogen sie natürlich in die Berge. Die Indianer zogen umher und hinterließen überall Töpfe und Pfeilspitzen, Messer aus Feuerstein und Angelhaken aus Knochen. Ich habe eine ganze Sammlung ...«

»Ich habe gehört, dass Sie vielleicht etwas über die alte Lehmziegelhütte an der Coyote Road wüssten«, unterbrach ich ihn. »Wurde sie früher einmal als Diner benutzt?«

»Ach, die. Ja, das war vor dreißig Jahren ein Diner. Er hieß Desert Diner und wurde eine Weile von einer Frau geführt. Von ihr und ihrer Tochter. Meine Frau hat damals noch gelebt, Gott hab sie selig, also habe ich nie dort gegessen. Aber es gab dort angeblich sowieso nur Käsesandwiches und so was. Ich habe immer zu Hause gegessen, es sei denn, ich trieb gerade die Kühe auf die Weide oder brachte sie runter zum Verladebahnhof in Temecula. Aber lassen Sie mich Ihnen von den Pfeilspitzen aus Feuerstein erzählen. Sehen Sie, ich habe vierhundert davon und die sind in einem Topzustand. Die können Ihnen ganze Geschichten erzählen, das sage ich Ihnen.«

»Ich fürchte, bei meinem derzeitigen Projekt interessiere ich mich nur für die Lehmziegelhütte«, beharrte ich. »Was wissen Sie sonst noch darüber? Gibt es hier in der Gegend noch jemanden, der etwas über die Hütte wissen könnte?«

»Es gibt hier in der Gegend niemanden, der mehr weiß als ich«, sagte Waddy Babbick schmunzelnd. »Ich bin die älteste Wüstenratte im ganzen Tal! Na ja, Reed McCallister und ich haben uns immer um diesen Titel gestritten, wissen Sie? Reed ist fast so alt wie ich. Sie und ihr Mann hatten eine Farm drüben bei Bucksnort und haben Schafe gezüchtet. Verdammt, Bill ist vor zwanzig Jahren an einem Klapperschlangenbiss gestorben, aber Reed, die ist hier geblieben. Bis vor ungefähr fünf Jahren. Da ist sie hingefallen und hat sich die Hüfte gebrochen. Sie bekam eine neue eingesetzt, und ihr Sohn, Bill junior, der jetzt in San Diego lebt, der ist hergekommen und hat sie in eine Art Rentnerdorf unten in Carlsbad gebracht.

Es heißt Sagebrush Resort. Ich fahre ein paar Mal im Jahr runter und besuche sie, an Weihnachten und so. Also, Reed hat sich auch für Indianer interessiert. Sie hat immer diese Indianerkörbe gemacht, und ...«

»Wann wurde der Diner geschlossen?«, unterbrach ich ihn erneut. Langsam kam ich mir irrational und albern vor.

»Wie ich schon sagte, vor dreißig Jahren. Es ist was passiert und die Polizei kam. Ich glaube, die Frau, die den Diner geführt hat, hat sich als Kriminelle entpuppt, die sich hier oben versteckt hatte. Meine Frau und ich waren zu der Zeit im Osten, um unserer Tochter mit dem neuen Baby zu helfen. Also waren wir nicht hier, als sie die Frau holten. Die Leute haben eine Weile darüber geredet, aber ich habe nicht darauf geachtet. Also, meine Frau, die könnte Ihnen das alles erzählen. Sie wissen ja, wie Frauen sind.«

»Ja«, antwortete ich und ließ mich von meinem Hocker gleiten. »Vielen Dank, Mr Babbick.«

»Nennen Sie mich einfach Waddy«, winkte er ab. »Und kommen Sie zurück, wenn Sie die Pfeilspitzen sehen wollen!«

Es waren nur noch sechs Kilometer bis zu der Lehmziegelhütte, also fuhr ich hin und ließ Brontë frei herumlaufen, während ich das Gebäude betrachtete. Im grellen Sonnenlicht konnte ich die blanken Stellen sehen, an denen die Ziegel abgebröckelt waren und verrottete Bretter zum Vorschein kamen. Niemand war dort gewesen, seit ich die Tür eingetreten hatte. Alles war so, wie ich es hinterlassen hatte. Bei Tageslicht sah es nach nichts Besonderem aus, nur wie eine heruntergekommene Hütte, die schon am nächsten Tag zusammenfallen und für immer verschwinden könnte. Sie bedeutete und verriet mir nichts, und ich kam mir vor wie eine Idiotin, weil ich das Gegenteil erwartet hatte. Sie war jedoch einmal ein Diner gewesen und in vielen der Diner wurde früher Blue-Willow-Geschirr benutzt ... nein, das war zu weit hergeholt. Ich hatte Roxie um ihr Vertrauen gebeten, während wir mitten in einer ernsten, beruflichen Verpflichtung steckten. Es war an der Zeit, dass ich dieses Vertrauen verdiente.

»Komm, Brontë«, rief ich. »Wir haben echte Arbeit zu erledigen.«

21

Knochen

DER SCHNELLSTE WEG VON Anza nach San Diego führt über die I-15, die zwischen Bergausläufern aus Granit und Feldern aus riesigen, blassen Felsbrocken verläuft. Ich war in Eile, also nahm ich diese Strecke. Auf Interstate Highways ist Werbung nicht gestattet. Dennoch konnte ich auf einem Hügel ein Schild ausmachen, das auf ein großes Einkaufszentrum in einem der Vororte hinwies. In einem großen Einkaufszentrum würde ich finden, was ich brauchte. Zehn Minuten später stand ich in dem Laden einer Elektronik-Handelskette, der bis oben hin mit nicht zu identifizierenden Waren gefüllt war.

»Ich möchte ein Handy kaufen«, erklärte ich einer jungen Frau, die im Knorpel ihres rechten Ohres sieben Ohrringe trug. Sie las gerade »Moby Dick« und schien begeistert, das Buch beiseite zu legen und mir den Unterschied zwischen analog und digital erklären zu können.

»Ich will nur etwas Billiges und Praktisches«, sagte ich ihr, so als wollte ich nur Papier zum Auslegen von Regalbrettern kaufen. »Ich werde es wohl nicht sehr oft benutzen. Vielleicht werde ich es nach heute nie wieder benutzen.«

»Oh, das werden Sie mit Sicherheit«, sagte sie wissend. »Handys machen süchtig.«

Zwanzig Minuten und eine Menge Papierkram später zeigte ich Brontë ein winziges Telefon mit einem aufklappbaren Mundstück. Ich war mit Raumschiff Enterprise aufgewachsen. Ich wusste, was ich da in der Hand hatte.

»Beam mich rauf, Scotty«, sagte ich zu meinem Dobermann und fuhr dann nach Süden zu Jeffrey Ponds billigem Apartment.

Er war nicht da, dafür jedoch seine Mutter. Sie schlief gerade beziehungsweise hatte geschlafen, als ich sie aufweckte.

»Ich habe es diesen Männern vom FBI schon gesagt, die gestern ins Krankenhaus gekommen sind«, sagte sie durch den zehn Zentimeter breiten Türspalt, den die Kette ihr gewährte. »Wir wissen nicht, was in Jeffreys Klinik passiert ist. Mein Mann ist gestern ins Krankenhaus eingeliefert worden, und sie sagen, er hatte Herzversagen durch ein Pulmanodin. Jeffrey und ich waren seit vier Uhr nachmittags bei ihm. Gestern vier Uhr. Jeffrey ist immer noch dort, aber ich bin hergekommen, um ein bisschen zu schlafen. Ich war die ganze Nacht wach. Wir wären wirklich sehr froh, wenn die Leute uns einfach in Ruhe lassen würden, verstehen Sie? Wir haben genug um die Ohren, ohne diesen ganzen anderen Ärger.«

»Es tut mir Leid«, sagte ich zu dem vom Schlaf zerknautschten Gesicht, das mir mit unterdrückter Feindseligkeit entgegensah. »Bitte sagen Sie Jeffrey, dass Dr. McCarron ihm alles Gute für die Genesung seines Vaters wünscht. Sie legen sich jetzt einfach wieder schlafen und ich werde Sie nicht weiter stören.«

Ich war prompt wieder in das typische Verhaltensmuster aus dem Herzstück Amerikas zurückgefallen, das ich mit in die Wiege gelegt bekommen habe. Nichts ist einer Seele aus dem Mittleren Westen lieber, als etwas Höfliches zu jemandem zu sagen und sich dann ganz schnell aus den Angelegenheiten anderer zurückzuziehen. Ich erkannte, dass es als Modell für menschliche Interaktion gar nicht so schlecht war.

Ich erkannte weiterhin, dass Jeffrey Pond einer dieser Menschen war, auf denen scheinbar ein Fluch lastete. Ihn ereilte ein Desaster nach dem anderen. Eine schlimme Scheidung, eine falsche Anklage wegen Vergewaltigung, die das unkomplizierte Verhältnis zu seiner Tochter zerstörte, finanzieller Ruin, der Verdacht, ein Serienmörder zu sein, die Schließung der Rainer-Klinik und dadurch der Verlust des Jobs und nun noch die zusätzliche Belastung durch die schlimme Erkrankung des Vaters. Ich hoffte, dass er sein Knetgummi mit ins Krankenhaus genommen hatte.

Im Truck tätigte ich den ersten von zwanzig freien Anrufen, die mir mit dem Vertragsabschluss garantiert waren. Der Anruf ging an die Rainer-Klinik, wo Jennings Rainer an den Apparat kam.

»Hier spricht Dr. McCarron«, sagte ich. »Ist Dr. Bouchie da?«

»Sie ist hier«, erwiderte er. Er klang ein wenig besser als bei unserem letzten Treffen. »Ich bin Ihnen wirklich dankbar, dass Sie mich an Dr. Bouchie verwiesen haben«, fügte er hinzu. »Die Situation ist schrecklich, aber ich fühle mich nicht mehr so erdrückt wie vorher. Ich habe bereits den Psychiater aufgesucht, den sie mir empfohlen hat, und es hat mir sehr geholfen, einfach nur mit jemandem reden zu können. Er hat mir außerdem ein Medikament verschrieben, das ich nehmen werde, bis ich mein Leben wieder unter Kontrolle habe. Und ich habe das Gefühl, der Polizei helfen zu können und alles Erdenkliche zu tun, dieses Unrecht wieder gutzumachen.«

»Ich habe mir Sorgen um Sie gemacht«, gestand ich ihm, was nicht sehr professionell war. »Das muss das Schlimmste sein, was Ihnen je passiert ist.«

»Nein«, erwiderte er nachdenklich. »Das war der Verlust meiner Frau. Die Klinik ist nur ein Geschäft und ich wollte sowieso in Pension gehen. Schrecklich ist, dass jemand, den ich kenne und mit dem ich jeden Tag zusammengearbeitet habe, den Frauen anderer Männer das Leben genommen hat. Männern, die sich nun genauso verloren und alleine fühlen wie ich. Und ich habe es nicht einmal gesehen. Megan auch nicht. Wir waren hier die Verantwortlichen. Dies war unsere Klinik und dennoch haben wir nichts bemerkt. Und nun sind drei Frauen tot und einer meiner Angestellten hat damit gedroht, die Kandidatin für das Amt des Vizepräsidenten zu töten. Das Ganze übersteigt wirklich mein Fassungsvermögen. Oh, hier kommt Dr. Bouchie.«

»Rox, ich war bei Jeffrey Pond zu Hause«, fing ich an. »Hast du eine Ahnung, was ein ›Pulmanodin‹ ist?«

»Zu einem anderen Zeitpunkt würde ich rätseln, was ein nordischer Gott in einem Zug zu suchen hat«, antwortete sie. »Aber nicht jetzt. Es klingt ganz danach, als hätte sich jemand ›pulmonales Ödem‹ falsch gemerkt. Und das heißt im Grunde nur, dass die Lungen in einem sehr schlechten Zustand sind. Sag jetzt nicht, dass Pond ein Lungenödem hat.«

»Nein, aber sein Vater. Der Vater liegt im Krankenhaus und Jeffrey und seine Mutter waren seit gestern Nachmittag vier Uhr bei ihm. Ich bin sicher, das FBI hat diese Information längst erhalten und bereits überprüft. Sie haben Pond gestern Nacht im Krankenzimmer seines Vaters aufgespürt. Wenn Mrs Pond die Wahrheit sagt, dann kann Jeffrey letzte Nacht nicht all diese Publicity inszeniert haben. Die E-Mail wurde an die Zeitungen, die Sender und die Polizei geschickt. Und an mich. Pond war nicht einmal in der Nähe eines Computers. Ich werde es bei Rathbone überprüfen, aber ich fürchte, Pond ist nicht Schwert. Also, was ist mit dem Bluttest, den ihr bei Kate durchgeführt habt? Ist Pieter bei ihr? Hat er sich wieder eingekriegt?«

»Offensichtlich hat Pieter heute Morgen eine Nachricht auf Kates Anrufbeantworter zu Hause hinterlassen«, sagte Rox. »Er hat gesagt, er will Donnerstag nach Holland zurückkehren und würde es vorziehen, bis dahin nicht mehr mit ihr zu sprechen. Was den Test angeht, so haben wir in Kates Blut schwache Spuren eines MAOH gefunden. Die größte

Konzentration war vermutlich vor vier oder fünf Tagen vorhanden. Kate war ein wenig geschockt, aber insgesamt nimmt sie es ziemlich gut auf. Ich werde jetzt Rathbone anrufen und ihm die Testresultate durchgeben.«

»Rox, vor fünf Tagen war Freitag, der Abend der Spendenparty«, sagte ich. »Und jemand hat ihr eine Platte mit Delikatessen geschickt, die alles Nötige enthielt, um sie umzubringen.«

»Stimmt, bis hin zu den Dosenfeigen«, stimmte Roxie mir zu. »Aber sie hat nichts davon gegessen, weil sie diese Diät macht, also geht es ihr gut. Schwert war möglicherweise bei der Spendenparty, Blue. Falls unser Täter männlich ist, war er vielleicht dort, um sich eine Trophäe zu besorgen. Vielleicht hat er sogar Bilder gemacht. Falls es eine der Frauen ist, dann wahrscheinlich nicht, aber wer weiß das schon genau. Erinnerst du dich, ob du an diesem Abend jemanden aus der Rainer-Klinik gesehen hast?«

»Rox, zu diesem Zeitpunkt kannte ich noch niemanden aus der Klinik. Außerdem sind in so einer Galerie die Lampen auf die Ausstellungsstücke gerichtet, nicht auf die Besucher. Und es rannten dort fünfundsiebzig Gäste herum. Es war auch ein Fotograf dort, aber das ist bei diesen Anlässen immer so. Ich glaube, er ist gegangen, als die Nachricht von Dixies Tod bekannt wurde. Wahrscheinlich, um seine Bilder rechtzeitig in die Zeitung zu bringen. Außer BB und Kate waren mir alle fremd. Es ist ziemlich unwahrscheinlich, dass ich mich an jemanden wie Eldridge, Grecchi oder Megan erinnern würde. Bei Pond wäre das etwas anderes. Er wäre dort der einzige Bodybuilder inmitten von feinem Tuch und schicken kleinen Kostümen gewesen. Ich erinnere mich jedoch nicht, ihn gesehen zu haben, und er kommt wegen letzter Nacht sowieso nicht in Frage.«

»Wahrscheinlich«, stimmte sie mir zu. »Ich muss los, Blue. Ich muss in einer halben Stunde in Rathbones Büro sein. Tu, was immer du tun musst, aber es hat keinen Sinn, dass du dich in Gefahr begibst. Die Polizei und das FBI werden ab jetzt übernehmen. Halt dich vom Rest der Klinikangestellten fern, in Ordnung? Besonders von Grecchi. Es gefällt mir nicht, was sich da abzeichnet, und ich will nichts damit zu tun haben. Das FBI und die Bullen müssen von nun an übernehmen.«

»Na gut«, sagte ich. »Ich werde dich später zu Hause anrufen.«

Ich wusste, was Roxie meinte. Ich hatte es erwähnt, als wir darüber diskutierten, ob wir diesen Fall annehmen würden oder nicht. Falls Isadora Grecchi die Mörderin war, dann würde ihre depressive Erkrankung als Grund für ihr kriminelles Verhalten gesehen werden. Die Publicity, die Grecchis Verhaftung nach sich ziehen würde, würde die Öffentlichkeit in ihrem Vorurteil bestärken, dass jeder mit einer psychiatrischen Diagnose ein gewalttätiges Raubtier war.

Die Medien würden sich nicht mehr einkriegen und Berichte über Jack the Ripper und Interviews mit skurrilen »Experten für Geisteskrankheiten« abdrucken, deren Abschlüsse sich zu Diplomschmieden in Texas zurückverfolgen lassen und die man per Post bestellen kann. Einige von diesen Experten würden mit vielen Worten darauf hinweisen, dass Besessenheit von einem Dämon häufiger verbreitet ist, als wir annehmen. Kurz gesagt, Grecchis Depression würde eine bereits schreckliche Situation in ein vernichtendes Debakel verwandeln. Es würde Tausende von Menschen verletzen. Ich wollte ebenso wenig wie Roxie, dass das passiert.

Und vielleicht kann ich es abwenden, dachte ich. Vielleicht konnte ich mit Grecchi sprechen. Ich wollte sie nicht bitten, ihre Schuld zuzugeben, sondern stattdessen mithelfen, einen sauberen Schluss zu inszenieren, durch den sie ohne laute Fanfarenklänge in eine sichere Anstalt gebracht würde. Ich würde der Unterhändler sein. Ich hatte so etwas schon einmal in Filmen gesehen.

Ich rief nicht an, sondern fuhr sofort zu Isadora Grecchis Haus in Mission Hills und parkte meinen Wagen. Dann ließ ich Brontë auf der Beifahrerseite heraus und wir stiegen zusammen die Stufen zu Grecchis Veranda hinauf. Ich blickte mich *nicht* um, um den Lieferwagen auf der anderen Straßenseite näher in Augenschein zu nehmen, der entweder tatsächlich einem Installateur gehörte oder aber ein Beobachtungswagen war. Es schien mir am besten, so zu tun, als wüsste ich nicht, dass sie dort waren. *Falls* sie dort waren.

»Dr. Grecchi?«, rief ich durch die Fliegengittertür. »Hier ist Blue McCarron. Ich muss mit Ihnen reden. Es ist niemand bei mir außer mein Hund Brontë.«

Es kam keine Antwort. Auch kein Geruch nach Ölfarben. Kein einziger Laut. Ich konnte durch das Haus die Terrasse über der Schlucht sehen. Drei Tauben stolzierten ziellos auf dem Redwood-Holz herum, so als warteten sie auf einen Anruf, durch den sie erfahren würden, was sie als Nächstes tun sollten. Und doch fühlte sich das Haus nicht leer an. Mein Gefühl sagte mir, dass da was nicht stimmte.

»Dr. Grecchi?«

Immer noch keine Antwort, aber sie musste da sein. Das Haus war nicht verschlossen und die Türen und Fenster ließen die warme, trockene Brise herein. Der Schnapper der Fliegengittertür bewegte sich in meiner Hand, und ich machte mich ein letztes Mal bemerkbar, bevor ich hineinging.

»Dr. Grecchi!«

Brontë war diejenige, die sie fand, ohne Zweifel angezogen von dem Geruch nach Blut. Ich konnte es auch riechen, als ich die Badezimmertür erreichte, wo Brontë winselnd eine dunkelrote Lache beschnüffelte, die die Fugen zwischen den knallgelben Fliesen auf dem Boden füllte. Es war ein süßlicher, metallischer Geruch nach nassen Eisengeländern. Isadora Grecchi saß auf dem Boden, den Rücken an die Seite einer gelben Badewanne gelehnt. Sie trug Jeans und ein weißes T-Shirt und in ihrer rechten Hand lag ein einschneidiges Rasiermesser. Künstler benutzen diese Messer, um die Leinwand zuzuschneiden, bevor sie sie in den Rahmen spannen. Ihr linkes Handgelenk war auf der Innenseite so tief zerfetzt, dass ich die weißen Knochen sehen konnte. Die Knochen, so hatte ich in der Junior High School gelernt, heißen Radius und Ulna.

Wir fühlen diese Knochen jeden Tag in unserem eigenen Arm und kennen die lateinischen Namen. Sie sind uns nicht so unbekannt wie zum Beispiel das Pflugscharbein, ein flacher Knochen, der vertikal in der Mitte unseres Schädels verläuft. Der obere Rand des Pflugscharbeins bildet einen Teil des Septums der Nase. Und doch gehen wir durch das Leben und rechnen nicht damit, *jemals* einen Radius oder eine Ulna zu *sehen*. Ich hasste mich dafür, dass mir schlecht wurde.

»Oh, mein Gott«, sagte ich, schnappte mir einen dicken, weißen Waschlappen von einer Stange an der Wand und presste ihn auf die Wunde und die blanken Knochen.

Isadora Grecchi war nicht tot. Ihre Augen standen offen und bewegten sich, während sie mich dabei beobachtete, wie ich vor ihr in der Blutlache kniete und ihr befahl, den linken Arm in die Höhe zu halten. Schließlich verwandelte ich den Waschlappen in eine Art Kompressionsverband, indem ich ihn mit einem Kilometer Zahnseide umwickelte, die ich im Medizinschränkchen gefunden hatte. Ein paar Sekunden lang war nur Brontës nervöses Winseln zu hören.

»Ich werde Sie jetzt alleine lassen und den Notarzt rufen«, sagte ich schließlich. »Ich will, dass Sie mir das Messer geben.«

Ich sah, wie sie den Blick auf den Gegenstand richtete, den sie immer noch mit der rechten Hand umklammerte, so als würde es ihr schwer fallen, den Gegenstand zu identifizieren.

Dann ließ sie das Messer fallen und es schlug mit einem Klappern auf dem Boden auf. Ich beugte mich über sie, packte das Messer und fragte mich, wie lange ich mich an diesen seltsamen Moment der Intimität mit einer der Ikonen unserer Zeit erinnern würde – mit einer Serienmörderin.

Roxie hatte es vorhergesagt. Schwert würde solche Qualen erleiden, dass ihm nur noch der Selbstmord als erlösender Ausweg blieb. Grecchis Vorgeschichte ihrer krankhaften Depression machte es zur Gewissheit. Ich raste zu ihrem Telefon, das in der Küche an der Wand hing, und wählte die drei Zahlen, bevor ich bemerkte, dass die Leitung tot war. Sie hatte das Kabel durchtrennt, wahrscheinlich mit dem gleichen Instrument, mit dem sie die Knochen in ihrem Arm freigelegt hatte. Sie wollte sichergehen, dass sie es sich nicht mehr anders überlegen und Hilfe holen konnte. Oder sie hatte ausschließen wollen, dass das Telefon klingelte, während sie langsam auf ihrem Badezimmerboden verblutete.

Brontës Krallen klickten gegen den Holzboden, während sie mir in die Küche folgte. Ich konnte die Spuren ihrer Pfoten sehen, die sich dunkelrot gegen den polierten Boden abhoben. Erst da bemerkte ich, dass ich kurz davor stand, mich zu übergeben. Der Geruch war überall. Blut. Auf meinen Händen und an Brontës Pfoten. Es tropfte vom Saum meines Rockes, weil ich in einer Pfütze aus Blut gekniet hatte, während ich einen Waschlappen um Isadora Grecchis Handgelenk band. Ich musste schnellstens nach draußen.

Auf der Veranda holte ich tief Luft und befahl Brontë, dort zu bleiben. Dann lief ich zu dem Lieferwagen auf der anderen Straßenseite hinüber, bis ich sah, wie ein dicklicher, rothaariger Mann in einer blauen Uniform eine Rohrspirale aus dem Wagen holte und damit in einem der Häuser verschwand. Es war also tatsächlich ein Lieferwagen mitsamt echtem Installateur. Wo sind die Bullen, wenn man sie braucht?

Ich erinnerte mich an mein Handy und raste zu meinem

Wagen. Ja, ich würde bei dem Opfer bleiben, bis der Rettungswagen eintraf. Nein, ich wusste nicht, wer die nächsten Angehörigen waren.

Während ich mit dem Handy und meiner kleinen .38er ins Haus zurückging, kam ich zu dem Schluss, dass Isadora Grecchi wahrscheinlich keine Verwandten hatte. Isadora Grecchi würde sich als Einzelgängerin entpuppen, als von der Gesellschaft Isolierte, deren private Gedanken und Fantasien mit der Zeit für sie real geworden waren, weil niemand da war, der diesen Fantasien Einhalt gebot. So was hatte ich schon unzählige Male in Büchern und Filmen gesehen. Der Sonderling, der jahrelang alleine in einem alten Haus lebt und den Fliegen die Flügel ausreißt. Und dann klingelt eines Tages die Avon-Beraterin an seiner rostigen Türklingel und verschwindet auf Nimmerwiedersehen, bis ein hartgesottener Detective voller Ekel zusehen muss, wie sie auf dem überwucherten Grundstück etwas aus dem Brunnen ziehen.

Grecchi saß immer noch auf dem Badezimmerboden, als ich zu ihr zurückkehrte, und schwieg weiterhin.

»Die Sanitäter werden in fünf Minuten hier sein«, teilte ich ihr mit und fühlte mich plötzlich unbehaglich.

Sie war zu schwach, um sich zu bewegen, und schien sich in einer Art Trance zu befinden, aber ich hatte dennoch Angst vor ihr. Nicht, weil ich glaubte, dass sie ihre eigenen Patienten mit einer obskuren Chemikalie umgebracht hatte. Ich hatte nicht mit angesehen, wie sie das tat, daher war es etwas Abstraktes. Ich hatte Angst vor ihr, weil sie ihr eigenes Handgelenk aufgeschlitzt hatte. Weil sie etwas ans Tageslicht gebracht hatte, das niemand je sehen soll. Ihre Knochen. Der Anblick dessen, was unter der Haut liegt, der Anblick der Wahrheit hinter der Fassade ist tabu. Der Anblick dieser weißen Knochen machte mich krank vor Angst, die ich als primitiv und magisch erkannte, gegen die ich jedoch nichts tun konnte.

»Ich habe eine Waffe«, sagte ich und schlug gegen die Pistole, die im Gummizug meines Rockes und meines Schlüpfers steckte. »Versuchen Sie keine Mätzchen.«

Die Worte klangen wie aus einem Theaterstück und völlig lächerlich. Wie der Ausschnitt aus einer Unterhaltung, die man in einem Restaurant mit anhört. Mir wurde klar, wie sehr wir versuchen, unsere Erfahrungen zu begreifen, indem wir uns fiktiver Dialoge bedienen. Die natürlich niemals ganz passen.

Als ich Grecchi wieder ansah, bemerkte ich, dass ihr Tränen aus den Augen quollen. Aber sie bewegte sich nicht und dann hörte ich die Sirenen des Krankenwagens. Während die Sanitäter sie verarzteten, rief ich noch einmal mit dem Handy die Rainer-Klinik an. Vielleicht war Roxie noch dort. Ich musste ihre Stimme hören, musste hören, wie sie mir auf ihre rationale Art erklärte, was passiert war. Warum ich diese Knochen gesehen hatte. Aber es kam nur Rainer an den Apparat.

»Nein, Dr. Bouchie ist gefahren, nachdem sie mit Ihnen gesprochen hat«, sagte er. »Ich wollte auch gerade los. Vielleicht können Sie sie auf dem Polizeirevier erreichen. Sie hat gesagt, dass sie dort hinfahren wollte.«

»Ich werde sie dort anrufen«, sagte ich und war nervös, wie der alte Bursche reagieren würde, wenn er es erfuhr. Er hatte jahrelang mit Isadora Grecchi zusammengearbeitet. Aber das hatte er auch mit den anderen.

»Dr. Rainer, Isadora Grecchi hat versucht, sich das Leben zu nehmen«, verkündete ich leise. »Sie hat sich mit einem Leinwandmesser das linke Handgelenk aufgeschnitten. Ich bin in ihrem Haus. Ich habe den Notarzt angerufen und die Sanitäter sind jetzt hier. Sie lebt und ist bei Bewusstsein, auch wenn sie kein Wort gesagt hat. Ich glaube, wir haben unseren Mörder, Dr. Rainer. Ich glaube, die Sache ist vorbei.«

Die folgende Stille war zu lang. Fünf Sekunden, sechs, sieben.

»Dr. Rainer?«

»Nein.« Seine Stimme klang erstickt.

»Was?«

»Nein!« Ich wusste nicht, ob er wütend war oder ihn der Kummer übermannte.

»Es tut mir Leid, Dr. Rainer«, fuhr ich ungeschickt fort. »Es muss ein Schock für Sie sein. Aber es wäre so oder so ein Schock für Sie gewesen, egal, wer von ihnen die Morde begangen hat. Gibt es jemanden, den Sie anrufen könnten? Jemand, der Ihnen jetzt Gesellschaft leisten soll? Ich werde Megan anrufen und ihr sagen ...«

»Hören Sie auf, mich zu bevormunden, Dr. McCarron«, unterbrach er mich. Seine Stimme hatte nun einen seltsam angespannten Unterton, wie ein Messer, das man durch ein Stück Stoff spürt. »Sie verstehen rein gar nichts. Und nun sagen Sie mir bitte, wo sie Isadora hinbringen werden. In welches Krankenhaus.«

Die Sanitäter banden Grecchi im Flur auf eine fahrbare Trage. Ihre Augen waren immer noch offen und beobachteten die Männer. Ihre Augen sahen aus wie die eines Flüchtlings, so leer und verloren.

»In welches Krankenhaus werden Sie sie bringen?«, fragte ich.

»In das Medical Center der University of California«, sagte einer der beiden. »Sie wird wieder auf die Beine kommen.«

»Haben Sie das gehört?«, fragte ich Rainer. »Ins UCSD.«

»Ja. Sagen Sie ihr, dass ich sofort zum Krankenhaus kommen werde. Ich fahre gleich los. Geben sie ihr Blut? Wie viel Blut hat sie verloren?«

»Ihr Arbeitgeber ist Arzt und lässt fragen, wie viel Blut sie verloren hat und ob Sie ...«

»Sagen Sie ihm, dass sie wieder auf die Beine kommen wird«, lautete die tonlose Antwort. Aber meine Frage löste frische Tränen bei Grecchi aus, die versuchte, den Kopf zu schütteln und »nein« zu sagen.

»Dr. Rainer wird sofort zum Krankenhaus kommen«, sagte ich ihr. Diese Bemerkung löste erneut Tränen aus, und sie schüttelte immer heftiger den Kopf, so dass die Sanitäter ihren Kopf mit einer Vorrichtung befestigten, mit der Menschen mit Verletzungen an der Wirbelsäule stabilisiert werden. Ihr rechter Arm war bereits mit einer Ledermanschette an der Seite der Bahre festgezurrt und Plastikbänder überzogen wie ein Netz ihre Brust und Beine. Ich erinnerte mich, dass das Medical Center der UCSD eine psychiatrische Abteilung hatte. Und mir wurde klar, dass sie Isadora Grecchi dort hinbringen würden.

»Sie ist sehr desorientiert«, sagte ich Jennings Rainer. »Vielleicht wäre es besser, wenn Sie nicht sofort hinführen. Ich denke, die Polizei und das FBI wollen zuerst mit ihr reden, sobald sie dazu in der Lage ist.«

»Dr. McCarron, Ihre Annahmen sind falsch«, sagte er. Inzwischen klang seine Stimme wütend. »Isadora hat diese Verbrechen nicht begangen. Sie müssen das der Polizei erklären.«

Es hatte keinen Sinn, mit ihm zu diskutieren. Er stand unter Schock und benahm sich irrational. Außerdem war er nicht in der Lage, die Situation zu verarbeiten. Dazu brauchte er Zeit.

»Der Krankenwagen fährt nun los, Dr. Rainer«, sagte ich. »Ich muss Detective Rathbone anrufen.«

»Sie müssen Detective Rathbone erklären, dass Isadora gestern Nacht die Morddrohung gegen die Kandidatin für das Amt des Vizepräsidenten gar nicht verschicken konnte. Sie war nämlich die ganze Nacht bei mir und ich hätte es gesehen.«

Mit diesen Worten legte er auf. Ich beobachtete Isadora Grecchis Gesicht, als die Männer sie nach draußen trugen. Sie war so fest an die Bahre gebunden, dass sie sich nicht rühren konnte. In ihren dunkelbraunen Augen stand das blanke

Entsetzen. Ihr Gesicht wirkte grau, und in ihren Mundwinkeln sammelte sich Speichel, als sie gegen die Gurte ankämpfte und immer wieder versuchte, »nein« zu sagen. Serienmörderin oder nicht, ich konnte den Anblick nicht ertragen.

»Hören Sie zu«, sagte ich zu ihr. »Ich werde Ihnen in meinem Wagen zur UCSD folgen, okay? Ich bin direkt hinter Ihnen.«

Ohne es zu wollen, berührte ich ihre Hand, die sich anfühlte wie ein gefrorener Handschuh.

»Sie werden nicht alleine sein«, redete ich ihr zu. »Es ist nicht weit bis zum Krankenhaus und ich bin die ganze Zeit bei Ihnen.«

Brontë war glücklich, als sie ihren Posten auf der Veranda verlassen durfte, und betrachtete mich neugierig, als wir in den Wagen kletterten.

»Frag nicht«, sagte ich zu ihr.

Aber mir war nicht mehr schlecht.

22

Ein Knüller

VON DER NOTAUFNAHME DES Krankenhauses aus rief ich Rathbone an, der zusammen mit Roxie und dem FBI-Agenten für die Untersuchung zuständig war.

»Grecchi hat versucht, sich umzubringen«, erklärte ich ihm. »Sie hat sich das Handgelenk aufgeschnitten. Ich habe sie gefunden und den Notarzt angerufen. Jetzt bin ich bei ihr im UCSD Medical Center und Rainer ist auf dem Weg hierher. Er sagt, Grecchi sei die ganze letzte Nacht bei ihm gewesen und könne daher nicht Schwert sein.«

»Er schützt sie«, sagte Rathbone, nachdem er die Information an die anderen weitergegeben hatte. »Bleiben Sie dort, bis wir da sind.«

Also blieb ich wie versprochen bei Isadora Grecchi, auch wenn man bei ihr einen Bluttest durchgeführt und ihr fünf Minuten nach unserer Ankunft ein Beruhigungsmittel verabreicht hatte. Nun lag sie betäubt hinter dem Vorhang einer der Untersuchungskabinen der Notaufnahme. Man schien es nicht eilig zu haben, ihren Arm zuzunähen. Er blutete nicht mehr und stand im Zentrum des Interesses verschiedener medizinischer Mitarbeiter, die vorbeikamen und etwas von »Flexoren« und »Medianus« murmelten.

»Wir brauchen einen Facharzt für Wiederherstellungschirurgie«, sagte ein junger Mann in OP-Kleidung, der etwas in einer Tabelle notierte. »Ich fürchte, ihre Hand wird einen

Teil ihrer Mobilität einbüßen. Holen Sie bitte *sofort* einen plastischen Chirurgen her«, sagte er zu einer Krankenschwester.

»Es ist ein Chirurg auf dem Weg«, verkündete ich auf meinem Posten neben Grecchis regungslosem Körper. »Jennings Rainer. Er wird bald hier sein.«

»Rainer?«, fragte der junge Arzt. »Ich habe schon von ihm gehört. Er soll wirklich gut sein. Ich muss das erst genehmigen lassen, denn er ist nicht bei uns angestellt.«

»Ich bin sicher, das wird sich machen lassen«, sagte ich, als wüsste ich, wovon ich sprach.

Sogar im betäubten Zustand wirkte Grecchi angespannt. Ihr dunkles, ungekämmtes Haar stand ihr in Büscheln vom Kopf ab, und ihre Gesichtsmuskeln bewegten sich immer wieder von alleine und verzogen ihren Mund zu einem unheimlichen, kindlichen Grinsen, das Sekunden später wieder verschwand. Sie zitterte und ihre Haut fühlte sich kalt an. Da sich niemand darum zu kümmern schien, durchsuchte ich sämtliche Schränke, bis ich ein paar Decken gefunden hatte, mit denen ich sie zudeckte.

»Ich bin es, Blue McCarron. Ich bin immer noch hier. Sie sind nicht alleine«, sagte ich ihr immer wieder, obwohl sie mich nicht hören konnte. »Und Dr. Rainer dürfte jede Minute eintreffen.«

Ich fragte mich, was nun mit ihr geschehen würde. Man würde sie wahrscheinlich mit Handschellen an ein Bett im Krankenhaus fesseln und von einem bewaffneten Polizisten bewachen lassen. Anschließend folgten wahrscheinlich Gefängnis und ein langer, komplizierter Prozess. Dann eine Haftstrafe. Vielleicht ein Todesurteil, obwohl es niemals vollstreckt werden würde. Die Berufungen würden länger dauern, als eine Einundfünfzigjährige noch zu leben hatte. Und warum? Warum hatte sie Frauen, die sie selber narkotisiert und in einen wehrlosen Zustand versetzt hatte, mit einem chemischen Wirkstoff getötet, den sie womöglich selber verschrieben bekommen hatte? Das Ganze ergab einfach keinen Sinn.

Ich sah, wie Jennings Rainer die Notaufnahme betrat, bevor er mich sah. Seine Aufregung von zuvor hatte sich gelegt. Er war makellos gekleidet und trug eine schwarze Kaschmirjacke über einem weißen Polohemd und Khakihosen. Es sah aus, als wäre er auf direktem Weg vom Golfplatz in die Klinik gekommen.

»Wo ist Dr. Grecchi?«, erkundigte er sich höflich bei einer Krankenschwester.

»Dort drüben, Dr. Rainer. Dr. Chattin, unser Personalchef, würde Sie gerne sehen, nachdem Sie sie untersucht haben. Wir werden die Patientin bald für die OP vorbereiten, und uns wurde gesagt, Sie wären bereit, sie zu operieren. Sie müssen sich in fünfundvierzig Minuten waschen, wenn Dr. Chattin seine Einwilligung gibt.«

»Natürlich«, erwiderte Rainer.

An mich gewandt sagte er: »Ich bin Ihnen sehr dankbar, Dr. McCarron. Sie haben ihr womöglich das Leben gerettet. Und Sie können sich wahrscheinlich gar nicht vorstellen, was Ihre Begleitung Isadora bedeutet. Doch warum sind Sie hergekommen? Warum haben Sie sich solche Umstände wegen einer Frau gemacht, die Sie für eine Mörderin halten?«

»Sie hatte Angst, Dr. Rainer, und trotz der Beteuerungen der Sanitäter war ich nicht sicher, dass sie es überleben würde. Es war überall so viel Blut. Schrecklich. Haben Sie eine Ahnung, warum sie diese Leute umgebracht hat? Es ist so merkwürdig ...«

»Isadora ist unfähig, jemand anders als sich selbst ein Leid anzutun«, sagte er leidenschaftslos und entfernte die Bandage an ihrem Handgelenk. »Ich würde gerne ein paar Minuten mit Ihnen sprechen, nachdem ich die Wunde untersucht habe. Würden Sie in der Auffahrt vor dem Eingang zur Notaufnahme auf mich warten? Was ich Ihnen zu sagen habe, ist vertraulich.«

»Natürlich«, erwiderte ich in dem gleichen Tonfall, den er bei der Krankenschwester angeschlagen hatte, und ging nach draußen.

Das Blut auf meinem Rock war zu einer schwarzbraunen Kruste getrocknet, also drehte ich die Vorderseite nach hinten und setzte mich zum Warten auf den Rasen. Zumindest musste ich mir nun keine Sorgen wegen der Grasflecken machen. Sobald ich meine Sachen aus dem Wagen holen konnte, würde ich den Rock in den Müll werfen. Ich wollte ihn nie wieder sehen. Das Gleiche galt für Isadora Grecchi. Und die Knochen in ihrem linken Arm.

»Da sind Sie ja«, sagte Rainer ein paar Minuten später. »Möglicherweise kann ich die volle Beweglichkeit ihrer linken Hand retten, aber es wird schwierig werden. Ich möchte Ihnen für Ihre Hilfe danken und Ihnen etwas erzählen, was Sie später sowieso herausfinden werden. Danach muss ich mit Dr. Chattin sprechen und mich auf die Operation vorbereiten. Ich bin sicher, dass man es erlauben wird. Ich kenne Chattin seit zwanzig Jahren.«

Er stand über mir und war offensichtlich nicht in der Stimmung, sich zum Plaudern ins Gras zu setzen. Also stand auch ich auf.

»Gehen wir doch hinüber in den Schatten«, schlug er vor. Wir ließen die Türen zur Notaufnahme hinter uns und stellten uns neben einen Oleanderstrauch am Rand des Krankenhausgeländes. »Sehen Sie, Isadora ist für mich mehr als eine Kollegin«, begann er. »Ich kenne sie schon sehr lange, seit ihrer Kindheit. Es war in Denver. Ich absolvierte dort gerade in einem Krankenhaus meine Ausbildung zum Assistenzarzt, als sie eingeliefert wurde. Ihre Verletzungen waren, nun, sehr schwerwiegend. Isadora war zu dem Zeitpunkt erst zehn Jahre alt. Man hatte sie vergewaltigt, Dr. McCarron, und das nicht zum ersten Mal. Der Vergewaltiger war ihr Stiefvater, ein Scheißkerl und Säufer – ich entschuldige mich nicht für meine Ausdrucksweise. Er hätte für das, was er ihr angetan hat, erschossen werden müssen. Ich habe bei der Operation assistiert. Wir waren in der Lage, die Schäden an ihrer Milz und ihrem Dickdarm zu beheben, aber nicht die an ihrem Uterus. Er musste entfernt werden. Isadora kann keine Kinder bekommen.

Ihr Stiefvater hatte sie außerdem mit Syphilis infiziert. Die Krankheit war bereits im latenten Stadium, was bedeutete, dass die Infizierung mindestens ein Jahr zurücklag. Die große Dosis Penicillin, die nötig ist, um die Syphilisspirochäten in dieser Phase der Infektion abzutöten, macht schon einen Erwachsenen sehr krank. Sie können sich vorstellen, was es mit einem zehnjährigen Kind macht, das zudem durch die lebensbedrohlichen inneren Verletzungen ein furchtbares Trauma erlitten hat.«

Wieder erfasste mich eine Welle der Übelkeit. »Wo war ihre Mutter?«

»Isadoras Mutter litt an schweren depressiven Schüben, wegen denen sie häufig ins Krankenhaus eingewiesen wurde. Es gab keine anderen Familienangehörigen, die sich um Isadora hätten kümmern können, also befand sie sich während der Klinikaufenthalte in der Obhut des brutalen Stiefvaters. Nach der Vergewaltigung, bei der er sie beinah umgebracht hätte, beging ihre Mutter Selbstmord.«

»Oh Gott«, flüsterte ich. »Die Polizei hat herausgefunden, dass sie in Denver dem Gericht unterstellt wurde, aber es gab keine weiteren Informationen, da die Akten von Jugendlichen nicht zugänglich sind. Rathbone sagt, er hat die Akten angefordert, aber es kann noch Wochen dauern.«

»Wie ich schon gesagt habe, hätten Sie die Geschichte sowieso herausbekommen«, fuhr er fort. »Jetzt, da das FBI involviert ist, können die Akten sofort eingesehen werden. Ich wollte Ihnen jedoch noch etwas anderes erzählen und das ist sehr schmerzhaft für mich. Ich möchte jedoch, dass Sie es wissen. Ich halte es für notwendig.

Marlis und ich waren zu diesem Zeitpunkt bereits vier Jahre verheiratet, doch wir hatten noch keine Kinder. Wir ließen Tests machen und es war alles in Ordnung, doch nichts passierte. Marlis wollte unbedingt ein Kind. Als ich nach Hause kam und ihr von Isadora erzählte, wollte sie das Kind besuchen und es während des Krankenhausaufenthalts aufmuntern. Damals arbeiteten die Ehefrauen der Ärzte oft ehrenamtlich in den Krankenhäusern ihrer Männer, also war dieses Verhalten von Marlis völlig normal. Dann rückte Isadoras Entlassung näher und es gab Probleme mit dem Jugendamt. In der Gegend war keine Pflegefamilie frei und man wollte sie in eine andere Stadt schicken. Mar fragte mich, ob wir das Mädchen aufnehmen und seine Pflegeeltern sein könnten, bis sie eine Pflegefamilie in der Stadt gefunden hatten. Mar wollte mit ihr in Kontakt bleiben, verstehen Sie.«

»Also sind Sie Grecchis Pflegevater?«

Er starrte auf den Oleander und sagte schließlich: »Nein. Wir nahmen Isadora auf und sie lebte eine Weile bei uns. Wir spielten sogar mit dem Gedanken, sie zu adoptieren. Sie war ein lebhaftes, kleines Mädchen, aber sie hatte durch die Misshandlungen einen schwerwiegenden Schaden davongetragen. Sie bekam Wutanfälle, machte immer wieder ins Bett, schlug auf uns ein und zerbrach absichtlich Dinge. Und dann wurde Mar schwanger.«

»Mit Megan?«, fragte ich. Ich wusste bereits, was als Nächstes passiert war.

»Ja. Wir waren überglücklich, hatten aber auch Angst. Mars Schwangerschaft verlief zu Anfang recht kompliziert. Es kam zu Blutungen. Sie war schrecklich krank, und wir hatten Angst, dass sie das Kind verlieren würde. Nach einem

Monat wurde uns klar, dass sie während der Schwangerschaft nicht alleine mit Isadora fertig werden würde. Und ich musste natürlich sehr viel arbeiten. Wir waren sehr jung, und damals gab es nicht viele Informationen darüber, welche Schwierigkeiten der Umgang mit einem misshandelten Kind mit sich bringt. Wir hatten nicht gewusst, auf was wir uns einließen, und merkten nur, dass wir so nicht weitermachen konnten. Wir mussten Isadora zurück zum Jugendamt bringen und zulassen, dass sie Isadora bei einer Pflegefamilie in einer anderen Stadt unterbrachten.«

Er holte tief Luft, zupfte eine rosafarbene Oleanderblüte vom Strauch und betrachtete sie ausdruckslos.

»Ich habe sie schließlich weggebracht«, fuhr er fort. »Marlis war zu mitgenommen, um mich zu begleiten. Ich brachte Isadora mit ihren Kleidern und all ihren Sachen zum Jugendamt. Mit all ihrem Spielzeug und einem braunen Kordteddy, den Marlis ihr aus meiner College-Jacke genäht hatte. Für die Augen hatte Mar die Knöpfe an den Aufschlägen genommen. Isadora liebte diesen Bären und trennte sich niemals von ihm. Bis zu Mars Tod vor zwei Jahren war dies der schlimmste Tag meines Lebens.«

Ich sah zu, wie er die rosafarbene Blüte auf den Rasen zu unseren Füßen fallen ließ, und sagte nichts über den braunen Kordteddy, der in Isadora Grecchis Wohnzimmer auf dem Kaminsims stand.

»Ich weiß nicht, was ich sagen soll, Dr. Rainer«, erwiderte ich mit der gleichen Stimme, die Roxie bei ihren Patienten am Telefon benutzte. Leise und ruhig. »Isadoras Reaktion auf meinen Leibwächter hat mir bereits verraten, dass sie Männern misstraut. Ich habe gleich vermutet, dass sie in ihrer Vergangenheit Opfer einer Vergewaltigung geworden war, aber ich habe natürlich nichts in diesem Ausmaß vermutet. So etwas kann man nicht vermuten.«

»Ja«, erwiderte er. »Aber ich möchte Ihnen den Rest erzählen und dann muss ich gehen. Isadora braucht mich. Wissen Sie, Dr. McCarron, die Verpflichtung, die man einmal gegenüber einem verletzten Kind eingegangen ist, lässt sich nie wieder abstreifen. Isadora ist nun einundfünfzig Jahre alt und ich bin siebenundsechzig. Es sind vierzig Jahre vergangen, Marlis ist tot, Megan lebt ihr Leben mit ihrem Mann und ihren Kindern, und Isadora braucht immer noch meine Hilfe. Vielleicht wäre alles anders gekommen, wenn sie nicht von ihrer Mutter die genetische Veranlagung zur Depression geerbt hätte, aber das hat sie nun mal. Und angesichts des unsäglichen Stresses, dem sie in ihrer Kindheit ausgesetzt war, bestand keinerlei Chance, dass diese Veranlagung nicht zum Tragen kommt.«

»Was ist mit der Pflegefamilie in der anderen Stadt?«, fragte ich.

»Isadora lebte in Colorado Springs bei einer wohlmeinenden Familie, aber unglücklicherweise gehörten diese Leute zu den christlichen Fundamentalisten, die trotz aller Vernunft tatsächlich glauben, dass die Bibel gleichzeitig Geschichts- und Gesetzbuch ist. Es waren dumme, erbärmliche Menschen, die sich in einem extremen Glauben verloren hatten und diesen den Kindern in ihrer Obhut aufzwangen. Mar und ich haben versucht, Isadora jeden Monat zu besuchen. Nach Megans Geburt gelang uns das natürlich seltener, aber wir hielten den Kontakt zu ihr aufrecht. Wir wussten, dass es für Isadora nicht so gut lief, aber wir konnten nichts daran ändern. Schließlich hielt ich mich an einem Wochenende wegen eines medizinischen Kongresses in Colorado Springs auf und hatte nachmittags zufällig ein paar Stunden frei. Ich fuhr ohne Ankündigung bei der Pflegefamilie vorbei, um Isadora zu besuchen, die zu diesem Zeitpunkt beinah zwölf Jahre alt war. Ich platzte in eine Szene, die mich zutiefst schockierte.«

»Was? Was ist passiert?«

»Das arme Mädchen«, fuhr er fort und ballte immer wieder die Fäuste, »wurde für etwas bestraft. Isadora hat immer etwas angestellt und ist sowohl in der Schule als auch zu Hause stets in Schwierigkeiten geraten. Ich will gar nicht behaupten, dass sie ein einfaches Kind war. Aber diese Leute, ihre Pflegeeltern, hatten sie gezwungen, sich bis auf den Schlüpfer auszuziehen und sich mitten ins Wohnzimmer zu stellen, während der Vater laut aus der Bibel vorlas.«

Natürlich. Das Schwert des Himmels.

»Ich platzte also zufällig in diese Szene hinein – Isadora stand mitten im Raum. Sie weinte nicht, war aber todunglücklich und versuchte, ihre kleinen Brüste mit den Armen zu bedecken. Es lebten noch andere Kinder in diesem Haus, Dr. McCarron, darunter drei Jungen, von denen einer fast erwachsen war und sich bereits rasierte. Sie durften bei Isadoras Demütigung zusehen. Offensichtlich waren die anderen an so ein Schauspiel gewöhnt und fanden die Sache langweilig, denn einer von ihnen hatte eine Schüssel Popcorn gemacht, für die sie sich mehr interessierten als für Isadora. Ich legte ihr meine Jacke um die Schultern und brachte sie sofort aus dem Haus. Der Vater zitierte etwas über die ›Hure Babylons‹, als wir gingen, aber er unternahm keinen Versuch, mich aufzuhalten.

Ich brachte sie zurück nach Denver und bestand darauf, dass das Jugendamt ein besseres Zuhause für sie fand. Zu diesem Zeitpunkt war ich Angestellter des Krankenhauses und hatte als Arzt das damit verbundene, gesellschaftliche Ansehen. Ich konnte Einfluss geltend machen und das tat ich auch. Isadora kam in eine andere Familie, diesmal in Denver. Später wechselte sie in zwei weitere Familien, und als sich dann im Alter von ungefähr vierzehn die depressiven Symptome bemerkbar machten, wurde sie in eine Anstalt für emotional gestörte Kinder eingewiesen. Die Klinik war eine Kombination aus Kranken- und Waisenhaus, wo sie beobachtet werden konnte. Während dieser Zeit unternahm sie einige

Selbstmordversuche, Dr. McCarron, und einer von ihnen wäre beinah erfolgreich gewesen.«

Ich dachte an die Knochen, die ich gesehen hatte, und an ein vierzehnjähriges Kind. Mir stieg Galle in die Kehle. Ich wusste genau, dass ich keine Woche von Isadora Grecchis Leben überstanden hätte.

»Diese Anstalt war das Beste für sie«, fuhr Rainer hastig fort. »Das Personal war gut ausgebildet und vorwiegend nett. Es gab ein Programm für Kunsthandwerk, das von einem Lehrer des Community College unterrichtet wurde. Isadora wurde ermutigt zu malen und fand so eine Möglichkeit, einen Teil ihres Zorns und ihrer Wut herauszulassen. Marlis und ich haben sie weiterhin besucht und sie immer wieder am Wochenende mit zu uns nach Hause genommen, obwohl diese Besuche sehr anstrengend waren.«

»Wie kam sie zum Medizinstudium?«, fragte ich. »Nach dem, was Sie mir erzählt haben, kommt es mir sehr unwahrscheinlich vor.«

Rainer warf einen Blick auf seine Uhr. »Ich habe nur noch ein paar Minuten Zeit«, sagte er. »Als sie achtzehn wurde und nicht mehr dem Gericht unterstand, probierte Isadora ein paar Sachen aus. Einiges davon war kriminell, aber nichts Ernstes. Drogen, Kleindiebstahl. Ich war immer in der Lage, ihr einen Aufenthalt im Gefängnis zu ersparen. Schließlich bat sie mich, ihr das Geld fürs College zu geben, und ich stimmte zu. Es kam zu einigen Fehlschlägen, aber sie ist intelligent, und schließlich gelang es ihr, durch gute Noten Selbstvertrauen aufzubauen. Sie bekam ein Teilstipendium für das Medizinstudium und ich finanzierte den Rest. Ich fürchte, mit der Wahl ihres Studienfachs wollte sie mir gefallen. Isadora betrachtet es einfach nur als einen Job. Sie bringt nur wenige oder gar keine Gefühle für andere Menschen auf, aber sie ist keinesfalls hasserfüllt. Deshalb erzähle ich Ihnen diese Geschichte auch. Sie müssen das verstehen. Ich *kenne* Isadora.«

»Ja, das tun Sie«, stimmte ich ihm zu, während wir zurück zum Eingang der Notaufnahme gingen. »Dr. Rainer, dieser Blue-Willow-Teller an der Wand Ihres Wartezimmers, gehört er Isadora?«

»Dr. Bouchie hat mir erzählt, dass eine Verbindung zwischen dem Mörder und diesen Tellern besteht«, sagte er stirnrunzelnd. »Nein, Dr. McCarron, dieser Teller gehörte meiner Frau. Marlis hat das Wartezimmer dekoriert. Ich habe einen Profi beauftragt, den Rest der Klinik einzurichten, doch das Wartezimmer war Mars Projekt. Vor Jahren, als Megan auf dem College war, hat Mar ein Interesse für antikes Porzellan entdeckt und sich einem Sammlerverein angeschlossen. Dieser Blue Willow war das beste Stück ihrer Sammlung, und sie wollte, dass er ausgestellt wird. Sie entwarf diese Tellerwand, um den Blue Willow am besten zur Geltung zu bringen. Isadora hatte nichts damit zu tun und könnte wahrscheinlich nicht einmal das Dekor benennen.«

»Warum hat Isadora die Anästhesie gewählt? Wenn sie tatsächlich ihre Berufswahl nach Ihnen ausgerichtet hat, dann hätte sie doch kosmetische Chirurgin werden müssen.«

Rainer seufzte und nickte dann. Ich hatte das Gefühl, dass er schon jahrelang über diese Fragen nachgedacht hatte.

»Marlis und ich hatten gehofft, dass Isadora einmal heiraten und vielleicht Kinder adoptieren und ein Leben wie wir führen würde«, sagte er und schüttelte den Kopf. »Wir begriffen einfach nicht, wie unmöglich das war. Einmal vermuteten wir eine lesbische Beziehung mit einer ihrer Professorinnen an der medizinischen Fakultät. Ich weiß, ich wirke auf die jungen Leute wie ein verknöcherter, alter Kerl«, sagte er und lächelte zum ersten Mal. »Aber glauben Sie mir, das wäre uns mehr als recht gewesen. Wir wollten einfach nur, dass Isadora eine echte Verbindung eingeht und eine Liebe findet, die ihr Leben so komplett macht, wie wir es für möglich hielten. Aber ich fürchte, diese Liebesbeziehungen existierten nur in unserer Fantasie. In Wahrheit hat es da nie welche gegeben.

Die Anästhesie ist ein lukrativer Bereich, der jedoch viele Arbeitsstunden verlangt«, erklärte er. »Aus diesen Gründen spezialisieren sich nur wenige Frauen darauf. Der Job lässt sich nicht gut mit einer Familie verbinden. Isadora suchte große finanzielle Sicherheit und wollte mir die Kosten für ihre Ausbildung zurückzahlen, was sie auch tat. Sie wusste, dass sie niemals eine Familie haben würde, und daher schien ihr die Anästhesie die richtige Wahl.«

Seine Hand lag nun auf dem Griff zur Tür der Notaufnahme, und ich sah, wie Roxie, Rathbone und ein Mann, von dessen Ohr ein Kabel zu seinem Hemdkragen verlief, vom Parkplatz auf die andere Straßenseite gingen.

»Sie müssen jedoch Folgendes verstehen, um sowohl Isadoras Unschuld an diesen Verbrechen als auch den Grund für ihren augenscheinlich belastenden Selbstmordversuch zu begreifen. Sie kam letzte Nacht zu mir, in meine Wohnung, um mir eine Investment-Idee vorzuschlagen. Ich habe jetzt keine Zeit, es im Detail zu erklären, aber es ging um eine gemeinsame Klinik für Brustoperationen, die sie leiten wollte. Sie wollte, dass ich zum Team gehöre, damit ich gelegentlich rekonstruktive Operationen durchführe. Wir redeten bis spät in die Nacht und sie blieb und schlief auf dem Sofa. Ich weiß, dass sie nicht zwischenzeitlich weg war, weil die Tür nur von einer Seite mit einem Schlüssel geöffnet werden kann. Sie war verschlossen und ich hatte den Schlüssel. Sie hätte gestern Nacht diese Nachrichten nicht losschicken können, Dr. McCarron.

Isadora ist eine schwierige, gestörte Frau und wird es immer sein«, schloss er. »Sie muss mit einer schweren psychischen Erkrankung leben und obendrein mit dem Ballast einer brutalen Kindheit fertig werden, aber sie ist keine Mörderin. Diese Fakten machen sie nicht zu einer Mörderin. Ich hoffe, dass Sie und die anderen« – er nickte zu den drei näher kommenden Gestalten hinüber – »in der Lage sind, diesen Unterschied zu machen.«

»Haben Sie der Investment-Idee für diese Klinik zugestimmt?«, rief ich ihm hinterher, als er in das Gebäude ging.

»Nein«, rief er zurück. »Ich habe beschlossen, in den Norden zu ziehen, um in der Nähe von Chris und Megan und meinen Enkelkindern zu sein.«

Als sich die Türen hinter ihm schlossen, ging mir durch den Kopf, dass so nach und nach einige Dinge zusammenzupassen schienen. Grecchi hatte an Rainer, ihrem lebenslangen Ursprung von Stabilität, festhalten müssen. Nach der Schließung der Rainer-Klinik hatte sie einen Plan entwickelt, eine neue, gemeinsam finanzierte Klinik zu eröffnen. Sie sollte die Leitung übernehmen, während er gelegentlich Operationen durchführte, wenn seine Fähigkeiten gebraucht wurden. Aber vor allem würde er in ihrer Nähe sein. Er hatte diesen Plan jedoch abgelehnt und sie war in Panik geraten und hatte voller Verzweiflung einen Selbstmordversuch unternommen. Diese Erklärung klang relativ einleuchtend.

Doch warum sollte sie ihre eigene Sicherheit in Gestalt von Rainer gefährden, indem sie Patientinnen seiner Klinik umbrachte? Um sich an ihm zu rächen, weil er sie vor vierzig Jahren dem Jugendamt von Denver ausgeliefert hatte? Als Kind war Isadora vermutlich eifersüchtig auf Megan Rainer gewesen, die sie aus dem Zuhause bei den Rainers vertrieben hatte. Hatte die erwachsene Isadora eine ethische Grenze überschritten und ihre Patienten getötet, um Megan zu verletzen? Aber Megan hatte die Klinik gar nicht übernehmen wollen. Die Schließung kam Megan sogar gelegen, denn sie erlaubte ihr, zwei Jahre früher als erwartet ihre Träume zu verwirklichen.

Außerdem gab es da noch die rätselhaften Blue-Willow-Teller. Ich erinnerte mich, dass ich in jener Nacht das Gefühl gehabt hatte, es mit einem Kind zu tun zu haben, das mit mir Verstecken spielte und mir ein seltsames Geschenk in der Dunkelheit hinterließ. Lebte dieses Kind im Kopf einer einundfünfzigjährigen Frau, deren Blut nun am Saum meines Rockes trocknete?

Diese Gedanken waren wie ein Irrgarten. Sie führten nirgends hin und ergaben keinen Sinn. Andererseits haben echte Menschen im Gegensatz zu Zahlen für mich noch nie einen Sinn ergeben. Diagramme und Tabellen und statistische Schätzungen ergeben einen Sinn. Das Gleiche gilt für meine Vorstellung des Universums, für das Gitter, obwohl man hier nicht wirklich von »Begreifen« sprechen kann. Harte Zahlen und die Slapstick-Ironie des Universums, damit kenne ich mich aus. Alles andere dazwischen kann man vergessen.

»Girl«, sagte Roxie besorgt, als sie mich zusammen mit Rathbone und dem FBI-Agenten erreichte. »Du siehst ja furchtbar aus.«

»Es war also Grecchi«, sagte Rathbone, unbeeindruckt von meinem blutigen Rock und meinen blutigen Fingernägeln. »Sie und Berryman haben es während der Befragungen sofort gemerkt. Hat sie gestanden?«

»Sie hat gar nichts gesagt, Wes«, erklärte ich. »Und sie steht jetzt unter dem Einfluss von Beruhigungsmitteln. Rainer wird versuchen, ihren Arm zu retten. Die Ärzte sagten etwas über Bänder und Nervenschäden. Sie wird nie wieder arbeiten können, wenn sie die Mobilität in ihrer Hand verliert.«

Der FBI-Agent sah aus wie Lyle Lovett mit Haarausfall, doch seinen Augen fehlte der Ausdruck des verlorenen, verwirrten Jungen. Er wirkte unglaublich konzentriert.

»Sie wird so bald nicht wieder arbeiten«, sagte er mit autoritärer Stimme. »Nicht da, wo sie hingeht.«

»Wie schlimm war der Schnitt?«, fragte Roxie.

»Bis auf die Knochen.«

»Wenn sie sich beeilen, können sie vielleicht einen Teil der Beweglichkeit retten«, sagte sie. »Und es ist sowieso nicht ihre Arbeitshand, oder? Die Leute schneiden sich immer beide Handgelenke auf. Wahrscheinlich hat sie instinktiv die Hand gerettet, die sie für ihren Beruf braucht. Was für eine traurige Geschichte.«

Eine Sekunde lang erinnerte ich mich, wie Grecchi ausgesehen hatte, als BB und ich ihr Haus verließen und sie in dem sonnendurchfluteten Studio neben der Küche malte. Ich erinnerte mich, dass sie mit der *linken* Hand gemalt hatte, während sie uns mit der rechten den Stinkefinger zeigte.

»Rox, sie ist Linkshänderin!«, flüsterte ich, denn ich wollte nicht, dass Rathbone und der Agent meine Worte hörten. Ich wusste auch nicht, warum.

»Das ist wirklich ein Knüller«, sagte der Agent mit einem triumphierenden Unterton in der Stimme. »Einer der ersten weiblichen Serienmörder. Passt in allem in die organisierte Kategorie, abgesehen vom Geschlecht. Weiß, Einzelgänger, guter Job, es passt alles, bis auf das Geschlecht. Wir werden mit der hier das Profil umschreiben. Und obendrein ist sie auch noch verrückt. Ich finde ja, dass das FBI die Bekloppten registrieren sollte, also alle, die von den Irrenärzten mit Medikamenten unter Kontrolle gehalten werden. Sollte doch durch die Apotheken nicht so schwer sein. Würde unseren Job viel einfacher machen.«

Ich konnte sehen, wie sich Roxies Gesichtsmuskeln anspannten.

»Dann hättest du die halbe Bevölkerung der Vereinigten Staaten auf deiner Liste«, sagte sie leise, aber er hörte sie nicht.

»Das ist wirklich ein Knüller«, wiederholte der Agent. »Es sind fast immer männliche Weiße und diesmal ist es eine verrückte Frau. Und das Ganze passiert auch noch in meinem Revier!«

»Ich fahre nach Hause, bevor ich diesen Mann umbringe«, sagte Roxie mit zusammengebissenen Zähnen, als die zwei Männer die Tür zur Notaufnahme aufstießen und im Innern des Gebäudes verschwanden. »Ich könnte noch ein paar mehr von ihnen um die Ecke bringen und wäre die erste *schwarze* Serienmörderin.«

»Das wäre dann wirklich ein Knüller«, erwiderte ich grinsend. »Aber lass uns zuerst einen Kaffee trinken. Irgendwas an dieser Sache mit Grecchi stimmt nicht.«

»Das ist mir auch schon aufgefallen«, sagte Rox düster. »Girl, das ist mir auch schon aufgefallen.«

23

Vom Regen in die Traufe, Pieter

Ich zog im Truck meine Jeans an und warf den Rock in einen städtischen Mülleimer, als ich zusammen mit Rox und Brontë zu einem nahe gelegenen Starbucks ging. Wir setzten uns nach draußen, und ich beobachtete Rox, wie sie mit ihrem Cappuccino-Becher herumspielte. An einem Nachbartisch saß ein Paar in beinah identischen Geschäftsanzügen und sprach über die Präsidentschaftskampagne.

»Du wirst nur für die ganze Liste stimmen, weil der Kandidat für das Amt des Vizepräsidenten eine Frau ist«, sagte der Mann.

»Und du wirst es nicht tun, nur weil sie kein Mann ist«, erwiderte seine Begleiterin. »Du kannst die Vorstellung nicht ertragen, dass eine Frau eine Machtposition innehat.«

»Da hast du Recht«, stimmte er ihr zu. »Eine Frau als Vizepräsidentin wäre wie ein Wal, der eine Symphonie dirigiert. Lächerlich. Nenn mich ruhig ein rückschrittliches Schwein.«

»Das würde mir nicht im Traum einfallen«, sagte die Frau mit einem strahlenden Lächeln und stand auf. »Schweine sind intelligent.«

Roxie und ich applaudierten, als sie davonging und ihn mit der Rechnung sitzen ließ.

»Und was tun wir jetzt?«, fragte ich, nachdem ich Grecchis Lebensgeschichte erzählt hatte. »Rainer sagt, sie ist die ganze letzte Nacht bei ihm gewesen und kann daher nicht die

E-Mails mit Schwerts neuster Drohung verschickt haben. Alle anderen Tatsachen weisen jedoch darauf hin, dass Grecchi es gewesen ist. Trotzdem habe ich ein merkwürdiges Gefühl. Ich würde die Straßenseite wechseln, um Isadora Grecchi aus dem Weg zu gehen, denn sie ist unhöflich und unangenehm. Aber als ich sie auf der Bahre liegen sah, wirkte sie furchtbar verängstigt. Sie tat mir Leid, Rox. Wie kann ich Mitleid mit einer Frau haben, die ...«

»Sie könnte die Mails in ein Programm geladen haben, das sie zu einem späteren Zeitpunkt versendet«, unterbrach Rox mich. »Du müsstest das wissen, Rainer nicht. Er kennt sich mit Computern nicht aus. Wo Grecchi die vergangene Nacht verbracht hat, spielt gar keine Rolle. Was mich viel mehr stört, ist der Selbstmordversuch.«

»Aber du hast doch gesagt, dass Schwert einen unternehmen könnte. Sie hat genau das getan, was du vorhergesagt hast.«

»Ich weiß nicht, was sie getan hat«, murmelte Roxie und rührte weiter mit einem Plastikstrohhalm in ihrem Cappuccino. Ihre Zöpfe waren an diesem Tag mit knallgelben Strohperlen verziert. Sie passten genau zu ihrer Seidenbluse, verursachten jedoch kein Geräusch, wenn sie sich bewegte. Das fehlende Klacken gab mir das Gefühl, taub zu sein.

»Was meinst du? Sie hat sich das Handgelenk aufgeschnitten.«

»Blue«, sagte Rox schließlich, legte den Strohhalm beiseite und nippte an ihrem Kaffee. »Grecchi ist Ärztin.«

»Und? Das trifft auf viele Leute zu«, erwiderte ich. »Diese Ärztin hier hatte eine höllische Kindheit und leidet unter einer depressiven Fehlfunktion. Sie ist aus irgendeinem Grund ausgetickt, hat prominente Frauen in ihrer Obhut umgebracht oder es zumindest versucht und nun einen Selbstmordversuch unternommen, wie du es vorhergesagt hast. Bei ihr gibt es sogar die abstruse religiöse Vorgeschichte durch ihre Pflegefamilie in Colorado Springs. Wahrscheinlich hat sie dort den Unsinn über Jesaja und das Schwert des Himmels gehört, so wie mein Vater gesagt hat. Es ist alles da.«

»Ja, aber jeder Medizinstudent im ersten Semester weiß, dass es die ineffektivste Selbstmordmethode ist, wenn man sich die ventrale Seite des Handgelenks aufschneidet«, fuhr Rox fort. »Dort befindet sich nur eine sehr kleine und leicht zu verpassende Arterie und die Venen an dieser Stelle sind ebenfalls winzig. Die normale Gerinnung des Blutes wird sie wenige Minuten nach einer ersten, dramatisch aussehenden Blutung wieder verschließen. Damit man durch einen Handgelenksschnitt genug Blut verliert, um überhaupt das Bewusstsein zu verlieren, muss man die Wunde schon in heißes, nach Möglichkeit laufendes Wasser halten, da so die Gerinnung verhindert wird. Grecchi wusste das, aber du hast nichts von heißem oder sonst wie geartetem Wasser erzählt. Sie saß auf dem Badezimmerboden neben der Wanne, aber sie hielt nicht den Arm unter den Wasserhahn, um das Ausbluten zu unterstützen. Das war kein Selbstmordversuch.«

Angesichts dieser Neuigkeit ging es mir aus irgendeinem Grund besser.

»Was war es dann?«, fragte ich. »Die Leute behaupten immer, dass so eine Aktion ein Hilfeschrei ist. War es das?«

Rox trank ihren Cappuccino aus und bestellte einen neuen, die Augen vor Konzentration zusammengekniffen.

»Lass uns einfach mal annehmen, dass Grecchi die Morde nicht begangen hat, sondern depressiv ist. Angesichts der unterschiedlichen Antidepressiva, die BB in ihrem Medizinschrank entdeckt hat, ist es offensichtlich, dass etwas nicht stimmt und ihr Psychiater versucht, sie durch unterschiedliche Kombinationstherapien zu behandeln. Irgendwann wird eine von ihnen wirken und auf intellektueller Ebene weiß sie das auch, aber durch ihre Depression *fühlt* sie, dass keine Hoffnung besteht. Also will sie die eine verzweifelte Geste vollführen, die der Umwelt ihr Bedürfnis nach Hilfe verdeutlicht. Sie wählt die traditionelle Methode, nämlich das Aufschneiden der Pulsadern, doch sie weiß, dass sie nicht wirklich sterben wird. Also weiß sie auch, dass sie wieder arbeiten und ihre dominante *linke* Hand benutzen wird. Wie stehen die Chancen, dass sie ihre *linke* Hand aufschneidet, obwohl sie das Risiko um die Mobilität ihrer Hand kennt?«

»Ich weiß es nicht«, sagte ich. »Sind Menschen an so einem Punkt nicht irrational und unfähig, einen klaren Gedanken zu fassen?«

»Manchmal, aber nicht immer. Und wenn sie nicht klar nachgedacht und aus reiner Verzweiflung gehandelt hätte, hätte sie das Messer mit ihrer dominanten Hand geführt und sich die andere Seite aufgeschnitten. Außerdem ist Grecchi einundfünfzig. Nach dem, was Rainer erzählt hat, leidet sie seit ihrem vierzehnten Lebensjahr unter Depressionen. Sie hat Erfahrung damit. Sie übt einen anspruchsvollen Job aus, arbeitet nebenbei ehrenamtlich, betätigt sich in ihrer Freizeit künstlerisch, hat nach dem, was du sagst, ein schönes Zuhause und bemüht sich eigenhändig um ein ansprechendes Äußeres. Sie ist sozial kompetent und erfolgreich. Es gibt keinen Bruch in diesem Muster. Und dann tickt sie plötzlich über Nacht aus? So funktioniert das nicht, Blue. Nicht so schnell. An der ganzen Sache ist was faul.«

»Du hältst Grecchi nicht für Schwert, nicht wahr?«, fragte ich und gab Brontë ein Stück Haselnussbiscotti.

»Sie könnte es sein. Alles weist darauf hin. Doch wenn sie es nicht ist ...«

»Dann wird morgen jemand anders die Kandidatin für das Amt des Vizepräsidenten umbringen«, beendete ich ihren Gedankengang. »Aber wer?«

»Dieses Problem müssen das FBI und der Secret Service lösen«, sagte sie tonlos. »Ich gehe jetzt zurück ins Krankenhaus und erkläre Rathbone und diesem Kontrollfreak vom FBI, der von meinen Steuergeldern bezahlt wird, meine Bedenken hinsichtlich Grecchi. Dann fahre ich nach Hause. Das war sehr schwer für mich, Blue. Es ist schwer, sich von einem Typen mit einem Telefon im Ohr anzuhören, dass der Job, den man ausübt, doch Wischiwaschi-Kram ist. Denn genau das musste ich tun, als du wegen Grecchi angerufen hast. Sogar Rathbone ist zusammengezuckt, als dieser Penner meinte, ich soll nicht so ›großspurige Wörter‹ benutzen.«

Sie knickte den Plastikstrohhalm und drehte ihn, bis er in zwei Stücke brach.

»Willst du wissen, welches ›großspurige Wort‹ ihm Angst eingejagt hat?«, fuhr sie fort. »›Chronisch‹. Das sind zwei Silben, die zwanzig Millionen Amerikaner jeden Tag in Aspirin-Werbespots im Fernsehen hören, aber ›echte‹ Männer sagen nicht chronisch. Es ist keine Männersprache, also ist es automatisch die Sprache der Waschlappen. Und das Gleiche gilt seiner Meinung nach für die gesamte Sprache der Psychiatrie.

Blue, wenn das FBI die Weltherrschaft übernimmt, gibt es auf der einen Seite sie und auf der anderen Seite die ›Bösen‹. Und dazwischen wird es nur noch ein Vokabular geben, das im Durchschnitt aus achtzehn einsilbigen Wörtern besteht, von denen sich zwölf auf Körperfunktionen beziehen.«

»Solange eines davon ›Dude‹ ist, werden sie wunderbar miteinander auskommen«, erwiderte ich, denn ich erinnerte mich an den Austausch zwischen BB und Jeffrey Pond. »Ich habe überlegt, ob ich nicht einen Artikel über die zeitgenössische männliche Ablehnung der Sprache als Kommunikationsmittel schreiben soll. Es ist merkwürdig.«

»Imponiergehabe und sich auf die Brust schlagen ist ja viel eloquenter«, sagte sie lachend und schlug sich auf die Brust. »Aua.«

»Das ist immer problematisch«, kicherte ich. »Mach dir keine Sorgen, Rox, das FBI hat noch nicht einmal eine große

Stadt eingenommen. Es bleibt immer noch genug Zeit zum Reden. Apropos ...«

»Ich weiß, Philadelphia«, sagte sie. »Aber nicht jetzt, Blue. Und auch nicht heute Abend. Ich brauche Zeit zum Nachdenken. Weißt du, mir ist gerade etwas klar geworden. Während ich versuche, herauszufinden, warum ein paar Tausend Kerle jeden Tag rauben und vergewaltigen und töten, liegt die wahre Macht in den Händen von einer identischen Horde von Kerlen, denen einer abgeht, wenn sie die andere Gruppe jagen können. Das Warum ist ihnen scheißegal. Alles, was sie kennen, ist: ›Gehe in das Gefängnis. Begib dich direkt dorthin.‹ Damit ist das Spiel für sie beendet und sie dürfen Helden sein. Sich um das Warum zu kümmern, ist Mädchenkram.«

»Die meisten Leute würden ihnen zustimmen«, sagte ich.

»Ja, und hör dir dann genau diese Leute an, wenn sie jammern und heulen, weil es immer wieder passiert. Wieder ein Massenmörder in einem öffentlichen Gebäude, wieder ein Serienmörder mit dreiundzwanzig Gräbern in seinem Garten, wieder ein paar Hundert Kinder, die vergewaltigt werden und für den Rest ihres Lebens innerliche Narben davontragen. Immer mehr Gefängnisse und kein Ende in Sicht. Das kommt davon, wenn einem das Warum am Arsch vorbeigeht.«

»Willst du eine Heldin sein, Rox?«, fragte ich, als wir uns auf den Rückweg zum Krankenhaus machten.

»Da hast du verdammt Recht«, sagte sie und beugte sich nach unten, um Brontë ungestüm zu streicheln. »Aber ich will es, indem ich versuche, Dinge zu verstehen, nicht, indem ich das Verstehen als Option ausschalte.«

»Dann solltest du dich vom Gesetzesvollzug fern halten«, erwiderte ich.

»Ich arbeite in einem Gefängnis, Blue. Was glaubst du, was das ist?«

»Oh.«

Ich erkannte, wohin das führte und dass ich es womöglich dem FBI zu verdanken haben würde, dass Roxie den neuen Job in Philadelphia annahm. Sie wollte Dinge herausfinden, Veränderungen bewirken. Das konnte sie tun, wenn sie ein Forschungsprojekt leitete, das Kopfverletzungen und psychiatrische, genetische Veranlagungen untersuchte. Sie konnte es nicht tun, indem sie für die Bullen und das weiße Establishment arbeitete. Die zwei Systeme waren nicht kompatibel.

»Ich rufe dich vielleicht heute Abend an«, sagte sie, als Brontë und ich in meinen Wagen stiegen.

»Na gut, hier ist meine Handynummer, falls ich dann noch nicht zu Hause bin«, sagte ich und versuchte cool zu klingen, so als würde es mich nicht tangieren, dass ich sie gehen ließ. »Ich glaube, ich werde das Handy in Zukunft mitnehmen, wenn ich mit Brontë durch die Wüste wandere. Es könnte ganz nützlich sein.«

»Ja.« Und mit diesem Wort war sie bereits weg.

Ich blickte ihr hinterher, während sie den Parkplatz des Krankenhauses verließ. Ihre Bluse sah aus wie eine zielstrebige Sonne, die sich zwischen den Wagen hindurchschlängelte. Sie würde Rathbone und dem Knilch vom FBI ihr Unbehagen hinsichtlich Grecchis Schuld mitteilen und dann nach Hause fahren, um dort über das Schicksal der Psychiatrie in einer Gesellschaft nachzudenken, die von schnellen und simplen Lösungen abhängig war. Brontës ratloser Ausdruck erinnerte mich daran, dass ich keine Ahnung hatte, was *ich* tun würde.

»Ich sollte Kate Van Der Elst sagen, was passiert ist«, teilte ich meinem Hund mit. Es klang vernünftig.

»Oh, Blue, ich weiß es zu schätzen, dass Sie mich auf dem Laufenden halten«, sagte Kate, als ich sie bei sich zu Hause anrief. »Ich war wegen dieser ganzen Angelegenheit so durcheinander. Jetzt fühle ich mich ein bisschen besser. Ich glaube wirklich, dass es Grecchi war, Sie nicht auch? Es ergibt sogar ein wenig Sinn, wenn man die Geschichte in Betracht zieht, die Sie mir gerade erzählt haben. Sie hatte bei der Arbeit mit all diesen privilegierten Frauen zu tun, die nichts Schlimmeres mitmachen mussten, als Cellulitis an ihren Oberschenkeln zu entdecken. Wir müssen ihr verachtungswürdig vorgekommen sein, oberflächlich und narzisstisch. Und doch hatten wir alles, was sie nicht haben konnte – einen Ehemann, eine Familie, in manchen Fällen sogar ein wichtiges öffentliches Amt wie Mary Harriet Grossinger und Dixie. Ihre Beerdigung war, nun, es war sehr traurig. Ich habe Pieter vermisst, Blue. Ich kann nicht glauben, dass er nicht gekommen ist, wenn auch nur aus Respekt für Dixies Familie. Wir sind seit sechzehn Jahren verheiratet und er hat nie ... nun, jetzt ist nicht der richtige Zeitpunkt, um über Pieter zu sprechen. Danke, dass Sie angerufen haben, Blue. Ich werde später in meinem Wahlkampfbüro sein. Bitte lassen Sie es mich wissen, wenn noch etwas passiert.«

Es war nicht als Frage formuliert, aber ich sagte: »Natürlich« und klappte mein kleines Telefon zu. Dann fuhr ich in die Innenstadt zum Marriott, aus dessen zwei Türmen man einen Blick auf die Bucht von San Diego hatte. Niemand sagte etwas über ein Hundeverbot, als Brontë und ich durch die Menschenmenge in der Lobby gingen, die aus Touristen und Teilnehmern einer internationalen Tagung bestand, bei der es um den weltweiten Verkauf von Farben ging. Auf einem Tisch neben einem frischen Blumenarrangement, das nicht einmal in meinen Wagen gepasst hätte, entdeckte ich ein Haustelefon. Ich nahm den Hörer ab und bat, mit dem Zimmer von Pieter Van Der Elst verbunden zu werden. Das wurde ich auch.

»Blue McCarron hier. Ich bin in der Lobby und muss mit Ihnen sprechen«, teilte ich ihm mit.

»Nein, wir glauben nicht, dass Kate noch in Gefahr

schwebt, aber das hat sie einmal, Pieter. Sie gehörte zu den Frauen, die Schwert zum Sterben auserwählt hatte. Zum Glück hat ihre Diät sie beschützt. Es sieht so aus, als wäre die Anästhesistin, Isadora Grecchi, die Täterin. Bitte, lassen Sie mich raufkommen und Ihnen erklären, was passiert ist.«

Wie ich gehofft hatte, besiegte seine Neugier sein Zögern, mir vor die Augen zu treten. Brontë schien mein Gefühl zu teilen, etwas erreicht zu haben, denn sie wedelte glücklich mit ihrem kupierten Schwanz, während wir mit dem Aufzug in den fünfzehnten Stock fuhren. Oder sie war begeistert von ihrer Umgebung, die sich doch um einiges von meiner spartanischen Unterkunft in der Wüste unterschied. Sie mag Opern. Ich hätte wissen müssen, dass sie Geschmack für die feineren Dinge des Lebens besitzt.

»Na gut«, sagte ich ihr, während wir lautlos den mit Teppich ausgelegten Flur des fünfzehnten Stockwerks entlanggingen. »Ich verstehe, was du meinst. Wir könnten uns zumindest eine Unterkunft mit fließend Wasser leisten. Ich schlage dir folgenden Handel vor. Falls wir für eine Weile nach Philadelphia gehen, verspreche ich dir, dass wir in ein schönes Ambiente ziehen.«

Unterhaltungen mit Hunden können sehr nützlich sein, wenn man versucht, sich über die eigenen Absichten klar zu werden.

Pieter Van Der Elst hatte seit unserer letzten Begegnung fünf Pfund abgenommen, und das ausschließlich im Gesicht. Seine Haut war fahl und die blassblauen Augen waren glanzlos wie staubiges Glas. Trotz seines frischen, blauen Oxford-Hemdes und seiner makellos gebügelten Khakihosen wirkte er verwahrlost. Und verlegen.

»Bitte, kommen Sie doch herein«, sagte er und zeigte auf das Wohnzimmer seiner Suite. »Und wer ist das?«

»Mein Hund, Brontë«, erklärte ich. »Vor meinem Haus befindet sich ein FBI-Posten, oder zumindest war er heute

Morgen noch dort, und ich konnte sie nicht den ganzen Tag dort alleine lassen. Sie hätte nur gebellt.«

»Ah, Brontë«, sagte er und zupfte an einem Blumenarrangement auf dem Couchtisch herum. »›Das Leben ist ein flüchtiger Schlaf, / und seine Taten ein schlechter Traum ...‹«

»Charlotte oder Emily?«, fragte ich bezüglich des Zitats, das wahrscheinlich aus einem Brontë-Gedicht stammte.

»Branwell«, antwortete er. »Der lasterhafte, missratene Bruder.«

»›Soll die Erde dich nicht mehr beseelen, / Nun, da du ein einsamer Träumer?‹«, erwiderte ich freundlich und meinte dies ebenfalls als direkte Frage.

»Emily.« Er identifizierte die Autorin, beantwortete jedoch nicht meine Frage. »Sie waren alle so leidenschaftlich, und doch ...«

»Pieter, Sie wirken krank«, unterbrach ich ihn und ging zum Fenster hinüber, um die schweren Vorhänge aufzuziehen. Der abgedunkelte Raum mit seinen geblümten, braunen Stoffen kam mir vor wie der schreckliche »rote Salon« in »Jane Eyre«. Dieses Augenmerk auf die verdammten Brontës schien mir unnötig morbide.

»Es geht mir gut«, sagte er wenig überzeugend. »Bitte, erzählen Sie mir von Kate.«

»Ah«, war alles, was er sagte, nachdem ich geendet hatte.

»Pieter, ich will mich nicht einmischen, aber ich glaube, Sie verstehen nicht, warum Kate sich geweigert hat, aus dem Rennen auszuscheiden«, sagte ich und kam mir sehr wohl so vor, als würde ich mich einmischen. »Vielleicht ist das eine kulturelle Sache. Amerikanische Frauen sind nicht ...«

»Die Niederlande sind eine Kultur, in der die Gleichberechtigung so groß geschrieben wird wie in fast keinem anderen Land der Welt, Blue«, unterbrach er mich, bevor ich in weitere Fettnäpfchen treten konnte. »Ich habe es nicht getan, weil ich dachte, ich hätte das Recht, Kate zu kontrollieren.

Mir war einfach der Gedanke unerträglich, dass ihr etwas zustößt. Ich konnte den Gedanken nicht ertragen, dass sie ... stirbt. Ich war außer mir vor Angst, und ich ...«

»Aber Pieter, Kate muss das verstehen«, fuhr ich fort. »Und sie braucht Sie. Sie hat versucht, Sie zu erreichen, aber Sie wollen nicht mit ihr reden. Sehen Sie, ich weiß, dass mich das nichts angeht, aber Sie können sie jetzt nicht einfach im Stich lassen, nur weil sie nicht das getan hat, was Sie wollten. Das ist nicht richtig.«

Ich wusste, dass diese letzte Bemerkung direkt aus Waterloo, Illinois, stammte, wo jeder *genau* weiß, was sich dahinter verbirgt. Das »Richtige« ist eine magnetische Achse, um die sich alles dreht, und obendrein der einzige Maßstab, an dem alles früher oder später gemessen werden muss. Man kann vor dieser Achse bis an den entferntesten Winkel der Erde flüchten, aber sie wird einen letztendlich doch zurückholen, als wäre man mit einem riesigen Gummiband an ihr festgebunden. Der ganze Mittlere Westen, von Kanada bis zum Golf von Mexiko, versteht dieses Konzept ganz genau. Aber ich bezweifelte, dass dieser weltgewandte Fremde, der gerade in einem teuren Hotelzimmer meinen Hund streichelte, dieses schlichte Konzept begreifen würde. Und ich irrte mich.

Er hob den Blick von Brontë, die zu seinen Füßen auf dem Boden lag, und musterte mich ernst. »Sie wissen nicht, was ich mit der Wendung ›es getan haben‹ meinte«, sagte er. »Ich habe etwas Verachtungswürdiges getan. Ich habe Kate Angst eingejagt, damit sie aufhört. Es war mir egal, dass ich sie dabei womöglich zerstöre. Es kümmerte mich nicht, dass nur noch ein hohles Abbild von Kate übrig geblieben wäre, solange nur dieses Abbild am Leben blieb.«

»Pieter, wovon sprechen Sie?«

Er holte zitternd Luft und straffte die Schultern.

»Ich habe den Drohbrief auf dem grünen Blatt Papier geschrieben. Ich habe ihn geschrieben und behauptet, jemand hätte ihn unter der Tür von Kates Wahlkampfbüro hindurchgeschoben. Ich habe sowohl Kate angelogen als auch Sie und die Polizei. Und nun sagen Sie mir, dass das Gift die ganze Zeit in Kates Körper war, dass ich ihr Vertrauen ganz umsonst verraten habe, dass, selbst wenn ich mit meinem Plan erfolgreich gewesen wäre, ich sie nicht hätte beschützen können. Das ist doch die reinste Ironie, finden Sie nicht?«

Sein vorzeitig ergrautes Haar schimmerte in dem hereinströmenden Sonnenlicht wie feines Metall.

»Mich dürfen Sie nicht nach Ironie fragen«, erwiderte ich und versuchte, die Stimmung etwas aufzulockern. »Sagen wir doch einfach, es war für Sie an der Zeit, etwas zu lernen, und das haben Sie nun. Nach Rio zu fliehen, wird daran nichts ändern.«

»Amsterdam«, korrigierte er mich in einem ungelenken Versuch, salopp zu klingen. »Kate wird mir nie wieder vertrauen und dieser Tatsache kann ich nicht ins Auge blicken. Sie zu verlassen, scheint mir die einzige Möglichkeit.«

Ich wünschte, mein Vater würde an meiner Stelle in diesem Zimmer sitzen. Er ist gut in solchen Dingen, aber das ist schließlich auch sein Job. Ich machte Anstalten zu gehen. Ich beugte mich vor, suchte in meiner Tasche nach den Autoschlüsseln. Die üblichen Gesten.

»Ich halte Vertrauen für völlig überbewertet«, sagte ich schließlich. »Es setzt eine unmögliche identische Realität zwischen zwei einzelnen Menschen voraus. Letztendlich kann es nicht funktionieren. Was dagegen funktioniert, ist Ehrlichkeit, falls man den Mumm aufbringt. Nur ein Feigling würde morgen in dieses Flugzeug steigen, Pieter. Nur Feiglinge laufen weg und verstecken sich.«

Er erwiderte nichts, als Brontë und ich das Zimmer verließen und ich entschlossen die Tür hinter uns zuzog.

Auf dem Flur dachte ich über die Tatsache nach, dass ich unerträglich arrogant und unsensibel und unhöflich gewesen war. Es fühlte sich gut an. Dann erkannte ich, dass mein hochtrabender kleiner Vortrag an Pieter Van Der Elst noch bedeutsamer war, wenn ich ihn auf mich selber anwendete. Das fühlte sich nicht so gut an. Es bedeutete, dass ich der Tatsache ins Auge sehen musste, dass ich draußen in der Wüste auch nichts anderes getan hatte, als wegzulaufen und mich zu verstecken. Und ich musste damit aufhören. Es gab genügend Gründe, damit aufzuhören. Der Pfad, den Roxie Bouchie für sich gewählt hatte, war nicht mein Pfad, aber das bedeutete nicht, dass mein eigener Pfad nicht neben ihrem verlaufen konnte.

»Na gut, ich weiß Folgendes über Pennsylvania«, sagte ich im Aufzug zu Brontë. »Es gibt dort die Quilts der Amish-Leute und Scheunen mit aufgemalten Hexagrammen.«

Es war nicht viel, aber es würde reichen. Vielleicht konnte ich eine schöne Bleibe mit einem Schuppen finden und ein Hexagramm darauf malen. Dieser Gedanke erschien mir wie ein Anker und entlockte mir ein Lächeln.

24

Das Sagebrush Resort

ALS WIR DIE LOBBY durchquerten, begann das Handy in meiner Handtasche zu klingeln, so dass ein französischer Tourist mit traurigen Basset-Augen flüsterte: »*Madame, a sonné?*« Ich vermutete, dass er mich und meinen Hund anschließend auf einen Drink einladen wollte.

»Nein, ich habe nicht geklingelt«, sagte ich zu ihm, tippte mir auf das Ohr und schüttelte den Kopf. »Es muss am *retard de jet* liegen. Am Jetlag. Angeblich soll es helfen, wenn man viel Wasser trinkt.«

Es war Wes Rathbone, der mich auf dem Handy anrief.

»Ich habe Ihre Nummer von Roxie«, sagte er. »Hören Sie, ich muss im Krankenhaus bleiben, bis wir Grecchis Aussage aufnehmen können. Das dauert womöglich noch Stunden. Sie wird gerade operiert. Keine Ahnung, wie lange sie noch brauchen. Aber sowohl Eldridge als auch Megan Rainers Mann, Christopher Nugent, haben im Präsidium angerufen und wollten wissen, was los ist. Offensichtlich hat sich Megan fürchterlich aufgeregt, als sie ihren Vater telefonisch nicht erreichen konnte. Kara Eldridge bekam es mit der Angst zu tun, als sie bei Grecchi anrief und die Bandansage ihr mitteilte, der Anschluss sei vorübergehend gestört. Sie sind alle ziemlich nervös. Der Diensthabende hat beiden gesagt, es wird bald jemand bei ihnen vorbeikommen, der sie auf den neusten Stand bringt. Leider gibt es niemanden, der das übernehmen könnte. Würde es Ihnen etwas ausmachen? Sie stehen schließlich immer noch auf der Gehaltsliste.«

»Kein Problem, Wes«, erwiderte ich. »Ach, übrigens, kampieren die Power Ranger immer noch bei mir auf dem Grundstück?«

»Es bleibt alles beim Alten, bis wir sicher sind, dass Grecchi unser Mann ist.«

Ich wies ihn nicht auf die fehlende Logik seiner Bemerkung hin.

»Ich mache mich jetzt auf den Weg zu den Eldridges«, sagte ich. »Und anschließend fahre ich auf dem Nachhauseweg bei Megan Rainer und Chris Nugent vorbei.«

»Gut. Ich lasse jemand bei ihnen anrufen und ausrichten, dass Sie auf dem Weg sind. Wir haben bereits die Nachricht auf Ponds Anrufbeantworter hinterlassen, er soll sich wegen eines Updates bei Ihnen melden. Er findet die Nachricht vor, sobald er nach Hause kommt. Sie müssen nicht bei ihm vorbeifahren.«

»Roger«, erwiderte ich knapp.

Auf der Fahrt über die I-5 zum Haus der Eldridges in Carlsbad dachte ich über Jesaja 34, Blue-Willow-Teller und weibliche Serienmörder nach. Falls Isadora Grecchi die Täterin war, warum hatte sie dann die Teller als Symbol für das Motiv hinter diesen Morden gewählt? Sie passten nicht zu ihrem Stil. Und selbst wenn sie vor langer, langer Zeit bei diesen Pflegeeltern die Geschichte aus dem alten Testament über die grausame Zerstörung Edoms durch eine gewalttätige Gottheit gehört hatte, warum sollte sie sich mit diesem Zerstörer identifizieren und sich »Schwert des Himmels« nennen? Der Teller und der dramatische Name waren meiner Meinung nach nichts anderes als Werbung. Der nach Aufmerksamkeit heischende Narzissmus eines kleinen Kindes oder eines unreifen Mannes, dessen Bedürfnis nach Anerkennung erst in hohem Alter nachlässt. Wenn überhaupt. Und selbst wenn diese

Anerkennung nur einem Mord gilt. Die weibliche Mörderin hat nicht dieses Bedürfnis nach Anerkennung und macht *niemals* Werbung für ihre Verbrechen. Es kommt einfach nicht vor.

»Vielleicht ist Isadora Grecchi in Wirklichkeit ein Mann«, sagte ich zu Brontë und war mir durchaus bewusst, dass ich eine komplette Ausbildung als Psychiaterin brauchen würde, um diese Aussage zu verstehen. Das Handwerkszeug meines Berufes konnte nur enthüllen, was die meisten Männer und Frauen, ungeachtet anderer Variablen, tatsächlich tun. Was nun eine Frau betrifft, die sich als Mörderin darstellt, um die Aufmerksamkeit der Öffentlichkeit zu erlangen, da schweigt sich das Feld der Sozialpsychologie aus.

Ich dachte immer noch über dieses Schweigen nach, als ich vor dem Haus der Eldridges hielt. In der Einfahrt stand ein kleiner Lieferwagen mit dem Aufkleber einer Autovermietung auf der hinteren Stoßstange. Die Seitentür war offen, und ich konnte sehen, dass der hintere Teil des Wagens mit vollen Müllsäcken beladen war.

Als ich ohne Brontë aus meinem Truck stieg und die Tür schloss, stolperte ein blondes Mädchen in Jeans und Turnschuhen unter dem Gewicht eines weiteren Sacks aus dem Haus und auf den Wagen zu.

»Namey, halt ihn unten fest, damit er nicht reißt«, rief Kara Eldridge ihr von der Haustür hinterher.

Oder zumindest dachte ich, dass es Kara Eldridge war. Aber sie sah anders aus. Ihr Haar war kürzer, attraktiv frisiert und mit platinblonden Strähnen durchzogen. Verschwunden war der unvorteilhafte Hosenrock, stattdessen trug sie schicke, schwarze Hosen, in denen sie zehn Pfund schlanker aussah. Auf der Vorderseite ihres hellbraunen T-Shirts waren im Siebdruck die Umrisse von Stonehenge mit der Unterschrift ICH STEH AUF DIE GUTE ALTE RELIGION abgebildet. Und sie trug Make-up.

Es musste Karas Schwester sein. Vielleicht eine Zwillingsschwester.

»Oh, Dr. McCarron, die Polizei hat angerufen und angekündigt, dass Sie kommen würden«, begrüßte sie mich. »Sie wollten mir nichts sagen, aber ich wusste, dass etwas passiert ist, denn als ich Isadora anrief, war ihre Leitung tot. Ich bekam nur eine Ansage mit den Worten ›Diese Rufnummer wurde abgemeldet oder die Leitung ist beschädigt‹. Wir wollten noch miteinander sprechen, bevor ... nun, ich wusste, dass etwas nicht stimmt. Also rief ich Jeff an, aber er war nicht zu Hause, und dann rief ich Megan an, aber sie machte sich Sorgen wegen Dr. Rainer, da sie ihn nicht erreichen konnte. Wissen Sie, Isadora hatte Probleme, und wir dachten, Dr. Rainer wäre bei ihr, aber ... ach, bitte, kommen Sie doch herein und erzählen Sie mir, was passiert ist. Geht es Isadora gut?

Namey«, sagte sie zu dem Mädchen, »ich möchte, dass du in den Garten gehst und mit deinem Bruder spielst, während ich mich mit Dr. McCarron unterhalte.«

»Aber du hast gesagt, dass wir bald fahren«, schmollte das Mädchen theatralisch. »Du hast gesagt ...«

»Naomi Ann, *geh jetzt.*«

Es war Kara Eldridge, doch erinnerte sie mich nicht länger an die Steinfigur des Mädchens mit dem Buch an der Bibliotheksfassade. Sie war alles andere als selbstvergessen.

»Sie haben T. J. gerade verpasst«, sagte sie, als wir uns auf die karierte Couch setzten. »Er kam schnell auf einen Happen nach Hause und ist dann zum Immobilienmakler gefahren. Ich hatte nur Zeit, ihm einen kleinen Snack zu machen, aber wenigstens das habe ich geschafft. Eine Schüssel Tomatensuppe und ein Sandwich mit Mortadella. Und er hat natürlich seinen Käse und seine Cracker bei sich, also ist alles in Ordnung. Wir sind ein wenig im Stress. Sehen Sie, ich habe einen wunderbaren Job in Los Angeles angeboten bekommen, bei dem ich Computerprogramme für ... Oh, das ist jetzt nicht so wichtig. Da die Klinik nun schließt und T. J. keine Arbeit haben wird, erschien es mir richtig, den Job anzunehmen. Sie wollen jedoch, dass ich sofort anfange, also gehen die Kinder und ich vor und wohnen bei meiner Cousine in Redondo Beach, bis er das Haus verkauft hat und nachkommen kann. Aber was ist mit Isadora passiert?«

Sie wirkte überwältigt von dem plötzlichen Umzug und dem neuen Job, aber in ihren Augen lag noch ein anderer Ausdruck. Eine stille, ernste Entschlossenheit, die sie gar nicht zu verbergen suchte. Es war wie eine gedämpfte Orgelsonate auf einem geschäftigen Marktplatz. Es war wie ein Missklang.

»Offensichtlich hat Dr. Grecchi sich, hm, selbst etwas angetan«, sagte ich ungelenk, denn ich wusste nicht, wie man solche Dinge ausdrückt. »Ihr Handgelenk, ähm, sie hat sich das Handgelenk verletzt, durch einen tiefen Schnitt. Sie wird es jedoch überleben. Dr. Rainer führt gerade die wiederherstellende Operation durch. Ihr Telefonkabel war durchtrennt, deshalb konnten Sie sie nicht erreichen.«

»Das hatte ich mir schon gedacht«, sagte Kara, und der düstere, entschlossene Ausdruck in ihren haselnussbraunen Augen verstärkte sich, während sie durch mich hindurchsah. »Ich habe befürchtet, dass so etwas passiert.«

Mir war nicht klar, ob sie mit mir sprach oder mit sich selbst. Und es war auch nicht deutlich, was genau sie befürchtet hatte.

»Hatte Dr. Grecchi diese ... diese Probleme schon öfter, seit Sie sie kennen?«, fragte ich.

Kara Eldridge schien sich plötzlich zu erinnern, dass ich da war.

»Oh nein«, sagte sie. »Isadora hat nie ... ich meine, wir wussten alle von ihren Depressionen. Jeder in der Klinik wusste davon, außerdem hat sie es mir selbst erzählt. Wir haben uns nach dem Tod von Marlis Rainer angefreundet. Isadora hat mir eine Menge Dinge erzählt. Sie war diejenige, die mich ermutigt hat, das Community College zu besuchen und einen Abschluss zu machen, damit ich im Notfall meinen Lebensunterhalt selber verdienen kann. Sie hat mir auch mit ... dem Geld geholfen. Sie hat dafür bezahlt, sie hat die Gebühren für mich bezahlt. T. J. hätte nie erlaubt, dass ... Aber nein, Isadora hat nie versucht, sich umzubringen.«

»Aber Sie haben gesagt, Sie hätten befürchtet, dass das passieren würde.«

Einen Moment lang war die frühere Selbstvergessenheit wieder da. Das ausdruckslose Gesicht, das BB und ich am Tag von T. J. Eldridges Befragung gesehen hatten. Das Gesicht eines Kindes.

»Nun, Sie wissen schon«, sagte sie unbestimmt. »Depressive Menschen tun so etwas manchmal, nicht wahr?«

»Die Polizei hält Grecchi für den Mörder«, sagte ich.

»Ja, das tut sie wahrscheinlich«, erwiderte sie und wieder trat diese gedämpfte Aura von zuvor zum Vorschein. Ihr Gesicht verwandelte sich und ihre Muskeln spannten sich, bis sie aussah wie eine teure Fotografie von sich selbst. Die Charakterlinien wurden sichtbar. Sie wirkte wie eine kompetente, erwachsene Frau.

»Mo-om«, sagte ein blonder, ungefähr fünfjähriger Junge, der in der Tür zur Küche auftauchte. »Wenn wir jetzt nicht fahren, haben wir vielleicht morgen keine Zeit für Disneyland. Du hast gesagt, dass wir bald fahren. Ich will jetzt fahren.«

»In einer Minute, Zeke«, sagte sie zu ihm und wandte sich dann eindringlich an mich.

»Bitte sagen Sie Isadora, dass ich mich sobald ich kann bei ihr melden werde«, bat sie mich. »Sagen Sie ihr, dass ich sie besuchen werde, sobald ich die Kinder in der Schule untergebracht und mich selber in diesem Job eingewöhnt habe. Und sagen Sie ihr in meinem Namen Danke.«

»Aber Isadora wird ins Gefängnis kommen, Kara ...«

»Richten Sie es ihr einfach aus, Dr. McCarron. Und nun muss ich leider weiterpacken und mich auf den Weg machen.«

»Natürlich«, sagte ich, als das Mädchen, Naomi, mit einem Stapel gerahmter Fotografien auf dem Arm aus der Garage auftauchte. Das Bild ganz oben auf dem Stapel zeigte Kara Eldridge in einer Schürze, wie sie in ihrer Küche Käse klein schnitt. Sie sah aus wie eine Puppe.

»Sollen wir die auch mitnehmen?«, fragte das Mädchen.

»Nein, die soll Daddy mitbringen«, erwiderte Kara. »Einer der Rahmen ist kaputtgegangen und er will ihn noch reparieren.«

»Daddy hat ihn kaputtgemacht«, widersprach Zeke. »Er ist nicht kaputtgegangen. Er hat ein Sandwich danach geworfen. Ich will zum Space Mountain. Können wir jetzt fahren?«

»Sie sagten, Ihr Mann sei zum Immobilienmakler gefahren?«, sagte ich und stand auf. »Können Sie mir sagen, wo das ist? Vielleicht kann ich ihn abfangen. Ich würde ihn gerne noch ein paar Dinge zu Dr. Grecchi fragen, wo ich schon mal hier bin.«

Die Frage schien sie zu überraschen.

»Hm, das Maklerbüro ist in dem großen Einkaufszentrum östlich des Coast Highway«, stammelte sie. »Ich glaube, er ist bei Century 21. Er wollte bei diversen Maklern vorbeifahren, aber bei diesem wollte er anfangen. Zumindest meine ich, dass er das gesagt hat. Sie brauchen gar nicht erst zurück auf die Schnellstraße zu fahren. Nehmen Sie einfach die Hauptstraße durch den Ort und biegen Sie rechts ab, wenn Sie das große Altersheim auf der Strandseite sehen. Es heißt Sagebrush Resort. Sie haben ein hübsches Schild, das in Richtung Westen zeigt. Sie können es gar nicht verfehlen.«

Sagebrush Resort.

War das nicht der Ort, den Waddy Babbick erwähnt hatte? Ich verabschiedete mich von Kara Eldridge und ihren Kindern. Er hatte gesagt, dass seine Mitstreiterin um den Titel der ältesten Wüstenratte im Tal nach ihrer Hüftoperation von Anza dorthin gezogen war. Eine Frau namens Reed McCallister. Ihr Mann Billy war am Biss einer Klapperschlange gestorben. Waddy hatte mir außerdem erzählt, dass sie vielleicht etwas über die alte Lehmziegelhütte wusste, die früher einmal als Diner benutzt worden war.

Ein Knistern und Brutzeln in der Luft ließ mich für den Bruchteil einer Sekunde schwindelig werden, aber es war dennoch nicht zu übersehen. Mein alter Kumpel, das Gitter, war wieder da. Mich überkam ein Gefühl, wie man es manchmal hat, wenn man gleichzeitig liest und fernsieht. Wenn sich die zwei Geschichten zu überlappen scheinen und man sich selber sagen muss: *Nein, der drogenabhängige Arzt, der bald unwissentlich den eigenen Sohn operieren wird, gehört zu der Fernsehgeschichte. Die geheimnisvolle Anwältin ist nicht die Exfrau des Fernseharztes, sondern die Geliebte des verbitterten Tierarztes, der im Roman misshandelte Rennpferde rettet.* Unsere Fähigkeit, diese Handlungsstränge zu sortieren, verdanken wir der kognitiven Geschicklichkeit unseres Gehirns. Meines machte mich geschickt darauf aufmerksam, dass dies genau zu den Dingen gehörte, die ich unbedingt tun musste. Ich hatte es Roxie gegenüber angekündigt. Ich musste einem irrationalen Weg folgen, der in unregelmäßigen Abständen mit Zufällen gepflastert war, die wie Fata Morganas in meinem Gesichtsfeld auftauchten und wieder verschwanden.

»Wir besuchen jemanden in einem Altersheim«, informierte ich Brontë. »Sie heißt Reed McCallister.«

Altenheime hatten sich sehr verändert, seit mein Bruder David und ich einmal im Monat mit der Jugendgruppe der

Episkopalkirche pflichtschuldig alte Menschen aus der Glaubensgemeinde meines Vaters besucht und ihnen Plätzchen gebracht hatten. Ich hatte damit gerechnet, viele alte traurige klapprige Menschen zu sehen, die in einem sterilen Aufenthaltsraum, der seit dem Zweiten Weltkrieg nicht mehr renoviert worden war, Rommé spielten. Stattdessen spazierte ich in ein Themenhotel, das mich sehr an Las Vegas erinnerte und sogar über ein kleines Kasino verfügte.

»Wir finden, dass ein paar Spielchen einige unserer Gäste fit halten«, sagte mir die Empfangsdame, als ich fragend auf den Raum zeigte, in dem unzählige Lichter aufblinkten und Achtzigjährige eifrig Blackjack spielten und einarmige Banditen bedienten. »Sie gewinnen Spielgeld, das ortsansässige Geschäftsleute in echtes Geld tauschen, wenn sie es für wohltätige Zwecke spenden«, fuhr sie fort. »Oder sie können sich damit Dinge in der Kaffeebar und dem Geschenkladen kaufen. Blumen sind sehr beliebt. Unsere Damen bekommen gerne Blumen, und unsere Herren spielen gerne um Spielgeld, um diese Blumen zu kaufen. Aber wie kann ich Ihnen helfen?«

»Ich würde gerne einen Gast namens Reed McCallister besuchen. Und ist es erlaubt, dass ich meine Hündin mitnehme? Sie hat all ihre Impfungen bekommen.«

»Oh, wir ermutigen die Leute, ihre Haustiere mitzubringen. Sie haben eine ganz wunderbare Wirkung auf einige unserer älteren Gäste, die ein bisschen gebrechlich sind. Einen Hund oder eine Katze zu streicheln, hilft ihnen manchmal dabei, sich lebendig zu fühlen, verstehen Sie. Aber Sie wollten jemanden besuchen. McCallister, ach ja, hier habe ich sie ja. Sie lebt in einer teilbetreuten Einheit. Sie hat ihr eigenes kleines Apartment auf dem Gelände, isst jedoch gemeinsam mit ihrem ›Dorf‹ im Speisesaal. Sie haben Glück. Eigentlich wollten sie sich heute eine Matinee von ›Tod eines Handlungsreisenden‹ im Zentrum für darstellende Kunst von Escondido ansehen, aber der Star ist krank geworden und die zweite Besetzung hat sie nicht interessiert. Sie finden Reed wahrscheinlich im Kraftraum. Hier steht, dass sie häufig dort ist, wenn sie nicht gerade am Pool liegt. Gehen Sie einfach durch diese Doppeltüren, über den Innenhof und in das Veranstaltungszentrum. Der Kraftraum befindet sich auf der linken Seite. Dort kann Ihnen ein Angestellter helfen, sie zu finden.«

Dieser besagte Angestellte wies mich zu einer drahtigen, tief gebräunten Frau mit langem weißem Haar, grauen Sporthosen und einem knalligen rosafarbenen T-Shirt, die auf einer Bank saß und fünf Pfund schwere Hanteln bewegte. Brontë schlich sich davon, um einen Mann zu begrüßen, der auf dem Rücken auf einem Tisch lag und dessen Brust mit einem Stapel kleiner roter Sandsäcke beschwert war.

»Ja, hallo!«, keuchte der Mann und kraulte sie hinter den Ohren, was sie unheimlich gern hat.

»Mrs McCallister?«, begann ich und setzte mich auf die Bank. »Mein Name ist Blue McCarron. Waddy Babbick hat mir erzählt, Sie wüssten vielleicht etwas über die alte Lehmziegelhütte an der Coyote Road in der Nähe von Anza. Ich interessiere mich für die Zeit, als sie noch als Diner benutzt wurde.«

»Aha«, sagte sie und ihre karamellfarbenen Augen hinter den dicken Bifokalgläsern glitzerten interessiert. »Ich habe mich schon gefragt, wann die Sache mal aufkommen würde!«

»Welche Sache? Was meinen Sie damit?«

»Hier, könnten Sie die für mich zurück auf den Ständer legen?«, fragte sie. »Ich habe eine schlimme Hüfte und darf nichts Schweres tragen. Einer der Gründe, warum ich lieber schwimme. Das und die Tatsache, dass ich schon immer einen Pool haben wollte. Aber Billy ist gestorben, bevor er einen bauen konnte. Mein Gott, wird es da oben in der Wüste heiß!

Aber Sie sind hier, weil Sie etwas über Lorene und ihre Tochter Tommi hören wollen, nicht wahr? Ich habe mir schon gedacht, dass eines Tages jemand danach fragen würde. Ich habe sogar die Artikel aus der Zeitung aufbewahrt, aber leider sind sie in einer Truhe im Haus meines Enkels. Wissen Sie, manchmal spürt man einfach gewisse Dinge. So als wären sie mit unsichtbarer Tinte in die Luft geschrieben worden und würden nur darauf warten, dass die Leute die Buchstaben eines Tages sehen können.«

»Ja, ich weiß«, antwortete ich, und mir fiel auf, wie sauber der Kraftraum roch. Nach sauberen Handtüchern und Lavendel. »Das kenne ich.«

Dann erzählte ich ihr alles, was passiert war, bis hin zu dem unbeabsichtigten Ausflug zu der verfallenen Hütte, die ich zuvor nur auf dem Bild an meiner Wand gesehen hatte.

»Wer sind Lorene und Tommi?«, schloss ich.

»Es ist eine ziemlich interessante Geschichte«, sagte Reed McCallister und tupfte sich mit dem Handtuch, das sie sich um den Hals geschlungen hatte, die Stirn ab. »Und ich bin wahrscheinlich die letzte Person, die sie kennt, zumindest die letzte, die alle Einzelheiten kennt.«

Die Hütte, so erzählte sie mir, befand sich auf öffentlichem Land und war mit einer Sondergenehmigung von den Versorgungsbetrieben errichtet worden. Als die Leitungsverleger ihre Arbeit beendet hatten und verschwunden waren, verbot der komplizierte gesetzliche Status des Gebäudes, dass es verkauft wurde, und so stand die Hütte jahrelang leer. Ihr Mann, Bill, und andere hatten sie gelegentlich als Lagerplatz für ihr Futtermittel benutzt, doch da sie viel zu weit von den Herden entfernt lag, errichteten sie zu diesem Zweck in der Nähe der Weiden schlichte Schutzdächer. Danach kampierten in der Hütte immer wieder Landstreicher, doch die Bewohner von Anza hielten nicht viel davon. Und so wurde beschlossen, dass ein Komitee das Gebäude verwalten sollte, bis entweder die zuständige Behörde oder die Versorgungsbetriebe entschieden, was damit passieren sollte. Doch es kam nie dazu, da die Hütte viel zu abgelegen lag, um für eine der beiden Parteien von Interesse zu sein.

Also richtete die Stadt das Gebäude ein wenig her und vermietete es an die Vereinigung der Viehzüchter, die darin ihre Sitzungen abhielt, und an andere Organisationen. So wurde die Hütte Ziel von Schulausflügen und Picknicks und diente schließlich von Oktober bis Juni als Kiosk für die Wanderer, die nach der Eröffnung des *Anza-Borrego State Parks* immer häufiger den Weg durch den Coyote Canyon fanden.

»Natürlich mussten die Ehefrauen die ganze Arbeit machen«, fuhr sie lächelnd fort. »Die Frauen der Viehzüchtervereinigung, die Frauen der Schafzüchter, die Frauen des Entwicklungsausschusses von Anza. Jemand musste dort oben sitzen und den ganzen Tag aus einer Kühltruhe Limonade und kalte Sandwiches an die Leute aus dem Ort, an Wanderer und an Schulklassen verkaufen. Das war vor über dreißig Jahren und wir hatten alle eine Familie zu versorgen, verstehen Sie. Ich zog eine ganze Bande von Enkelkindern groß, nachdem einer meiner Söhne Ärger wegen einer Drogengeschichte bekommen hatte und sich hatte scheiden lassen. Was für ein Durcheinander. Jedenfalls wollte es nach einer Weile niemand mehr machen. Niemand wollte den ganzen Tag da oben sitzen.«

»Wer waren nun Lorene und Tommi?«, fragte ich und beobachtete Brontë, die sich von dem Mann mit den roten Sandsäcken abwandte und für ein paar weitere Streicheleinheiten zu einer stämmigen Frau in Leggins und Trikot hinüberlief, die sich mit einem CD-Player beschäftigte.

»Es ist bald Zeit für die Aerobic-Stunde für Rollstuhlfahrer«, erklärte Reed. »Und ich werde Ihnen jetzt von Lorene und ihrer Tochter erzählen.«

Ungefähr zu dieser Zeit, erzählte sie, tauchten eine Frau

und ein acht- oder neunjähriges Mädchen in Anza auf. Die Frau, Lorene Smith, behauptete, ihr Mann habe irgendwo weiter unten im Süden einen Job als Hilfsarbeiter auf einer Ranch und sie und ihr Mädchen aus Kansas nachkommen lassen, wo sie zuvor gelebt hätten. Leider sei ihr Mann bei einer Kneipenschlägerei ums Leben gekommen, während sie und das Mädchen sich mitten auf der langen Busreise befunden hätten, und nun säßen sie ohne einen Dollar auf der Straße. Angeblich hatte sie von jemandem erfahren, dass es in Anza eine Familie gäbe, die nach einer Haushälterin und Köchin suchte, und daraufhin habe sie sich bei Travelers Aid unten in Los Angeles das Geld für das Busticket besorgt, um sich um den Job zu bewerben.

»Also, in Anza hatte damals noch nie jemand eine Haushälterin, und es hatte auch noch nie jemand den Wunsch geäußert, eine zu beschäftigen«, erzählte Reed. »Aber das war noch nicht alles. An dem Morgen, an dem Lorene angeblich mit ihrer Tochter in Anza angekommen war, war gar kein Bus durch Anza gefahren. Es schien fast, als wären sie zu Fuß bei uns angekommen. Beide waren nur Haut und Knochen und leichenblass. Es war Waddy Babbicks Frau Dot, die die beiden mit nach Hause nahm und ihnen etwas zu essen gab und sie eine Weile bei sich wohnen ließ. Sehen Sie, damals, in den Siebzigern, waren kleine Orte wie Anza fast noch so etwas wie der Wilde Westen. Die Leute stellten nicht viele Fragen und halfen anderen, wenn sie konnten.«

Zahlreiche ältere Menschen in Rollstühlen fuhren herein oder wurden hereingeschoben. Die Frau in den Leggins hatte die Musikauswahl für die Aerobic-Stunde getroffen. Kenny Rogers, und das in voller Lautstärke. Die meisten sangen lauthals den Text von »Reuben James« mit, während sie ihre Aufwärmübungen machten.

»Wir müssen hier raus«, sagte Reed und faltete beim Aufstehen eine Gehhilfe aus Aluminium auseinander. »Die benehmen sich immer ziemlich rüpelhaft. Holen wir uns doch einen *latte* an der Kaffeebar und setzen uns raus an den Pool. Ich denke, es wird Sie sehr interessieren, was ich Ihnen als Nächstes erzählen werde.«

25

Der Dessert Diner

NACHDEM WIR UNS MIT unseren *lattes* an den Pool gesetzt hatten, begann ich meinen impulsiven Beschluss, Reed McCallister einen Besuch abzustatten, zu bereuen. Sie war eindeutig ein Charakter für sich und redete gern, aber redeten ältere Leute nicht immer gerne über die Vergangenheit? Ihre detaillierte Geschichte über die Hütte auf meiner Fotografie dauerte ewig und würde zu keinem Schluss führen. Ich hatte sowieso keine Ahnung, was ich mir von dieser Geschichte überhaupt versprochen hatte.

»Ich fürchte, ich muss bald gehen«, sagte ich zu ihr. »Es ist sehr nett von Ihnen, sich mit mir zu unterhalten, aber ...«

»Aber Sie fragen sich langsam, ob ich eine verrückte alte Kuh bin, die nie wieder die Klappe halten wird«, beendete sie den Satz für mich. Die karamellfarbenen Augen hinter den drei verschiedenen Linsen musterten mich belustigt. »Ihr jungen Leute seid immer in Eile. Denken Sie daran, diese Geschichte hat nun schon Ihr ganzes Leben darauf gewartet, erzählt zu werden.«

»Es tut mir Leid«, sagte ich. »Es ist nur so, dass ich diesen Hirngespinsten nachjage, die außer mir niemand sieht, während alle anderen echte Dinge tun, wichtige Dinge. Meine Partnerin meint, ich wäre irrational.«

»Natürlich sind Sie das, Schätzchen«, erwiderte sie lächelnd. »Was hat es Ihnen je eingebracht, sich rational zu verhalten?«

»Aber das hier ist eine ernste Sache«, argumentierte ich. »Es geht hier nicht um mich. Drei prominente Frauen sind tot, eine Verdächtige hat einen Selbstmordversuch unternommen, das FBI ist involviert, verdammt noch mal, und ich jage einer Geschichte über eine alte Hütte hinterher.«

»Dann sind Sie ja genau an der richtigen Adresse gelandet«, sagte sie. »Nun, es passierte Folgendes. Dot Babbick hatte die Idee, dass Lorene mit Tommi oben in der alten Hütte leben und Lorene den Kiosk betreiben könnte. Lorene war dankbar, ein Dach über dem Kopf zu haben, und stimmte dem Vorschlag zu. Sie durfte zwanzig Prozent der Einnahmen behalten, um die Busfahrkarte zurück nach Kansas zusammenzusparen. Doch sie fuhren niemals zurück. Sie blieben zwei Jahre lang.«

Mutter und Tochter lebten sich ein, als wären sie für die Gegend bestimmt gewesen, erzählte Reed weiter. Lorene verkaufte wie gehabt Limonade und kalte Sandwiches, doch dann bestellte sie eine große Kaffeemaschine und Geschirr. Bill McCallister fand einen alten Restauranttresen, den jemand in einem ausgetrockneten Flussbett abgeladen hatte. Die Männer transportierten ihn mit ein paar Pick-up-Trucks nach oben, malten ihn an, statteten ihn mit einer neuen Formicabeschichtung aus und bauten ihn für Lorene in der Hütte auf. Der Laden wurde ein beliebter Treffpunkt, und das kleine Mädchen, Tommi, bastelte ein Schild, das sie über die Tür hängten.

»Die Kleine nannte es ›Dessert Diner‹«, fuhr Reed fort und buchstabierte es. »Mit blauen Buchstaben auf weißem Hintergrund. Es war wirklich ein hübsches Schild, auch wenn sie *Desert* mit Doppel-s geschrieben hatte. Sehen Sie, Lorene behielt Tommi zu Hause und ließ sie nicht mit meinen Kindern und denen der Babbicks zur Schule gehen. Daher konnte sie nicht besonders gut schreiben. Tommi verwilderte regelrecht und durchstreifte die Canyons, wenn sie nicht gerade ihrer Mutter half. Sie war ein scheues, kränkliches, kleines Ding gewesen, als die beiden bei uns ankamen, aber nach einer Weile konnte jeder sehen, dass das Kind regelrecht aufblühte. Deshalb drängte Lorene auch niemand, Tommi in die Schule zu schicken. Manchmal ist es besser, wenn man die Leute ihre Angelegenheiten selber regeln lässt. Obwohl natürlich alle wussten, dass das Mädchen in Gefahr war, wenn es alleine durch die Wüste streifte.«

Die anderen Mütter hatten versucht, die Kleine zu schützen, erklärte Reed, indem sie ihr Jacken und Kleider aus grellrotem Stoff schneiderten, damit man sie leichter finden konnte, falls sie sich verlief oder ihr etwas zustieß und man sie dort draußen suchen musste.

»Es hätte Bill wahrscheinlich das Leben gerettet, wenn er ein knallrotes Hemd oder so etwas getragen hätte, als die Klapperschlange ihn erwischte«, bemerkte sie. »Aber Waddy und die anderen, die nach ihm suchten, sind dreißig Meter an ihm vorbeigelaufen, ohne ihn zu sehen. Als dann schließlich jemand die Hunde brachte, war es zu spät. Na, jedenfalls verlebte Tommi ihre ganze Zeit draußen in den Canyons. Immer wieder brachte sie verletzte Vögel und Echsen zum Diner, die sie dort verarztete. Lorene half ihr dabei. Tommi redete nie viel, aber sie hatte für jeden ein freundliches Lächeln übrig, und wir versuchten alle, uns auch ein wenig um sie zu kümmern. Das Kind war glücklich. Natürlich geriet es da draußen alleine irgendwann in Schwierigkeiten. Wir wussten alle, dass es passieren würde.«

Dot Babbick hatte Lorene wegen eines Arzttermins nach San Diego mitgenommen, erzählte Reed, und Tommi sollte sich um den Diner kümmern, während ihre Mutter weg war. Als jedoch der erste Rancher an jenem Morgen dort auftauchte, um eine Tasse Kaffee zu trinken, war niemand dort.

»Der Kaffee stand fix und fertig da, aber im Diner war niemand.«

Nach einer Stunde wurde ein kleiner Suchtrupp zusammengestellt, und Tommi war schnell gefunden, da ihre orangefarbene Jacke inmitten der sandfarbenen Felsen wie ein Leuchtfeuer wirkte. Sie hatte sich in ihrer Eile, zum Diner zurückzulaufen, den Knöchel verdreht, war hingefallen und hatte sich dabei offensichtlich den Kopf angestoßen. Ausgangspunkt ihres Heimwegs war eine kleine Höhle gewesen, die sie sich zurechtgemacht und mit Bildern aus Magazinen geschmückt hatte.

»Bilder von hübschen Häusern«, erklärte Reed nachdenklich, »Bilder von Lebensmitteln, Werbefotos für Haushaltsgeräte, auf denen Frauen lächelnd in der Küche standen und einen Sandwichgrill betrachteten, Bilder von Geschirr und Töpfen und Pfannen. Bill hatte es mit eigenen Augen gesehen und meinte, es wäre das Merkwürdigste, was ihm je untergekommen war. All diese Bilder aus Zeitschriften, die an die Felsen geklebt waren und im Wind raschelten. Er hat gesagt, es wäre eine Art Schrein gewesen.«

Reed schlürfte den letzten Rest ihres *latte* und erzählte dann weiter. Tommi wurde zum Haus der McCallisters gebracht, damit Reed sich bis zur Rückkehr von Lorene und Dot Babbick um sie kümmern konnte. Reed verarztete den verletzten Knöchel und hielt das Kind lange genug wach, um eine Gehirnerschütterung auszuschließen. Dann gab sie ihr eine Aspirin und ließ sie schlafen.

»Ich wusch auch die orangefarbene Jacke und das rote Kleid, das Tommi trug«, sagte Reed, so als habe diese Information eine tiefer gehende Bedeutung. »Ich hab zu ihr gesagt, sie soll mir ihre schmutzigen Sachen geben und sich in ihrer Unterhose auf unser Bett legen. Dann habe ich sie mit einer sehr schönen warmen Decke zugedeckt, aber sie hat sich im Schlaf immer wieder frei gestrampelt. Sie wissen ja, wie unruhig Kinder sind, wenn sie sich verletzt haben.«

»Ähm, nein, ich habe keine Kinder«, sagte ich. In mir wuchs der verzweifelte Wunsch, zu flüchten. Reed McCallister wollte mir die Geschichte ihrer Fürsorge für ein verletztes Kind erzählen, die sich vor dreißig Jahren zugetragen hatte. Es war sehr nett von ihr, aber es hatte nichts, aber auch rein gar nichts mit dem zu tun, was mich zu ihr geführt hatte. Ich kam mir vor wie eine Närrin, weil ich mich in diese Zwickmühle gebracht hatte.

»Nun, danach brach die Hölle los«, fuhr Reed fort und beschleunigte ihren Erzählmodus, so als wüsste sie, dass ich gehen würde, sobald ich zu Wort käme. »Ungefähr eine Woche später beobachteten ein paar Leute, dass der Wagen des Sheriffs durch die Stadt und zum Diner hochfuhr. Es saßen zwei Deputies vorne und ein Mann auf dem Rücksitz.«

Sie hatte die Augen zusammengekniffen und beobachtete mich genau, als sie fortfuhr.

»Als Nächstes sahen wir nur, dass Lorene auf dem Rücksitz des Streifenwagens saß. Sie sind gekommen und haben sie einfach mitgenommen. Ins Gefängnis. Dort ist sie ein Jahr später gestorben. Aber nach diesem Tag, an dem sie sie geholt haben, hat niemand von uns Lorene wiedergesehen.«

»Warum? Was ist passiert?«, fragte ich unfreiwillig.

»Der Mann war Tommis Vater, Lorenes Ehemann. Offensichtlich hatte Lorene zwei Jahre zuvor, also ein paar Monate vor ihrer Ankunft hier, versucht, ihn in Riverside umzubringen. Sie wollte ihn im Schlaf erstechen. Sie waren auf der Flucht, sie und das kleine Mädchen. Ich vermute, sie waren vorher schon durch ganz Südkalifornien gekommen, bevor sie bei uns auftauchten. Ich vermute, sie waren am Ende ihrer Kraft angelangt. Und ich vermute, Lorene war zu müde, um weiterzuziehen, als sie die Chance dazu hatte. Oder sie wartete einfach nur auf den Tag, an dem man sie finden würde.«

»Was ist aus dem kleinen Mädchen geworden, aus Tommi?«, fragte ich.

»Nun, wie ich schon sagte, kümmerten sich damals die Leute um ihren eigenen Kram. Ich weiß noch genau, dass Bill behauptete, gesehen zu haben, wie dieser Mann zusammen mit Tommi zurück in die Stadt ging. Dabei trug sie das gleiche rote Kleid, das ich für sie gewaschen hatte. Und jemand erzählte Dot Babbick später, dass die beiden per Anhalter weggefahren sein müssen, weil sie ganz sicher nicht in der Stadt geblieben sind. Doch keine zwei Monate später trieb Waddy eine seiner Herden ungefähr fünfundvierzig Kilometer von Anza entfernt auf einen Berg, und hinterher behauptete er, er hätte einen Mann gesehen, und zwar Lorenes Ehemann, der da oben mit einer alten Repetierbüchse auf die Jagd ging. Er war sich ganz sicher, dass es der gleiche Mann war, und Waddy hatte immer gute Augen, denn schließlich fand er immer all diese Indianersachen für seine Sammlung. Er hat jedoch nur den Mann gesehen, nicht das Mädchen.«

»Sie wissen also nicht, was aus Tommi geworden ist?«, fragte ich, als das Telefon in meiner Tasche zu klingeln begann. »Bitte, entschuldigen Sie mich.«

»Blue, wo sind Sie?«, fragte Wes Rathbone eindringlich.

»Ich bin in Carlsbad.«

»Sind Sie immer noch bei den Eldridges? Na gut, hier bei uns herrscht das absolute Chaos. Grecchis OP ist vorbei, aber sie befindet sich immer noch im Aufwachraum. Es darf niemand zu ihr außer Rainer. Er sagt, sie wäre zwar nicht bei vollem Bewusstsein, würde aber reden. Laut Rainer sagt sie Sachen über Megan. Zum Beispiel: ›Morgen wird er als Nächstes Megan kriegen. Er wird Megan töten.‹«

»Er?«, fragte ich.

»Wer weiß. Vielleicht erfindet Rainer das auch nur, um Grecchi zu schützen, vielleicht auch nicht. Es gibt noch mehr schlechte Nachrichten.«

»Oh Gott. Was denn?«

»Das FBI hat Jeffrey Ponds Exfrau und ihrer Freundin Jeri die Daumenschrauben angelegt. Sie wissen schon, die Freundin, die behauptet hat, er hätte sie vergewaltigt. Beide Frauen haben nach eingehender Befragung durch das FBI zugegeben, dass Pond sie bezahlt hat, die Vergewaltigungsanklage fallen zu lassen. Jeri behauptet nun, er hätte sie doch vergewaltigt. Gwen, die Exfrau, bezweifelt, dass es eine Vergewaltigung war. Angeblich hatte ihr Mann mindestens sechs Monate vor der Scheidung bereits ein Verhältnis mit Jeri. Gwen hatte einen Schnüffler engagiert, der ihr Bilder geliefert hatte. Und als Jeri dann behauptet hat, Jeffrey hätte sie vergewaltigt, da wusste Gwen, dass Jeris Ehemann davon Wind bekommen haben musste und Jeri auf diese Art die Unschuldige spielen wollte. Doch Gwen besaß die Bilder.

Das FBI glaubt nun, dass Folgendes passiert ist«, fuhr er fort. »Gwen sah Jeffrey im Geiste wegen dieser getürkten Vergewaltigungsanklage ins Gefängnis wandern. Dadurch hätte sie ihren Unterhalt und das Geld für die Kinder abschreiben können. Also geht Gwen mit den Bildern zu Jeri und fordert von ihr, die Anklage fallen zu lassen, da sie sonst die Bilder Jeris Ehemann zeigt. Aber Jeri ist nicht dumm und erkennt die Dollarzeichen in Gwens Augen. Also beschließt sie, sich selber ein Stück vom Kuchen abzuschneiden. Ihre Ehe ist sowieso kaputt und sie wird das Geld brauchen. Schließlich gehen beide Frauen zu Pond und versprechen ihm, die Anklage wegen Vergewaltigung fallen zu lassen und die Beweise für den Ehebruch aus der Scheidung herauszuhalten. Im Austausch dafür muss er ihnen eine kleine Summe zahlen. Wahrscheinlich zahlt er immer noch und wird es noch eine ganze Weile tun. Möglicherweise hat dieser Typ gelernt, Frauen ganz gründlich zu hassen.«

Die Geschichte, die ich gerade gehört hatte, enthielt eine

gewisse anrüchige Gerechtigkeit, doch ich behielt diesen Gedanken für mich.

»Aber Pond war die ganze letzte Nacht im Krankenhaus«, sagte ich stattdessen.

»Seine Mutter behauptet, er wäre dort gewesen«, widersprach Rathbone, »und das ist keine sehr zuverlässige Aussage. Doch selbst wenn er dort war, hätte er diese Mails losschicken können, indem er per Telefon seinen Rechner anwählt, den er vorher programmiert hat. Und noch schlimmer ist, dass Pond das Krankenhaus heute Morgen kurz nach seiner Mutter verlassen hat. Somit blieb ihm genügend Zeit, bei Grecchi vorbeizufahren, ihr Telefonkabel durchzuschneiden, ihr die Pulsadern aufzuschlitzen, es wie einen Selbstmord aussehen zu lassen und anschließend – wenn man Grecchi Glauben schenkt – nach Julian zu fahren, um Megan Rainer umzubringen, bevor er sich schließlich selbst tötet. Wir haben gerade mit Rox gesprochen. Sie denkt, dass es eine Möglichkeit wäre. Ich wusste von Anfang an, dass der Täter ein Mann ist, Blue. Es ist immer ein Mann.«

»Aber was ist mit den Blue-Willow-Tellern? Und warum sollte Jeffrey Pond bei mir in der Wüste auftauchen und sie dort für mich zurücklassen?«

»Wer weiß? Wir haben zurzeit Deputies vom Büro des San Diego County Sheriffs und das FBI bei Megan Rainer oben in Julian und auf Ihrem Grundstück postiert. Falls Pond auftaucht, ist er Hackfleisch. Ich rufe nur an, um Ihnen zu raten, sich von Julian fern zu halten und nicht nach Hause zu fahren. Gehen Sie zu Roxie und fahren Sie erst dann nach Hause, wenn die Sache vorbei ist.«

»Ja, gut«, sagte ich und er legte auf.

»Was ist passiert, Schätzchen?«, fragte Reed McCallister. Merkwürdigerweise sah sie mit ihren drahtigen Haaren und glänzenden Augen aus wie Rainers Schnauzer. Wie ein Schnauzer mit trifokalen Brillengläsern.

»Ich muss los«, sagte ich zu ihr. »Es hat sich etwas Neues ergeben. Vielen Dank, dass Sie mit mir geredet haben. Sie haben mir sehr geholfen.«

Ich beschloss, beim Haus der Eldridges vorbeizufahren und Kara über die Entwicklung der Ereignisse zu informieren. Vielleicht erwischte ich sie noch, wenn ich mich beeilte.

»Ich habe Ihnen ja noch gar nicht geholfen«, sagte Reed, nahm ihre Gehhilfe und folgte mir. »Ich habe Ihnen noch nicht den wirklich interessanten Teil erzählt.«

Ich bin nicht fähig, einer älteren Frau mit einer Gehhilfe, die verzweifelt mit mir Schritt halten will, den Rücken zuzukehren und sie einfach stehen zu lassen. Reed McCallister wusste das genau und spielte ihre Rolle perfekt. Sie stolperte sogar ein wenig und verzog schmerzhaft das Gesicht. Brontë trottete neben ihr her und warf mir vorwurfsvolle Blicke zu.

»Ich muss wirklich dringend etwas erledigen«, insistierte ich, doch Reed ignorierte mich einfach.

»Im Laufe der Jahre sahen Bill und Waddy und die anderen Männer Lorenes Ehemann immer wieder oben in den Bergen. Meistens war er in Begleitung eines Jungen im Teenager-Alter. Sehen Sie, sie lebten da oben ganz ungezwungen von den Erträgen des Landes. Sie redeten nie viel mit den Viehhütern, sondern grüßten nur flüchtig. Und dann entführten sie diese junge Frau.«

»Welche junge Frau?«, konnte ich mir nicht verkneifen zu fragen und blieb in der Halle vor dem Kasino stehen.

»Sie war eine College-Studentin und Mitglied einer Gruppe, die Feldforschung betrieb. Sie hatten ein Basiscamp und suchten nach indianischen Artefakten. Sie hätten Waddy fragen sollen, das hätte ihnen viel Zeit erspart. Jedenfalls suchte das Mädchen alleine in einem Canyon herum, als Lorenes Mann aus dem Nichts auftauchte und eine alte Repetierbüchse auf sie richtete. Er sagte ihr, sein Sohn wäre nun alt genug für eine Frau und sie die Auserwählte!«

»Was?«, fragte ich entgeistert.

»Ja. Es stand damals in sämtlichen Zeitungen des ganzen Landes. Er hat sie mit gezogener Waffe gezwungen, ihn in sein Lager zu begleiten, das versteckt in einem ausgetrockneten, schwer auszumachenden Flussbett lag. Er sagte ihr, er wolle sie zu seinem Sohn bringen. Als sie im Lager ankamen, fesselte er sie an Händen und Füßen, und dann warteten er und der Junge einfach darauf, dass sie sich beruhigte und ihr Schicksal akzeptierte. Später erzählte sie der Polizei, der alte Mann hätte ihr die ganze Zeit laut aus der Bibel vorgelesen. Und er hätte tatsächlich geglaubt, dass Frauen nur dazu da sind, die Bedürfnisse der Männer zu stillen. Vor allem die Bedürfnisse sexueller Natur, die der Junge zu diesem Zeitpunkt angeblich gerade durchlebte. Er hätte gesagt, es stünde in der Bibel, und jede Frau, die sich weigere, wäre ein ›Frevel gegen den Herrn‹. Der alte Mann ging wohl davon aus, dass sie noch Jungfrau war, und wollte sie daher für den Jungen ›vorbereiten‹. Als er versuchte, sie zu vergewaltigen, erschoss sie ihn mit seinem eigenen Gewehr. Direkt ins Herz. Sie hat ihn abgeknallt wie einen Vogel.«

»Aber Sie haben doch gesagt, er hätte sie gefesselt«, warf ich ein.

Reed McCallister seufzte zufrieden.

»Der Junge hatte ihre Hände losgebunden«, sagte sie. »Und er hatte die Waffe in ihre Reichweite gelegt.«

Ich war beinah am Eingang des Sagebrush Resort angelangt.

»Mein Gott, was für eine Geschichte«, sagte ich und blickte auf die Uhr. »Aber was ist aus dem Jungen geworden? Und ich weiß immer noch nicht, was mit der Tochter des alten Mannes passiert ist, mit Tommi.«

»Der Junge war knapp vierzehn und wurde in eine Pflegefamilie in Riverside gegeben«, sagte sie und beobachtete mich eindringlich. »Was danach aus ihm wurde, weiß ich nicht.«

»Und das kleine Mädchen?«

Ihre karamellfarbenen Augen funkelten, als sie den Kopf schüttelte.

»Sie haben es immer noch nicht begriffen, nicht wahr?«

»Was denn?«

»Das kleine Mädchen, das in ihrer Unterhose auf meinem Bett schlief, war kein Mädchen«, sagte Reed. »Ich war zu der Zeit eine verheiratete Frau mit einer Tochter, zwei Söhnen, drei Enkeln und vier Enkelinnen. Obwohl man diese Erfahrung gar nicht braucht, um den Unterschied zwischen einem Jungen und einem Mädchen zu erkennen, wenn man das Kind in Unterwäsche vor sich hat. Lorene Smiths kleines Mädchen Tommi war in Wirklichkeit ihr kleiner Junge Tommy. Sie hatte ihm Mädchenkleider angezogen, damit der Alte sie nicht findet.«

Ich hatte das Gefühl, durch dunkles Wasser hinauf an die Oberfläche zu schwimmen.

»Reed, wie lautete der Name des alten Mannes?«, fragte ich. »Erinnern Sie sich an seinen Namen?«

»Ich glaube, er fing mit ›E‹ an«, antwortete sie und nickte nachdenklich. »Etheridge? Oder so ähnlich. Ich habe immer noch die Zeitungsausschnitte, aber sie befinden sich wie gesagt in einer Truhe im Haus meines Sohnes. Ich kann ihm sagen, er soll sie herbringen, falls es Sie interessiert.«

»Hieß er Eldridge?«, fragte ich. »Versuchen Sie sich zu erinnern.«

»Könnte sein. Es klang so ähnlich. Ja, es könnte Eldridge gewesen sein.«

Langsam fügte sich das Puzzle zusammen. Und zwar vollständig.

»Gibt es hier irgendwo eine Bibel?«, fragte ich.

Reed führte mich in einen Aufenthaltsraum neben dem Kasino.

»Schätzchen«, sagte sie, »wir haben hier mehr Bibeln als

Verstand. Jede Kirchengemeinde in San Diego ist überzeugt, dass die älteren Mitbürger mindestens zehn Bibeln pro Woche verschleißen, weil sie sich auf das Unvermeidliche vorbereiten müssen. Also bringen sie uns immer wieder neue Exemplare.«

Sie öffnete einen grob gezimmerten Schrank, in dem reihenweise Bibeln standen.

»Wollen Sie eine Douay, die King-James-Bibel, die Jerusalemer, die Good News, die Revised Standard oder eine der neuen Bibeln, die im Straßenjargon verfasst sind? Wir haben außerdem welche im Großdruck und in spanischer, französischer, portugiesischer, deutscher, chinesischer, japanischer und vietnamesischer Übersetzung. Und in Tagalog. Des Weiteren haben wir zwanzig Ausgaben der Torah, sowohl in englischer als auch in hebräischer Sprache. Ach ja, da unten haben wir außerdem noch ein paar ungewöhnliche Übersetzungen und eine schöne Ausgabe mit Illustrationen der alten Meister, sowie ...«

»Irgendeine englische Ausgabe«, unterbrach ich sie lachend. »Ich will nur etwas bei Jesaja nachsehen, bevor ich gehe.«

Eulen, Drachen, Rohrdommeln, Berge von verrottenden Leichen, Ströme heißen Teers und eine mythologische Frau namens Lilit. Es war alles da. Ich griff zu meinem Handy.

»Erinnern Sie sich an die Teller, die Lorene im Diner benutzt hat?«, fragte ich Reed. »Sie haben doch gesagt, Lorene hätte eine Kaffeemaschine und Geschirr aus einem Katalog bestellt.«

»Ach ja«, sagte sie fröhlich. »Es war dieses alte Blue-Willow-Geschirr, das früher in einem Diner benutzt wurde. Zu dem damaligen Zeitpunkt waren sie jedoch nicht mehr so beliebt und in den meisten Restaurants benutzten sie diese blassgrünen Melmac. Lorene hat ihr Geschirr wahrscheinlich zu einem Spottpreis bekommen.«

»Ja, das hat sie wahrscheinlich«, stimmte ich ihr zu und drückte ihre Hand, bevor ich in Richtung Tür ging. »Reed, ich glaube, Sie haben gerade einer Kandidatin für das Amt des Vizepräsidenten das Leben gerettet. Sagen Sie Ihrem Enkel, er soll diese Zeitungsausschnitte vorbeibringen, und machen Sie sich auf eine Menge Besucher gefasst. Sie werden berühmt werden.«

»Dann sollte ich wohl besser zum Friseur gehen«, sagte sie und sah uns grinsend hinterher, als Brontë und ich nach draußen hasteten.

Auf dem Parkplatz rief ich Rathbone im Krankenhaus an.

»Es ist Eldridge«, rief ich. »Sagen Sie dem FBI, sie sollen Jeffrey Pond vergessen und nach Thomas Eldridge suchen. Ich weiß nicht, wo er steckt, aber seine Frau meinte ...«

Das Telefon gab ein statisches Rauschen von sich.

»Hallo?«, sagte Wes Rathbone immer wieder. »Ich kann Sie nicht verstehen.«

Der Akku war leer.

26

Wiedersehen in Edom

ICH GING IN DAS Einkaufszentrum gegenüber des Sagebrush Resort und fand neben Ralph's Supermarkt eine Telefonzelle.

»Wes, mein Handy ist leer«, sagte ich, nachdem ich das Krankenhaus angerufen, neunzig Cent eingeworfen und darauf gewartet hatte, dass die Telefonzentrale mich mit dem Schwesternzimmer auf Grecchis Station verband und jemand Rathbone aus dem Wartezimmer an den Apparat holte. Innerhalb eines halben Tages hatte ich gelernt, warum Menschen Handys lieben.

»Sie müssen den Akku neu aufladen«, erklärte er mir, bevor er mir die neusten Nachrichten erzählte. »Hören Sie, Pond hat sich aus dem Staub gemacht. Er ist gar nicht erst bei Megan in Julian aufgetaucht. Wir glauben, dass er ...«

»Wes, es ist nicht Pond, es ist Eldridge!«, unterbrach ich ihn. »Hören Sie zu, was ich gerade herausgefunden habe. Eldridge hat als Kind ungefähr zwei Jahre hier in Anza gelebt, da war er ungefähr neun oder zehn Jahre alt. Er lebte zusammen mit seiner Mutter, Lorene, die sich selber Smith nannte. Ihr richtiger Name lautete jedoch Eldridge. Sie hatte versucht, in Riverside ihren Mann umzubringen, und war auf der Flucht. Sie hat T. J. als Mädchen verkleidet, falls der Mann oder die Polizei nach einer Frau mit einem kleinen Jungen fragt. Und so konnten alle nur sagen, dass sie keine Frau in Begleitung eines Jungen gesehen haben. Aber dann fanden die Polizei und der Mann die beiden und Lorene starb im Gefängnis. T. J. lebte von da an bei seinem Vater. Der war so eine Art Bibelquäler, und sie lebten ein paar Jahre in der Wildnis, bis ...«

»Blue, wir sind sicher, dass es Pond ist«, unterbrach mich Rathbone. »Er passt besser als alle anderen zu dem Täterprofil. Er hat als Aushilfe in einer psychiatrischen Klinik gearbeitet, als MAOH noch häufiger verabreicht wurden. Er besaß also Erfahrung mit dem Medikament und wusste, was es anrichten kann. Er hat ein Motiv. Und er ist direkt nach seiner Mutter aus dem Krankenzimmer seines Vaters verschwunden und untergetaucht. Das FBI hat seine Wohnung durchsucht und etliche kleine Behälter mit einer ungewöhnlichen rosafarbenen Substanz gefunden. Sie halten es für symbolische Trophäen seiner Morde. Das Zeug bildet weiche, elastische Klumpen. Der Theorie nach symbolisieren diese Dinger für ihn den Mutterleib. Sie sind alle mit seinen Fingerabdrücken übersät. Krank, was?«

Ich kam mir vor, als würde ich in Sri Lanka versuchen, einem Heiden auf Englisch den Begriff »Missouri« zu erklären. Mit anderen Worten, ich hatte die Gewissheit, dass mir niemand zuhören würde.

»Das Zeug ist Knetgummi!«, erklärte ich Rathbone. »Er macht Bodybuilding und zerquetscht diese Klumpen immer wieder, um die Muskeln in seinen Unterarmen zu stählen. Wes, der Killer ist nicht Jeffrey Pond. Es ist T. J. Eldridge. Er war im Sanitätskorps. Er hat entweder dort alles über MAOH gelernt oder von Grecchi. Aber jetzt hören Sie sich das an – er und seine Mutter unterhielten einen Diner oben in Anza. Es war nur ein kleiner Laden, in dem vor allem Wanderer und Leute aus dem Ort vorbeikamen, aber sie benutzten dort Blue-Willow-Geschirr!«

»Blue, jeder Diner in Amerika hat irgendwann einmal Blue-Willow-Teller benutzt. Und Ponds Mutter besitzt eine

Küchenuhr mit diesem Motiv. Sie hat dem FBI erzählt, ihr Mann habe sie vor Jahren für sie gebastelt, und zwar aus den Resten eines Sets, das ihrer Mutter gehört hat. Diese verdammten Teller sind überall. Mann, ich glaube, Annie hat auch einen Becher und die passende Untertasse in diesem Dekor. Ihre Schwester hat ihr das Set mal aus Singapur mitgebracht.«

»Wes, Thomas Eldridges Vater war eine Art religiöser Fanatiker, der ihn alleine in den Bergen großzog, nachdem Lorene verhaftet worden war. Der Vater entführte eine weibliche Studentin aus einer Anthropologie-Exkursion, damit T. J. sie als seine ›Ehefrau‹ benutzen kann. Der Vater wollte das Mädchen vergewaltigen, um es für seinen vierzehnjährigen Sohn ›vorzubereiten‹, aber T. J. hatte ihr die Hände losgebunden und die alte Repetierbüchse seines Vaters in ihre Reichweite geschoben. Sie hat T. J.s Vater erschossen. Offensichtlich stand die Geschichte vor dreißig Jahren in sämtlichen Zeitungen des Landes. Die Frau, die mir die Geschichte erzählt hat, hat die Ausschnitte bis heute aufbewahrt. Das Ganze kann tatsächlich bewiesen werden.«

»Na gut«, sagte er. »Falls Pond sich als unschuldig herausstellt, dann ist es Eldridge. Ich werde die Sache mit Eldridge bekannt geben, Blue, aber sind Sie sicher, dass all das wirklich passiert ist? Die Sache mit der Entführung des Mädchens durch den Vater und dessen Erschießung? Wer ist Ihre Informantin? Wo haben Sie das alles gehört?«

»Von einer Frau aus Anza namens Reed McCallister. Sie lebt heute in einem Altersheim in Carlsbad. Im Sagebrush Resort.«

»Und wie alt ist diese McCallister?«

»Ich weiß es nicht, Wes, Ende achtzig. Aber sie war *dort.*«

»Ende achtzig. Na, großartig«, sagte er. »Blue, fahren Sie zu Roxie. Ich rufe Sie dort an, sobald wir eine Aussage von Grecchi haben. Wenn sie sich nicht selber die Pulsadern aufgeschnitten hat, sondern Pond oder Eldridge, dann wird sie es uns erzählen. Wir können im Moment wirklich nichts anderes tun. Entspannen Sie sich.«

Als ich auflegte, fühlte sich der Hörer in meiner Hand heiß und glitschig an. Ich bemerkte, dass ich schwitzte. Niemand hörte mir zu. Ich hasse es, wenn Leute nicht zuhören. Es erinnert mich an die unzähligen Male, als ich meinem Zwillingsbruder klar zu machen versuchte, dass sich Verbrechen nicht auszahlen. Das bekommt er jetzt wahrscheinlich im Gefängnis andauernd zu hören.

Als Nächstes rief ich Roxie an, die nicht mit mir reden wollte.

»Blue, die Polizei kümmert sich jetzt um die Sache«, sagte sie. »Unser Job ist vorbei. Und ich hab es ernst gemeint, als ich gesagt habe, ich bräuchte Zeit alleine, um nachzudenken.«

Also erzählte ich ihr nicht von Reed McCallister und der Geschichte über Thomas Eldridge. Ich legte einfach auf und bemerkte plötzlich um mich herum die Dunkelheit, die sich gleichgültig über die Welt senkte. Es fühlte sich seltsam an. Vermutlich war es genauso gewesen, als der erste menschliche Prototyp einen winzigen Anflug von Bewusstsein erlebte. Mit langen Armen und gerunzelter Stirn hatte er wahrscheinlich dagestanden und den Bruchteil einer Sekunde gedacht: *Ich bin.* Und als er anschließend in den schwarzen Affenaugen seines Begleiters keinen ähnlichen Funken erkennen konnte, da hatte er gewusst, dass er im Grunde alleine war.

In der Telefonzelle krümmte ich wie ein Affe die Finger zur Faust und schlug mir auf die Brust. So würde es also sein. So würde es sein, wenn ich Roxie Bouchie nicht mehr mein Leben mitteilen konnte. Eine Sekunde lang durchzuckte mich eine so primordiale Einsamkeit, dass ich nach Luft schnappen musste. Aber das änderte nicht wirklich etwas. Ich wusste es immer noch. Und ich hatte Dinge zu erledigen.

Ich ging in den Supermarkt und kaufte Schokoladenmilch und für Brontë und mich eine große Portion Gemüse-Thunfisch-Mix aus der Salatbar. Nachdem wir im Truck gegessen hatten, fuhr ich zum Haus der Eldridges. Es war halb sechs, die Nachbarn kehrten von der Arbeit nach Hause zurück, das Surren ihrer automatischen Garagentore erfüllte die Abenddämmerung. Doch bei den Eldridges war alles dunkel und völlig ruhig. Ein paar Minuten lang parkte ich mit laufendem Motor in der Einfahrt, doch dann schaltete ich ihn ab, stieg aus und klopfte an die Tür. Es war niemand da, und ich spürte, dass auch nie wieder jemand dort sein würde. Das posierende Paar, das BB und ich auf diesen Stufen gesehen hatten, war weg. Es würde nie wieder zurückkehren.

Durch die halb heruntergelassenen Jalousien des Panoramafensters konnte ich die pink-grün karierte Couch sehen und die blassen Rechtecke neben dem Kamin, über denen die Bilder von Kara Eldridge gehangen hatten. Bilder von Kara, wie sie kochte, sich um die Kinder kümmerte, mit einer Ansteckblume am Revers in die Kamera lächelte. Verhaltensmuster, die für eine Frau angemessen waren. Doch der kleine Junge, Zeke, hatte gesagt, dass Daddy ein Sandwich geworfen und den Rahmen des einen Bildes zerbrochen hatte. Ich fragte mich, was passiert war. Was hatte das Glas zerschmettert und die Selbstvergessenheit einer Statue zerstört, so dass die Frau darin freigelassen wurde? Wo war Kara nun? Und wo war Thomas, der dreißig Jahre zuvor zwei glückliche Jahre als Mädchen verlebt hatte und heute Frauen im Namen seines Vaters umbrachte? Das Schwert des Himmels.

Ich wusste nicht, was ich von Kara Eldridge halten sollte. Ahnte sie, was ihr Ehemann war? Ahnte sie, dass sich der Mann, den sie geheiratet hatte und mit dem sie das Bett teilte, verändert und in ein Monster verwandelt hatte? Wann war diese Wandlung geschehen? Und warum? Und falls Kara es wusste, seit wann? Und warum hatte sie es niemandem erzählt?

»Weil ihr niemand geglaubt hätte«, sagte ich laut in das warme, trockene Zwielicht eines Oktoberabends in Südkalifornien hinein. Dies war der äußerste Rand des Kontinents. Von wo aus man nirgendwohin fliehen konnte.

Mir glaubte auch niemand.

Von Carlsbad aus war es einfach, über eine Landstraße auf die I-15 zu gelangen und in die Berge zu fahren. Es war dunkel, als ich Julian und das Haus von Megan Rainer und Chris Nugent am Rand des Hügels erreichte. Es brannten keine Lichter und das verwahrloste Gebäude wirkte in den länger werdenden Schatten bedrohlich. Mir fiel der Boston Terrier Elsa ein, daher ließ ich Brontë im Wagen und ging alleine auf die Haustür zu. Als mich etwas an der Brust traf und mir einen stechenden Schmerz versetzte, dachte ich zuerst an eine Fledermaus, obwohl ich wusste, dass Fledermäuse über einen Radar verfügen, der solche Zusammenstöße verhindert. Mein Strickoberteil war an der Stelle, an der mich der Gegenstand getroffen hatte, ganz nass.

»Keinen Schritt weiter!«, ertönte Chris Nugents Stimme auf der Veranda.

»Chris, ich bin's, Blue McCarron«, schrie ich zurück. »Was ist los?«

»Oh, Dr. McCarron, es tut mir Leid«, sagte eine Frauenstimme, als die Lichter auf der Veranda angingen und ich Chris und Megan erkennen konnte. Megan hielt ein Sturmgewehr im Anschlag. Das verdammte Farbkugelgewehr. Die Flüssigkeit, die mein Oberteil durchnässte, war rot.

»Das glaube ich ja nicht«, sagte ich. »Wo sind die Deputies des Sheriffs und das FBI?«

»Sie waren hier, aber dann ist er aufgetaucht und sie sind ihm nach«, sagte Megan. »Ich hatte aber Angst, er könnte umkehren. Ich meine, ich dachte, Sie wären ...«

»Schalten Sie das Licht aus«, sagte ich. »Wer ist aufgetaucht? Was ist passiert?«

»Es war Pond«, sagte Chris Nugent.

»Ich habe ihn getroffen«, fügte Megan Rainer hinzu. »Oder zumindest vermute ich das. Der Deputy meinte, das würde der Polizei bei der Identifizierung helfen, wenn er nach Julian hineinfährt und mit roter Farbe bedeckt ist.«

»Sie haben Jeffrey Pond mit einem Farbgewehr angeschossen?«, fragte ich ungläubig. »Haben Sie ihn gesehen? Sind Sie sicher, dass es Pond war?«

»Nein, aber alle behaupten, dass er es war«, antwortete Nugent. »Wir haben aus einem Fenster im ersten Stock Ausschau gehalten, und irgendwann kam jemand aus dem Wald, der an das Grundstück grenzt. Es war zu dunkel, um ihn genau zu erkennen. Megan hatte ihr Gewehr nach oben gebracht und war zu allem bereit«, sagte er stolz und legte einen kräftigen Arm um die Schultern seiner Frau.

»Das glaube ich ja nicht«, sagte ich noch einmal. »Wo sind die Kinder?«

»Sie sind drinnen«, antwortete Megan. »Wir wollten gerade los, die Kinder nehmen und unten im Hotel übernachten, als das alles passiert ist.«

Ich fühlte mich einen Moment lang nützlich, als ich zum Wagen rannte und meine Smith & Wesson holte.

»Das ist eine echte Waffe«, sagte ich ihnen, als ich mich wieder zu ihnen auf die Veranda gesellte. »Ich möchte, dass Sie einen großen Zettel an die Tür hängen, auf dem Sie der Polizei mitteilen, dass Sie die Kinder an einen sicheren Ort gebracht haben und dass Sie Wes Rathbone Ihren Aufenthaltsort und Ihre neue Telefonnummer mitteilen werden, sobald Sie dort angekommen sind. Sofort. Ich werde Ihnen Rückendeckung geben, während Sie die Kinder zu Ihrem Auto bringen. Alle, außer dem Fahrer, sollten sich flach auf den Boden legen, bis Sie von hier weg sind. Ich fasse es nicht, dass Sie mit einem Farbkugelgewehr einen Serienmörder angeschossen haben!«

»Mom war wirklich cool«, schrie Joshua hinter der Fliegengittertür. »Können wir Elsa mitnehmen? Wir *müssen* Elsa mitnehmen.«

»Auf jeden Fall«, antwortete ich.

Die vierköpfige Familie und der Boston Terrier rannten zum Wagen, während ich neben ihnen herlief und mit der .38er auf jeden Schatten zielte, der sich am Rand der Bäume bewegte, die das Haus umgaben.

»Hatte der Mann, auf den Sie geschossen haben, eine Waffe?«, schrie ich, als Chris den Motor aufheulen ließ.

»Ich glaube, ja«, antwortete er. »Er hielt etwas in den Händen, das wie ein Gewehr aussah.«

»Es war T. J. Eldridge«, sagte ich, aber sie waren zu weit weg, um mich zu verstehen. Plötzlich wirkten die Schatten viel zu undurchdringlich. Es war höchste Zeit zu verschwinden. Aber wohin?

Ich konnte nicht nach Hause, denn dort wimmelte es nur so vor bewaffneten Männern, die darauf warteten, einen ebenfalls bewaffneten Menschen zu fassen oder zu töten. Ich würde nur im Weg sein. Roxies Wohnung kam ebenfalls nicht in Frage. Ich war dort nicht erwünscht. Doch selbst wenn Roxie gewusst hätte, was los war, und mich zu sich eingeladen hätte, wäre ich lieber auf einem schwimmenden Eisfloß erfroren, als mich in ihre Nähe zu begeben. Nicht, dass es in den Bergen über San Diego so viele schwimmende Eisflöße gab. Das erste Gesetz des Heartlands verlangt seinen Menschen einen bedingungslosen und häufig verhängnisvollen Stolz ab. Er ist albern und wurde wahrscheinlich von schottisch-irischen Vorfahren vererbt, aber wenn man diesen Stolz verinnerlicht hat, dann muss man ihn nun mal befolgen. Und ich habe ihn ganz bestimmt verinnerlicht. Also beschloss ich, in ein Motel zu ziehen. In ein großes am Freeway, wo ich

Brontë nach dem Einchecken durch eine Seitentür hineinschmuggeln konnte. Aber zuerst musste ich noch eine Sache tun. Ich musste beweisen, dass ich keine Närrin war, wenn auch nur mir selber.

Es war dunkel, als ich langsam durch die kleine Hauptstraße von Anza fuhr. Bunte Seen aus Neonlicht fielen vom Diner, von der Tankstelle und vom Gemischtwarenladen auf den Asphalt. Es waren ein paar Leute zu sehen, aber ansonsten zeigte sich Anza so friedlich, wie es die Handelskammer versprach. In Anza passierte nicht viel, es sei denn, man wusste, wo man zu suchen hatte.

Ein Wagen neueren Modells parkte vierhundert Meter weiter oben an der Straße, aber die alte Lehmziegelhütte schien verlassen, als ich den Truck davor parkte und Brontë eine Weile im Schatten des Mondlichts herumlaufen ließ. Die Luft enthielt den Moschusgeruch nach Wüstenverbena, die stellenweise auf dem Boden um die Hütte herum wuchs. Vermutlich war Brontë für den Geruch verantwortlich, weil sie die Blätter beim Herumlaufen mit den Pfoten zerdrückt und den Duft freigesetzt hatte. Viele Leute mögen den harzigen Geruch von Wüstenverbena nicht, der wie eine Mixtur aus süßer Milch und Tabak riecht, da er sie angeblich nervös macht. Auf Brontë schien die Pflanze diese Wirkung zu haben, denn meine Hündin beschnüffelte immer wieder den Boden, rannte aufgeregt herum und knurrte leise vor sich hin. Vielleicht war gerade ein Hase vorbeigelaufen. Oder ihre Lieblingsechse, der scheue Chuckwalla, der die eine Seite seines Körpers aufbläht, um die andere in eine Spalte zu quetschen. Wie sich herausstellen sollte, war meine letzte Vermutung zutreffend.

»Komm schon, Mädchen«, rief ich, nachdem sie ungefähr zehn Minuten herumgerannt war. »Ab in den Truck. Auf dem Boden liegen überall Glasscherben, ich will nicht, dass du da reintrittst. Du wartest hier. Brontë. *Halt!*«

Die .38er lag auf meinem Sweatshirt auf dem Boden der Fahrerkabine meines Trucks, und ich stopfte sie in den Bund meiner Jeans, bevor ich den Pulli und die Turnschuhe anzog. Dann schnappte ich mir die kleine Taschenlampe aus dem Handschuhfach. Sie würde mir genug Licht spenden, um zu sehen, was ich sehen wollte.

Die verrostete Stahltür hinterließ rote Spuren an meinen Händen, als ich sie vom Türrahmen wegschob, hineinging und die Taschenlampe anschaltete. Die herausgerissenen Zeitungsseiten hingen immer noch wie Bilder in einer Galerie an der Wand. Ich hielt mich links und richtete den schmalen Lichtstrahl nacheinander auf die Abbildungen. Die zwei Eulen, die ich zuvor schon gesehen hatte, stammten aus einer Naturzeitschrift für Kinder namens »Ranger Rick«. Eine Tuschezeichnung eines Drachen aus einem Gothic-Magazin, das bei Grufti-Teenagern beliebt ist. Fotos von Leichen, die 1943 in einem Wald außerhalb von Dachau aufeinander gestapelt worden waren. Eine erstaunliche Zeichnung aus einer Ausgabe von »Dornröschen«, auf der die todbringende Dornenhecke abgebildet war, in der die Skelette der gescheiterten Prinzen gefangen waren. Ein Einhorn aus einem mittelalterlichen Wandteppich, noch mehr Eulen, ein Reiher, eine Zeichnung des Raben aus einer Poe-Ausgabe. Ein Foto von einem dampfenden, schwefelnden Bach aus einer Reisebroschüre über Neuseeland, auf dem das Wasser mit schwarzer Tinte übermalt war. Ein weiterer Drache. Ich wusste genau, was ich da gerade betrachtete. Ich betrachtete die verschwundene biblische Nation namens Edom.

»›Und es wird sein eine Behausung für Drachen ...‹«, zitierte ich flüsternd aus der King-James-Bibel.

»›... und eine Stätte für Eulen‹«, antwortete eine Stimme und plötzlich lief mir eine eisige Kälte über Nacken, Arme und Rücken.

Oh, Scheiße!

Instinktiv legte ich meine rechte Hand um den Griff der Waffe an meiner Taille und spürte, wie mein Daumen die Sicherung löste, während ich mich der Stimme zuwandte und die Waffe ihn Schießposition brachte. Er hatte sich hinter dem alten Tresen am anderen Ende der Hütte verschanzt. Im Zwielicht konnte ich die konkaven Halbkreise hinter seinem Kopf sehen, wo runde Steine aus dem Kamin gefallen waren. Ich konnte außerdem sehen, dass er eine Repetierbüchse in beiden Händen hielt, die er auf dem Tresen abgestützt und auf mich gerichtet hatte. Der Tresen schützte fast seinen ganzen Körper. Mich beschützte nichts.

»Lassen Sie die Waffe fallen«, sagte er ruhig. »Ich will Sie nicht töten.«

»Wenn dieses Gewehr Ihrem Vater gehört hat, ist es so alt, dass es nicht mehr funktionieren wird«, erwiderte ich und kämpfte gegen die Panik in meiner Stimme an. »Ich werde das Risiko eingehen.«

Meine rechte Hand um den Griff meiner Pistole war heiß und schwitzig, aber sie zitterte nicht.

»Das Gewehr meines Vaters wurde vor über einem Vierteljahrhundert nach seinem Tod vom Büro des Riverside County Sheriff als Beweismittel sichergestellt und niemals wieder zurückgegeben«, sagte mir Thomas Eldridge mit einem anerkennenden Unterton in der Stimme. »Die Waffe, die ich in den Händen halte, ist ähnlich, aber neu. Werfen Sie Ihre Pistole weg oder ich bin gezwungen, Sie zu töten.«

Dieser Logik hatte ich nichts entgegenzusetzen. Ich ließ die .38er fallen, die daraufhin auf den Zementboden polterte.

»Was nun?«, fragte ich.

»Ich werde Sie fesseln und dann Ihren Truck über den Rand des Nance Canyon schieben. Man wird ihn vor morgen nicht finden und bis dahin bin ich längst weg. Ich werde in San Diego bei der Kundgebung einer Frau sein, die sich für einen Mann hält. Ich habe es ihnen bereits gesagt. Es ist kein

Geheimnis, wo ich mich morgen aufhalten werde. Ich werde sie umbringen.«

Er fantasierte nicht, hatte keinen wilden Blick, er schien nicht einmal sonderlich erregt. Er wirkte einfach nur müde. Ich hörte es an seiner Stimme, sah es an der Art, wie er die Schultern hielt. Er kam hinter dem Tresen hervor, ohne die Waffe sinken zu lassen. Als er meine Pistole erreicht hatte, beugte er sich vor und hob sie hoch, ohne mich aus den Augen zu lassen.

»Verstehen Sie, warum ich das alles tun musste?«, fragte er mich und richtete nun meine eigene Waffe auf mich, während er das Gewehr unter dem Tresen verstaute. Er trug Jeans, ein grünes Polohemd und eine dunkle Windjacke aus Nylon, die er vorsichtig auszog. Er war von Kopf bis Fuß mit roter Farbe bedeckt. Ich konnte sehen, wie sich das Mondlicht in seiner militärischen Uhr an seinem Handgelenk widerspiegelte. Man hätte meinen können, dass wir nur plauderten wie flüchtige Bekannte bei einem zufälligen Treffen. Durch die rote Farbe sah er aus wie ein Dämon.

»Nein«, antwortete ich, als er hinter mich trat, mir den Lauf meiner Pistole gegen den Nacken drückte und mich in Richtung Tresen schob. »Und im Moment ist es mir auch egal. Meine Hündin Brontë ist im Truck. Ich hoffe, Sie werden sie freilassen, bevor Sie den Truck in den Canyon schieben. Wenn nicht, wird sie verletzt oder getötet.« Während er mich gegen den Tresen drängte, wandte ich den Kopf, um ihm in die Augen zu sehen. »Sie haben sich früher einmal um verletzte Tiere gekümmert und sie gepflegt. Ich bitte Sie nur, kein Tier zu verletzen. Das ist alles.«

»Ich werde Ihren Hund befreien«, gestand er mir zu und knallte meinen Kopf auf die staubige, aufgeplatzte Formicabeschichtung. Dann beugte er sich hinunter, um einen meiner Knöchel mit der Nylonjacke an die mit Rost überzogene Fußstütze des Tresens zu binden. Die Knoten waren so eng, dass ich sie bestimmt nie wieder gelöst bekam, aber ich konnte versuchen, den Stoff zwischen meinen Beinen zu zerreißen, sobald sich die Gelegenheit dazu bot.

Es lag nichts auf dem Tresen, mit dem ich ihn hätte niederschlagen können, und die Zeit, die er benötigte, um mein Bein an der Fußstütze festzubinden, war zu knapp für einen Kampf. Er würde mich umbringen.

»Danke, dass Sie versprochen haben, meinen Hund am Leben zu lassen«, sagte ich.

»Sie sind wie meine Mutter«, sagte er Sekunden später. »Deshalb mochte ich Sie auch. Sie hat sich um Tiere und so gekümmert. Sie sind wie sie und leben auch ganz alleine hier draußen. Ich nehme an, Sie haben Ihre Gründe, genau wie sie.«

»Ich habe meine Gründe«, erwiderte ich geheimnisvoll und versuchte mir das, was er sagte, zunutze zu machen. Es war mir recht, wenn er glaubte, dass ich in der Wüste lebte, weil ich versucht hatte, meinen Ehemann umzubringen. Mehr als recht. Solange es mich am Leben hielt.

»Er hat sie geschlagen«, verkündete T. J. Eldridge, der nun wieder hinter dem Tresen stand und einen Rucksack öffnete, den er vom Boden hochgehoben hatte. »Mein Vater schlug meine Mutter so heftig, dass ihre Ohren bluteten, und einmal sprang ihr Auge heraus und hing ihr vor dem Gesicht. Er hat sie auch vergewaltigt. Er tat es einmal vor meinen Augen, als ich sechs war. Er sagte, in der Bibel steht, dass man mit sechs alt genug ist, um zu lernen, wofür Frauen da sind. Er schlug sie bewusstlos und legte sie dann bäuchlings über einen Stuhl. Ich hasste ihn. Ich war froh, als meine Mutter ihn erstochen hat. Wir dachten, er ist tot, als wir weggelaufen sind. Aber dann hat meine Mutter in der Zeitung gelesen, dass er nicht gestorben ist. Sie hat es mir vorgelesen. Sie sagte, dass er versuchen würde, uns zu finden. Deshalb musste ich Kleider tragen und so tun, als wäre ich ein Mädchen, damit er uns nicht findet.«

Seine Stimme war flach und ausdruckslos. Die Sätze waren deutlich, aber einfach, wie die eines Kindes. Ich konnte seine Augen nicht sehen.

»Das mit Ihrer Mutter tut mir Leid«, sagte ich, als stünden wir neben einem Sarg in einem Beerdigungsinstitut in Illinois. *Sie sieht wirklich hübsch aus*, ist der nächste Satz aus dem Skript, das man im Heartland für so einen Anlass benutzt. Hier passte die Bemerkung nicht.

»Es sollte Ihnen auch wegen meines Vaters Leid tun«, erwiderte er. »Eine andere Frau hat ihn umgebracht. Er wollte sie vergewaltigen, damit sie bereit ist, meine Frau zu sein, aber ich habe ihr die Hände losgebunden und sie hat ihn erschossen.«

Er blickte auf meine Hände hinunter, die auf dem Tresen lagen. Wir trugen beide Turnschuhe. Er hätte meine Hände mit den Schnürsenkeln fesseln können, wie es sein Vater bei dem Mädchen getan hatte, aber das hatte er nicht.

»T. J., warum haben Sie diese Frauen auf diese Weise umgebracht?«, fragte ich. »Warum haben Sie kleine MAOH-Zeitbomben in ihre OP-Schnitte getan, damit sie Tage oder Wochen später beim Essen von Salami oder einer Hand voll Saubohnen sterben?«

»Weil ich es konnte«, antwortete er mit dieser flachen, ausdruckslosen Stimme, während er einen Teller und einen großen Plastikbeutel aus seinem Rucksack holte. »Ich habe die Tabletten vor langer Zeit aus Isadoras Handtasche genommen, und zwar, als ich herausfand, was Kara getan hatte. Jemand muss etwas unternehmen und doch tut niemand etwas. Mein Vater war ein grausamer und dummer Mensch, aber dadurch wird das, was in der Bibel steht, nicht falsch, Dr. McCarron. Mein Vater hat mich die Bibel gelehrt. Es steht alles darin. Dort steht, der Mann muss über die Frau bestimmen und die Frau muss dem Manne gehorchen. Es steht darin, dass die Frau, die den Gehorsam verweigert und

Macht besitzen will wie ein Mann, ein Frevel gegen den Herrn ist. Frauen haben ihren Platz vergessen, und das ist es, was dieses Land zerstört. Dem stimmen Sie doch zu, oder, Dr. McCarron?«

Ich konnte hören, wie mein Herz pochte und das Blut durch das elegante Straßengeflecht meines Kreislaufsystems pulsierte. Ich konnte förmlich die Sauerstoffmoleküle schmecken, die aus diesem Blut mein Gehirn fütterten. Sie schmeckten so, wie Ingwer riecht, so als wären sie lebendig. Ich war wild entschlossen, es ebenfalls zu bleiben.

»Natürlich stimme ich dem zu«, log ich und überlegte krampfhaft, was ich sagen konnte, um diese Meinung zu untermauern. »Ich meine, sehen Sie sich nur an, was in Edom passiert ist.«

Er ordnete Cheddarstücke auf dem Teller an. Unter den intensiv riechenden orangefarbenen Vierecken sah ich drei kleine Figuren, die über eine Brücke flohen, eine Pagode, eine Trauerweide, zwei Vögel in der Luft.

»Das Nachtgespenst wird auch dort herbergen«, zitierte er aus irgendeiner Übersetzung von Jesaja 34. »Das Nachtgespenst ist Lilit, wissen Sie. Das Nachtgespenst ist jede Frau, die nicht das Gesetz Gottes befolgt. Möchten Sie etwas Käse? Er ist ganz besonders scharf und ziemlich gut. Meine Mutter hat hier immer Käsesandwiches gemacht, wissen Sie. Nehmen Sie etwas. Wir werden die ganze Nacht hier sein. Essen Sie etwas. Sie werden Hunger bekommen.«

»Nimm, iss ...« Ich musste an die Worte des Sakraments der heiligen Kommunion denken, die ich als Kind jeden Sonntag meines Lebens gehört hatte. Die Worte einer Frau aus dem Mund eines Mannes. Während ein Mann namens Thomas Joseph Eldridge im düsteren Licht einer zerfallenen Lehmziegelhütte mindestens ein Pfund Cheddar-Käse in sich hineinschlang, fragte ich mich, wer nun die Macht von wem gestohlen hatte. Höflich knabberte ich an einem der Stücke.

»Wie nett von Kara, Ihnen einen Snack zu machen«, sagte ich. Diese Bemerkung war ein Risiko, denn man konnte unmöglich vorhersehen, was ihn womöglich ausflippen ließ.

»Kara ist nun eine Anhängerin von Lilit«, sagte er ernsthaft. »Sie ist es schon seit zwei Jahren, aber ich habe es nicht gewusst. Sie hat mich angelogen. Vorher, als Mrs Rainer noch lebte, die ihr den richtigen Weg wies, da war Kara perfekt. Ich fand, dass Mrs Rainer wie eine Schwiegermutter für Kara war, wie Naomi in der Bibel. Deshalb habe ich meine Tochter auch Naomi genannt. Aber Isadora lockte Kara vom rechten Weg ab und daher konnte ich meine Tochter nicht mehr Naomi nennen, sondern musste ihren zweiten Namen, Ann, benutzen. Es war Isadora, die Kara einredete, hinter meinem Rücken die Schule zu besuchen. Sie gab ihr sogar das Geld. Davor war Kara eine natürliche Frau, die mir gehorchte. Aber dann ging sie heimlich hinter meinem Rücken zur Schule und machte sogar einen Abschluss. Wenn sie das nicht getan hätte, wäre vielleicht alles gut gewesen. Natürlich habe ich Isadora getötet. Ich muss das Schwert des Himmels sein. Jemand muss es sein.«

Er schien von der Aufgabe überlastet, aber entschlossen, sie zu erfüllen.

»Natürlich«, sagte ich und senkte den Kopf, wie wir es in hohen episkopalen Kirchen tun, wenn das Kruzifix in einer Prozession vorbeigetragen wird. Es schien zu funktionieren, obwohl Eldridge Methodist war.

»Ich habe eine Flasche Wasser hier unten«, sagte er und beugte sich unter den Tresen. »Käse ist salzig.«

Meine Waffe befand sich auf dem Tresen, und seine linke Hand lag lose darüber, ohne sie richtig festzuhalten. Es war meine einzige Chance, und ich nutzte sie, packte das untere Ende des Griffes vorsichtig mit Daumen und Mittelfinger und riss sie dann unter seiner Hand hervor. Dann drückte ich den Lauf fest gegen seinen Hals, genau an die Stelle, an der die Karotis pulsierte. Ich hatte beide Zeigefinger auf dem Abzug und begann vorsichtig, aber unbeirrbar abzudrücken. Es gab keine andere Option. Ich musste ihn töten.

27

Der Tanz

ABER ICH TAT ES NICHT. Irgendetwas geschah. Die Zeit verlangsamte sich und blieb schließlich stehen, so dass nichts passierte, als ich abdrückte oder glaubte, abzudrücken. Es war, als würde ich versuchen, mich in einem durchsichtigen, festen Eisblock zu bewegen. Alles war sichtbar, jedoch wie erstarrt. In meinem Kopf liefen mehrere Unterhaltungen ab, während äußerlich keine einzige Sekunde, kein einziger Herzschlag verstrich.

»Du sollst nicht töten«, ertönte eine laute, männliche Stimme.

»Ja, das ist zwar eine nette Regel für ein großes soziales Gefüge, aber gilt sie auch in dieser Situation? Nein. Töte ihn, bevor er die Gelegenheit hat, sich die Waffe zu greifen und dich umzubringen, du Idiot!«

Das war vermutlich meine Stimme.

Dann ertönte eine andere. »Du kannst nicht jemanden töten, der dir zu essen gibt.«

Eindeutig ein Hundehirn, dachte ich. Wir standen den Hunden von der Evolution her wohl näher, als wir glaubten.

»Na los, schieß schon, er ist ein Mörder und wird auch dich töten!«

Das war wieder ich, die unbedingt überleben wollte.

»Er hätte dich längst töten können, doch das hat er nicht. Er mag dich.«

Ohne Frage das Gehirn einer Frau. Diese Denkweise war vermutlich eine Auswirkung des Östrogens.

Ich wusste, dass die Stimmen alle aus mir sprachen.

Dann lief die Zeit weiter und Eldridge bewegte seine Arme. Nicht auf mich und die Waffe zu, sondern in Richtung seines Kopfes. Er schien mich gar nicht mehr wahrzunehmen, während er beide Handballen gegen seine Schläfen presste und die Augen aufriss. Sogar im Dunkeln konnte ich erkennen, dass sein Gesicht sich lila färbte, während sich sein Mund zu einem »O« formte. Dann fiel er hin.

Ich stellte mich auf die Fußstütze des Tresens und beugte mich über die Platte, die .38er weiterhin auf den menschlichen Umriss dahinter gerichtet.

»Keine Bewegung!«, schrie ich mit klappernden Zähnen. »Keine Bewegung, oder ich erschieße Sie!«

Aber T. J. Eldridge bewegte sich nicht. Auch ich verharrte völlig regungslos. Ich biss die Zähne zusammen, um das laute Klappern abzustellen, und hörte Gurgelgeräusche von der Gestalt auf dem Boden. Jedoch keine Atemgeräusche. Ich hielt immer noch die Pistole in den Händen und wartete. Eine Minute. Zwei Minuten. Drei. Nichts. Dann nahm ich den Geruch seines Darms wahr, der sich entleerte. Dies passiert für gewöhnlich kurz nach dem Eintreten des Todes. Nun wusste ich, dass Thomas Joseph Eldridge tot war.

Ich feuerte mit der Smith & Wesson einen Schuss in das robuste Material der Jacke, mit der er mich an den Tresen gefesselt hatte. Das Einschussloch im Rücken der Jacke erlaubte mir, das Nylon zu zerreißen und mein Bein zu befreien. Brontë hatte nach dem Schuss begonnen, wie verrückt zu bellen. In meinen Ohren klang es wie ein unechter Hund. Wie ein Cartoon. Mein Fuß mit dem Nylonärmel kam mir ebenfalls unecht vor.

Offensichtlich hatte ich einen kleinen psychischen Schock erlitten. Doch er würde vorbeigehen. Ich trat hinter den Tresen, hinter dem eine Frau namens Lorene früher einmal den sonnengebräunten Ranchern Kaffee und Sandwiches serviert hatte, während draußen ein Junge in einem Mädchenkleid spielte. Ich hoffte, dass sie nicht sehen konnte, was nun hinter dem Tresen auf dem Boden lag. Das hatte sie sich für ihr einziges Kind sicher nicht erhofft.

Ich tastete nach seinem Handgelenk und seinem Hals, konnte jedoch keinen Puls feststellen. Dann ging ich hinaus. Ich ließ das verrostete Wellblech an der Stelle, an die ich es beim Hineingehen geschoben hatte, und hinter mir bewegte sich ein Drache sanft in der Luft, die durch meine Bewegungen aufgewirbelt wurde. Dann war es still.

Der Geruch nach Tod, der mir anhaftete, machte Brontë völlig verrückt, und so fuhr ich, begleitet von ihrem Heulen, zurück nach Anza. Es erschien mir passend. Von einem Münzfernsprecher in dem Diner, in dem ich mit Waddy Babbick gesprochen hatte, rief ich Wes Rathbone im Krankenhaus an.

»Blue!«, rief er. »Ihr verdammtes Handy! Wo sind Sie? Niemand konnte Sie erreichen. Grecchi ist bei Bewusstsein. Es hat länger gedauert als normal, weil Eldridge sie vor dem Aufschneiden ihrer Pulsadern betäubt hat. Aber das konnten sie bei dem Bluttest nicht erkennen, den sie bei ihrer Einlieferung ins Krankenhaus gemacht haben, also wurde sie noch einmal betäubt, und ...«

»Wes«, unterbrach ich ihn. »Eldridge ist tot. Seine Leiche liegt in einer alten Lehmziegelhütte am Ende der Coyote Road, sechs Kilometer östlich von Anza. Ich habe ihn nicht umgebracht, er ist einfach gestorben. Ich fahre jetzt nach Hause. Fragen Sie mich nicht, was passiert ist. Ich weiß es nicht.«

»Blue ...?«

»Nicht jetzt, Wes. Lassen Sie mich einfach nach Hause fahren. Ich werde später mit Ihnen reden.«

Bevor er etwas sagen konnte, legte ich auf und ging ins Damenklo, um mir den Geruch nach Tod und Kordit von den Händen zu waschen. Während der Fahrt nach Hause winselte Brontë noch, aber wenigstens hatte sie mit dem Heulen aufgehört. Vor meinem Motel hatten sich inzwischen noch mehr Menschen in Khakishorts und FBI-Windjacken versammelt. Alle trugen sie Handys. In der Ferne über dem Coyote Canyon konnte ich einen Hubschrauber hören.

»Die Leiche von Thomas Eldridge wurde sichergestellt«, informierte mich ein junger Beamter, als ich aus meinem Truck kletterte. »Wir benötigen Ihre Aussage.«

»Nicht jetzt«, sagte ich. »Außerdem bin ich gar nicht diejenige, die die ganze Geschichte kennt. Ich werde in ungefähr einer Stunde mit Ihnen reden und Ihnen den Namen der Informantin geben, die sämtliche Hintergründe kennt und außerdem die Zeitungsausschnitte über den Fall besitzt. Jetzt bestehe ich auf meinem Recht, etwas zu trinken und ein heißes Bad zu nehmen.«

»Roger«, sagte der Junge einsichtig. »Ach ja, da wartet übrigens jemand im Haus auf Sie.«

Ich war mir nicht sicher, was ich davon hielt, ausgerechnet jetzt Roxie gegenüberzutreten. Ich wollte ihr nicht etwas erklären, wofür es keine Erklärung gibt. Dass alles Teil eines Musters ist, das einige von uns gelegentlich und andere wiederum nie zu sehen bekommen. Ich war zu müde und sie würde es ohnehin nicht verstehen.

Aber es war nicht Roxie, die auf dem Boden meines Wohnzimmers unter dem Foto saß, das, wie sich später herausstellen würde, T. J. Eldridge vor dreißig Jahren mit einer Boxkamera für Kinder von der Lehmziegelhütte gemacht hatte. Es war BB.

»Hab mir Sorgen gemacht«, sagte er. »Niemand wollte mir sagen, was los ist, also hab ich mich von Matt herbringen lassen. Ich dachte mir, ich warte einfach auf dich. Ach ja, dein Bruder hat angerufen. Ich hab den Anruf angenommen und mich 'ne Weile mit dem Typen unterhalten. Ich hab ihm gesagt, was ich über die ganze Sache weiß. Er meinte, dass du ständig bis zum Hals in der Scheiße steckst. Und darauf sag ich nur: ›Hey Dude, wem sagst du das?‹«

Ich musste lachen und es fühlte sich gut an. Das Lachen ließ die Hülle zerplatzen, die sich um mich gelegt hatte, seit ich *nicht* den Abzug gedrückt und einen Menschen getötet hatte. Bis BB mich zum Lachen brachte, hatte ich scheinbar nicht gewusst, ob ich wirklich noch lebte. Ich hatte vermutet, dass sich T. J. Eldridge in Wirklichkeit aufgebäumt, mich angebrüllt und mir die Waffe aus der Hand gerissen hatte, um mir anschließend in den Kopf zu schießen. Dass ich in Wirklichkeit auf dem Boden der Hütte lag und mein Hirn an der Wand klebte. Dass diese Szene in meinem Motel in Wirklichkeit die letzte Fantasie war, die meine Hirnzellen ausleben konnten, bevor der Sauerstoffmangel sie in völlige, permanente Dunkelheit hüllte.

»Oh, BB«, sagte ich und ließ mich neben ihn auf den Boden sinken. »Bin ich wirklich hier?«

»Sieht so aus«, sagte er und legte mir einen Arm um die Schultern, während ich vor Erleichterung zu schluchzen begann.

Über unseren Köpfen hing ein Foto einer alten Lehmziegelhütte, die gleichzeitig in Licht und Schatten getaucht war.

Die nächste Ausgabe des *Time Magazine* zeigte Reed McCallister auf dem Cover und enthielt einen offenen Brief der Kandidatin für das Amt des Vizepräsidenten, die sich darin bei der Polizei, dem Sheriff, dem FBI und den Bürgern von Südkalifornien für den schnellen Abschluss des tragischen und tödlichen Falles bedankte. Kate Van Der Elst konnte einen großen Stimmenzuwachs verbuchen, nachdem sie im ganzen Land als Opfer des »Liposuctionsmörders« dargestellt wurde, wie Eldridge in den Medien hieß. Daher gewann sie mühelos ihren Sitz im Stadtrat und verkündete anschließend, dass sie beabsichtige, »San Diego sicher für Frauen und Kinder zu machen«. Was immer das auch heißen mag. Sie und Pieter versöhnten sich vor der Wahl, aber sie umkreisen einander immer noch wie Boxer im Ring, während sie die Vergebung aushandeln, die beide wollen, aber keiner von ihnen aussprechen mag.

Bei Kates Siegesfeier brachte Pieter mir ein Glas No-Name-Champagner. »Sie will als Nächstes für das kalifornische Unterhaus kandidieren«, sagte er. »Wenn Sie mich nicht darauf hingewiesen hätten, dass mein Verhalten feige ist, hätte ich sie verlassen und müsste nun nicht bis in alle Ewigkeiten billigen Weißwein trinken und aufgeweichte Cracker essen. Danke, Blue.« Er lachte, aber die Bemerkung war wohl nicht nur als Scherz gemeint.

Isadora Grecchi kann ihre Hand fast wieder vollständig bewegen, ist nach ihrem schlimmen Erlebnis aber kaum angenehmer geworden. Sie hat jedoch beschlossen, im kommenden Frühjahr einen Intensiv-Kunstkurs in Italien zu belegen, und bereits vierundzwanzig Stunden nach dem Verlassen des Krankenhauses eifrig Italienisch gelernt. Sie wird am Tag nach Weihnachten nach Florenz fliegen, wo Jennings Rainer sie während der Osterferien mit seinen Enkelkindern besuchen will. Sie und ich gingen einander absichtlich aus dem Weg, als wir alle bei einer von einem Caterer ausgerichteten Party in Rainers Eigentumswohnung zusammenkamen. Wir wollten nicht miteinander reden und wussten beide, warum.

Chris und Megan haben den Plan gefasst, am gleichen Tag, an dem Isadora nach Italien aufbrechen wird, nach Nordkalifornien zu ziehen. Allerdings erst, nachdem sie entdeckt hatten, dass man in zwei Wochen nicht mit zwei Kindern und einem ganzen Haus voller Bücher und Möbel umziehen kann. Megan hat ihr Paint-Ball-Hobby aufgegeben und will nun nicht einmal mehr darüber reden. Sie redet jedoch bereitwillig über ihren Plan, Alpakas zu züchten und die Wolle zu verkaufen. Sie haben mir genug Wolle für einen selbst gestrickten Pullover versprochen, wenn ich jemanden finde, der ihn für mich strickt. Die Höflichkeit verbot mir, sie darauf hinzuweisen, dass es hier nie kalt genug für einen Wollpulli ist. Außerdem kann ich ihn vielleicht in Philadelphia tragen.

Jennings Rainer wird seine Eigentumswohnung in San Diego behalten, aber er hat bereits den Bau einer Hütte auf Chris und Megans neunhunderttausend Quadratmeter großem Grundstück im Norden in Auftrag gegeben.

»Das wird meine Opa-Hütte«, teilte er jedem stolz mit. »Snuffy und ich werden hin- und herfliegen, und ich werde hier gelegentlich Operationen durchführen.«

Jeffrey Pond wurde in der gleichen Nacht, in der Eldridge starb, in einem Holiday Inn in Fresno gefunden. Die Polizei fand ihn ohne große Probleme, da er das Motelzimmer mit seiner Kreditkarte bezahlt und dann mehrere Anrufe an seine Mutter und das Krankenhaus getätigt hatte, in dem sein Vater auf dem Weg der Besserung war. Laut eigener Aussage hatte er seinen Vater in diesem Krankenhausbett betrachtet und seine eigene Zukunft vor sich gesehen. Mit dem einzigen Unterschied, dass sein Vater mit einer Frau verheiratet war, die sich um ihn kümmerte, und eine Krankenversicherung besaß. Offensichtlich hatte ihn einfach die Erkenntnis übermannt, dass sein Leben ein völliges Chaos war, und er hatte sich daraufhin aus dem Staub gemacht. Doch einmal unterwegs, war ihm klar geworden, dass er gar nicht wusste, wohin er eigentlich wollte, und daher hatte er beschlossen, gleich am nächsten Tag zurückzufahren.

Roxie und ich fanden erst am Abend nach Eldridges Tod Gelegenheit, miteinander zu reden. Wir trafen uns in der Stadt bei *Auntie's*, wo wir an einem Tisch saßen und uns anstarrten, während Garth Brooks davon sang, dass man den Tanz nie ohne den Schmerz bekommt.

»Warum hast du mich nicht angerufen?«, fragte sie und

Tränen traten ihr in die braunen Augen. »Warum bist du nicht zu mir gekommen, statt alleine da hochzufahren?«

»Ich habe dich angerufen«, sagte ich, während mir Tränen in meine golden angehauchten, haselnussfarbenen Augen stiegen. »Du hast mir gesagt, ich soll dich in Ruhe lassen.«

»Aber ich wusste nicht, was du von McCallister herausgefunden hattest. Ich hatte keine Ahnung, was du tun würdest. Wenn ich es gewusst hätte, hätte ich dich gebeten vorbeizukommen. Oder ich wäre mit dir gekommen.«

»Wie konnte ich dir etwas erzählen, nachdem du mir gerade klar gemacht hattest, dass du nichts hören willst?«, beharrte ich. »Du kannst nur eins haben, Rox. Entweder bist du für mich da oder nicht. Ja oder nein, und das immer. Nicht nur, wenn's bequem ist.«

»Girl, an dir ist nichts *bequem*«, erwiderte sie und klapperte wütend mit ihren Perlen. Es waren Holzperlen, die in einem afrikanischen Design geschnitzt waren. »Du kannst nicht in der Stadt wohnen wie andere Menschen, nein, du musst da draußen mit deinen Felsen und deinem verdammten Pergo leben. Und du denkst auch nicht wie andere Menschen, und ...«

»Das will ich auch gar nicht«, beendete ich ihre Litanei. »Nicht einmal für dich, Roxie.«

Ihre Hände legten sich fest um mein Handgelenk.

»Ich will mit dir tanzen«, flüsterte sie und wir tanzten. Roxie führte, und wir hatten die ganze Tanzfläche für uns, während Garth die Wahrheit aus der Jukebox verkündete. Unsere Schritte waren perfekt aufeinander abgestimmt, wir machten keine Drehung zu früh und wir erahnten jede Bewegung der anderen im Voraus. Immer wieder. Manchmal verheddern sich Worte nur wie Fäden eines Knäuels. Anschließend fuhren wir schweigend zu ihr und sie ging mit Brontë spazieren. Als sie zurückkam, sagten wir kein Wort, denn der Tanz war noch in uns, die ganze Nacht.

Am nächsten Morgen sagte sie nur: »Es muss einen Weg geben, damit das funktioniert, Blue«, und fuhr zur Arbeit.

Ich sah ihr nach, als sie wegfuhr, und erwiderte: »Den gibt es auch.«

Sie ist jetzt wegen des Vorstellungsgesprächs in Philadelphia. Wenn sie zurückkommt und sich entschieden hat, den Job anzunehmen, werde ich ihr sagen, dass ich auch gehen werde. Ich werde nicht *mit* ihr gehen, sondern *auch* gehen. Und dann werden wir sehen, was passiert. Ich habe bereits das Hexagramm ausgesucht, das ich auf meinen Schuppen malen werde.

Kara Eldridge wurde am Tag nach dem Tod ihres Mannes mit beiden Kindern in Disneyland ausfindig gemacht. Sie wohnten in einem in der Nähe gelegenen Motel, und als Rathbone mir die Einzelheiten erzählte, erwähnte er weder eine Kusine noch einen Job. Ich erwähnte es ebenfalls nicht. Kara weigerte sich, die Beerdigung ihres Mannes zu arrangieren, und so kümmerte sich der Bezirk von San Diego darum. T. J. Eldridge wurde still und leise im Beisein von Wes und Annie Rathbone und von ein paar Fremden in einem Armengrab beerdigt. Ich war ebenfalls dabei. Wes hatte mir den Blue-Willow-Teller aus der Hütte mitgebracht. Es war einer der alten, englischen, ein echtes Sammlerstück, und ich legte ihn auf Thomas Eldridges Sarg, bevor die Winde knirschte und er in die Erde hinuntergelassen wurde.

»Der ist von deiner Mutter, Tommy«, sagte ich, und wir gingen, bevor sie den Sand hineinschaufelten.

Annie Rathbone hat sich für den neuen Fußboden entschieden statt für neue Brüste und plant eine große Einweihungsparty, sobald Wes ihn fertig verlegt hat.

T. J. Eldridges Leiche wurde direkt nach seinem Tod obduziert und in seinem Magen fand man eine erhebliche Menge MAO-Hemmer, halb verdaute Tomatensuppe, Mortadella und mehrere Gramm alten Cheddar, bei dem der Verdauungsprozess versagt hatte. Es war die besonders scharfe Sorte.

Vertreter des FBI und des Leichenbeschauers von San Diego County kamen zu dem Schluss, dass sein Tod trotz Fehlen eines Abschiedsbriefes ein Selbstmord war. Eine umfassende Analyse von T. J. Eldridges Motiven wurde angefertigt, veröffentlicht und in zahlreichen Talkshows im ganzen Land diskutiert. Die offizielle Todesursache und die folgenden Analysen beruhten zum Großteil auf meiner Aussage, die ich spät in der Nacht nach Eldridges Tod gemacht hatte.

»Ja, sein Verhalten deutet darauf hin, dass er seinen Tod vorhersah und beabsichtigte, sich durch den Verzehr des Käses zu töten«, bestätigte ich immer wieder ihre Theorie.

»Ja, es scheint so, dass er zu der Lehmziegelhütte zurückgekehrt war, um Selbstmord zu begehen. Diese Hütte war der einzige Ort, an dem er als Kind glücklich war. Die bizarren Zeitschriftenfotos von Eulen und Drachen und Bergen aus verwesenden Leichen spiegelten seine verdrehte mörderische Persönlichkeit wider.«

Des Weiteren hatte ich ihnen gesagt, dass man diese Bilder sicherlich als Trophäen ansehen könne, die zum FBI-Profil von Serienmördern passten. Ich sei jedoch Sozialpsychologin und keine klinische Psychologin, daher lägen diese Dinge außerhalb meiner Expertise. Ich besäße jedoch ein interessantes Foto, das Eldridge als Kind aufgenommen hatte. Es sei im Grunde nur ein Glückstreffer gewesen, dass ich das Bild in der gleichen Galerie gekauft hatte, die Dixie Ross besuchen wollte, als sie starb. Es beweise jedoch ganz eindeutig, dass Thomas Eldridge seine Opfer, sich eingeschlossen, sorgfältig ausgesucht hatte.

»Die Signatur«, so sagte ich, »lautet ›Greave‹. Sehen Sie, wie die einzelnen Buchstaben die Initialen der geplanten Opfer bilden? Grossinger, Ross, Emerald, Ashe, Van Der Elst und am Schluss Eldridge.« Die Medien waren hellauf begeistert. Vor allem, als das FBI herausfand, dass Eldridge seine Fotosammlung einen Monat vor dem ersten Mord den Organisatoren der Ausstellung in Kommission gegeben hatte. Zu diesem Zeitpunkt waren alle Operationen der Opfer geplant, aber noch nicht durchgeführt. Eldridge hatte seine Opfer ganz eindeutig ausgesucht und schon vorgehabt, sich selbst umzubringen, als er die Fotos mit dem Akronym aus den Initialen der geplanten Opfer signierte.

Eigentlich war es BB, der den Zufall bemerkte, als wir in jener Nacht unter dem Bild mit der spinnenartigen Signatur auf dem Boden saßen. Und es gibt natürlich keine Zufälle, nur Witze eines Universums, das wir nur nebelhaft wahrnehmen. Ich sagte den Behörden nicht, dass Thomas Eldridge unmöglich die Namen der Opfer gekannt haben und ihre Initialen in diese Signatur eingebunden haben konnte. Ich erwähnte nicht, dass ich diese Signatur nur für eine Nachricht hielt. Eine Nachricht an die Welt, über die er schließlich die Kontrolle verlor, als seine Frau am Community College einen Abschluss in Computerprogrammierung machte. An eine Welt, die für ihn in Scherben lag, weil Frauen die natürliche Ordnung zerstörten und sich weigerten, den Männern zu gehorchen. »Grieve!«, also »Grämt euch!«, hatte er wahrscheinlich poetisch gefleht. Doch T. J. Eldridge war eine Niete in Orthographie.

Ich erwähnte auch nicht, dass Kara Eldridge die Tomatensuppe und das Mortadella-Sandwich zubereitet hatte, in dem die tödliche Dosis MAOH enthalten gewesen war, die in Eldridges Magen und Blut gefunden worden war. Zusammen mit dem reifen Käse, der mehr als genug Tyramine enthielt, um den Blutdruck lebensgefährlich in die Höhe zu treiben und eine Arterie im Hirn platzen zu lassen, sobald er im Magen ankommt und sich nicht mit Sauerstoff verbinden kann. Ich erwähnte nicht, dass Isadora Grecchi Kara Eldridge dabei geholfen hatte, eine Ausbildung zu machen, die ihre Abhängigkeit von ihrem Ehemann beenden würde. Und auch nicht die Tatsache, dass Grecchi, eine Ärztin mit einer langen Vorgeschichte von klinischer Depression, zwei unterschiedliche Sorten von MAO-Hemmern in ihrem Besitz gehabt hatte, von denen sie eine Kara Eldridge gab, damit diese T. J. Eldridge auf die gleiche Weise töten konnte, wie er es bei seinen Opfern getan hatte. Und schließlich erwähnte ich auch nicht, dass Kara, kurz bevor Eldridge seine Tomatensuppe und sein Mortadella-Sandwich aß, mit Isadora Grecchi in Kontakt gestanden hatte. Kara hatte zugestimmt, sich ein letztes Mal zu melden, bevor sie mit ihren Kindern die Stadt in einem Mietwagen verließ.

»Es ist getan«, hat Kara in meiner Vorstellung zu Isadora gesagt. »Er ist tot.«

Ich konnte keinerlei Sinn darin sehen, irgendetwas von all dem bekannt zu geben.

Dank

DIESER ROMAN IST EIN Werk der Fiktion und jegliche Ähnlichkeit mit realen Menschen, Orten oder Ereignissen ist reiner Zufall.

Einige Leute haben mir jedoch großzügigerweise ihren Rat und ihr Wissen zur Verfügung gestellt. Ich würde ihnen gerne danken. Sämtliche Fehler in diesem Buch sind mir anzulasten, nicht ihnen.

Zuerst ein großes Dankeschön an den Psychologieprofessor Horace Marchant, Ph. D., für die seltsame Idee, die unzähligen geheimnisvollen Quellen und seine heroische Bereitschaft, ein ganzes Buch per E-Mail zu prüfen.

Mein Dank gilt außerdem Dr. John Alexander für die Ratschläge im Bereich der kosmetischen Chirurgie; Steve Davis, M. D., und Alan Abrams, M. D., J. D., F. C. L. M., für ihre Hilfe auf dem Gebiet der allgemeinen und der forensischen Psychiatrie; und Gaylynn Speas, M. D., für die Hilfe bei dem Thema Anästhesie.

Für die Expertise von FBI-Pensionär Gene Rhiel, der Jura-Professorin Marilyn Ireland und der Lektorin Sara Ann Freed bin ich ebenfalls sehr dankbar.

Abigail Padgett

San Diego

Eine Heldin, die man nicht vergisst

Der Stromausfall in einem kalifornischen Kühlhaus bringt es an den Tag: Eine eingefrorene Leiche taut auf und Muffin, die reizendste alte Dame der Welt, behauptet sie dort vor Jahren verstaut zu haben ... Privatdetektivin Blue und ihr Dobermann Brontë nehmen erst mal einen kühlen Drink am Pool ihres Motels mitten in der Wüste, bevor sie sich an die Ermittlungsarbeit machen. Denn sie ahnen schon, dass es bei dem Fall schneller heiß hergehen könnte, als ihnen lieb ist ...

Abigail Padgett

Kalt ist der Tod

Roman

Deutsche Erstausgabe

ULLSTEIN TASCHENBUCH

UB47